Édéfia
エデフィア
断崖《だんがい》山脈
網膜《もうまく》焼き
ロリアル湖

OKSA POLLOCK

オクサ・ポロック

6 最後の星

アンヌ・プリショタ
サンドリーヌ・ヴォルフ
訳 児玉 しおり

西村書店

なんといっても、ゾエのために。

OKSA POLLOCK, tome 6, La Dernière Étoile
Anne Plichota
Cendrine Wolf

オクサ・ポロック 6 最後の星　目次

OKSA POLLOCK

6

第三部　すべてを賭《か》けて

OKSA POLLOCK 6

ポロック家の家系図

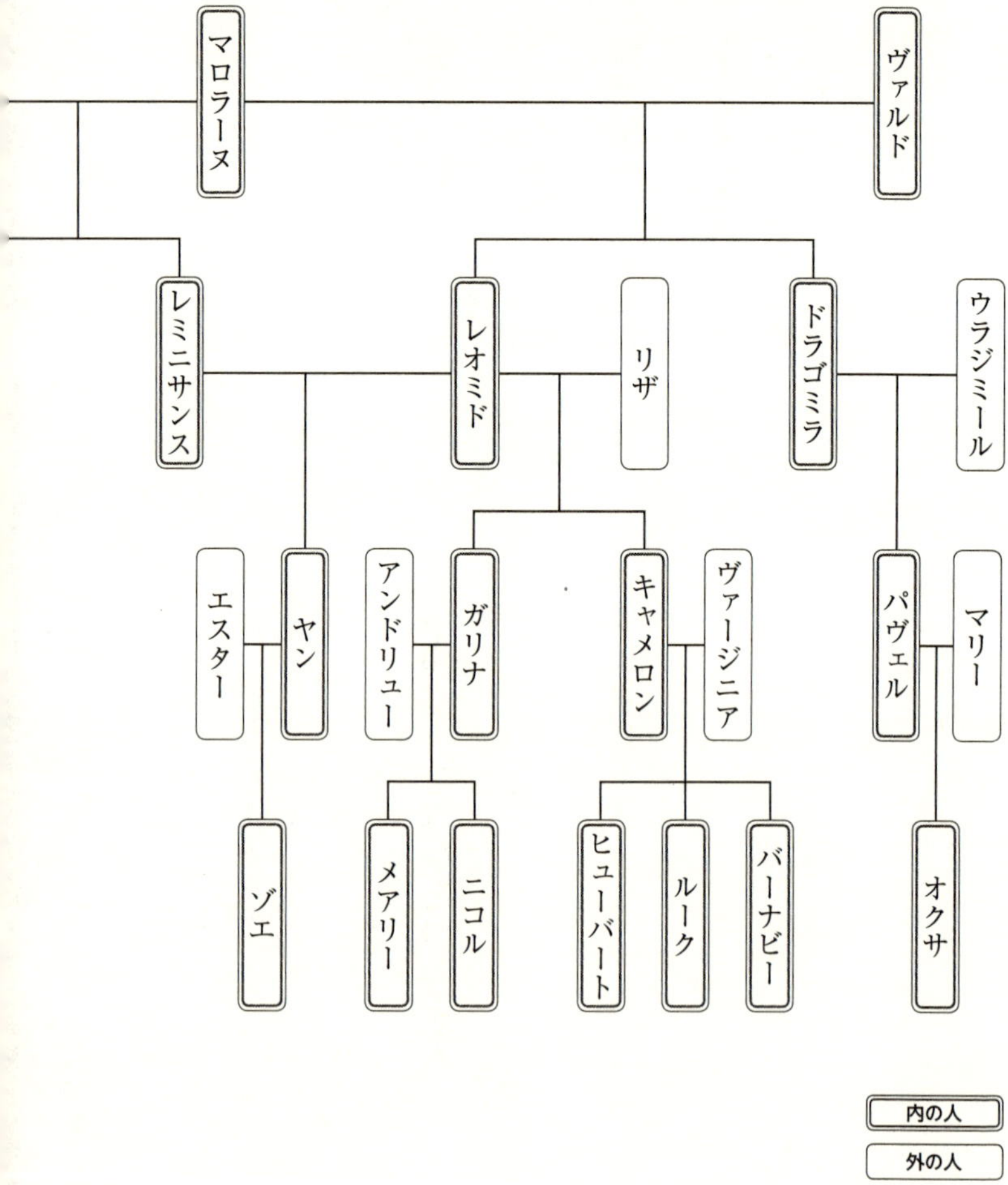
マロラーヌ
ヴァルド
レミニサンス
レオミド
リザ
ドラゴミラ
ウラジミール
エスター
ヤン
アンドリュー
ガリナ
キャメロン
ヴァージニア
パヴェル
マリー
ゾエ
メアリー
ニコル
ヒューバート
ルーク
バーナビー
オクサ
内の人
外の人

クヌット家の家系図

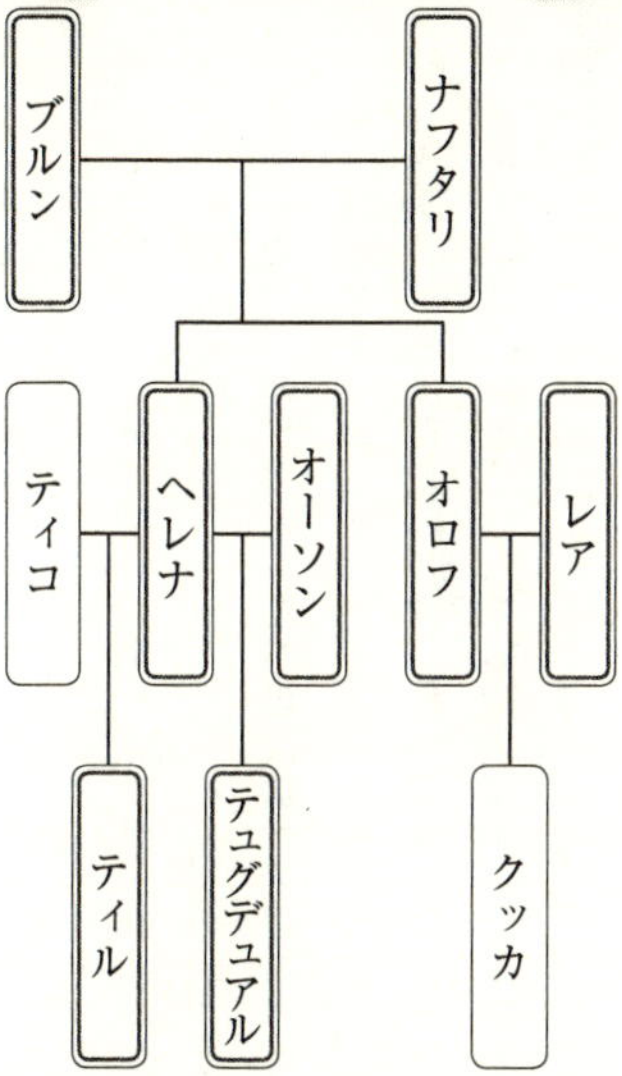

ベランジェ家の家系図

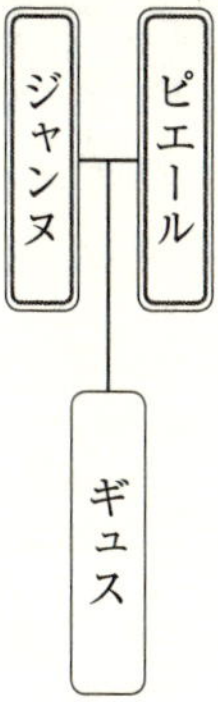

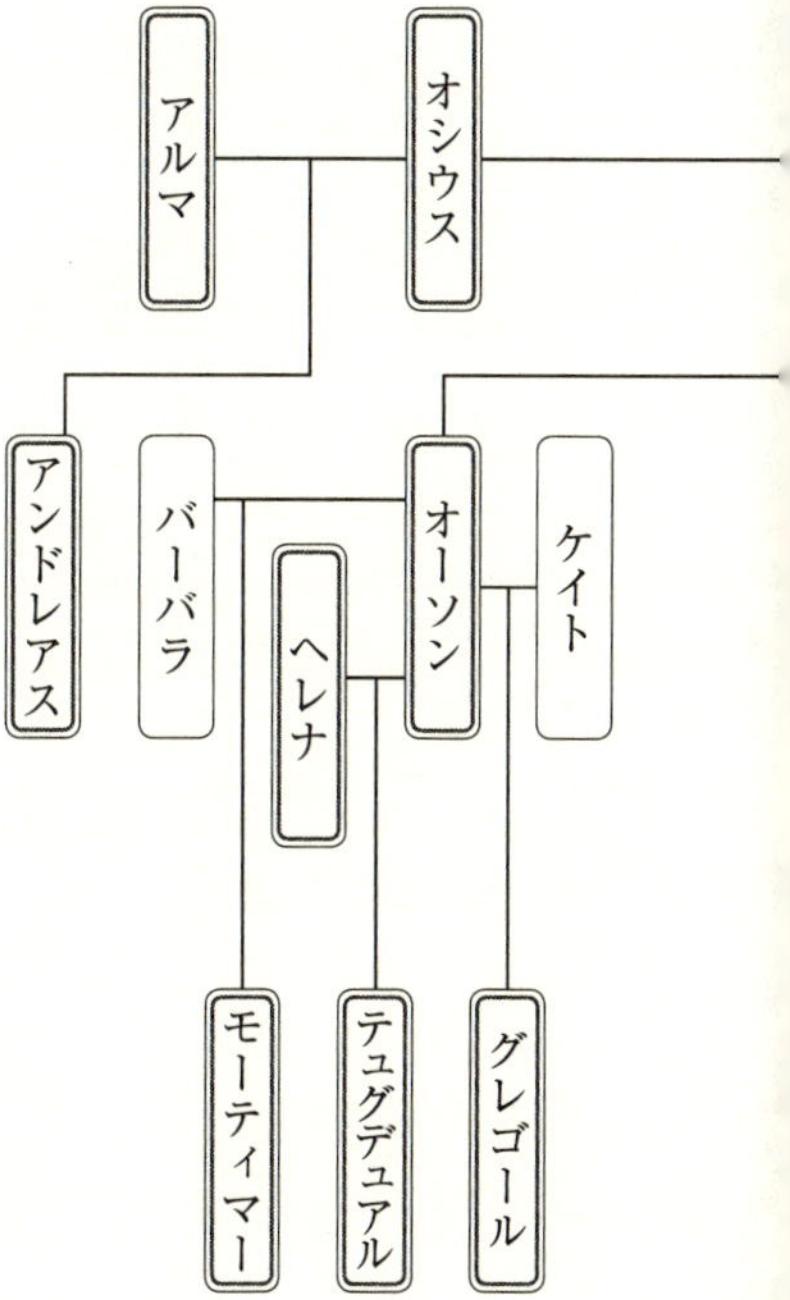

前巻までのあらすじ

ロンドンのフランス人学校に通うオクサ・ポロックは、ある日、自分がパラレルワールド「エデフィア」の次の君主「グラシューズ」であり、超《ちょう》能力を持つことを知った。エデフィアから亡命してきた〈逃げおおせた人〉たちの故郷への帰還《きかん》を可能にする「希望の星」、それがオクサだった。

オクサは祖母ドラゴミラ、後見人アバクム、父親パヴェル、そして〈外の人〉（＝ふつうの人）である親友のギュスたちに助けられて超能力にみがきをかけるが、やがて、オクサの中学校の教師オーソンが〈逃げおおせた人〉の宿敵である反逆者《フェロン》で、オクサを捕《つか》まえてエデフィアにもどる野望を抱《いだ》いていることがわかる。オーソンに殺されそうになった祖母の救出、彼のせいで〈絵画内幽《ゆう》閉《へい》〉されたギュスを救うために入った恐ろしい絵の中での危険な冒険《ぼうけん》……試練は次々とふりかかってきた。しかも、そのころ地球は地震《じしん》、豪雨《ごうう》などの天変地異に見舞《みま》われていた。〈内界〉（＝エデフィア）と〈外界〉（＝ふつうの世界）、二つの世界の中心が均衡《きんこう》を失っているためだった。

オクサは、ギュスや母マリーら〈外の人〉を残し、仲間の〈逃げおおせた人〉や反逆者《フェロン》とともに無事エデフィアに入った。オーソンの父で反逆者《フェロン》の首領オシウスに監禁《かんきん》されるつらい日々のなか、オクサは正式にグラシューズになり、病んだ二つの世界の中心を十昼夜マッサージして、失われた均衡を取りもどすことに成功。その後、新グラシューズに味方する国民とともに反逆者《フェロン》の軍と戦い、首都〈千の目〉を取りもどして再建に着手した。ところが、〈エデフィアの門〉がまもなく開くことを察知した反逆者《フェロン》軍が、さらに激しい攻撃《こうげき》をしかけてきた。なんとかグラシューズ側が勝利を収めたものの、〈外界〉にもどったオクサたちは、戦いで死んだはずのオーソンが実は生きていて、仲間のテュグデュアルがオーソンの息子であるという衝撃《しょうげき》の事実を知る。

オーソンは〈外界〉を征服《せいふく》しようと、エデフィアから持ち出した大量の宝石を資金に科学やＩＴの天才グループと武装集団を作り、グリーンランド沖《おき》の石油プラットフォームに基地を建設した。そして、世界中の一次産品を買《か》い占《し》め、世界の優秀な人々だけが生き残れる「新世界」を作る計画を着々と準備していた。一方、オクサとその仲間は〈外の人〉である家族との再会の喜びもつかのま、世界の商品市場の混乱といった不穏《ふおん》な動きの裏で糸を引いているオーソンの行方を追っていた。

ある日、フランス南西部の町で離婚《りこん》が異常に増えたというニュースを聞いたオクサたちは、その事件の裏に人の愛情を吸い取る半透明《とうめい》族がいることを見ぬいた。その直後、サブリミナル効果によってにわかに世界的ロックスターになったテュグデュアルのコンサートが、ナイアガラの滝《たき》で開かれた。それは、半透明族から採取したホルモンを浴びた観衆を、みずから滝に飛びこませるためのオーソンの企《たくら》みだった。オクサたちの必死の救出にもかかわらず、五千人の若者が命を落とした。

ついにオーソンの基地の場所をつきとめたオクサは、ギュスと二人で基地を偵察《ていさつ》に行き、潜水艦《せんすいかん》や核兵器《かくへいき》などの大量の武器を発見する。無事にロンドンの家にもどったオクサを待っていたのは、「新世界」建設への協力を拒否《きょひ》したアメリカ大統領の暗殺事件の第一報だった。オーソンは臨時で大統領役を務める副大統領を味方につけ、いよいよ世界制覇《せいは》に乗り出そうとしていた。

第一巻『希望の星』／第二巻『迷い人の森』／第三巻『二つの世界の中心』
第四巻『呪《のろ》われた絆《きずな》』／第五巻『反逆者《フェロン》の君臨』（以上、既刊）

主な登場人物

オクサ　オクサ・ポロック17歳。この物語の主人公。エデフィアの新グラシューズ。

ギュス　ギュスターヴ・ベランジェ。オクサの幼なじみで親友。エキゾチックなユーラシアン。

テュグデュアル　テュグデュアル・クヌット。ミステリアスでかげりのある少年。実はオーソンの息子。

ドラゴミラ　オクサの父方の祖母。通称《つうしょう》「バーバ」。エデフィアの門で命を落とし不老妖精になる。

パヴェル　オクサの父親。背中に「闇《やみ》のドラゴン」を宿す。

マリー　オクサの母親。反逆者《フェロン》の陰謀《いんぼう》による死の危険を脱し回復する。

オーソン　オーソン・マックグロー。恐《おそ》るべき反逆者《フェロン》の首領《しゅりょう》。

レミニサンス　オーソンの双子《ふたご》の妹。グラシューズ・マロラーヌの血を引く。

ゾエ　レミニサンスの孫娘《まごむすめ》。オクサの親友であり、またいとこ。

モーティマー　オーソンの息子だが、〈逃げおおせた人〉たちの仲間になる。

アバクム　ドラゴミラの後見人で、いまは新グラシューズを見守る。通称「妖精人間」。

クッカ　魅力的なテュグデュアルのいとこ。

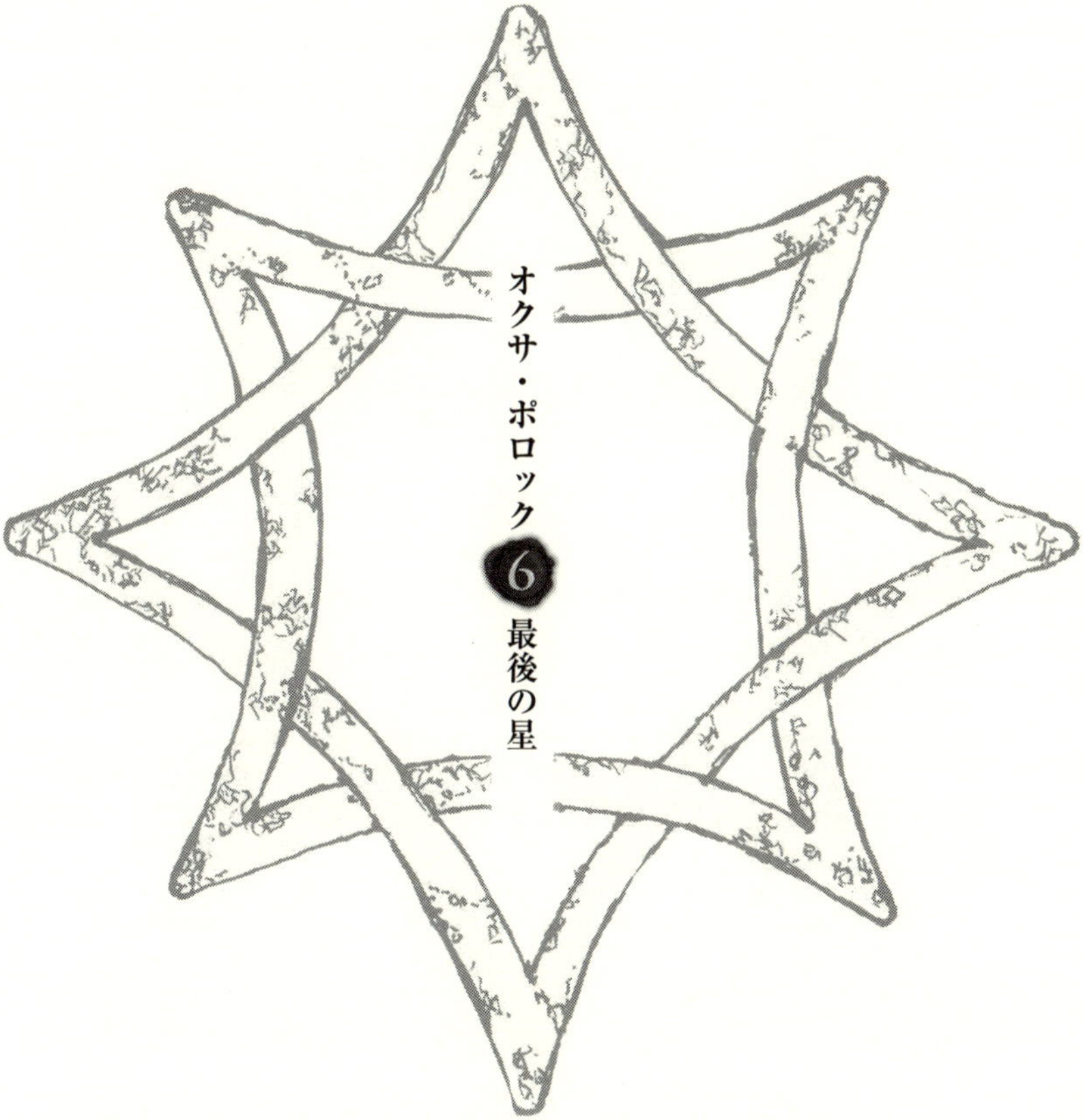

オクサ・ポロック 6 最後の星

Message

プロローグ

教会のドームがそびえたつ歴史ある美しい街並みがスクリーンに映った。アメリカ軍の参謀《さんぼう》たちが映写室の椅子にゆったりと腰掛《こしか》け、ごく小さなコウモリの群れから撮影《さつえい》されたらしい映像を真剣《しんけん》な面持ちで見つめていた。

夕日に染まった空がしだいに暗くなるなか、コウモリたちは画面に映る空の両端《りょうはし》を飛んでいた。羽がシューシューという気味の悪い音を立てていなければ、ロマンチックな光景と言えたかもしれない。コウモリの群れが高度を下げていくつかのグループに分かれるたびに、画面が分割された。中心街の様子がしだいにはっきりとし、ものすごい勢いで流れていく。通りには人があふれ、広場も活気があってにぎやかだ。

コウモリたちは地上から数メートルの空中にとどまり、周りをぐるりと見回して視界に入る人間一人一人を観察した。そして、とつぜん、通行人たちに近づいてその頭上におそいかかった。カフェのテラスに座った男の髪や、自動販売機の前にいる男、子どもと言い争っている母親、噴水《ふんすい》のほとりに座りこんだ浮浪者《ふろう》などの肩《かた》でコウモリたちの体がつやつやと光って見えた。

のんびりしている人、笑っている人、急いでいる人、何百人という人が早送りの画面に次々と映った。そして、肩にとまったコウモリたちが彼らにかみつくと、人々の顔が恐怖と痛みでゆがんだ。オレンジ色の街灯に照らされた街のあちこちに群れが集まったり、散っていくたびに、いくつもの叫《さけ》び声《ごえ》があがった。

続いて、別のもっとひどい映像が流れた。自分の頭に銃弾《じゅうだん》を打ちこむ人たち、列車に跳《と》びこむ人たち、ビルの屋上から跳び下りる人たち……。どの人たちの目の奥にも、同じような絶望と、もうおしまいにしたいという決意がやどっていた。すがれるものは何もない、わずかな希望すらない、かすかな光すらないという……。

最後にいくつかの数字が映し出された。

人口　三百万人
配備能力　骸骨《がいこつ》コウモリ千匹
操作手段　百%自然選択《せんたく》
実施《じっし》時間　七十二時間
結果　五十万人排除《はいじょ》
誤差範囲《はんい》　0

参謀たちは顔を見合わせた。彼らは少し前からこの事件のことを知っていた。ヨーロッパのある国の首都で、六人に一人の住民が数十時間のうちに死亡した事件だ。当局は急速に感染するウイルスの可能性をほのめかしたが、くわしい情報を発表する気はないらしい。どうやらその国は大混乱に陥《おちい》っているようだ。さらにひどい事実を隠すために、わざと混乱しているふりをしているのでなければの話だが……。先ほどの映像を見た参謀たちはそう疑ってもいた。

スクリーンに映っている数字をいぶかしげに見ている参謀たちは、だれもが一刻も早くさらにくわしい情報を知りたいという顔をしている。臨時で大統領役を務めているファーガス・アントが一身に注目を浴びて立ち上がり、彼らの前に出た。大統領は咳《せき》ばらいをして、最前列に座っている一人の男に前に出るよううながした。

「みなさんがいま見たものはすべて真実であり、トップシークレットです」と、大統領が口火を切った。

勲章《くんしょう》のたくさんついた上着を着た女が、言葉が途切《とぎ》れた一瞬をとらえ、口に出したくてうずうずしていた質問をぶつけた。

「この映像で起こっていることの責任の一端《いったん》がわが国にあるのでしょうか?」

大統領は横にいる男をちらりと見た。

「そのとおりです!」男は勝《か》ち誇《ほこ》ったように断言した。

男はわざと音節をひとつひとつ区切って発音し、部屋にただよう不安感をあおった。異常に汗をかく者もいれば、上着の首周りをゆるめようとする者、息の荒《あら》くなる者もいた。

「ファーガス」男が大統領に呼びかけた。

参謀たちはみんな、問いかけるような視線を交わした。ファーストネームで呼ぶほど大統領と親しいこの男はいったいだれなのだ?　だれも覚えがなかった。

「この作戦はすべてあなたの功績です」と、ファーガス・アントは一歩下がりながら返事をした。

「この作戦の詳細《しょうさい》を説明するのにあなた以上の適任者はいないでしょう。どうぞ、オーソン」

第一部　どす黒い潮流

1　大西洋をわたって

その数日前、イギリスで……。

オーソンはまだファーガス・アントの周辺に姿を見せていなかったが、アメリカ大統領の暗殺に彼が関与《かんよ》していることを、〈逃げおおせた人〉たちは確信していた。イルミンガー海の石油プラットフォームを改造したオーソンと彼のエリート集団の隠《かく》れ家《が》に、オクサとギュスが侵入《しんにゅう》したとき、オーソンがアントのことを得意げに話していたのを二人は覚えていた。たしか、「副大統領は分別のある人間だと思っていたよ。アメリカ政府のナンバーツーがこちら側についたことは、今後の重要な鍵《かぎ》となるだろう」と言っていたはずだ。あのとき、彼は〝オーソン流〟のやり方で――つまり、すべてを踏みつぶす舗装《ほそう》用のロードローラー（地面をローラーで圧し固める建設機械）のように――地盤《じばん》固めをしていたのだ。そして、成功したのは火を見るより明らかだ。悪が権力をにぎったのだ。

もちろん、世界中が大統領暗殺とその余波に注目していた。驚きと悲しみの段階を過ぎると、さまざまな憶測《おくそく》が飛びかい、この卑劣《ひれつ》な犯人についていくつかの仮説がたてられた。狂信《きょうしん》者か？　極端《きょくたん》な政治思想を持つ者か？　武器マニアの誇大妄想狂《こだいもうそうきょう》か？　あらゆる説に可能性があった。どれも事実からはかけ離れていたけれど……そもそも、〈逃げおおせた人〉以外のだれが真実にたどりつけるだろうか？

イギリスの片田舎にあるアバクムの家では、テレビのニュース専門チャンネルで延々と報道されるアメリカ大統領暗殺事件に、住人たちがうんざりして腹を立てていた。

「もう探す必要はないな。オーソンの居場所はわかったんだから」

妖精人間アバクムは苦々しく吐《は》き捨てた。

「それをうまく利用しないとな！」パヴェル・ポロックも声を荒《あら》げた。「あいつはうぬぼれが強いから、自分はいままでになく強くて確固たる地位にいると思っているだろうよ！」

「そうだよね！」と、オクサがたたみかけた。「あいつはあたしたちのこと、靴の中に入った砂利《じゃり》くらいにしか思ってないよ。まあ、そのほうがいいかもね！　前より警戒《けいかい》されないだろうから」

アバクムは暗い顔をしてうつむいた。テュグデュアルの実父オーソンへの服従、若者たちの〝集団自殺〟が起きたナイアガラ事件、オーソンとの対決……この数週間のうちに次々と起きた苦難は、想像以上にアバクムにダメージをあたえていた。体は十歳《さい》は老けこんだし、精神的にはもっとひどい。彼は疲れ切っていた。

アバクムは若い新グラシューズ、オクサを見つめた。おそらく、彼が知る最後のグラシューズになるだろう。

「ワシントンに行かなくちゃ！」とつぜん、オクサが叫《さけ》んだ。「オーソンはぜったいあそこにいて、裏で権力者を操っているはずだよ。手遅《ておく》れにならないうちに、あいつを捕《つか》まえないと！」

グレーの大きな目をぎらぎらさせながら、オクサは真剣《しんけん》な口調で続けた。

「あいつの言ったことを思い出してよ。『大国の首脳たちが望もうが望むまいが、未来を体現するのはわたしだ』って言ったんだよ」

パヴェルは深く息を吸いこみ、妻のマリーや忠実な仲間たちに目で問いかけた。ギュス、ゾエ、クッカ、レオミドの子孫たち、いちばん新しい仲間ニアル……夫であり父親であるオーソンと思い切って決別したバーバラとモーティマーも忘れてはならない。

「そうするしかないだろうな……」パヴェルはつぶやいた。

「そうするしかないよ！」オクサはきっぱりと言い切った。

マリーは夫の顔をじっと見つめた。また引《ひ》っ越《こ》しか、と落ちこんでいるのが夫の表情から見てとれた。ポロック家のみんなが落ち着いて平穏《へいおん》に暮らせるようになるのはいったいいつだろう？　死ぬまで逃げ続けるか、敵を追いかけ続けなければならないのだろうか？　パヴェルはあきらめたように肩《かた》をすくめた。ポロック家をはじめ〈逃げおおせた人〉たちの人生は、波乱続きではあるが、類まれな運命を背負っている。いつものように、〈逃げおおせた人〉はそれを受け入れるだろう。グラシューズの孫であり、息子であり、父親でもあるパヴェルはほかの人たちより責任が重い。

パヴェルはもう一度息を深く吸いこみ、自分の家族と仲間を見つめ、ゆっくりとうなずいた。オクサの言うことは正しい。新たな引っ越しは避《さ》けられない。それは義務であり、良心の問題であり、運命なのだ。

準備には数日しかかからなかった。ここでも、アバクムの準備のよさがきわ立っていた。エデフィアを出る前、アバクムもオーソン同様に、ダイヤモンドを何つかみか荷物に忍《しの》ばせていたのだ。〈内界〉では無限にあってありふれたものだが、〈外界〉ではとても高価な宝石だ。このちょっとした財産は、ワシントンに十人ほど――レオミドの子孫であるフォルテンスキー一家はあとから合流することになっていた――が住めるアパートを見つけるときにもすぐに役立った。

「お金って、本当に魔法のような力があるわね」新居のエレベーターに乗って不動産屋が帰るのを見送ってから、マリーがため息まじりに言った。

「見においでよ！」窓のよごれを引っかいて落としながら、オクサがみんなを呼んだ。「ここからホワイトハウスの屋根が見えるよ！」

「すごいな……」パヴェルがうんざりしたようにつぶやいた。

実は、オクサの父親は地の利より、内部の様子に気をとられていたのだ。アバクムが購入した最上階の四階にあるロフトはたしかに広い。昔は作業場として使われていたようだ。しかし、売買契《けい》約《やく》を交わした時点では、とても快適そうには見えなかった。何年も使われていなかったうえに、先の自然災害のせいでずいぶんダメージを受けていたからだ。そんな場所に自分たちが住むことを考えるのは、かなりの想像力が必要だった。

オクサはすぐに父親の疑わしげな顔つきに気づいた。

「お金に魔法みたいな力があるとしたらさ、あたしたちのほうにはすごい能力を持った生き物たちがいるじゃない！」

オクサはそう言ってから、〈逃げおおせた人〉の名に恥じない仲間の生き物たちをミニチュアボックスから出してやった。

まっ先にふつうの大きさにもどったのはフォルダンゴだ。

「グラシューズ様にはその召使《めしつか》いたちの解放を提供されたことに対して、無限の感謝を受け取っていただきますように！　混雑は不快な手足の筋肉のしびれと苦痛に満ちたけんかの原因となりました」

フォルダンゴはあたりを見回してから、小声で続けた。

「わたくしどものなかには、団体旅行をするのに十分な社会性の量を有していない者もおりますが、グラシューズ様は彼らの身元について無言の口を維持《いじ》することをこの召使いに許可されなければなりません」

オクサはフォルダンゴの頭をなでながら、うなずいた。そうするうちにも、ほかの生き物たちも箱から出てきた。そこらじゅうを跳《と》び回る者、ゆっくりと伸びをする者など、性格によっていろいろだ。いつものように、体は小さいくせにいちばん騒《さわ》がしいのはドヴィナイユで、春の初めでまだ気温の低いことに不満たらたらだ。オクサのヤクタタズだけが幸せそうに目を見開いてじっとしていた。

「おい、おい、ボケナス、ちょっとはきれいにしてくれよ！」髪をふり乱したジェトリックスが、ねばねばしたものがついたヤクタタズの背中を見て文句を言った。

たっぷり数秒かかってやっとこの言葉の意味をヤクタタズは理解したようだ。

「そのとおりですね。ここはほったらかしになっていますね……」ヤクタタズはどんよりとした目でアパートの中を見わたして言った。

「おれはおまえのことを言ってるんだ、ノータリン！　だれかにへどを吐《は》かれたのかよ？」

ミニチュアボックスから取り出されたばかりのゴラノフが、この言葉を聞いて全部の葉っぱを震《ふる》わせた。

「ふんっ、わたしたちは乗り物酔《よ》いに苦しんでいることを隠してなんかいないわよ」いちばん大きなゴラノフが苦々しげに言い返した。「ストレスがたまると、すぐに葉緑素が固まるのよ！」

「つまり、二十四時間のうち、二十三時間五十九分くらいそうなのよね！」プチシュキーヌが皮肉った。

「だからって、きたないものを人にふりかけてもいいってことにはならないだろ！」ジェトリックスが水滴《すいてき》をはらうようにわざと体をぶるっと震わせた。

するとｉ、急にヤクタタズが固まった。脳みそを働かせるためには動きを停止しないといけないからだろう……。

「あなたはふりかけなんですか？」ヤクタタズは真剣にびっくりしてたずねた。

オクサはほほえみながら、アカオトシがせっせと働いている窓際に植物たちを置いた。フォルダンゴの指揮のもと、生き物たちはみんな、広いロフトの床から天井《てんじょう》までほこりをはらったり、磨《みが》いたりして掃除《そうじ》をした。

「二日もすれば、見ちがえるほどきれいになるよ」と、アバクムは請《う》け合《あ》った。

その言葉は正しかった。その翌々日、〈逃げおおせた人〉たちは偽名《ぎめい》で泊《と》まっていたホテルをあとにし、新居に移ってきた。人間も生き物も、みんながせいいっぱい働いたおかげで、ロフトは清潔で居心地よくなっていた。十人が生活するのに必要な家具や日用品を運びこむのに荷役用の大きなエレベーターがおおいに役立った。とくに、若者六人は環境《かんきょう》の変化に興奮気味だ。

ロフトの中心に位置する大きなサロンの真ん中に立って、オクサは工場のように無機質で、それでいて温かみのあるインテリアにうっとりした。どこに目をやればいいか迷うほどだ。

「すっごくすてき！　レンガの壁もすてき！　ソファも！　じゅうたんも……」

そう小声で叫んだオクサは急に口をつぐんだ。少し離れた、黒で統一されたオープンキッチンで、両親が娘の存在にまったく気づかずに熱っぽく抱《だ》き合《あ》っていた。初めて出会った二十年前と同じくらい情熱的なキスをしている。まるで世界に二人しかいないみたいに。二人の愛情の深さに胸がいっぱいになった。

オクサがその場をそっと離れようとしたとき、プチシュキーヌたちが両親の頭の上をくるくる回りながらはやし立てた。

「お熱いお二人さん！　お熱いお二人さん！」

パヴェルとマリーはしぶしぶ体を離した。

「あれっ、オクサ、そこにいたのか？」娘と目が合ったパヴェルが言った。

マリーはぎこちなくふり返り、指で髪の毛をすいた。

「うん、いま来たところ……」オクサは嘘《うそ》をついた。

自分がたったいま見た光景に感動したわけではなかったが、両親がおたがいに向ける愛情をあらわす、ちょっとした仕草やキスやまなざしに出会うたびにオクサは安心した。間を持たせるために、騒いでいるプチシュキーヌたちに目を移した。

「あんたたちって、疲れるってことがないんだね。羽の生えたちっちゃなモンスターさん！」

オクサは片手をちょっと動かしてプチシュキーヌを引き寄せた。信じられないほど軽い！　金色の鳥たちはオクサの〈磁気術〉に逆らえないことに腹を立ててピイピイ騒いだ。オクサは鳥を捕まえてポシェットにしまった。

「さあ静かにして、みんなを困らせるのはやめてね！」

「ふ〜ん、無実の生き物を虐待《ぎゃくたい》するグラシューズの現行犯だな！」

ギュスの声だとわかったので、ぱっとオクサはふり向いた。ギュスはバーバラとモーティマーといっしょにパスタや野菜や乳製品のいっぱい入った袋を持って立っていた。ギュスは分厚い黒のニット帽をぬいで両手に息をはあーっと吐きかけた。黒くてつやのある髪にふちどられた顔はますますユーラシアンっぽさが目立ってきたようだ。オクサはギュスの目が特別な光をたたえてぱっと輝いたのがわかり、黙《だま》ってそれを受けとめた。〈逃げおおせた人〉たちのなかで二人の仲を知らない者はいない。それればかりか、愛し合っていることをおたがいがやっと認めたことを、みんなが喜んでいた。

「ああ、ギュス、ちょうどいいところに来てくれたよ！」とつぜん、パヴェルが声をかけた。「二人ともこっちに来てごらん」

オクサは問いかけるような視線をまず父親に、そしてギュスに向けた。肩をすくめたところを見ると、ギュスも何のことかわからないようだ。買物袋を床に置くと、ギュスはオクサを引っぱってパヴェルのあとについていった。十ほどのドアが並ぶ通路に進んだ。

「ほら！」パヴェルはドアのひとつをあけてから、うれしそうに言った。

そして、二人が中をのぞけるように脇《わき》に寄った。

「ふ〜ん、いいね、パパ……すてきな部屋じゃない……」オクサはつぶやいた。

実際、その部屋のインテリアは趣味《しゅみ》がよかった。赤いチェスト、卵形のベージュの椅子、満月のような白くて丸いフロアランプ……ダブルベッド。

「おまえたちの部屋だよ」と、パヴェルが告げた。

オクサは眉《まゆ》をひそめて父親をじっと見つめた。どういう意味なんだろう？

「おまえたち二人の部屋だ。ギュスとおまえの……」

「えっ？」

それしかオクサには言えなかった。驚きとまどいをあらわすにはたよりない言葉だ。父親もギュスもまともに見られなかった。

「こうすれば、毎晩ギュスが足音を忍《しの》ばせて壁づたいにこっそりとおまえの部屋に行かなくてもよくなるだろ」パヴェルはにっこり顔をほころばせた。

オクサは真っ赤になった。二人ともあんなに気をつけていたのに！　パパには特別なアンテナでもあるんだろうか？

「ええーっと、ありがとう、パヴェル」ついにギュスが口を開いた。

ギュスは落ち着いていて、心から感謝しているようだ。心の底ではびっくりしているとしたら、とてもうまく隠している。

「あなたたち、本当に成長したわね……」後ろでマリーの声がした。

マリーはオクサとギュスの肩に手をかけて引き寄せ、二人のほおにキスをした。

「わたしたちは二人とも愛してるわ。それに、二人を信用しているから」

オクサは母親にお返しのキスをし、それから父親にもキスをした。

「そうこなくちゃな！」パヴェルは無視されたかわいそうな人を演じるチャンスを逃《のが》すことがない。

「かわいそうな、あなた。いらっしゃいよ。晩ごはんを作るのを手伝ってくれるって言ったわよね！」マリーがパヴェルの手を引っぱった。

二人はおたがいの腰《こし》に手を回して通路に消えていった。オクサはドアを閉めて、壁によりかかった。ギュスはすでにベッドに横になっていて、腕《うで》を頭の後ろで組んで、いつもとはちがった感じでオクサを見つめていた。

「おまえんとこは、いい親だよな……」と、つぶやいた。

ギュスが何を考えているのかはオクサに痛いほどわかった。彼の両親、ジャンヌとピエールはエデフィアに残っている。正確に言えば、グラシューズの血を引いている人しか〈外界〉に出られなかったので、残らざるをえなかったのだ。

オクサはベッドに来て、ギュスに寄《よ》り添《そ》った。ギュスは腕を回してオクサを抱き寄せ、髪やくちびるをそっとなでた。

「このロフトっていいよな？」ギュスが耳元でささやいた。

「すごくいい」オクサが答えた。

「この部屋もさ、サイコーだよな？」

「うん……」オクサはうなずいた。

「ベッドもすごく気持ちいいよな？」

オクサはくすりと笑った。

「ねえ、ポロックさん、このベッドについて話してもらえませんかね？」

ギュスはこう言うと、オクサのほうにいっそう体をくっつけ、栗色《くりいろ》の髪をひと房《ふさ》、くるくると指に巻きつけた。

「おや、赤くなっていますね！　あなたのような驚くべき冒険《ぼうけん》の数々を経験した偉大《いだい》なグラシューズともあろうお方が恥ずかしがっているなんてことは……」

「いいかげんに黙ってくれる？」オクサがさえぎった。

オクサは体を起こし、ギュスの顔を両手ではさみ、自分のくちびるを彼のそれにのせた。

「オーケー、黙るよ……」

大西洋の向こう側で骸骨《がいこつ》コウモリの群れが罪もない人々におそいかかっているころ、オクサと〈逃げおおせた人〉はこれまでになく不安で不確かな新生活を始めようとしていた。ホワイトハウスはすぐそこにあった。史上最悪の殺人者になろうとしている男がそこにいるのだ。

2　驚くべき決断

マリー・ポロックは乱暴に新聞を折りたたみ、自分でも驚くほど強くドンとテーブルに両手をついた。カップが受け皿に当たってかちゃかちゃと音を立て、飲み物の表面に波紋《はもん》が広がるのを見て我に返った。アバクム、パヴェルとオクサが、いぶかしげにマリーを見つめていた。

「ホワイトハウスでパティシエとして雇《やと》ってもらうわ！」マリーが高らかに宣言した。

「おまえ、何を言ってるんだい？」パヴェルが不機嫌《ふきげん》そうにつぶやいた。

「ほら、ここ！」

マリーはそう言いながら、新聞の囲み広告の求人欄《らん》を指さした。眉《まゆ》をつり上げてパヴェルがそれを読む肩《かた》ごしにオクサとアバクムがのぞきこんだ。パヴェルの顔は見る見るうちにけわしくなった。

「とんでもない！」

マリーは夫に怒ったような目を向けた。

「どうして？」

「危険すぎるよ」

「じゃあ、ここ何年か、わたしたちが経験してきたことが危なくなかったって言うの？　少なくとも千回は死ぬところだったじゃない！」

マリーは息をついでからも、だれにも何も言わせるすきをあたえなかった。

「わたしは大混乱の時期を何ヵ月もあなたの助けなしに生きのびてきたのよ。体も弱っていたし、信じられないほど危険な状況《じょうきょう》を経験したわ。あなたが暗に言いたいのは、わたしにはとてもじゃないけど……」

「そんなことは言ってないよ！」パヴェルはあわててさえぎった。

「……あなたたちを助けることができないってこと？」マリーも興奮しているので負けてはいない。

「わたしには超《ちょう》能力がないから、スーパーマンの夫とヒロインの娘を家でじっと待ってろっていうわけ？　編み物でもしてたほうがいい？　それとも、生け花のほうがいいかしら？」

どうやら、だれも止めることはできないようだ。オクサはくちびるをかんで母親をながめていた。

「ママはあたしたちとおんなじぐらい強いよ……」オクサがつぶやいた。

かっかしているマリーには娘の言葉など耳に入らなかった。褐色《かっしょく》の目でパヴェルをにらみつけて怒りを爆発させた。

「わたしのお菓子《かし》作りの腕《うで》がどうしようもないって言うんなら話は別だけど。それはないわよね。だって、わたしの得意分野だし、あなたよりうまいわよ。知ってるでしょ！」

どなり声を聞いて、ギュスとゾエがやってきた。オクサの両親がテーブルをはさみ、正面切ってにらみ合っている。いまにもなぐり合いが始まりそうだ。ギュスはオクサのとなりに腰《こし》かけて彼女の指に自分の指をからめた。急に沈黙《ちんもく》がおとずれ、すでに重苦しかった雰囲気がいっそう重くなった。マリーが声を少し落として言った。

「ヨーロッパで起きたことは重大なことよ。あの骸骨《がいこつ》コウモリの群れ……」

マリーはぶるっと体を震《ふる》わせ、ギュスをちらりと見た。ギュスも自分を死に追いやろうとした生き物の名前を聞いて、思わず体をこわばらせた。あの生き物のことは死ぬまでトラウマになるだろう。

「数十時間で五十万人の人が死んだのよ……そんなことってある？」マリーが続けた。「わたしたちはこのひどい事件の裏にだれがいるかを知っている。とにかく、新しい大統領になるべく近づいて、そばにオーソンがいることを確かめるだけでいいのよ。ホワイトハウスの中に潜《もぐ》りこめるのはわたしだけなのよ。あいつに最後に会ってから、わたしはずいぶん変わっているわ……」

オクサの目に涙がじわっと浮かんだ。母親の言うとおりだ。あやうく命拾いしたけれども、元どおりになったとはとても言えない。母親の髪はいまは短くてグレーだ。顔はやつれて老けたし、体もやせた。明るさと優しさは以前と変わらず、いまでもきれいだけれど、ずいぶん変わったことは否定できない。

「そういうことはガナリこぼしにたのめばいいよ……」と、パヴェルが言った。

マリーはひどく悲しそうな顔になった。ギュスはマリンブルーの目を半分閉じて、大きく息を吸いこんだ。パヴェルにはわからないのだろうか？　超能力がなくても〈外の人〉だって闘《たたか》えるということをわかってほしいのに。ギュスもマリーと同じように、自分が役に立つことを何度も証明してきたはずだ。しかし、仲間を説得するのに大変な努力をしないといけないことを、いつも苦々しく感じていた。

パヴェルはふいに立ち上がってマリーの後ろにまわった。そして、肩に手をおいて優しくさすった。

「それがいちばんいいやり方なのよ……」

マリーはそうささやいて、頭を夫の体にもたせかけた。

「それに、わたしがいつも遠くないところにいるよ」アバクムがつけ加えた。

妖精人間アバクムが影になって仲間を見守ってくれる「影人間」であることは、みんなが知っている。マリーは感謝のほほえみをアバクムに向け、パヴェルは心配のあまりがっくりと肩を落とした。

候補者の質の高さと数の多さにもかかわらず、マリーは採用審査《しんさ》を次々とパスし、見事にその仕事を手に入れた。もちろん、歯ごたえのあるグリオットチェリー・チョコレートがそれにひと役買ったのは言うまでもない。オクサに言わせれば、「殺人的おいしさ」なのだ。最終審査ではアバクムのちょっとした魔法でライバルを蹴《け》落とすことになったが、マリーはいやな顔はしなかった。団結が〈逃げおおせた人〉の成功の鍵《かぎ》なのだから……。

外見を少し変え、カラーコンタクトレンズをいれ、不思議な苦味のハーブティーで声をややハスキーにし、マリー・ポロックはホワイトハウスのパティシエチームに加わる準備ができた。

「中学校の初日と同じくらいどきどきするわ」

マリーは玄関の姿見で全身をチェックしながら言った。

それぞれのやり方でマリーを励《はげ》まそうと、〈逃げおおせた人〉全員がそろっていた。オクサは愉《ゆ》快《かい》そうに母親の髪をくしゃくしゃにするまねをした。

「あたしのかわいいママ。きっと、すっごくうまくいくよ！」

「どこにでも首をつっこんで匂《にお》いを嗅《か》ぎまわる動物みたいにでしょ！」

マリーはたたみかけるように言いながら、白いチュニックのラグラン袖《そで》を引っぱった。

「この生地って鎧《よろい》みたいに固いのよ」と嘆《なげ》いた。「作業着にこんなに糊《のり》をきかせなくってもいいのに」

「あれっ、変な感じだな……」わざと不思議そうな顔をしてパヴェルが言った。

「デジャヴュみたいな感じ？」マリーが言い当てた。

オクサと両親はほほえみ合った。これと同じような場面が数年前のビッグトウ広場の家であった。そのとき、オクサは新しい中学校の制服――とくにプリーツスカートとネクタイ――を着なければいけないことに文句たらたらだった。不思議なことに、この思い出はポロック家の歴史のなかでも最も懐《なつ》かしくて鮮《あざ》やかなものになっている。

しかし、オクサの目がふと友だちのほうに移って少し暗くなった。彼らに比べれば、自分はラッキーだ。ギュスとクッカはいつ育ての親に再会できるかわからない。ゾエはもう両親を亡くしているし、モーティマーは母親がそばにいるものの、父親のほうは……あんな人間だ。誇大妄想狂《こだいもうそうきょう》で人殺しなのだ。ニアルは両親をオーソンに人質にとられている。

たしかに、オクサは運がいい。


ビッグトウ広場の家での光景とますますそっくりになるとも知らずに、ゾエがマリーに小さな革の財布を差し出した。オクサはいいよ、という表情をした。

「これが役に立つわよ、マリー」ゾエはそれだけ言った。

「それはなあに?」

「ドラゴミラが作ったお守りよ」ゾエはひどく赤っぽく見えるまつげにふちどられた目をふせた。「落ちこんでいたときにオクサがくれたの。これからは、わたしよりあなたのほうが必要になると思うから」

ゾエは自分を優しく見つめているニアルにそっと寄り添ってしばらく迷っていたが、こうつけ加えた。

「本当に効くのよ!」

「もし緊張《きんちょう》して胸が苦しくなったら、これをそっとなでるといいわ。そしたら、空が明るくなって、道がしっかり見えてくるの……」と、オクサがつぶやいた。

「ありがとう」マリーはそっと言った。

懐中時計《かいちゅうどけい》を手にしたフォルダンゴが急にどこからかあらわれた。最近『不思議の国のアリス』を読んで以来、身につけているのだ。

「千二百四十八の鼓動《こどう》から九を引いて三千六百かけたのが別れのあいさつの到来です」

フォルダンゴの時間の数え方がどうなっているのかだれにもわからなかったが、言いたいことははっきりしていた。もう出かけないといけないということだ。

「わたしはどう見えるかしら？」マリーがたずねた。

「完璧《かんぺき》！」〈逃げおおせた人〉たちは声をそろえて答えた。

マリーは上着をはおってニット帽をかぶった。大あわてでマフラーを首に巻きつけていると、パヴェルがマリーの手をおさえて代わりにマフラーを結んでやった。パヴェルも落ち着いているように見せてはいるけれど胸がいっぱいなのだ。

「わたしたちだって、少しは暖かさがほしいのよね！」ドヴィナイユのうちの一羽がぶつぶつ文句を言った。「こんな冷蔵庫のような土地に身を隠すために地球を半周することはなかったと言いたいわ……」

ぶるっと震えたために言葉がとぎれたが、仲間も黙《だま》ってはいなかった。

「一度でいいから南国を選べないんですかね！」別の一羽が続けた。「わたしたちは不満です！」

「とっても不満です！」また別のドヴィナイユがどなった。

話が気候のことに脱線《だっせん》したので、マリーと〈逃げおおせた人〉たちは思わずほほえんだ。

「モヘアのつなぎを着たらいいよ」アバクムは辛抱強《しんぼうづよ》く提案した。

「そうだよ、コッコさんたち！」ジェトリックスが口をはさんだ。「つなぎはいいよ！」

「熱帯地方向きじゃないけど！」一羽のドヴィナイユが言い返した。

「あのう……騒《さわ》がしい養鶏《ようけい》場のことはまかせるわね……」マリーはあきれたように目をくるりと上に向けた。「じゃあ、がんばってね！」

「こうなると、がんばるだけじゃだめだな。並外れた勇気がいるよ！」パヴェルはため息をついて、マリーを抱《だ》きしめた。

この言葉が特別なひびきを持っていることはみんなにもわかった。パヴェルはマリーのうなじに顔をうずめ、耳元でささやいた。

「危険を冒《おか》さないって約束してくれ」

「約束するわ」

「きみに何かあったら、ぼくはだめになる」

「何も起こらないわよ」

マリーはパヴェルの顔を両手ではさみ、じっと見つめてからキスをした。それから、オクサとほかの〈逃げおおせた人〉たちのほおにも順にキスした。

「だいじょうぶよ！」みんなの心配そうな顔を前に、マリーは宣言した。「もっとひどいこともあったじゃない？」

だれにも答えるひまをあたえずに、マリーはきびすを返した。

「じゃあ、あとでね！」エレベーターの重い扉《とびら》を閉めながら勢いよく言った。

オクサは急いで窓ぎわに行き、まっすぐで人気のない小さな通りを歩く母親の姿を目で追った。

それから、マリーは道を曲がって大通りに出て見えなくなった。影がひとつ、少し距離《きょり》をとって追いかけていた。ぴったりとくっついてはいないが、しっかりとあとをつけている。アバクムは「いつも遠くないところにいるよ」と約束したのだった。

3 移転

〈サラマンダー〉の鋼鉄の骨格が夕闇《ゆうやみ》に浮かび上がっていた。荒《あ》れる海としだいに暗くなる空の間にぽつんとある異物のようだ。オーソンは潜望鏡《せんぼうきょう》を下ろし、ひじかけ椅子に座った。彼の潜水艦《せんすいかん》は真っ暗な海中を進んでいた。

数ヵ月前、オーソンはグリーンランド沖《おき》のイルミンガー海に浮かぶ石油プラットフォームを改造して秘密基地にした。そこで、科学、軍事、ＩＴ、医学の分野で最高の頭脳をそろえたエリート集団を作った。エデフィアで屈辱《くつじょく》的な敗北を喫《きっ》したあと、オーソンは激しい復讐《ふくしゅう》心に燃えた。そしてこの〈サラマンダー〉で世界を支配するための悪魔のような計画をくわだてたのだ。

経済と政治の世界で権力をにぎる者が最初の標的となり、最初の成功例になった。いま、オーソンは世界中の一次産品の膨大《ぼうだい》な備蓄《びちく》——穀物、石油、鉱物など地球上にあるほとんどすべてのものを独占《どくせん》している！——を持ち、世界で最も権力を持つ何人かを味方につけている。

人を説得する並外れた能力だけが彼の切り札ではない。いくつかの「おまけ」にも非常に効果があることがわかった。なかでも、半透明《とうめい》族の分泌《ぶんぴつ》する物質の作用が詰まったウイルスが骸骨《がいこつ》コウモりによってばらまかれたことだ。どんなにしっかりした人でも恐怖によって自分を犠牲《ぎせい》にするように仕向けるという天才的なやり方だ。これほど革新的で創造的な生物兵器を開発したことにオーソンは鼻高々だった。

もちろんオーソンは、この新世代兵器を駆使《くし》したことで出た損害に対して苦々しく思ってはいた。何十万人という犠牲者のことではもちろんない。オーソンが血肉を分けた自分の子ども同然の半透明族の多くを失ったからだ。人間の恋情《れんじょう》を吸い取ってできる黒い液体が大量に必要になったために、オーソンは愛する生き物たちをしょっちゅう世界中に派遣《はけん》しなければならなかった。そのため、半透明族四人は恋情の吸い取りすぎで中毒死した。幸いにも、生き残った二人のおかげで、天才科学者レオカディア・ボルとポンピリウ・ネグスは鼻汁にふくまれる物質の作用を組みこんだ大量の人工ウイルスを合成することに成功した。

オーソンは口には出さなかったが、二人の科学者に大いに感謝し、二人もオーソンに感謝の気持ちを返した。

いま、完全な勝利への第一歩を踏《ふ》み出《だ》したオーソンは、イルミンガー海の凍《い》てつく基地に隠れている必要はなくなった。彼の企《たくら》みは秘密のままだが、アメリカの新大統領に大きな影響《えいきょう》力を持つ私設顧問《こもん》になったオーソンは周囲から一目置かれ、ほとんど無制限に物資や輸送手段を自由にすることができた。無言の反発があるのはわかっていたが、自分の欲しいものを手に入れるのにいちいち了解を求める必要はない。それは都合がいいことだった。というのは、そうでなければ、〈サラマンダー〉に貯えた核兵器《かくへいき》を自分の潜水艦で運ぶのにちょっとした問題が起きたかもしれない。むだにするために、これまで大がかりな準備をしてきたわけではない！　しかも、ファーガス・アントはこのことに理解を示し、彼の大切な友人のために軍艦《ぐんかん》を一隻《いっせき》用意してくれさえした。そんなことを考えながら、オーソンはにやりとした。このことは覚えておいてやろう……もちろん、アントに利用価値がある間だけだが。

「価値のないものをいつまでもかかえておくわけにはいかないからな」オーソンは息を深く吸いこみながらつぶやいた。

「お父さん、何か言いましたか？」

「声に出して考えごとをしていたんだ、グレゴール」

長男は自分によく似ていた。威厳《いげん》、そして極端《きょくたん》に細い体を父親である自分から受《う》け継《つ》いでいた。とくにいまのように、背中をぴんと伸ばして手を後ろで組み、強情そうな顔つきをしているときはほんとうによく似ている。しかし、自分ほど強くはない。どうしてそうなのか？　彼は半分しか〈内の人〉ではないからだ。末息子のモーティマーもそうだ。あいつはあの憎《にく》らしい〈逃げおおせた人〉の側について、大胆《だいたん》不敵にも自分に歯向かってきた。その選択《せんたく》はある種の勇気をあらわしていると認めなければならないだろう――そのことを自覚していればの話だが……。しかし、あいつにしても半分は〈外の人〉だから、能力はとうてい自分にはおよばない。三人の息子のなかで、自分にふさわしい可能性を持っているのはただ一人、テュグデュアル、テュグデュアルだ。

思わずオーソンは椅子をぐるりとまわしてテュグデュアルを探した。彼の姿はすぐに見つかった。カードで遊んでいる男女から少し離れたところで椅子にゆったりと座っている。MP3のヘッドフォンをつけて本を読んでいるのだ。オーソンは本の題名を見ようとかがんだ。『弓と禅《ぜん》』（ドイツの哲学者《てつがくしゃ》オイゲン・ヘリゲルの著書）というタイトルを見て、眉《まゆ》を寄せ、顔をくもらせた。有名な本だ。人が自分の精神を律するための方法を紹介《しょうかい》したその本のことをオーソンは知っていた。

「テュグデュアル」オーソンは大きな声で彼を呼んだ。

テュグデュアルはぱっと体を起こした。少し残念そうにみえたのがオーソンの気にさわった。テュグデュアルの精神を操ることができる人間がいるとしたら、それはオーソン以外にはありえない。テ父親である自分の影響が強いことはたしかだ。テュグデュアルはいつも言われたとおりにし、命令にそむいたことはない。指示したやり方から外れたこともない。しかし、ごくささいなことで、テュグデュアルのほんの一部だけがつかみどころのないままなのを感じる。完璧《かんぺき》な息子がそばにいるという満足感にけちがついたような気にさせられる。

「お父さん、なんでしょうか？」テュグデュアルがたずねた。

オーソンの瞳《ひとみ》が墨《すみ》のように真っ黒だとすると、テュグデュアルの瞳は青みがかった氷のような透明さを持っていた。そこには何も見えない。

憎《にく》しみも愛情も。軽蔑《けいべつ》も賞賛も。

何もない。

「われわれの大事な人はどんな具合だ？」オーソンはテュグデュアルに近づいてたずねた。

「こういう状況《じょうきょう》にしてはかなりいいと思います」テュグデュアルはうつろな声で答えた。

暗殺された大統領の娘エリナーは数週間前から彼らのもとに監禁《かんきん》されている。オーソンはため息をついた。

「父親があまりに頑固《がんこ》だからこんなことになったんだ。自分の子どもの命がかかっているときにどうしてああなれるものかね？」

テュグデュアルはその問いには答えずに、眉に光るピアスのためによけいにするどく見える不思議な視線を父親にじっと向けた。

「まあ、われわれとお別れする前に、彼女にはまだ役に立ってもらうがね」と、オーソンは続けた。

「どんなふうに？」

「将来、国民の〝好感度〟を上げるためにだ。こちらの世界の人たちは感受性が強いからな……」

テュグデュアルは父親の目の奥に隠された謎を解こうとするように、その目をじっとのぞきこみ、うなずいた。

「それはすばらしい計画です、お父さん」

まったく感情のこもっていない言葉にもかかわらず、オーソンは共犯者的な笑みを浮かべた。

「そうだろう？」

「みんながお父さんのことを大好きになりますよ。英雄だと讃《たた》えますよ」

「しかも、それは序の口だ」

そう言ったオーソンはテュグデュアルの目をのぞきこんだ。テュグデュアルはぶるっと身震《みぶる》いしてぎくしゃくと立ち上がった。そして部屋から出ていこうとしたとき、オーソンはテーブルに置きっぱなしになっていた本にふと目をやった。手のひらを広げると、小さな炎《ほのお》が出てきて本めがけて飛んでいき、本を炎で包んだ。焼《や》け焦《こ》げた臭《にお》いがして黒い灰が通気孔《つうきこう》のほうに流れていったが、その部屋にいた人たちは気づかないふりをした。指導者がそういう行動に出たのには理由があるのだろうし、それは彼らには関係ないからだ。

グレゴールだけは、いま起きたことの一部始終を見聞きしていた。心のなかでは喜んでいたが、くちびるの端《はし》に謎めいた冷笑を浮かべただけだった。

テュグデュアルが公式に異母兄弟となっても、とくに変わったことはなかった。グレゴールは父親の右腕《みぎうで》のままだったし、つねにそばにいて信頼されていた。エリート集団のなかの何人かはオーソンに完全な忠誠を誓《ちか》っていた。マルクス・オルセン、ポンピリウ・ネグス、レオカディア・ボルたちだ。彼らはオーソンに命を捧《ささ》げる覚悟《かくご》でいる。彼らにとってオーソンは道を示してくれる絶対的な師であり、崇拝《すうはい》すべき指導者だった。しかし、グレゴールにとっては、オーソンはまず父親だ。そこが彼らとの大きなちがいだ。

グレゴールは父親に対して深い愛情を抱《いだ》いていた。だがテュグデュアルが仲間に加わって以来、自分が二番手にすべり落ちたのを感じる。テュグデュアルがいちばんのお気に入りになったわけではないが、彼のほうに大きな期待をかけているのがわかる。父親は大きな誤りを犯しているとグレゴールは思っていた。テュグデュアルを服従させるために、父親は策略を用いなければいけなかったはずだ。すべてわかっているわけではないが、テュグデュアルの服従が不自然であることに気づいていた。

テュグデュアルに父親を愛するよう強制することはだれにもできない。けっして、だれにも。

オーソンにもそれがわかる日がくるだろう。そのときも、グレゴールは変わらず父親のもとにいるだろう。

二隻の潜水艦が月も星もない闇夜《やみよ》のなかをアメリカ東海岸のノーフォーク港に接岸したとき、港には薄《うす》いもやがかかっていた。投光器の光のもと、すべてがてかてかした膜《まく》におおわれているような感じがし、そこにいる人たちさえも静止しているように見えた。港湾ゾーンを制圧するために大勢の兵士が配備されており、だれも侵入《しんにゅう》してこないように外部に向けて銃口《じゅうこう》を構え、建物の屋根には狙撃《そげき》手が腹ばいになって待機していた。

オーソンが潜水艦から姿をあらわしたのは、そうしたものものしい雰囲気のなかだった。黒いピーコートを身につけ、つやのあるスキンヘッドと威厳のある面持ちで港をざっと見回し、こういう出迎えを受けたことにいかにも満足げだ。それから、ヒョウのような身軽さで潜水艦に取りつけられた階段を下りた。

地上に足をつけるとすぐに一人の男が近づいてきた。上着にたくさん勲章《くんしょう》がついていることから、高い地位の人物だとわかる。

「マーチ大佐《たいさ》です。ノーフォークにようこそ」とあいさつをした。

オーソンはかすかにうなずいた。オーソンに続いて二人の息子、そして黒い服に身を固め、広いつばのある帽子で顔を隠した五十人ほどの男女が潜水艦から降りてきた。権力者に保護されているのだから安心といえば安心だが、彼らの多くは重い刑《けい》に服していることになっている。顔は見られないほうが安全だ。

同時に、甲虫《こうちゅう》類のようにつやのある大きなトラックが数台やってきた。湿《しめ》ったアスファルトにタイヤのきしむ音がする以外は静まり返っている。

「われわれが輸送する積荷はとくにデリケートなものだと大統領から聞いていますと」大佐が小声で

言った。「特別に補強された列車が用意されており、部下たちが輸送の任務にあたることになっています」

「目的地にはいつ着く予定ですかな?」オーソンがたずねた。

「ご存知のように、安全面の理由でその列車は夜は運行しませんし、スピードも抑《おさ》えます。したがって、あらゆる必要な措置《そち》をとったうえで七十二時間後の到着となります」

「ぬかりなくやってくれ! 少しでもミスがあるとある程度の規模の核《かく》災害が起こることは避けられないからな」と、オーソンがいつもの皮肉な調子でコメントした。

気を悪くした大佐はくちびるをかみ、えりについた小さなマイクに何ごとかをつぶやいた。それまでじっと待機していた兵士たちが急に二隻目の潜水艦の周りで動き始めた。まるで働きアリのように正確でむだのない動きだ。

「大統領専用機が用意されています。いつ、ワシントンに向かわれますか?」大佐がたずねた。

「そうだな……いま、行こう!」

オーソンはそう答えると、自分の武装集団をしばらくながめてから、大佐に向けて言った。

「あなたの部下が目的地で積荷を降ろしてくれさえすれば、あとのことは私の長男のグレゴールが指揮をとる。あなたがたの任務は運搬《うんぱん》が終われば終了だ」

「しかし……」大佐は反論しようとした。

「大統領の許可はもらってある」オーソンは声を荒げることなく、高飛車な口調でぴしゃりと言った。「信頼してもらっているからな……」

オーソンがこれ見よがしにくるりと背を向けたので、大佐はショックを受けた。どこからともなく急にあらわれてファーガス・アントの影に隠れているこの男は、序列というものをまったく尊重しないやつだ！　この男は息子を抱擁《ほうよう》し、傭兵《ようへい》のような雰囲気の手下と握手《あくしゅ》をし、ほかの者たちに声をかけている。傲慢《ごうまん》と信頼が混じった妙《みょう》な態度だ。

「みんな、気をつけてくれ！　わたしもすぐに向かう」と言って、二人目の息子のほうを向いた。

「テュグデュアル、おまえはわたしといっしょに来い」

テュグデュアルは無表情のまま列から離れ、ポケットに両手を突っこんで父親のそばにやってきた。思わずマーチ大佐は震えた。テュグデュアルだと……この名前は聞いたことがある。いや、知らない者はいない。数週間前に世界中のメディアのトップを飾《かざ》った人物だ。欧米《おうべい》諸国の歴史で最大の悲劇のひとつとされ、さかんに報道されたはずだ。

偶然《ぐうぜん》の一致《いっち》だろうか？

あるいは、そうではないのか。

大佐はその息子をよく見ようと少し体をずらした。港を照らしている投光器の光に一瞬、その姿が浮かび上がった。

やはり彼だ。ナイアガラの集団自殺事件の元凶《げんきょう》であるロックスターだ。では、彼は死ななかったのか？　さらに悪いことに、彼はこの恐ろしい男の息子だったのだ。これはどういうことだろう？

スモークガラスの黒い車体のセダンがすべるように近づいてきた。兵士が一人出てきて、オーソンとテュグデュアルのためにドアをあけた。二人は車の中に姿を消した。車は発進し、大佐の困惑《こんわく》した視線とオーソンの奇妙《きみょう》な仲間たちの平然とした視線をあびながら遠ざかっていった。

4　嗅《か》ぎまわり作戦

何か超《ちょう》能力が関係しているのだろうが、マリー・ポロックは偽《にせ》の身分証明のための書類をアバクムが入手した方法については知りたくもなかった。いまは、その書類をチェックしている完全武装の警備員が疑念を抱《いだ》かないことをひたすら祈《いの》るだけだ。その警備員はそばにある保安室に入っていった。そこでは別の人たちが窓ガラスごしと、壁を埋《う》めつくすモニターの画面とで人の往来をチェックしていた。警備員はマリーから目を離さずに、リストを調べ、どこかに電話をかけた。マリーは頭上に監視《かんし》カメラがついた鉄格子の前で、何もやましいところはないといった落ち着いた態度を保とうとした。けれど肩《かた》になためがけした銃《じゅう》を手に警備員が保安室から出てくると、あやうくパニックに陥《おちい》りそうになった。

「こちらに来てください!」警備員は命令口調で言った。

マリーは言われたとおりに気密ドアのほうに向かった。「さいは投げられた……」と、心のなかでつぶやき、ため息をもらした。

警備員が案内してくれた部屋はごく普通《ふつう》の事務室だった——とはいえ、ホワイトハウスの事務室なのだ! ついにホワイトハウスの中に入ったのだ……。だが、ベテランのスパイというよりは、わなにはまった動物のような気分だった。金属探知装置にかけられ、指紋《しもん》をとられ、虹彩《こうさい》の写真を撮《と》られ、顔写真を撮られた。数分間じりじりと待っていると、別の警備員がＩＤカードをくれ、身分証明の書類を返してくれた。

「ここで待っていてください。人が迎えに来ますから」警備員が事務的な口調で告げた。

「ありがとうございます」マリーは自分のしゃがれ声に自分で驚きながら答えた。

ひとりでに手が上着のポケットにいき、オクサのお守りをつかんでいた。ここまでは何もかも順調にいった。このままうまくいくにきまっている。ホワイトハウスに雇《やと》われたのだから、こういう手続きは当然のことだ。しかも、大統領の暗殺事件があったあとではなおさらのこと……それに、アバクムが近くにいてくれる。マリーはついさっき通路を歩いているときに、あの影に気づいた。まずい状況《じょうきょう》になったら、アバクムがなんとかしてくれるだろうから、危険なことは何もない。

「ああ！　タイユフェールさん、やっとお越《こ》しいただけましたか！」

マリーはどきどきしながらふり返った。一人の男が両手を広げながら大股《おおまた》で近づいてきた。マリーの面接にも立ち会ったパティシエシェフのジョン・クックだ――その名前に面接でくすっと笑ってしまった。クックはマリーの両手を取り、快活ににぎった。

「厳重《げんじゅう》な警備態勢にうんざりされたのでなければいいのですが」クックは片方の眉《まゆ》をつり上げて内緒話をするようにささやいた。

「いいえ、だいじょうぶですわ」

「それなら、よかった！」クックは額の汗をぬぐう仕草をした。「われわれが――喜びのときも、悲しみのときも……いや、喜びのときだけでいい！――いっしょに悪事を働く巣窟《そうくつ》に案内しましょう」

そう言うと、澄んだ声で笑い出し、マリーの腕《うで》を取って廊下に出た。

「わくわくするような噂《うわさ》を聞きましたよ。それで早くお近づきになりたくてたまらなかったんです。ヴァレリーと呼んでもいいですか？」と、クックが言った。

「ええ、もちろんです！」

「あなたはすばらしい人ですね、ヴァレリー！　そのスタイルも……」

警備員が二人の行く手をさえぎった。

「まだ何かあるのか？」ジョン・クックは不服そうにたずねた。

マリーはクックが聞き分けのない子どものように足をどんどんと踏み鳴らし始めるのではないかと思った。

「入るときと出るときには必ずサインをしてもらわないといけないんです」警備員が答えた。

マリーは自分の新たな名前、ヴァレリー・タイユフェールの横に急いでサインをした。簡単なことだ。

「これでいいかい？」クックはせっつくように言った。「この面倒《めんどう》くさいお役所手続きにはうんざりするよ。でも、わたしたちと同じように、あなたもこれに慣れてもらわないと……」

「クックさん、心配はご無用です。すぐに慣れますから」マリーは安心させるようににっこりした。

「ああ、ヴァレリー、ヴァレリー……どうか、わたしのことはジョンと呼んでください」

「わかりました、ジョン！」

初日から何か決定的なことを発見できたとしたら、あまりにもうまくいきすぎだろう……。大統領執務室《しつむ》で大事な会議を行っている最中にお菓子《かし》のプレートを持って自由に出入りし、あちこち嗅ぎまわったりできるとは、もちろんマリーも考えてはいなかった。だが、何か少しでも情報を得られると期待していたのだ。しかし、その後十日間というもの、キッチンの外に出るチャンスはまったくなかった。毎晩、〈逃げおおせた人〉たちは期待に目を輝かせてマリーの帰宅を待っていたので、彼女はみんなをがっかりさせることにだんだん我慢《がまん》できなくなっていった。プライドを傷つけられたマリーは次のステップに進むことを決意した。キッチンでおとなしくしていても、〈逃げおおせた人〉たちの予想を裏づける手がかりを得ることはできない。

十一日目、何の成果もなく手ぶらで帰るなどという考えはきっぱりと捨て、マリーは固い決意でホワイトハウスに出勤した。〈外の人〉の名誉《めいよ》がかかっている！

「おお、ヴァレリー！」という声が聞こえた。

マリーのケーキを仕上げる手つきをながめながら、ジョン・クックは手をたたいた。クックはにこにこしながらやってきて、ケーキをあらゆる角度からながめた。

「すばらしい！　あなたこそ、うちに必要な人材だ！」と叫《さけ》び、いたずらっぽい笑いを浮かべてつけ加えた。「欠くことのできないフレンチタッチだ」

「ありがとう、ジョン」

パティシエシェフはおかしなしのび笑いをもらしてから、自分の仕事にもどった。

調理台の前に立ったまま、マリーは壁の時計を見た。帰る時間が近づいている。

「すぐにもどってきます」

マリーはそばでチェリーのマカロンを作っている同僚《どうりょう》に耳打ちすると、キッチンから出て、わざとトイレを通り過ぎ、廊下に出た。自分が何を探そうとしているのかわからなかったが、直感のおもむくままに進んだ。そのあたりのエリアはホワイトハウスの管理部門にあたり、何人かの人とすれちがった。寝室係の女性、メンテナンスの男性、庭師など、ここで働く人は多い。マリーがさらに奥のほうに進むと、廊下はより広くなり、静かになった。通る人も少ない。

「アバクム？　そこにいるの？」マリーは小声で呼びかけた。

影が壁に沿ってマリーのほうに近づいてきた。影だけが動いているのは妙《みょう》だが、ほっとした。それから、その影は廊下をもとにもどるように合図したようだ。警備員が近づいてきたのだ！　警備員はマリーを驚いたように見つめ、ピストルのにぎりがのぞくホルスターに無意識に手をかけた。

「あなたは何者だ？」警備員はマリーのバッジを見ながらたずねた。

「ヴァレリー・タイユフェールです」マリーはどきどきしながらも、落ち着いた声で答えた。「パティシエとして最近雇われました」

警備員はバッジについているバーコードを読み取ると、タブレットと照合した。

「ちょっと迷ってしまったようなんです。トイレを探していたんですが……」マリーはアクターズ・スタジオの一流の俳優にも負けない演技力でにっこりとほほえんだ。「ここは迷路みたいですよね。女性は方向音痴《おんち》の人が多いって言いますでしょう？」

警備員は厳しい顔つきをくずさなかったが、ほんの少しだけ肩から力が抜けたようだ。

「来なさい。案内しましょう」

マリーは帰る道を知っていたが、おとなしくついていった。

「ここです、タイユフェールさん！」

「ありがとう！」マリーは大げさにため息をついた。「命拾いしましたわ！」

トイレのドアを押して中に入ると、マリーのほほえみはすっと消えた。個室に入り、座って水洗のタンクに背をもたせかけ、目を閉じた。心臓がどきどきしている。すべてを台無しにしないために、もっと慎重《しんちょう》にことをはこばなければ。

個室から出ようとしたときに、話し声が聞こえてきた。女が何人か入ってきて、化粧を直しながらおしゃべりしているようだ。

「大統領はその人のいいなりだって！」そのうちの一人が言った。

「その人のこと、だれか知っているのかしら？」別の女が問いかけた。

「ううん、ホワイトハウスに勤めて十二年、いろんな人を見てきたけれど、大統領の側近にあんな人はいなかったわ。それはたしかよ」

マリーは息を詰《つ》めた。いま話題になっている人物は自分の知っている人にちがいない。

「その人、とつぜんやってきてさ、まるで自分が大統領みたいにみんなに命令しているのよ」三人目の女が言った。「偉《えら》そうだってことだけは言えるわね。おかげで、雰囲気は最悪……」

「何日か前に、外務省のトップと彼が話しているところにたまたまいきあったのよ。わたしだったら、あんな話し方をされたら我慢《がまん》できないわ。絶対に！　でも、みんな、彼の前にいくとびびっちゃうみたい」

「なんて名前なの？」

「みんな〝ミスター〟って呼んでるけど、大統領は〝親愛なる友〟って呼んでるわ」

「〝親愛なる友〟ね……たいしたもんね！」

しばらく静かになった。そして、コンパクトが閉まる音がひびき、マリーは再び一人になった。そして深く息を吸いこみ、満足そうにキッチンにもどった。

オクサはアパートの中をうろうろと歩き回っていた。何かを見るというわけではなく、窓という窓をのぞいて回った。大きなビーズクッションの上に寝そべっているギュスはオクサをじっと見つめていた。

「どうしてまだ帰ってこないんだろ?」オクサはぶつぶつ言った。

「まだ時間じゃないからだろ……」

ギュスはさらりと答えてから、髪を後ろになでつけ、頭の後ろで両手を組んだ。そして、やわらかいクッションにさらに身を沈《しず》ませた。

「おまえさあ、こういう場面を前にも経験したような気がしない?」

オクサはふり向いた。

「えっ、そう?」

「おまえ、毎晩同じ質問をしてるだろ。ぼくも、毎晩同じ返事をしてるけどさ」

ギュスがリラックスしているのがわかると、オクサはくるりと背を向け、まだ奇跡的に残っている爪《つめ》をかみ始めた――この悪い癖《くせ》は成長するにつれて治るどころか、ひどくなっているようだ。

向こうのほうでは、パヴェルがオープンキッチンで夕食の準備をしている。その横では、アカオトシが調理台に落ちた玉ねぎの皮を吸いこみ、あまり気持ちのよくないやり方でかんでいる。オクサは舌打ちをしながら、いらついた目を向けた。

「かわいそうに……この子はなんにもしてないのに！」オクサの視線に気づいたパヴェルが言った。

オクサはサロンを見回した。ゾエとニアルはボリュームをしぼったテレビの前のソファに、ぴったりとくっついて座っている。クッカとモーティマーはチェスをしている。バーバラはジェトリックスの髪の毛のもつれをほどこうとしている。つまり、みんな完全に落ち着いた様子なのだ。

「心配してる人はだれもいないわけ？」とつぜん、オクサは大声を出した。

パヴェルは調理器具から手を離し、ほかの人たちも全員はっとした。

「オクサ……何言ってるんだ！　毎日、みんな、おまえと同じように心配してるよ」と、パヴェルがたしなめた。「でも、いらいらしたり、血が出るほど爪をかんでもしょうがないだろ？　そんなこと、もうわかってるはずだろ」パヴェルの声には苛立《いらだ》ちが少し混じっている。

パヴェル以外の人たちのオクサを見る視線にとがめるような色はまったくなかった。だが、だれも口を開こうとはしない。

「ごめん……」オクサは小声であやまった。

口を開く前に考えること、エゴイズムに陥らず、自分の衝動《しょうどう》的な言動が周りにあたえる影響に想像力を働かせること……いつかは、それができるようになるのだろうか？

「ほら、こっちに来いよ！」ギュスがクッションをぽんぽんとたたきながら、オクサを誘った。

オクサはため息をついて、ギュスの横にどさりと倒れこんだ。ギュスはオクサの肩をぎゅっと抱《だ》き寄《よ》せて、髪をなでた。くちびるを探られるのもオクサは拒《こば》まなかった。

「心配いらないよ」ギュスはそっと耳元でささやいた。「もしなんかあったら、アバクムが知らせてくれるはずだろ？」

「たぶん、そうだよね……」

「絶対にそうだって言いたいんだろ？」

ギュスがそう言いながらオクサを軽くひじでつついたのをきっかけに二人は仲直りした。オクサの心も少しは軽くなった。


エレベーターの滑車《かっしゃ》とワイヤーがぎしぎしと鳴り始めると、みんなははっと身を起こした。今日はどんなニュースがあるんだろう？　マリーは何か情報を持って帰ってきただろうか？　だれもがはやる気持ちを抑《おさ》えられなかった。パヴェルはおいしそうなイタリアンの香りがする圧力鍋にふたをし、エプロンで手をふきながら、アパートの唯一《ゆいいつ》の出入口にいそいそと向かった。オクサはエレベーターの鉄格子のようなドアの取っ手にすでに手をかけていた。

待ち望んでいた顔がついにあらわれた。

「ただいま！」マリーとアバクムが声をそろえて言った。

抱き合ったり、肩をたたき合ったり、ほおにキスをしたり……毎晩、二人は危険な冒険《ぼうけん》から帰ってきた人なみに熱烈に迎え入れられた。上着やマフラーをとってもらい、火がパチパチと燃える暖《だん》炉《ろ》の前のソファに迎えられる。ゾエは二人に飲み物をわたし、ニアルは二人のひざにおつまみのプレートをのせた。

「まあ、すごい歓迎ね！」マリーは勢ぞろいした〈逃げおおせた人〉たちを見て言った。

「それで？」と、さっそくオクサが問いかけた。「今日はどうだったの？」

しばらくの間、マリーはわざと深刻ぶった顔つきをしていたが、すぐに明るい顔になった。

「あのね……わたしたちの考えはまちがってなかったわ。どんぴしゃりよ……」

5　わなにはまった足

オーソンの思惑《おもわく》どおり、イギリスの首相はホワイトハウスで華《はな》やかすぎるほどの歓迎を受け、ファーガス・アントとの会談がなごやかに始まった。ごく儀礼《ぎれい》的だとはいえ、暖かみのある雰囲気だった。二人はとくに親しくはなかったが、政治の舞台《ぶたい》で接する機会はよくあった。会談ではとくに目立った話はなく、重要な話題や微妙《びみょう》な話題も出なかった。だから会談が終わったときは、これまでの両国の友好関係を確認するだけのまったくの表敬訪問だと首相は思っていたのだ。

しかし、大統領執務《しつむ》室にオーソンが入ってきたのを見た瞬間、首相は自分の考えが完全にまちがっていたと気づいた。数秒間のうちに、表敬訪問はわなに変わったのだ。

「きみか?」イギリス首相はぐっとのどを詰まらせた。「ここで何をしているんだ?」

オーソンはファーガス・アントのとなりに腰《こし》をおろし、首相に尊大なほほえみを向けた。首相は一国の元首という威厳をかなぐり捨て、強大な敵に向かうただの人間になっていた。

「大統領閣下、まさかこの男があなたの顧問《こもん》だなんて言わないでしょうね? こいつは危険人物ですよ。それに、わたしを……」

「オーソン・マックグローは顧問ではない」ファーガス・アントがさえぎった。「彼は唯一《ゆいいつ》たよりになる友人ですよ！」

厳しく、冷たい言い方だ。

「しかし、考えてもみてください……」首相はしどろもどろになった。

「何を考えるんですか？」オーソンは細くて長い脚《あし》を組みながら言った。「われわれの協力関係をですか？　それはいい考えだ！」

自分の無力さにうちひしがれて首相のまなざしはおどおどしていた。

「わたしの考えは、あなたがダウニング街を訪れて以来、変わってはいません」首相はむだだと知りながら抵抗《ていこう》を試みた。

「だが、世界のほうは変わった！」と、オーソンは言い返した。「改革や福祉《ふくし》の充実《じゅうじつ》で自分たちは進歩したと思っているのだろうが、実際には何世紀も同じ社会制度にしがみついているだけだ」

「その話なら、もう聞いたはずだ！」首相がさえぎった。

「そのとおりだ。なのに、あなたはまだ、その制度が人類を滅《ほろ》ぼそうとしているのに気づこうとしない！　現実を直視せず、自分の体裁をつくろおうとしている。まだ間に合うというのにしたがおうとしない」

「きみだって自分のばかげた考えにしがみついているじゃないか……」青白い顔をした首相はぼそぼそとつぶやいた。「世界は完璧《かんぺき》ではない。だが、きみがやろうとしていることで世の中はよくならない。その反対だ！」

「まあまあ、そうおっしゃらずに……」ファーガス・アントが割って入った。「もっと柔軟《じゅうなん》に考えるべきじゃないですかね。オーソンのヴィジョンはたしかに過激ですよ。でも、革新的で……魅《み》力《りょく》的な考えじゃないですか！」

首相の両手がひじ掛《か》けの上でこわばった。

「人類の一部を抹殺《まっさつ》することが〝革新的〟だと言うんですか？　過去にそういうことをした人もいたが、何も変わらなかった……」

とつぜん、首相の目が大きく見開かれた。まるで息が苦しくなったかのように、ネクタイをゆるめた。

「ちょっと待ってくれ……つい最近、ローマで起きたことは……」

「ああ、やっとわかったんですな。それはすばらしい！」と、オーソンはうれしそうに言った。

「もちろん、地味なデモンストレーションにすぎませんがね。わたしの計画はもっとずっと大きな視野で見てもらわなければいけませんよ」

その言い方は首相を不安のどん底に突き落とした。

「それは、よりよい世界を建設するための代償《だいしょう》にすぎないでしょう」オーソンは猫《ねこ》なで声《ごえ》でさとすように言った。

「選ばれた人しか生きる権利のない世界か……」首相はぼそりとつぶやいた。

「ずっと昔から自然の摂理《せつり》にまかせていてうまくいかなくなったことを、われわれがやろうとしていると言《い》い替《か》えてもいいでしょうな」オーソンは得意げに言い放った。「自然淘汰《とうた》という言葉のほうをお好みなら、それでもいいが」

その言葉の意味が首相の心にしみこむのを待ってから、オーソンは偉《えら》そうに続けた。

「わなにはまった動物がどんなことをするか、ご存知かな？」

首相はその答えを知っているようだ。オーソンが言いたいことはわかっていたが、あえて答えなかった。

「はさまった足を食いちぎるんですよ。そうしないと、そこで死ぬしかないから」

「きみは、とんでもない人だ……」

「ふん……自分に正直じゃないですね。現在のわれわれの社会で、ある人々が重荷になっている、世界の進歩の足かせになっていると思ったことがあるでしょう？　思い切りよく認めたらどうです？　そういう人たちはわなにはまったわれわれの足なんだ。このままいくと、われわれは衰《おとろ》えていくしかない。取り返しのつかないことになる」

オーソンはそう言うと、まるで自分の言葉に感動したかのように息を深く吸いこんだ。

「それが、あなたがそれほど愛する人類に対して望むことですか？」オーソンは言い放った。

首相はファーガス・アントの視線をとらえようとした。この誇大妄想狂《こだいもうそうきょう》の男に対していっしょに戦ってくれそうなきざしを少しでも見出せればという一縷《いちる》の望みを託《たく》して……。しかし、アメリカ大統領はオーソンの言葉をうのみにしているだけだった。首相はこれまでの人生でこんなに孤独《こどく》だと感じたことはなかった。何を言ってもむだだとわかっていたが、死刑《しけい》判決を受けた人間が時間かせぎをするように口を開いた。もうどうにもならないのだから、せめて少しでも猶予がほしい。

「そういう見下げた理屈《りくつ》を信じる人は、きみが初めてではない。歴史上、優生学を擁護《ようご》する人はたくさんいた。しかし、この思想を実行に移そうとした人たちは、皆殺《みなごろ》しや大虐殺《ぎゃくさつ》といった大犯罪を犯しただけで終わった！」

「おやおや、それは本筋をはずれているんじゃないですかね」オーソンは冷笑をもらした。「そういう人たちが全員、あなたがおっしゃるような常軌《じょうき》をいっした人ばかりではなかったでしょう。かなり興味深い考えを発展させた人もいたじゃないですか。周りの人たちに認めてもらえなかっただけで……」

「認めてもらえたか、もらえなかったかは別として、そういう人たちはみんな、頭に銃弾《じゅうだん》を打ちこむか、ロープにぶら下がるかして死んでいる。みんなに嫌《きら》われて孤独に」と、首相は言い返した。

「そういう人たちとは少しばかりちがう素質がわたしにあるとはお思いになりませんかね？」オーソンはいんぎんに言い返した。「そういう人たちと同じ結果になることはありえないでしょうな」

オーソンは片手をくるりとまわして、青みがかった閃光《せんこう》をシャンデリアに向けて放った。クリスタルのオーナメントが澄《す》んだ音を立てて揺《ゆ》れ、電球がぱちぱちいった。すぐに大統領執務室は薄暗《うすぐら》くなった。ぞっとした首相はオーソンの言い分が正しいと認めざるをえなかった。人とはちがう彼の「素質」が優秀であることは否定できない。

「取り引きはシンプルだ。あなたは感じが悪くないから、最後のオファーをしましょう」オーソンは指を鳴らしてシャンデリアの明かりをつけながら言った。「要するに……あなたとあなたの家族には将来のエリート社会への参加を提案しましょう。その代わり、気の毒な自然がもはや果たせなくなった、最良のものだけを選《え》り分《わ》けるという役割をわたしにまかせてください。わなにはまったあなたがたの足を好意からかみちぎらせてもらえればいいんです……」

鉛《なまり》より重い沈黙《ちんもく》などあるだろうか？　その場を支配していた沈黙はまさにそれだった。

「そんなことは受け入れられない……」首相は自分の決断の重さに打ちのめされた。

「ここで拒否《きょひ》したらどうなるか、わかっているんですか？」オーソンはすかさず追い討ちをかけた。

「きみにそんなことはさせない！」

オーソンはばかにしたような笑いをもらした。

「おやおや！　どうやってわたしを止めるつもりかね？」

首相はくちびるると体の震《ふる》えをなんとか抑《おさ》えて、オーソンの邪悪《じゃあく》なまなざしを受け止めた。

「ファーガス・アントは説《と》き伏《ふ》せられたかもしれないが」首相は大統領に軽蔑《けいべつ》の眼差《まなざ》しをちらりと向けた。「ほかの人たちはそんな弱気ではないはずだ。いっしょにきみに反対して立ち上がるだろう」

オーソンはぱちぱちと拍手をし、ファーガス・アントは愉快《ゆかい》そうに首相を見つめた。

「すばらしい勇気だ！　だが、なんと無邪気なことだ。ええっ、どうしようと言うんだね？　あなたがたよりになると期待している人はほんのわずかだ。たたきのめされるのがおちだ！」

オーソンは無意識にスキンヘッドをなでた。

「まあいいだろう……」オーソンはため息をついた。「そう決めたのなら、自分で責任をとるんだな」

首相は恐ろしくてたまらなかったが、それを顔には出さなかった。立ち上がって、機械的に上着を直し、ドアに向かった。

「トレイヴァー！」と、オーソンは大声を出した。「首相をお車までお送りしてくれ！」

すぐに一人の男が姿を見せ、首相を案内した。ドアが閉まると、オーソンはローテーブルに片手を伸ばし、プレートに並んだカラフルなお菓子《かし》をひとつ、手元まで浮かばせて手に取った。

「ああ、残念なことだ！　われわれの友人は、このおいしいチェリーボンボンに手もつけなかった。

わたしのお気に入りなのに……。このローズ味のものは絶品だ！　ファーガス、つまんでごらん！」

チェリーボンボンは浮き上がり、うれしそうなオーソンの意のままに大統領執務室の中を飛びかった。

6　パティシエのスパイ

有頂天のオーソンは、さっきの〝建設的な〟会話を〈逃げおおせた人〉が最初から聞いていたなどとは夢にも思わなかった。そんなことを思うはずもない。お菓子《かし》をのせたプレートのふちのへこんだ部分に仕かけた隠しマイクはとても高価なものだった。だが、それだけの価値はあった。ぜったいに見つからないマイクなのだ。

「あの雰囲気といったら！」空《から》のプレートをキッチンにさげてきた給仕はため息をついた。「大統領はイギリスの首相を見送りもしなかったんだからな！　見送ったのは守衛さ。ひどいもんだろ？」

キッチンのスタッフがしきりに憤慨《ふんがい》してしゃべっている間、ヴァレリー・タイユフェールことマリー・ポロックは何気ない様子でプレートの端《はし》を爪《つめ》でこすって隠しマイクを取り外した。そして、周囲を見回してポケットに入れたが、思い直して流しに捨てた。水の流れる音を聞いた〈逃げおおせた人〉はきっと驚くだろうが、慎重《しんちょう》にやるにこしたことはない。最新のスパイ機器を所持しているのが見つかったら説明のしようがない。

「ともかく、大統領と例の〝親愛なる友人〟は、あなたのお菓子を大変気に入ったようだよ！」と、給仕が大声で言った。

マリーはにっこりした。マリーの自慢《じまん》のお菓子にはだれも抵抗《ていこう》できない。大統領執務《しつむ》室での会話の中身をマリーはまだ知らないけれど、有益な情報だと思っていた。それに、イギリスの首相が来たときとは対照的な不機嫌《ふきげん》な様子でホワイトハウスを去ったことは、もう噂《うわさ》になっていた。きっと何かが起きたはずだし、〈逃げおおせた人〉はまっさきにその会話を耳にしているはずだ。

マリーが喜ぶ理由はほかにもあった。チェリーボンボンを気に入られたことと、隠しマイクで情報を入手したことのほかに、小さなかけらが散らばっているだけの空のプレートは別の重大な任務の成功を物語っていた。

「なんにもばれてない……」にわかスパイのマリーはほくそえんだ。

問題は、大統領と「親愛なる友人」のどちらが、アバクムの作った魔法のマーカーを飲みこんだかだ。

「オーソンでありますように……」マリーは思わず心のなかで祈っていた。


そこから何ブロックか離れたところで、〈逃げおおせた人〉たちはオーソンとイギリス首相の緊《きん》迫《ぱく》した会話――ファーガス・アントはほとんどどうでもいい――の三度目の再生を聞いているところだった。だれも驚いてはいなかった。オーソンのとんでもない計画についてのヒントのようなものはこれまで数多くあったからだ。ショックは受けたけれども、ことの重大さにめげてはいなかった。愛すべきスパイ、マリーが帰ってくるのを待ちながら、一人一人が対抗《たいこう》策を考えていた。

ほかの人たちから離れて、ひざを抱《かか》えて窓のふちに座っていたオクサはガナリこぼしを慰《なぐさ》めようとしていた。

「もう、わたしを信頼していただいてないんでしょうね、グラシューズ様……」この円錐《えんすい》形の生き物は恨《うら》めしそうに言った。

ぐるぐるまわっている目から、びっくりするほど大きな涙の粒《つぶ》がいくつもこぼれた。

「もちろん、信頼してるよ！」オクサは強調した。

「もちろん、信頼していないです！」ガナリこぼしはすぐに言い返した。

ガナリは自分の言葉や言い方が大胆《だいたん》なのにぎょっとしたが、先を続けた。

「その証拠《しょうこ》に、忠実で献心的なこのガナリに任務をあたえる代わりに、ただのマイクを使われたじゃないですか……」

そばにいたドヴィナイユたちが体をぶるっと震《ふる》わせ、オクサを責めるようにじっとにらんだ。

「ねえ、ガナリ……」オクサはガナリこぼしを手のひらにのせた。「おまえはどんなハイテク機器よりずっと有能だよ。それはまちがいないわ。でも、オーソンはあたしたちのやり方とか道具を熟知しているのよ」

オクサはそこで、内緒《ないしょ》話をするように声を落とした。

「おまえは最高のスパイだよ……すばやくて、目立たなくて、失敗しないし。最強のスパイって言ってもいいよ！」

あんまりほめられてガナリがうれしそうに赤くなったので、オクサはいったん、言葉を切った。

「おまえは、あたしたちのすばらしい切り札のひとつよ。あの腐《くさ》ったオーソンはそのことを知っているから、おまえのような手強い生き物を察知する対策をとってるはずでしょ。だから、あたしたちはおまえが捕《つか》まるような危険は冒《おか》したくなかったのよ」

ガナリこぼしはうれしそうに片方ずつの足に体重をかけて体を左右にゆすぶった。

「それはほめすぎですよ、グラシューズ様」

「そんなことないよ！　本当のことじゃない！　ガナリ、おまえのような生き物を失うより、つまらないマイクを失うほうがずっといいじゃない！」

オクサはガナリこぼしの頭のてっぺんをなでた。

「それにさ、おまえがいなかったら、気温とか、雨の量とか、空気や土の成分とか、あたしの毎日の生活に必要なことをどうやって知ったらいいの？」

ガナリこぼしはうれしさのあまり、のどを詰まらせた。

「その気温とか雨の量とかのことですけど、いい知らせを知りたいもんだわね」と、ドヴィナイユが一羽、口をはさんだ。「そんなことは不可能だとかなり疑ってはいますけどね！」

「この国にずっといたいと思われるなら、マイアミに行ったらどうでしょう？　あるいはホノルルとか？」と、別の一羽が言った。

オクサの笑い声に、それまで真剣《しんけん》に録音を聞いていた〈逃げおおせた人〉たちの注意がそれた。

「ぼくたちはオーソンが行くところに行くんだ」パヴェルがきっぱりと言った。

この言葉に寒がりのドヴィナイユたちはにわかに活気づいた。暖かい地方に行く憶測《おくそく》ばかりが飛びかった。

「マーカーはうまくいくかな？」ドヴィナイユたちとはまったくちがうことに期待しながらオクサがたずねた。「効果は三日間しかないんだよ」

「すぐに試してみよう！」パヴェルが提案した。

オクサは窓のふちから跳《と》び下り、メタルの脚《あし》に支えられた大きなデスクのところに行った。電源が入っているパソコン数台が置いてあり、その熱の恩恵《おんけい》をこうむろうとドヴィナイユたちが自分たちのカゴをすぐそばに置いている。ニアルがキャスターつきの椅子をころがしていちばん大きなモニターの前に行き、キーボードを軽やかにたたいた。ななめに伸びる大通りに碁盤《ごばん》の目のように交差する通りの地図が画面にあらわれた。

「ガナリ、ほら、おまえの出番だぞ！」パヴェルがガナリこぼしを呼んだ。

すばらしい情報提供者ガナリは二度も言わせなかった。すぐに窓のふちから飛んできて、モニターの前に陣取《じんど》った。

「気がついたことを教えてくれるかい？」ニアルが優しくたのんだ。

オクサはこれまでにも、通常の想像の範囲《はんい》をはるかに超《こ》えた、とんでもなく奇妙《きみょう》な状況《じょうきょう》に出くわしたことがある。だが、いま目の前にしているものはこれまでにないほど不思議な光景だった。リンゴ半分ほどの大きさのガナリが真剣な表情でパソコンの前にいる。その周りを、ガナリと比べると巨人のような八人の〈逃げおおせた人〉が、重大な決断を待っているかのようにぐるりと取り囲んでいる。少し離れたところでは、生き物たちがじっと尊敬のまなざしを注いでいる。沈黙《ちんもく》を破る者にはわざわいあれとばかりに、フォルダンゴが注意深く見張っている。

「ズームしなければなりません」

それがガナリの最初の指示だった。ニアルは点滅《てんめつ》するシグナルがあらわれるまでカーソルを動かした。

「それよ！」オクサが叫《さけ》んだ。

ギュスがあきれたように目をぐるりと上に向け、笑いをかみころした。

「みんなわかってるよ……」と、オクサにひじ鉄を食らわせた。

ニアルがさらにズームすると、シグナルはホワイトハウス内で動いているのがわかった。

「とにかく、マーカーがちゃんと機能しているのはわかったよね？」と、オクサがコメントした。

「アバクムってホントに天才だよね。ママもすごくうまくやったし！」

「そのとおりだよ！」パヴェルがすぐに賛成した。「マーカーを飲みこんだのがオーソンだと期待するしかないな。ママのすばらしいお菓子の誘惑《ゆうわく》についつい負けてしまった食いしん坊の胃の中じゃないといいけどな！」

みんなは光る点を目で追った。点は地図の上をゆっくりと動いていたが、急にスピードをあげた。ガナリこぼしは点を見失わないように集中力を倍加した。

「車かな？」ゾエがたずねた。

「そうじゃないと思うな……」ズーム機能を器用に操っているニアルが答えた。「通りや公園を突っ切っているもの」

「浮遊《ふゆう》しているのかな？」ギュスが意気ごんでたずねた。

「ううん、ヘリコプターよ！」耳をそばだてていたオクサが答えた。

軽そうなヘリコプターの回転翼《よく》の音が外でしている。その姿を見ようと、みんなは急いで窓に駆《か》け寄《よ》った。カブトムシのように黒く光る小さな点が〈逃げおおせた人〉たちのロフトの真上をすごい勢いで過ぎていった。彼らがそこにいるとは知らないのに、まるで彼らをばかにしているかのように。それから、ワシントンの北に向かって暮れゆく空にあっという間に消えた。

「逃がすもんか！」パソコンの画面を食い入るようににらむニアルが叫んだ。「ガナリ、がんばれよ！」

「ドヴィナイユ、あのヘリに乗ってるのがだれだかわかる？」オクサは間髪《かんはつ》入れずにたずねた。

毛皮を敷《し》きつめたカゴから顔を出した三羽の小さな鶏《にわとり》は満足げにオクサを見つめていた。

「もちろん、知っていますよ！」そのうちの一羽が答えた。

三羽はまた毛皮のなかに頭を突っこんだ。

「ちょっと、隠れたってだめだよ！」オクサは毛皮の端《はし》を持ち上げた。

ドヴィナイユたちはコッコココッコとうるさく鳴いた。

「わたしたちの巣を冷たくしないでいただけたら、うれしいんですけどね！」

「あのヘリコプターに乗っているのはだれなんだ？」今度はパヴェルがぶっきらぼうにたずねた。

ついに一羽が腹立たしそうに羽をふくらませて答えた。

「グラシューズの血を受けた人が一人乗っているんですよ！」

「いいえ！」いちばん小さいドヴィナイユが口をはさんだ。「一人じゃない。二人のグラシューズの血を受けた人です」

7　バーチャルな追跡《ついせき》

ニアルの横には、子どもと大人のガナリこぼしがアルファベットの「I」のように緊張《きんちょう》して立っていた。ヘリコプターがワシントン上空に消えてからというもの、パソコン画面から片時も目を離せないでいるせいでニアルとガナリたちは少し疲れているようだ。アバクムが作ったマーカー——いまはオーソンの体内にある——が発するシグナルを追跡するのに、ガナリ二羽でも多すぎるということはない。アバクムは何も説明しなかったが、彼の開発した物質はまだ試験段階だ。ガナリとドヴィナイユのDNA——体毛や羽根のかけらを粉にした——を大胆《だいたん》にも混ぜ合わせ、そこにゴラノフの軸液《じくえき》を数滴《てき》加えたものだ。まだ実際に試していなかったので、アバクムはまちがった手がかりを仲間に追わせているのではないかと心配していた。まやかしの希望は大失敗するのと同じくらいたちが悪いからだ。

ところが、その心配をよそに、マーカーはうまく機能していそうだ。大人と子どもの二羽のガナリこぼしが交代で、ニアルが見つけた地図上の位置データを五秒ごとに高らかに唱えた。それによると、ワシントンからまっすぐ北西に移動しているらしい。少しでも集中力を欠くと、この試みは失敗する。実際、大人のガナリこぼしがつい気象データに気を取られてしまったとき、ピッツバーク付近でシグナルを見失いそうになったのだ……。だが、小さなガナリがすんでのところでそれを見つけた。幸いにもオクサが持っていた頭脳向上キャパピルのかけらを飲んでいたのが効いていたようだ。

ガナリこぼしたちの気を散らしてはいけない。そのため、マリーとアバクムはアパートに帰るとすぐに、パソコンから離れた場所に連れて行かれ、ひそひそ声でその日の報告をした。

「ママ、やったね！」オクサはマリーの耳元でささやいた。「ホントにうまくやったよ！」

「まあ、ありがとう！　今度からタイユフェールって呼んで。ヴァレリー・タイユフェールって」

マリーは得意げに胸を張った。「それに、お株を奪《うば》われないよう気をつけなさいよってジェームズ・ボンドに言ってやってよ」

「テクノロジーがちょっとと、魔法がちょっぴり……これでうまくいったのよね！」オクサはうれしそうに言った。

「いまのところはな……」と、ギュスが割って入った。「だって、いつかは大砲《たいほう》を出さないといけないだろ？」

オクサがギュスをにらむと、ギュスは目を伏せた。

「あなたのいいとこって、なんなのか知ってる？」

真っ黒な前髪がはらりと落ちて、ギュスの顔を少し隠した。ギュスはその髪をはらおうともせずに、片方の眉《まゆ》をけげんそうにつり上げた。

「相変わらずの楽観主義……」オクサは自分の質問に自分で答えた。

「それだけ？」ギュスは挑発《ちょうはつ》するようなほほえみをオクサに向けた。

「まあ、いわば、その長所がほかの長所を目立たなくするってことかな」

「おもしろいね！」

フォルダンゴが軽い咳《せき》ばらいをしながらやってきた。

「グラシューズ様、親族の方、グラシューズ様のご友人の方は、邪《よこしま》な反逆者《フェロン》と〝自分の意思に反する息子〟の尾行《びこう》が終結の切迫《せっぱく》を知ったという情報を受け取られなければなりません」

オクサは急に真剣《しんけん》な顔になった。

「いま、なんて言ったの？　テュグデュアルのことを……何て言ったの？」オクサはしどろもどろになっていた。

フォルダンゴはひどく取り乱した。自分の発言について詰問《きつもん》されるといつもそうなる。絶対にまちがいはないはずでも、つねに何か失敗したのではと心配になってしまうのだ。

「邪な反逆者《フェロン》の〝自分の意思に反する息子〟です」フォルダンゴは繰《く》り返《かえ》した。

アバクムの顔がくもった。テュグデュアル――大事な友人クヌット夫妻の孫息子――が実の父オーソンについて行ったことに、アバクムは傷ついていた。ほかの〈逃げおおせた人〉と同じで、オーソンがテュグデュアルの理性や仲間との絆《きずな》を超《こ》える力を発揮したことはわかっている。しかし、だからといって、彼が急に自分たちから離れていった心の痛みは和《やわ》らがなかった。

「どうしてそういう呼び方をするのか、おまえはわかっているんだよね？」と、オクサはつぶやいた。

フォルダンゴはうなずいた。フォルダンゴがテュグデュアルのことをそう呼んだことは、いつかはテュグデュアルを救えるにちがいないというオクサの信念を強くしてくれた。彼が離れていって以来、オクサはテュグデュアルを疑う人たちにつねにそういう姿勢を取り続けてきた。つまり、テュグデュアルは自分の意思でオーソンの側についたのではないと。

〈逃げおおせた人〉たちのなかでは、クッカだけが変わらず敵意を抱《いだ》いていた。自分の家族が直面せざるをえなかった悲劇やいざこざの原因だと、いとこのテュグデュアルをずっと憎《にく》んでいた。ギュスも、テュグデュアルに好意や同情を抱かない数少ない〈逃げおおせた人〉の一人だ。しかし、おおっぴらに侮蔑《ぶべつ》の言葉を吐《は》いているクッカとはちがい、あからさまに態度に出すことはなかった。

「そのことはあとで話そう。いちばん重要な問題ではないんだし」と、パヴェルが割って入った。

「さあ、ニアルとガナリのところへもどろう……」


バーチャルな追跡は、現場でのどんな任務よりも、ガナリこぼしをへとへとにした。モニターの冷たい光に照らされて、二羽のガナリは横になって息を切らしていた。かわいそうに思ったドヴィナイユたちは羽であおいでやり、ガナリたちを優しく抱いてやったオクサに——最高のご褒美《ほうび》だ——礼を言った。

「もう三十分以上も同じ場所からシグナルが出ている」

こう告げたニアルのところにゾエが行き、彼の手に自分の手をのせて指をからめた。ニアルのまなざしは甘いチョコレートのようにとろんとし、うれしそうに顔を輝かせた。ニアルはゾエに情熱的な愛情をささげ、生涯《しょうがい》恋愛感情を抱けないゾエのほうは心から優しくニアルに接している。ぎこちなさもしだいになくなってきているようだ。

「すごいわ」ゾエは画面の真ん中に点滅《てんめつ》している赤い印をじっと見つめながら、ニアルの耳元でささやいた。

「うまくやったな、ニアル！」アバクムはニアルの両肩《かた》に手をおいた。「ガナリたち、おまえたちのすばらしい働きに感謝しているよ」

二羽のガナリこぼしの口から満足そうな声がかすかにもれた。

「さて、あの親愛なるオーソンは、いまどこにいるんだろうな？」パヴェルがたずねた。

ニアルは画面をズームアウトした。シグナルの周りに地図が浮かび上がってきた。

「デトロイトのミシガン・セントラル駅です……」ニアルが告げた。

すぐにギュスは別のパソコンのキーボードをカシャカシャとたたいた。すると、ミシガン・セントラル駅の衛星写真が画面にあらわれた。

「あら、廃墟《はいきょ》になってるのね！」マリーが思わず大声で言った。

「そう、巨大な廃墟。デトロイトにはそういうところがたくさんあるみたいだけど」オクサが言葉をはさんだ。「自動車産業のおかげで町は豊かになって繁栄《はんえい》したけれど、経済危機がやってきて衰《すい》退《たい》したみたい……」

ギュスはオクサを感心したようにちらりと見た。

「へえ、産業の歴史を知ってるんだ！」

「頭のいかれた怒りっぽいグラシューズだとばかり思ってもらっちゃ困るんだよね」

ギュスは少し顔をくもらせてからこう言った。

「信じられない……オクサ・ポロックがギュス・ベランジェになるなんて……」

オクサは軽く頭をふってから続けた。

「いまデトロイトはなんとか復興しようとしてるけど、あちこちに廃墟があるんだって。何年か前に、パパとママがあたしを無理やり連れて行った展覧会があったじゃない、パリで……覚えてるでしょ?」オクサは母親のほうを向いて言った。

マリーは感慨深《かんがいぶか》そうにオクサを見つめ返した。

「そうだったわね。でも、そんなにあなたの心に残っているとは思わなかったわ」

「残ってたよ……」

オクサはふっとため息をついて、目をそらせた。グラシューズになる前の幸せだった日々のことを思い出すと、懐《なつ》かしいより、悲しい気持ちになる。

「いったいオーソンはそこで何をたくらんでいるんだろう?」

パヴェルがそうつぶやくと同時に、シグナルが消えた。全員がはっとした。

「どうしたんだろう?」

ガナリこぼしが二羽とも、さっと立ち上がった。目が飛び出すほど大きく見開かれている。大人のガナリはじっと画面を見つめることに集中しすぎて、息をするのを忘れているようだ。子どものガナリのほうは、あまり脈絡《みゃくらく》のない情報を一本調子に唱えている。

「魔法のマーカーは、六びょうごとに十分の二ど上がるおんろのどころにあります……がいばつはその反対です。海からしゃくななじゅメートルのところから下りていって、しゃくろくじゅごメートル、しゃくごじゅメートル、しゃくさんじゅメートル……」

「地下の成分は?」アバクムがたずねた。

オクサと〈逃げおおせた人〉はあっけにとられてアバクムを見やった。アバクムにはどこにも皮肉な調子はなく、真剣《しんけん》にたずねている。頭がどうかしたのかと、みんなは思った。

「アバクム……」シグナルを見つけ出そうと必死にズームインしたりズームアウトしたりしながら、

ニアルが口を開いた。「そんなことがわかっても、しかたがないと思いますけど……」

「それはちがうよ、ニアル」と、アバクムが言い返した。「さあ、ちびガナリ、地下の成分構成を教えてくれるかい？」

子どものガナリこぼしは胸をふくらませて澄《す》んだ声で宣言した。

「地下はろくじゅにパーセントがセメントと砂で、しゃんじゅはちパーセントが圧延スチールからできています」

アバクムは白くて短いあごひげをさすった。考えごとをしているときのいつもの仕草だ。しばらくして、アバクムはやっと口を開いた。

「思ったとおりだ！　よくやったよ、ガナリ」

「どういたちまちて……」子どものガナリが答えた。

オクサは思わずため息をついた。みんなはほとんど気まずそうな、疑わしそうな視線を交わした。パソコンの前のニアルがついに降参した。

「見失った。もうだめだ！」

「いいや、見失ってはいない。やつはずっとここにいる！」

アバクムはそう言うと、ミシガン・セントラル駅を指さした。その見捨てられた姿が衛星写真に映っていた。

「アバクム……」パヴェルがおずおずと口を開いた。「もしオーソンがそこにいるなら、ガナリたちがシグナルをキャッチしているはずだろう」

「もしやつが、たとえば鉄筋コンクリートでできた地下にいるなら別だけどな」アバクムはよくひびく声で答えた。

「ちょっと待って……この空っぽの立派な建物の下ってこと？」オクサが勢いこんでたずねた。

「マーカーがもう効かなくなったはずはない。それは考えられない」と、アバクムは説明した。

「それに、この隠れ家はとてもオーソンらしいだろ？」

この説にみんなは急に元気を取りもどしたようだ。

「たしかに、あいつらしいよね！」と、オクサは賛成した。「あいつが倉庫付きの軍事基地とか、ふつうの場所に隠れるなんてできないよ。あいつの虚栄心《きょえいしん》にふさわしいところでないとね！」

「そのとおり！」アバクムが大きくうなずいた。

「あとは、そこに何があるかだよね……」

みんなは顔を見合わせた。

「じゃあさ、だれが行く？　あたしは行けるよ。用意もできてるし……」オクサはフードつきスウェットのファスナーを閉めながら言った。

8　ミシガン・セントラル駅

四人のスパイがデトロイトに着いたとき、水平線はバラ色がかった明るい帯にふちどられていた。アバクムの乗ったパヴェルの闇《やみ》のドラゴンとそれにつき添うオクサとゾエが、その町に着くのに一時間もかからなかった。強い意思で、心を合わせて寒い夜を飛んできたのだ。ワシントンに残してきた人たちの愛情のこもった言葉で心は温かかった。

男の子たちは仲間に加わると言ってきかなかった。しかし、今回の偵察《ていさつ》の任務は超《ちょう》能力を必要とするかもしれない。ギュスとニアルはがっかりし、苦々しさを隠さなかった。みんなが反対する理由は理解できる。暗記できるくらいわかっている。しかし、また〈外の人〉が外されたというのは事実なのだ。

モーティマーの感じ方は少しちがっていた。彼はワシントンに残る唯一《ゆいいつ》の〈内の人〉になったので、その責任を真剣《しんけん》に受け止めていた。いつ、なんどき危険がせまってくるかわからない。必要になったときは、すぐに超能力を使える準備をしておかなければならない。


四人のスパイはエリー湖の上空にさしかかったところで、ガナリこぼしの指示にしたがって下降し始めた。雲の中でドラゴンは刺青《いれずみ》にもどり、パヴェルは妖精人間アバクムを背負った。最後の数十メートルはあっという間だった。

ミシガン・セントラル駅があらわれた。放置されただだっ広い土地の真ん中にぽつんと立つ巨大な建物だ。少し離れたところに高速道路が走っている。夜の闇が朝の光にかき消されるまでのほんの少しの間をついて、四人の〈逃げおおせた人〉は建物の近くに降り立ち、長い雑草のかげにしゃがみこんだ。

「ガナリ、くわしいことを教えてくれる?」オクサはガナリこぼしの頭をなでながらたずねた。

「北緯《ほくい》四十二度十九分、西経八十二度四分の位置にいます。海抜《かいばつ》百八十一メートル、これから向かう建物までは八十三メートルです。あの建物は高さ七十メートルで、総面積は一階から屋上まで合わせて四万六千平方メートルです。十八階建てです……」

「気温は?」ななめがけしたポシェットから顔をのぞかせたドヴィナイユが、心配そうにたずねた。

「現在、摂氏《せっし》二度です。お望みなら華氏《かし》三十二度と言ってもいいですけれど。湿度《しつど》は七十八%です」

ドヴィナイユが不満そうな鳴き声をあげてポシェットの奥にもぐるのには、その言葉だけで十分だった。

「人間の動きがキャッチできる?」オクサがたずねた。

「グラシューズ様、わたしを建物の中に送りこんでください。そうすれば、すべてお知らせできますから」と、ガナリこぼしは答えた。

「そうだね。気をつけてよ」

いつものように、若いグラシューズから任務をさずかったことがうれしくてたまらないガナリはすぐに飛んでいった。その間に、〈逃げおおせた人〉たちはクラッシュ・グラノックを出していっせいに呪文《じゅもん》を唱えた。

グラノックの力で
おまえの殻《から》を破れ
拡大泡《ほう》、拡大泡
遠いものがいちばん近くに

クラゲのようなものが筒《つつ》から出てきた。そして、黄色っぽく枯《か》れている背の高い草の間で大きなシャボン玉のようにふくらんだ。アバクムとパヴェル、オクサ、ゾエの四人は腹ばいになって、ガラスの抜け落ちた窓が無数に並ぶ巨大な建物の正面を興味深そうに観察した。オクサはぶるっと身《み》震《ぶる》いした。夜明けの寒さのせいではない。人間の作ったものが大きければ大きいほど、その荒廃《こうはい》ぶりにもよけいに魅了《みりょう》される。

「屋上に人がいる……」オクサより現実的なゾエがささやいた。

オクサは拡大泡を屋上のほうに向けた。

「武器をもってる！」と、小さな声をあげた。

たしかに、屋上の両端《りょうはし》と真ん中に銃《じゅう》を肩《かた》にかけた男が三人いる。ずっと下のアーチ形の入り口には二人いる。

「理由もなく廃墟《はいきょ》がこんなに厳重に見張られているはずはない……」アバクムが推察した。

「あっ、あたしのガナリだ！」オクサが小声で叫《さけ》んだ。

円錐《えんすい》形の体をしたガナリはオクサの手のひらにとまり、山のような情報を伝えた。〈逃げおおせた人〉たちは驚き、そして心配そうな顔になった。

計画はシンプルだが、大きな問題があった。最初のアプローチだ。ミシガン・セントラル駅を取り囲む土地にはさえぎるものが何もない。ハトのように撃《う》たれる危険を冒《おか》さずに、建物の中に入るのは無理だ。

「グラノックを使うか？」パヴェルが提案した。

「この距離《きょり》だと難しいな」と、アバクムが答えた。「だが、事前にうまく敵をおさえておけば、なんとかなりそうだ」

何か言おうとしているパヴェルをオクサがさえぎった。

「だめよ、パパ！　闇のドラゴンは強力だけど、いまの状況《じょうきょう》だと、ちょっとやりすぎじゃない？」

パヴェルは思わずほほえみをもらした。

「もっと目立たないものがあるよ。あのべたべたした感じはあんまり好きじゃないけどさ……」

オクサはそう言うと、顔をしかめてクラッシュ・グラノックに息を吹きこんだ。カモフラじゃくしが筒の先からうごめきながら出てきた。まるで、瓶《びん》をあける前にふりすぎて出てきたソーダの泡のようだ。オクサは起き上がって高い草の間にひざまずき、頭からつま先までカモフラじゃくしを塗《ぬ》りつけた。気持ちの悪さにはいつまでたっても慣れることができない。オクサの体は少しずつ消えていき、最後にはまったく見えなくなった。ただ、カモフラじゃくしでおおわれていない口だけは別だ。これなら〈逃げおおせた人〉たちと話ができるし、ついでにクラッシュ・グラノックも使える。

「この能力にはまったく驚かされるよな」パヴェルがつぶやいた。

オクサの口から小さな笑い声がもれた。

「刺青が本物になるほどじゃないけどね、グラシューズのパパさん」

「気をつけるんだぞ」

「わかってる！」

オクサは建物に向かって飛び立った。見えないミサイルのごとく鳥の群れの真ん中を突き抜けたので、急に鳥たちがざわざわした。屋上にいた三人の見張りのうち一人が不審《ふしん》に思ったようだ。片手を銃の上にのせ、もう一方の手で首にかけていた双眼鏡《そうがんきょう》をのぞいた。だが、鳥の群れの形は元にもどり、くすんだ空に遠ざかっていた。見張りの男はしばらく鳥たちを目で追っていたが、自分の目の前に視線をもどした。男はイヤフォンを調整し、えりについた小型マイクに向けて二言、三言何かを言った。数十メートル離れたところにいる二人の男に向かって軽くうなずいてから、あたりを歩き回った。

超能力を持った女の子がすぐそばにいて自分を操ろうとしていることに、はたして男は気づくことができたろうか？　目の前に奇妙《きみょう》なものが浮かんでいるのに気づくのがやっとだった。それはなんだとたずねられたら、吹き矢に息を吹きこんでいる口だと男は答えただろう。だが、だれもその質問はしなかった。というのは、その口と吹き矢の持ち主はすでに男の意識の操作を始めていたからだ。〈記憶消しゴム〉と〈暗示術〉の組み合わせは強力だ。よく訓練された見張りだったが、自分でも気づかないうちにその術にはまっていた。

「あなたはこの建物に近づいてくる人たちを見るだろう。でも、あなたは警告を発しないし、彼らが建物に入るときに発砲《はっぽう》しない」オクサは男の耳元でささやいた。

指示の詰まった青い煙《けむり》の渦《うず》が男の右耳に入り、入り組んだ脳の中を通り、左耳から出てきた。

「もし建物の中から連絡してきたら、何も変わったことはないと言うのよ」

オクサはそう続けたあと、いっそう男に近づいて、別の指示をあたえた。男はけだるそうにうなずいた。目もぼんやりとしている。

「よし、これでいいわ！」

オクサはうれしそうに言うと、呪文を唱えて別のグラノックを放った。

グラノックの力で
おまえの殻を破れ
消された記憶はほこりとなり
わたしがあたえた言葉を覚えるのだ

オクサは屋上のほかの二人の見張りにも同じことをした。そして、心のなかで思いっきり叫び声をあげながら七十メートルの高さからダイビングして地面に降り立った。

「だれにも見てもらえないのが残念！」と言いながら、かなり大胆《だいたん》な宙返りをいくつかした。

建物の入り口を見張っている二人の男も、屋上の仲間たちと同じあつかいを受けた。それ以外にはあたりに人も生き物もいないようだ。

「セキュリティーシステムが設置されてないって、たしかだよね？」オクサはガナリこぼしにたずねた。「防犯カメラも、モーションセンサーもないんだよね？」

「ありません、グラシューズ様。わたくしが保証します！」

「まあ、そんなに驚かないけどね……あの見張りだって、野次馬を近寄らせないようにするためだけだろうし。だれにも――あたしたちにすら――捕《つか》まらないって、オーソンは本気で思っているんだよね」

オクサは苦笑いをもらした。

「ふふん、あたしたちがここまで追ってきたって知ったら、あいつは相当びっくりするだろうな！」

ガナリはうなずいた。

「じゃあさ、パパとアバクムとゾエに伝えてくれるかな？　見張りの男たちはあたしたちの味方で、あたしが中で待ってるって」

ガナリこぼしはカモフラじゃくしの防護膜《まく》から出て、背の高い草むらのほうへ大急ぎで飛んでいった。オクサはアーチ形の三つの入り口のひとつに近づいた。窓からぶら下がるよごれたガラスの破片がたがいにぶつかってかすかな音を立てていた。少しでも風があると音がするモビールのようだ。入り口の高さに圧倒《あっとう》されたオクサは柱のひとつにもたれかかり、その石の冷たさにぶるっと震えた。カモフラじゃくしにおおわれていると、外側から見られたり、音や声を聞かれたりはしないが、オクサが感じることには変わりがない。建物をもう一度ちらりと見てから中に入ることにした。

すべてが荘厳《そうごん》だが、荒《あ》れ果《は》てていた。大理石の壁には無数のグラフィティ（落書きアート）が描《か》きなぐられ、天井《てんじょう》ははがれ、床には割れた石畳《いしだたみ》やがれきが散らばっている。オクサは巨大なホールを見回しながら進んだ。

一羽の鳩が翼《つばさ》をばさばさと鳴らして飛び立ったので、オクサは声をあげそうになった。だだっ広いホールの何もない丸天井の下では、ほんの小さな音でも増幅《ぞうふく》されて不気味にひびく。ほこりっぽい光の筋のなかに羽根が一本舞《ま》っていた。オクサは羽根が柱の頭についている飾《かざ》りにひっかかるまで目で追った。そして、自分がぼうっとしていたことに気づいて頭をふった。ぼんやりしている場合じゃない。しかし、この場所はすべてが奇妙で心を奪《うば》われてしまう。

「ありがとう！」とつぜん、アバクムの声が聞こえた。「待っている人がいるんでね」

オクサはふり返った。クラッシュ・グラノックを手にしたアバクムがパヴェルとゾエといっしょに入ってきたところだった。

「オクサ、どこにいるんだ？」パヴェルが押し殺した声で呼んだ。

「ここよ……」

呪文を唱えるとすぐにカモフラじゃくしは姿を消した。ゾエはオクサにほほえみかけ、パヴェルとアバクムはオクサを見つけたことにほっとした様子だ。

「あの説得作戦はうまくいったな、オクサ！」パヴェルが、逆光で彫像《ちょうぞう》のように見える見張りを指さしながら言った。「おまえがなんて言ったのか知らないけど、えらく親切だったぞ！」

オクサはわざと何でもないというふうに肩をすくめた。目の奥のきらりとした光だけが、大いに満足していることをあらわしていた。

「じゃあ、そろそろ本気になって、オーソンがあの地下でたくらんでいることを探らないとね」

9　シンボルが語るもの

がさがさがさ……〈逃げおおせた人〉たちが一歩進むたびに乾《かわ》いたようなかすかな音がひびいた。割れた石畳《いしだたみ》やがれきを踏まずに歩くことはできない。四人の冒険家《ぼうけん》は、かつては立派な駅の待合室だった場所のあまりの荒廃《こうはい》ぶりに圧倒《あっとう》されながら、息を切らして進んだ。オクサは携帯電話で写真を撮《と》るのと同じように、できるだけ多くの光景を記憶にきざみこもうとした。ワシントンに帰ったときにカメラ目で映すためだ。母親やギュスは、オクサが見せるものをきっと喜ぶだろう。

ガナリこぼしがオクサの目の前にやってきた。

「地下へのアクセスはここから南西に五十二メートルのところです」

ガナリこぼしは、からまったくず鉄のようなものでふさがれた広い通路のほうに飛んでいった。〈逃げおおせた人〉たちはガナリから目を離さないようにしてついていった。四人はいっしょに荒《あ》れ果《は》てた部屋が続く通路を進んだ。周りが暗くなるにつれて、不気味な雰囲気になっていく。のしかかるような不安が一人一人の心のなかに芽生えてきて、足取りが重くなっていった。それでも、柱が立ち並ぶ倉庫のようなスペースの窓から灰色の空が見えると少しだけほっとした。この場所から出ることもできると思えて安心したのだ。

「わぁーっ！」オクサは思わず声をあげた。

よどんだ水たまりのど真ん中で立ち止まった〈逃げおおせた人〉たちは壁に描《えが》かれたフレスコ画を目でたどった。あらゆるところに描かれた無数のグラフィティとはちがって、いま目の前にあらわれたものは不思議に何かを連想させる。

「まるでエデフィアのレプリカみたい……」

そうつぶやいたオクサは、燃えあがる地球を描いたかのような絵をながめているゾエに近づいた。六つほどの丸屋根が大火のすき間に見える。明るく透《す》き通《とお》るようなフレスコ画はまさに理想的な世界の縮図のように見えた。豊かに茂《しげ》った緑、繁栄《はんえい》する町、人々の明るい顔……。

緻密《ちみつ》に描かれた丸屋根をゾエは指でなぞった。やや青みがかった半透明《とうめい》の丸屋根はシャボン玉を連想させる。だが、絵に厚みをつけるのがうまい画家らしく、ほとんど透明なのに浮き出ている部分がよくわかった。

「空に似せた脳みたい……」ゾエがつぶやいた。

「あるいは、知性の君臨か……」次にオクサが言った。

オーソンは石油プラットフォーム〈サラマンダー〉で自分のことを〝新たな世界の予見者……パイオニア……創設者〟と呼んでいたが、その言葉とこのフレスコ画は関連性があるにちがいないと、オクサは本能的に悟《さと》った。

「なるほど、これがオーソンの挑発《ちょうはつ》の印か無意識なのかはわからないが、ついに到着したようだな」

アバクムはこうつぶやくと、別のフレスコ画をながめた。こちらは抽象《ちゅうしょう》的な絵ではない。オクサはとっさに手をおなかにあてた。すべての〈逃げおおせた人〉と同様に、湿気《しっけ》で腐《くさ》った漆喰《しっくい》の下地に黒く描かれた紋章《もんしょう》が何を示すものかオクサもわかっている。ほかの人とちがうのは、かつてそれが自分の奥深いところに息づいているのを感じていたことがあり、自分の体にあらわれ、そして消えたのを目にしたということだ。


オクサはその形を指先でなぞった。エデフィアの星がそこにあった。消滅《しょうめつ》しかけて救われた地球と同じように、荒れ果ててはいても荘厳《そうごん》なこの建物の真ん中に。オクサの手のひらが星の八番目の角《つの》に触れたとき、壁にすき間ができた。パヴェルはさっとオクサを腕《うで》に抱《かか》えて後ずさった。いくつかの石の塊《かたまり》が縮んだ。油をよくさした機械のようにほとんど音も立てなかった。やがて、広いホールがあらわれ、建物の底に向けてゆるやかに下っているらしい丸天井《まるてんじょう》の通路が見えた。その先には鋼鉄でできた丸味のある分厚い扉《とびら》が開いていた。どうぞ入ってくださいというように……。

オクサは思わず身震《みぶる》いした。未知のものにはわくわくさせられるのだが、この場合はただひとつのことしか頭に思い浮かばなかった。回れ右をして大急ぎで逃げることだ。

「すみません、グラシューズ様。いくつか情報をお伝えしなければなりません」ガナリこぼしがかん高い声で告げた。

四人は興味しんしんでガナリを見つめた。オクサは心のなかでため息をついた。逃走計画は後回しにしなければ……。

「どうぞ、知ってることを教えてちょうだい」オクサは先をうながした。

「地下には人が四十五人います。地下の長さは五千八百四十メートルで、深さは最大百六十三メートルです」

「百六十三メートルですって？」オクサは大きな声をあげた。「どうしてそんなに深いの？」

「それはぼくたちが調べないとな。行ってみよう！」パヴェルは地下に続く通路のほうに向かいかけた。

「いけません！」オクサがポシェットに入れていたドヴィナイユがとつぜん叫《さけ》んだ。

パヴェルははっとして立ち止まった。

「どうしたの？」オクサは震えているドヴィナイユの頭をなでながらたずねた。「どうしてそんなに怖《こわ》がるの？」

オクサはドヴィナイユをポシェットから出してやり、手のひらにのせた。小さな鶏《にわとり》の目はぐるぐるまわっていた。

「どうして何も言わないの？」ドヴィナイユはガナリこぼしに向かってどなった。「そういうものをキャッチできないんなら、何の役にも立たないじゃない！」

「そういうものって何？」

〈逃げおおせた人〉たちが自分をじっと見ているのに気づくと、ドヴィナイユは目をぐるっと上に動かした。オクサの親指に小さな足がからみ、びっくりするほど強く爪《つめ》が食いこんだ。

「ウランです！」

ドヴィナイユはついにこう告げると、頭をすくめて羽の間に隠した。

「ええっ、ウラン？」オクサはあわてて叫んだ。

「この地下には大量のウランがあります」

ドヴィナイユはそう答えると、急いでオクサのポシェットの中にもぐりこんだ。〈逃げおおせた人〉たちは眉《まゆ》をしかめ、暗い顔になった。

「ガナリ」と、オクサが呼んだ。

「わたくしはお伝えしようとしたんです。でも、ヒステリーのこの鶏が先に言ってしまったんです！」ガナリこぼしは言い訳するように釈明《しゃくめい》した。

「おまえを責めてるんじゃないよ。わかってるじゃない！　だから、説明してよ」

「およそ千三百トンと六百キログラム、つまりほぼ二百九十万ポンドのウランを検知しました」

「なるほど……」パヴェルはつぶやいた。

オクサとゾエはパヴェルに目で問いかけた。

「それって、多いの？」オクサがたずねた。

パヴェルは娘のほうを向いた。

「日本の広島を破壊《はかい》した原子爆弾には六十キロのウランしか使われていなかったんだよ」パヴェルはうつろな声で答えた。「しかも、それから技術は進歩しているしな……」

オクサとゾエは頭のなかでざっと計算してみようとしたが、あわてていたために、頭がこんがらがってあきらめた。だが、概算《がいさん》しただけでも恐ろしい数字だ。すぐ近くに原子爆弾を何万個も作れるだけの原料があるのだ。

「わたしたちに危険はない」しばらく考えてから、アバクムが言った。

「う～ん……そうかなあ」オクサは疑わしげだ。

「オーソンがここにいることはわかっている。彼が〈内の人〉でも、人間であることに変わりはないだろう？　自分が放射能を浴びたり、息子や仲間が浴びるリスクは絶対に冒《おか》さないだろう。安全対策はしっかりとっているはずだ」

ほかの三人は無言でうなずいた。

「そのことを確認させていただきます！」ガナリこぼしは鼻先を震わせながら口をはさんだ。「ワシントンを発ってから、ミリシーベルト（人体の放射線被曝《ひばく》量をあらわす単位）の値は上昇《じょうしょう》しておりません。まったく異常がないと自信を持って言えます。ウランが保管された容器が密閉されているうちは、危険はまったくありません」

「ありがとう、ガナリ」と、オクサが礼を言った。「よし、じゃああとは、オーソンがたくらんでいることを探るだけだよね」

オクサはぽっかりと不気味にあいている地下へ続く通路のほうに向き直った。

「さあ、行こうか……」深く息を吸いこんでからつぶやいた。


通路はすぐに地下鉄のトンネルくらいの大きさになった。通路が交差した部分に近づいたあたりで、〈逃げおおせた人〉たちのすぐそばをトラックが通り過ぎていった。電気モーターで動いているのか、ほとんど騒音《そうおん》がない。四人はすぐに石の壁にはりつき、すんでのところでヘッドライトの光を浴びずにすんだ。アバクムは自分のずだ袋をかきまわしてキャパピルケースを取り出し、一人にひとつずつ真珠色《しんじゅ》に輝くカプセルをわたした。

「これを飲んで」

「吸盤《きゅうばん》キャパピル?」

「わたしの考えはわかっているね?」オクサがたずねた。

ロックフォールチーズのような味に四人とも顔をしかめた。しかし、別の車のヘッドライトがやはり音もなく近づいてくるのがわかると、そんなことはどうでもよくなった。四人は手足を壁に押しつけて通路の丸天井によじ登った。人間に姿を変えたクモのように天井にはりつき、トラックが足元を通り過ぎるのをながめた。もう少し遅れていたら大変なことになっていただろう。それを避《さ》けられたことにほっとして四人は顔を見合わせた。だれも天井なんか見上げたりしないだろう。四人はその奇妙《きみょう》な姿勢のまま、少しずつ、だがしだいにスピードを上げて進んでいった。こうして、トラック何台かがかなりのスピードで通りすぎていったが、地中深く進むにつれて人の気配が濃《こ》くなっていくようだ。できるかぎり用心するようにというアバクムの合図のもと、みんなは通路の分かれ道まで進んだ。トラックが何台も入っていく左の通路に入り、手足を天井につけた姿勢のまま、その後を追った。

四人は鋼鉄の頑丈《がんじょう》な扉の前で止まった。地下通路の入り口にあったのと同じもので、高さも幅《はば》も八メートル以上はある。通路を完全にふさいでいて、それは巨大な金庫を思わせる。とつぜん、かしゃかしゃと音を立てて装置が動き出し、扉がゆっくりと開き始めた。大きさと同様、厚さもかなりのものだ。パヴェルが用心しながら前に進み出た。

「パパ！　その中に入るなんて言わないでよ！」オクサがどなった。「とんでもないよ！」

「ちょっと見てくるだけさ……知っておかないといけないだろ」

扉はまわり続け、いまでは半分ほど開いている。いくつか並んだネオンの強い光に姿をさらす危険を冒しながらも、〈逃げおおせた人〉たちは体を少しずらして内部をのぞきこんだ。

四人はとんでもなく頑丈な扉をあやしく感じたのだが、その理由がすぐにわかった。そこには何百個というスチールケースが積み上げられていた。すべてのケースに死の危険をあらわす黄色と黒の印がついていた。

「ウランね……」オクサはつぶやいて、おびえたように仲間を見つめた。

オクサのポシェットの中にいるドヴィナイユが押し殺したようなうめき声をあげた。トラックが一台、その不気味な倉庫に入るためにエンジンをかける音がして、四人ははっと身構えた。ガナリこぼしに前もって教えてもらっていたはずなのに、この貯蔵庫を確認したショックは大きかった。

「ここから離れよう！」パヴェルがうながした。

四人はもと来た道を分岐《ぶんき》点まで引き返し、今度は右の通路に入った。しばらく行くと、一階のがらんとしたホールと同じくらい桁外《けたはず》れの大きさのホールに着いた。油の混じった金属の臭《にお》いがする。四人は配管の陰に隠れて、〈拡大泡《ほう》〉でその場所を観察した。


ホールの壁の半分ほどの高さに長い通路がしつらえてある。あまりに長くて、向こうの端《はし》は肉眼では見えないが、その端のあたりにコンピューターの前で働いている人たちがいるのが〈拡大泡〉のおかげでわかった。その下では、さまざまな工具を手にした人たちが金属のようなものを加工しているようだ。バーナーが火花を散らし、人々がつけている保護メガネに反射している。最初はこの作業全体が何を意味するのかわからなかった。けれどしばらくしてその事実に四人はがくぜんとした。

「ミサイル？」と、オクサがつぶやいた。

「そうだとしたら、えらく大きなやつだな……」パヴェルが言った。

ゾエが二人のほうをふり向いた。口をぽかんとあけ、顔は青ざめている。

「ううん、ミサイルじゃない……」ゾエはしどろもどろだ。「ロケットよ！」

アバクムはがっくりと肩《かた》を落とした。〈拡大泡〉から目を離し、低い声で告げた。

「エデフィアを守る星を破壊《はかい》するためのロケットだ……」

10　地下の企《たくら》み

「わ……わからない……」オクサはつっかえながら、やっとそれだけをしぼりだした。

アバクムがそばにきた。

「おまえはエデフィアを守っている幕のことを知っているだろ？」

オクサはうなずいた。通常よりずっと高速の太陽光線が円錐《えんすい》状に降り注ぎ、地球上に届くと境界の役割を果たす。それがエデフィアを外部から見えないように保護する幕になっていると、オクサは知っていた。

「不老妖精やおばあちゃんは星について話してくれたかい？」アバクムが続けてたずねた。

「あたしのおへその周りの星のこと？　あの印のこと？」

「おまえが言っているのは、地球と太陽の間に実在する本物の星のシンボルにすぎないんだよ」アバクムが説明した。「その星は太陽光線の速度を増すフィルターの役割を果たしている。そうやって保護する幕を作って、エデフィアを隠しているわけだ。その幕がないと……」

アバクムは目をなかば閉じて、そこで言葉を切った。肩《かた》にずしりと重みがのっているかのようだ。大きな心配事があるときのように顔色も悪い。

「幕がなくなると、〈外の人〉の欲望の餌食《えじき》になるだろう。われわれの民が超《ちょう》能力を持っていても、長くは持ちこたえられないだろうな」

「エデフィアの人たちは生き残れないよね……」オクサがぞっとしてつぶやいた。

「そうだな」と、パヴェルも悲しそうにうなずいた。

オクサの目に涙がこみあげてきた。

「その星をオーソンに破壊《はかい》させやしない」オクサはきっぱりと言い放った。「絶対にそんなことはさせない。その前に止めてやる！」

パヴェルはほかの三人に床に伏せるよう合図し、その下に広がる大きなホールを指さした。そこではオーソンの武装集団メンバーがいそがしく働いていた。彼らの作っているさまざまなパーツがやがてエデフィアを破滅《はめつ》に追いやるロケットになるのだ。ロケットの外側はかなり作業が進んでいるようだ。急ピッチでつなぎあわせている金属板の形から、できあがりの形がイメージできる。オクサはかりかりしながらも、わいてきた疑問を口にした。

「アバクムおじさん、どうしてオーソンはそんな星があることを知っているの？　あたしでも知らなかったのに」と、ささやいた。

「おまえは知るべきことを全部学べなかった。おまえがグラシューズとしての教育を受けた環境《かんきょう》はふつうじゃなかったからな……」

「まあ、それはそうだよね」オクサはうなずいた。「大急ぎだったり、隠れてしなきゃいけなかったりさ。でも、オーソンは？」

「オーソンと彼の父親は共犯者がいたおかげで〈覚書館《おぼえがき》〉に入ることができた。だからだれも知らないような情報を知っているんだ」

オクサは眉根《まゆね》を寄せた。大伯父《おおおじ》のレオミド――ドラゴミラの兄でオーソンの異母兄弟――が、アバクムの言う共犯者のなかでは最も重要人物だ。生涯《しょうがい》、後悔《こうかい》の念にさいなまれ、家族や仲間は彼を許したのに、自分自身の裏切りを許すことができなかった。オクサは頭をふってうめき声をあげそうになるのを我慢《がまん》した。ここでレオミドのことを言っても、〈逃げおおせた人〉みんなを苦しめるだけだ。

オクサはゾエとアバクムのほうに向き直った。

「おじさんたちはどうやってそういう……仮説にたどり着いたの？　疑うわけじゃないけど、オーソンはエデフィアを守る星をこわしたいんじゃなくて、地球の一部を破壊したいだけかもしれないじゃない？」

オクサはそう言いながら、自分の言葉のひどさに気づいた。「地球の一部を破壊したいだけ」。恥ずかしさに目を大きく見開いた。自分が生まれ育った地球なのに。エデフィアと同じくらい大好きな世界なのに！　自分は二つの世界に愛着がある。それは疑いようがない。そして、どちらも脅《きょう》威《い》におびやかされている。

「かわいいオクサ、わたしがまちがっているんなら、どんなにいいだろう……」アバクムはため息をついた。「だが、残念なことに、それは単なる仮説以上のものだ。見てごらん」

アバクムはオクサの後ろにまわり、クラッシュ・グラノックから〈拡大泡《ほう》〉を出して製作とちゅうの物体の一部に向けた。クラゲのような泡の中にアバクムの人差し指が拡大されて見えた。指はロケットの先端《せんたん》とおぼしきところにあるロゴのようなものを指した。それから、アバクムは〈拡大泡〉をホールのいろんな部分に向けた。

オクサは体をこわばらせた。そのロゴはいたるところにある。パソコンの画面、行き来する車両、作業する人たちの黒い服にも……。ロゴの意味を理解すると、オクサはショックで青ざめた。

「星を破壊するなんてこと、ホントにできるの？」オクサはそう言いながら、これほど意味のわかりやすいロゴ――エデフィアのシンボルである八つの角を持つ星を、空からおそいかかる炎《ほのお》が飲《の》みこもうとしている――から目を離せないでいた。

「破壊できないものはないんだ、オクサ」父親が答えた。

「それに、さっき見たようなウランのストックがある場合はとくにね……」ゾエがつけ加えた。

「でも、どうして？」オクサはなおもたずねた。「どうしてエデフィアを痛めつけようとするの？あいつは地球全部を征服《せいふく》しようとしているのに、まだ足りないの？」

「あいつにとって、エデフィアは最大の失敗なのよ」今度はゾエが答えた。「父親とのことも失敗したし、国民に対しても失敗したし……」

「それで、我慢《がまん》ならないんだ！」

「尊敬や愛情を得られないなら、破壊するほうを好むってわけよね。父親を殺したのと同じ論理よ」

「あいつを愛するか、そうでないなら死ねって。けど、エデフィアの国民はあいつを憎んでる……」オクサは締めくくった。「あたしもだけどさ……」と、苦々しげにつけ加えた。

ざらざらしたコンクリートの上に腹ばいになった〈逃げおおせた人〉たちはそれぞれ、これまでのことを思い出しながら考えていた。それぞれが心の奥にエデフィアの一部を秘めているのだ。

エデフィア……故郷、偽《にせ》のパラダイス、だが、約束の地でもある。

〈逃げおおせた人〉たちには何ができるだろう？　いま、ここで？　命を危険にさらさずにできることはない。

「もう十分にわかった。ここから出よう……」アバクムは打ちのめされたようにそれだけ言った。

もときた道をたどるのは行きより難航した。〈逃げおおせた人〉たちがオーソンの軍事基地を発見し、彼の計画を理解する間に、建物の地下深くに続く通路はまるで高速道路のようになっていた。トラックがえんえんと連なっているのだ。ただ、その積荷の中身がどんなに恐《おそ》ろしいものだとしても、オーソンが世界中から集めた傭兵《ようへい》でもある運転手がどんなに荒《あら》っぽい性格でも、四人の侵入《しんにゅう》者にとってトラックの列はそれほど怖《こわ》いものではなかった。彼らが手足を天井《てんじょう》にくっつけてクモのように進んでいる限りは……。

ところが、空飛ぶ毛虫、ヴィジラントが二匹、猛《もう》スピードで近づいてきた。こっちのほうがよっぽど危険だ。

「ええっ、やめてよ！」オクサはうめいた。

〈逃げおおせた人〉たちはアーチ形の天井を文字どおり走り出した。むだだった。ヴィジラントから逃《のが》れることはできない。

「異常ありーっ！」ヴィジラントが声をそろえてどなり出した。

すぐに二十四ほどのヴィジラントが毒のある毛を逆立ててやってきた。パニックに陥《おちい》ったオクサは自分を抑《おさ》えることができなかった。即座《そくざ》に火の玉が手のひらから出ていき、腹の青い毛虫たちを焼きつくした。その燃えかすはしばらく宙を舞《ま》い、その落ちていく軌跡《きせき》をどうにかしようと考える間もなく、トラックのフロントガラスに炎の雨のように落ちてしまった。

「なんてことをしちゃったんだろう」オクサはすぐに後悔《こうかい》して、自分をしかりつけた。行動する前に考える――もう、それぐらいのことはわかっているはずだ！　起きるべきことが起きた。最後尾《こうび》にいたそのトラックの運転手はすぐにブレーキをかけた。〈逃げおおせた人〉たちの全身の血が凍りついた。その男は火の粉がどこから降ってくるのかを探そうとした。顔を上げれば、必然的に何かが見える。天井にはりついている男二人と女の子二人だ。「少しばかり」びっくりするだろう。そして、トラックのクラクションを力いっぱい鳴らすだろう。そうなると……。

「走るんだ！　あとはぼくがなんとかする！」

パヴェルはそうどなると、運転手が窓から顔を出した瞬間に、天井から下りてトラックのボンネットの上にのった。運転手の視線は天井に張りついた三人の人間から、どすんと落ちてきた男に移った。

「パパ！　いっしょに来て！」オクサが叫《さけ》んだ。

「オクサ、一度でいいから言うことを聞いてくれよ！」

ゾエはオクサの手をつかんで、通路の入り口の方向に引っぱった。ゆるやかな坂になっている通路の先に入り口がすぐに見えていた。その間にパヴェルは運転手に〈ツタ網弾《あみだん》〉と〈口封《ふう》じ弾〉を浴びせ、運転席から引きずり出してえりくびをつかんだ。男はパヴェルの質問を注意深く聞いて、頭の動きでイエスかノーで答えた。その間にも、パヴェルは束になって向かってくるヴィジラントに火の玉を放っていた。

縛《しば》られて口のきけない運転手はおびえた目をパヴェルに向けた。いっしょにいた女の子はこの男をパパと呼んでいた。なら、あごひげを生やした老人はあの子のじいさんかもしれない。もう一人の女の子は姉か妹か。「超能力者の家系の父親がほしい……」——パヴェルがえりくびを絞《し》める手に力を入れたとき、男は家族合わせゲーム（いくつかの家族のメンバーが一枚ずつカードになっており、カードをプレイヤー間で交換《こうかん》して家族全員のカードを多く集めた人が勝つ）の言葉を頭に浮かべた。信じられない……。こういう能力を持っているのは、指導者と彼の息子たちだけじゃなかったんだ！ほかのやつらに教えてやったら……だが、そのためには生きのびなければならない。

パヴェルが男を壁にたたきつけて姿を消したとき、ほとんど怪我《けが》をしていなくてラッキーだと男は思った。ほかのやつだったら、まちがいなく殺されただろう。自分だったら、ピストルを抜いて相手の眉間《みけん》に弾《たま》をぶちこんだだろう。男はねばねばするひもから抜け出そうともがきながら考えた。きっと、あのパワフルな男は人の命を奪《うば》うことをよしとしない良心とか道徳を持ったやつなんだろう。傭兵だった年月の間には、そういう理想主義のやつと出会ったことがあった。そういう立派な思想より力のほうがいつも勝ることはわかっている。だが、あいつはそれを知らないんだろう……。

通路の行き止まりまで来たとき、オクサとアバクムとゾエは大きな問題にぶつかった。鋼鉄の頑《がん》丈《じょう》な扉《とびら》は最後のトラックが入ったあとで閉まってしまっていた。オクサは何か扉を開く装置はないかと、扉のあちこちにふれてみた。アバクムとゾエもそれにならって、ひんやりとすべすべした扉の表面やこぶしほどもあるボルトをなでたり、押したり、たたいてみた。しかし、何も見つからない。

「外からあけるよ！」

オクサはそう言うと、扉にぴたりと体を押しつけ、腕《うで》を扉にめりこませた。

「少しはミュルムの能力も役に立ってくれなくちゃね」

ひじ、そして上腕《じょうわん》が見えなくなった。しかし、肩の部分でひっかかった。

「だめっぽい？　手伝おうか？」ゾエが心配そうにたずねた。

「すっごい抵抗《ていこう》……」オクサは顔をしかめて答えた。「でも、そこにいたほうがいいよ。何かあったら、アバクムおじさんといっしょにあたしを守って」

オクサはさらに力を入れた。腰《こし》と脚《あし》の一部が鋼鉄のなかに食いこんだ。扉が厚いので、思ったより力が必要だし、不安も増してくる。分厚い鋼鉄の塊《かたまり》の中で身動きが取れなくなったら、あまりうれしくないだろう。薄暗《うすくら》がりのなかに人影が見えたとき、オクサは背中に冷たい汗が流れるのを感じた。アバクムとゾエはすぐに防御《ぼうぎょ》の構えに入った。

「オクサ、こっちはまかせておけ！」アバクムが耳元でささやいた。「おまえは、がんばって扉を抜けて、わたしたちを解放してくれよ」

「きっとうまくいくよ！」ゾエもオクサを励《はげ》ました。

「ああ、パヴェルだ……よかった……」

アバクムとゾエはほっとして緊張《きんちょう》を解き、すぐにいまの状況《じょうきょう》をパヴェルに説明した。オクサは集中力を高めた。

「急いだほうがいい」パヴェルは不安そうな視線を後ろに向けながら言った。「時間はあまりないかもしれない……」

オクサの体の四分の三が扉のなかに入っていた。でも、向こう側に出られなかったらどうなるのか？　この扉の中で窒息《ちっそく》死するのが怖いと言ったり、ほのめかしたりなんてしたくない。だが、その可能性を考えただけでぞっとした。オクサは力いっぱい押した。何の目安もなかったけれども、抵抗が弱くなったような気がした。手に感じるのはミシガン・セントラル駅のひんやりとした空気だろうか？　向こう側にだれもいませんように——反逆者《フェロン》のお出迎えや毛で刺《さ》そうとするヴィジラントとか……。鋼鉄の圧力で震《ふる》えることすらできない。

頭を扉に入れる前に大きく息を吸《す》いこもうとしたとき、よく知っている声が聞こえた。オクサは不安をふりはらって扉に全身を突っこんだ。


オーソンは一瞬にして理解した。元イスラエル諜報員《ちょうほういん》アモスがトラックのそばで狂《くる》ったようにもがいていた。彼をしばっているものを見ると、いっそうはっきりした。あのいまいましい〈逃げおおせた人〉が自分にメッセージを残したかったのだろう。

あいつらはここを通った。そして、やつらは知っている。

オーソンは怒りを抑え、もどかしげに呪文《じゅもん》を唱えた。

グラノックの力で
殻《から》を破れ
おまえの爪《つめ》で口輪をかけ
おまえの翼《つばさ》で口輪をはずせ

青光りのする平たい昆虫は、アモスの口をふさいでいた六本の足をはなし、オーソンのクラッシユ・グラノックの中に吸いこまれた。

「ありがとうございます、指導者様！」アモスが大声で言った。

こんな目に陥った自分を恥じながらも、解放してくれたオーソンに感謝することを忘れなかった。

アモスは解け始めた黄色いツタをはらおうと犬が水のしずくをはらうように体をぶるっと震わせ、さっと姿勢を正した。

「何人いた？」オーソンはきつい調子で問いただした。

「四人です。男が二人と女の子が二人」

オーソンは通路の出口に向かって、信じられない速さで走った。同じくらい速く走れるのは彼の息子だけだ。しかし、アモスと大男のマルクス・オルセンもぼんやりしてはいなかった。銃《じゅう》を手に全速力であとを追った。

「うおーーっ！　オクサー、ポローーック！」オーソンはうなり声をあげた。

その声は石の通路じゅうにひびきわたり、仲間を鼓舞《こぶ》し、敵を震え上がらせた。

11　オーソンが受けた衝撃《しょうげき》

オクサは太ももに両手をつき、肩《かた》で息をしていた。手首にまいたキュルビッタ・ペトが波打ち、強くマッサージしてくれていた。鋼鉄の分厚い扉《とびら》の中に閉じこめられたままになるのではないかと、怖《こわ》くてたまらなかったのだ。

「ほら、オクサさん、必要とされているんだよ。くじけてる場合じゃないよ！」オクサはつぶやいた。「いろんな意味で……」口をきっと結んでつけ加えた。

むずかしい壁抜けをやりとげたうえに仲間に危機がせまっていることで、オクサの心臓は破裂《はれつ》しそうだった。だが、オクサは力をふりしぼって石の壁を抜け、八つの角のある星の形に指先で触れた。鋼鉄の扉の向こうで起きていることがわからないかと耳をすませた。しかし、ささやきセンサーをオンにしても何も聞こえない。実際に見てみないことにはどうしようもない。

オクサは入ったときと同じことをした。覚えている限り、まったく同じように。まずは星の中心、それから、八つの角を時計の針の方向になぞった。すると、石の塊が不気味な音を立てて開き、オクサが苦労して通り抜けたばかりの鋼鉄の扉があらわれた。そして、扉の蝶番《ちょうつがい》がにぶい音を立て始めた。

とつぜん、声が飛びこんできた。

「オクサ、こっちに来るんじゃない！」父親が叫《さけ》んだ。

パヴェルはあわてているようだ。からかうような別の声がかぶさってきた。

「それがいい、若すぎるグラシューズ！　そこにいて、おまえの気の毒な父親と妖精人間とかいうやつと、みじめなまたいとこの三人がやられるのを見物するんだな！」

オクサの血が煮《に》えくり返《かえ》った。怒りに駆《か》られ、オクサは少しずつ開いていく扉のすき間から姿をあらわした。そこには、予想外の光景が待ち受けていた。オーソンがアバクムの首を絞《し》めあげて身動きできなくし——いつでも首の骨を折れそうだ——、そばにはテュグデュアルとグレゴールがパヴェルとゾエに手のひらを向けて立っている。パヴェルとゾエもまったく同じ姿勢だ。そして、少し離れたところにはオーソンの仲間のマルクス・オルセンとアモスという危険な人物がいる。彼らが機関銃《じゅう》を使えば、ふつうの人だろうが、〈逃げおおせた人〉だろうが、だれだって殺せるだろう。

オクサはジレンマに陥《おちい》っていた。心の底からわいてくる言いようのない恐怖に怒りが混じって、ふとした拍子《ひょうし》に爆発しそうだ。しかし、自分が何か行動を起こせば、殺し合いになるだろう。自分をコントロールしなければならない。

「ああ、若すぎるグラシューズが来たな！」オーソンは猫《ねこ》なで声《ごえ》で言った。「これで、昔のようにみんなが集まったわけだ！」

オクサはばかにしたように「ふん」と鼻を鳴らした。死ぬほど怖がっていることを悟《さと》られちゃいけない、この状態から脱出する方法を見つけなきゃ、とオクサは心のなかでつぶやいた。

「とにかく、ここまでやって来るとは立派なもんだ。こんなに早く見つけられるとは、正直なところ思っていなかった」

オーソンはそう言うと、いまや大きく開いた扉の向こうの巨大なホールのほうに目を向けた。

「この場所は豪華《ごうか》だろう？」

「おまえの過去のように豪華だし、近い将来のようにぼろぼろさ！」パヴェルが吐《は》き出《だ》すように言った。

その言葉を聞くと、オーソンはアバクムの首を絞める腕《うで》に力を入れた。アバクムはうめき声だけはこらえたが、目に涙をためていた。痛みのせいか？　恨《うら》みのせいか？　どちらなのかを知るのは難しい……。

「オーソン、おまえは高望みしすぎるんだ。だから、失敗するんだ」と、パヴェルがなおも言いつのった。

「へえ、そうかな?」オーソンはばかにしたように言った。「だれがわたしを止めるんだ? おまえか? それとも、このガキどもか? 笑わせてくれるよ……ここまで来たからといって、わたしより強いなどということはないんだ!」

パヴェルとゾエは手のひらを敵に向けたまま、体をこわばらせた。二人の正面には完全武装した男が二人立ちはだかっているし、オーソンの息子たちも平然と構えている。彼らはまるで彫像《ちょうぞう》になったかのようだ。気づかないほどかすかなまばたきと、口の端《はし》に浮かんだ冷笑がかろうじて緊《きん》張《ちょう》感を伝えていた。オクサは心の底で、テュグデュアルの視線をとらえれば、態度を変えさせられるかもしれないと希望を抱《いだ》いていた。テュグデュアルが百%父親に支配されているわけではなく、ほかの人の意見を聞き入れる人間的な部分が残っていると心から信じていたからだ。しかし、この瞬間に限ると、そうした部分はまったくの想像にすぎなかった。テュグデュアルはまったくとらえどころのないうつろな目をしていた。そんなふうに手の届かないところにいる生気のないテュグデュアルを目にすると心が痛み、顔がわずかにゆがんだ。眉間《みけん》のしわが深くなり、グレーの瞳がくもった。ネオンの強い光のもと、そのオクサの表情にオーソンは気づいた。

「何を考えていたんだ?」オーソンはさもばかにしたように言い放った。「おまえを見たら、急いでそっちの側につくとでも思ったのか? さぞがっかりしただろうな、かわいそうなちっちゃなグラシューズさんよ……」

オクサはオーソンにいまにも跳《と》びかかりそうになった。その呼び方はテュグデュアルがオクサに使ったものだ。あとで起きたこととは関わりなく、いっしょに過ごした楽しかったときや苦しかったときの思い出につながる呼び名だ。テュグデュアル以外のだれもその呼び名を使う権利はない。この陰険《いんけん》なオーソンにはよけいに呼んでほしくない。

「あたしが思うにね、敬意をはらってもらうために策略をくわだてたり、残虐《ざんぎゃく》なことをしないといけない人にはそんな皮肉を言う資格なんてないってことよ！」と、落ち着いて言い返せたことにオクサ自身が驚いていた。「そういえば、独裁者ってみんなそうだけど、あなたも同情を誘うようなところがあるわよね」

オーソンのどう猛《もう》な笑みが固まった。目のなかに、アルミニウムのような色と雷雲《らいうん》のような不穏《ふおん》な暗さが交互《こうご》にあらわれた。オーソンに首を押さえられているアバクムは青ざめた。だが、オクサはやめなかった。

「強制することで好かれたり、尊敬されるのってつらくないかしら？」オクサはテュグデュアルをちらりと見てから言った。「だって、本当はあなたはひとりぼっちだし、憎《にく》まれているんだもの」

「テュグデュアルがわたしのそばにいるのは、息子だからだ」オーソンはいらいらした声で言い返した。

「モーティマーもあなたの息子じゃない！」オクサも負けずに言い返した。「ただ、繰り人形にしそこなったけどね！」

「やめなよ、オクサ」ゾエが耳元でささやいた。「あいつは挑発《ちょうはつ》しようとしてるだけだよ」

オクサは口をつぐんだが、頭はフル回転していた。膠着状態《こうちゃくじょうたい》だ。なんとかして解決策を見つけなければ。意外にも、答えをくれたのは、さきほどのパヴェルの言葉とこの場所だった。栄光と凋落《ちょうらく》……権力者のアキレス腱《けん》であるおごり……。

オクサにとってまだ生々しい記憶だったので、それを引き出すことは難しくなかった。大事な人たちが憎い敵にいたぶられていることへの怒りから、すぐにカメラ目が動きだした。

「わたしの最大の失敗はおまえだ……」

その言葉は通路にひびきわたった。父オシウスが死ぬ直前に自分に言った言葉を聞くと、オーソンの顔から偉《えら》そうな表情が消えた。その声に続いて、さらに彼を動揺《どうよう》させる映像が映った。オーソンからオシウスにまっすぐに放たれた稲妻《いなずま》、父親の上半身にできた大きな傷、苦しげな顔を伝う血。長い間エデフィアの支配者だった男、〈内界〉から出ることに一生を捧《ささ》げた男の目だ。しかも、息子のほうは出ることができたばかりか、自分を殺すために帰ってきた。そうして自分の夢を永久に妨《さまた》げた。

「おまえは……あそこにいたのか……」オーソンは邪悪《じゃあく》な暗い目でオクサを射るように見た。まるで、全身の力が抜けたかのようだ。

「そうよ」オクサはびりびりした空気に震《ふる》えながら答えた。「あたしはあそこにいて、あなたが父親を殺すところを見たわ！」

オシウスの瀕死《ひんし》の顔のアップに全員が注目していた。あの場にいたオクサとグレゴール以外の人は、あの日に何か起きたか、まったく知らなかったのだ。

「こんなことする権利はおまえにはない……」青ざめたオーソンの声がひびいた。「すぐにやめろ！」

オクサはその言葉を無視して、カメラ目の映像を床から天井《てんじょう》まであちこちに動かした。オーソンは怒りにかられながら、その映像を目で追いかけるしかなかった。

オクサの記憶から、オーソンの言葉と声がほとばしり出た。

「お父さんにわたしを誇《ほこ》りに思ってほしかっただけなんです！　あなたが思っていたような弱々しくて臆病《おくびょう》な子どもじゃないことを知ってもらいたかった！　なのに、わたしが何をしようと、どんな選択《せんたく》をしようと、いつも文句をつけるばかり、いつも……」

父親のそばにひざまずいて耳元にこの言葉をささやいたときのオーソンの狼狽《ろうばい》をカメラ目はそのまま映し出していた。

「どうしてお父さんはいつもわたしを邪険《じゃけん》にするんです？」オーソンがつぶやいた。「どうして、わたしを嫌《きら》うんですか？」

「おまえを愛さないほうが……よかったからだ……」オシウスが答えた。

「どうして！」

この映像とやりとりの残酷《ざんこく》さに、オーソンは取り乱していた。オクサはまさに痛いところを突いたのだ。

「わたしに……感謝しろ……」オシウスはつっかえながらようやく言った。

「感謝？　子どものころから無視され、けなされ、侮辱《ぶじょく》され続けたことに感謝しろと言うのですか？」

「おまえは……繊細《せんさい》な子だった……。もし、わたしが愛情を……示していたら……おまえは……決して……」

年老いた首領の目に血がにじんできた。

「決して何なんです？」オーソンはうめくように言った。

オクサのカメラ目は、オーソンが瀕死の傷を負った父親の肩をゆさぶって問い詰めている様子を映した。あまりにもひどくて耐えられない光景だ。オーソンとその息子や手下たちの神経をもてあそびながら、オクサはカメラ目の映像をつねにあちこちに動かし、見ている人たちの視線を引きつけ、頭をたえず動かした。幸いにも、パヴェルとゾエとアバクムは映像にショックを受けてはいたが、この瞬間を利用できる冷静さも持ち合わせていた。これを逃《のが》したら、もうチャンスはない。三人は最も衝撃《しょうげき》的な瞬間を待った。目に血と涙をためて親殺しの息子を見つめるオシウスの顔のアップが天井に映し出されたときだ。

「決して何なんです?」オーソンは繰《く》り返《かえ》した。

オシウスはオーソンをじっと見つめ、最後の息を吐きながらこう言った。

「決して最強の人間にはなれなかっただろう……」

カメラ目の映像が消えたときは、すでに遅かった。アバクムは影に姿を変え、オーソンの腕をするりと抜けて石壁にそって逃げていた。マルクス・オルセンの撃《う》った弾《たま》も役に立たなかった。びっくりしたマルクスは仲間たちのほうをふり返った。やられていないのは自分だけだと気づかされただけだった。

アモスは数メートル先で気を失って倒れていた。右足がへんな角度に折れ曲がっている――さぞ痛いだろう。

グレゴールは床の上で体をくねらせている。上着のこげた袖《そで》からのぞいているものは吐き気をもよおさせる。指導者の長男の両腕が腐りつつある!

テュグデュアルは攻撃《こうげき》に入ろうという姿勢のままガラスになっていた。

オーソンはといえば、宙に浮いたまま動けないようだ。どうしてかはわからないが……。マルクス・オルセンはけげんそうに目を細めた。まさか、この女の子が手だけでこんなことをしているはずはない。この侵入《しんにゅう》者たちはいったい何者なんだ？　宇宙人か？　少し前のアモスと同じように、自分に問いかけた。あの……特別な能力をもっているのは、オーソンと息子たちだけではなかったのか？

優れたノウハウをもっているにもかかわらず、マルクスは別の問いを自分に投げかけることも、攻撃をしかけることもできなかった。パヴェルの放ったノック・パンチはマルクスの知るあらゆる技よりも強力だった。

「ふん！　オシウスはまちがってたのよ！」オクサは反逆者《フェロン》の首領に向けて言い放った。「あなたは最強の人間なんかじゃない。せいぜい、そんな夢でも見てたらいいわ！」

「おまえは思い上がったガキにすぎない……」オーソンはいつもの度のはずれたいらいらした調子でぶちまけた。「まだまだ学ぶべきことはたくさんある！」

オクサはオーソンをアーチ形の天井に押さえつけている〈磁気術〉の威力《いりょく》をさらに強くした。オーソンはオクサをにらみ続けている。その手のひらから青みがかった閃光《せんこう》がもれた。ネオンが割れ、熱したガラスがばらばらに砕《くだ》け散った。急にあたりが薄暗《うすぐら》くなり、オーソンの発する閃光がよけいに不気味に見えた。ぱちぱちと音を立てる閃光は目を刺激《しげき》し、音も耳ざわりだった。

「オクサ、あとはぼくにまかせてくれ……」父親が言った。

オクサの後ろでは、すでにアバクムとゾエが重い扉を閉めようとがんばっている。

「だめよ、パパ。あたしが最後までやる」

オクサはアノラックの内ポケットを片手で探っていて一瞬、めまいにおそわれた。アバクムがオクサのクラッシュ・グラノックに〈まっ消弾《だん》〉を詰《つ》めて以来、オーソンとの対決の場面——彼を殺すという重大な決断に対峙《たいじ》する場面といったほうがいいだろう——を何度か想像した。頭のなかで想像するのはたやすかった。しかし、いまは想像するのではなくて、実行に移そうとしているのだ……想像と実際ではかなりの開きがある。

オクサの集中力が揺《ゆ》らぎ、〈磁気術〉が一瞬弱まったすきに、オーソンは力をふりしぼって天井から体をひきはがし、地面に下り立った。クラッシュ・グラノックを手にしたままのオクサは自分の不用意さ——まただ！——を呪《のろ》った。オーソンはまちがっていなかった。あたしにはまだまだ学ぶべきことがたくさんある。幸いにも、パヴェルがすぐに反応し、大砲《たいほう》の弾のような勢いでオーソンに跳びかかっていった。はっと息をのんだオーソンがぶつかった衝撃《しょうげき》で後ろの壁にひびが入った。パヴェルは宿敵オーソンが動けないように、両手を上げた格好のまま壁に押さえつけた。

「パパ！」オクサが叫んだ。「発射できない……パパに当たっちゃうかもしれないから……」

ぶざまに押さえつけられているにもかかわらず、オーソンはオクサのものまねをする余裕《よゆう》をみせた。

「ああ、あたしの大事なパパ……」と、わざとかん高い声をあげた。「悪者のオーソンを殺したら、パパまで犠牲《ぎせい》になっちゃうわ！　だめよ、そんなことはできないわ！」

「うるさいわよ！」オクサがどなった。

「オクサ、パヴェル、来るんだ！」

アバクムとゾエは少しずつ閉まろうとしている扉の前にいた。しかも、どこからか集まってきた三十匹ほどの骸骨《がいこつ》コウモリと戦っている。そのするどい鳴き声にアバクムとパヴェルの耳は痛くなってきた。ミュルムの血が入っているオクサとゾエはましだったが、距離《きょり》が近いのでかなり不快だ。

とつぜん、通路の奥のほうから銃声がひびいた。オーソンの武装集団がやってきたのだ。

「今回は棄権《きけん》ということかな？」オーソンがあざ笑うかのように言った。

まるでそれに答えるように、パヴェルは超能力を使わず、ふつうの人間の力でパンチを食らわせた。ＫＯされたオーソンは壁をつたってへなへなとくずおれた。

それと同時に、オクサの頭上を弾丸がかすめた。とっさにしゃがまなかったら、たちまち十発は食らって死んでいただろう。オクサは父親にならってノック・パンチをめちゃくちゃに放った。弾の軌道《きどう》はそれたが、威力《いりょく》は衰《おとろ》えるどころではなかった。パヴェルは床にばったりと倒れた。

「パパ！」

「ここから抜けだそう」パヴェルは信じられない速さで床を這《は》っていった。

オクサとパヴェルはなんとか通路の入り口にたどり着いた。アバクムとゾエの〈火の玉術〉に焼かれた骸骨コウモリが天井から降ってくる。半分焼《や》け焦《こ》げた一匹がオクサのところまで飛んできた。ほかの三人といっしょに力をふりしぼって扉を閉めることに必死になっているオクサの首に、気味の悪い口でいまにも食いつきそうだ。

オクサは腐《くさ》った肉の臭《にお》いに刺激《しげき》されてふり返り、叫び声をあげた。骸骨コウモリにかまれても死なないのはわかっていた――その免疫《めんえき》を得るために大きな犠牲を払ったのだ――が、赤く輝く残酷な目をしたその怪物《かいぶつ》を見ると背筋が凍りついた。手で追いはらったコウモリは鋼鉄の扉にぶつかった。しかし、ほんの一瞬、遅かったのだ。うなじを流れる血がそれを示していた。

「オクサ、だいじょうぶか?」あわてたパヴェルが呼びかけた。

オクサはうなずいてから、最後のひと押しをして扉を閉めた。銃弾の音がやんだ。

「逃げよう!」アバクムがせきたてた。

パヴェルとオクサとゾエは大きなホールを飛び始め、アバクムはグラフィティだらけの柱が並ぶ間を走り出した。そのとき、パヴェルたちはアバクムにおそいかかるものに気づいてぞっとした。鋼鉄の扉から腕が一本にょっきりと出てきて、それから頑丈《がんじょう》な扉を必死に抜けようとする怒りにゆがんだ顔が出てきた。

「アバクム!」

アバクムははっとふり向いた。

「死ね!」

オーソンが扉から抜け出るのと同時に、どなり声と稲妻が飛んできた。アバクムにとって命取りになる攻撃を、あやういところでオクサたち三人が防御した。稲妻はいくつもの閃光に分かれ、あちこちに飛び散った。いちばん太い閃光が当たった一本の柱はたちまち吹きとんだ。がれきがものすごい音を立てて石畳に降ってきて、ほこりがもうもうと上がっている。オクサとゾエはアバクムの腕を片方ずつつかみ、半分こわれた窓から外に飛び出した。ガラスの破片がゾエのほおをかすった。ゾエは小さなうめき声をもらしただけで、そのまま突っきった。

ふだんの慎重《しんちょう》さをかなぐり捨て、パヴェルの闇《やみ》のドラゴンが姿をあらわした。ミシガン・セントラル駅近くの高速道路や大通りを走るドライバーたちが頭を少しかたむければ、フロントガラスからその姿が見えたかもしれない。しかし、元は駅だった建物の地下でくわだてられていることを知ったいま、そんなリスクは大したことではなかった。

パヴェルはオクサとゾエからアバクムを引き取り、二人が飛びやすく――逃げやすく――してやった。ずっと下のほうではとんでもない光景が繰り広げられている。ミシガン・セントラル駅の入り口と屋上にいた見張りたちがオーソンに向けて発砲《はっぽう》していたのだ！

銃弾が何発も最強のミュルムであるオーソンの体を通過した。体は穴だらけになり、動きがにぶくなってオーソンは怒り狂《くる》った。しかし、死にはしなかった。

オーソンは〈ツタ網《あみ》弾〉で一人ずつ縛《しば》り上《あ》げた。オクサに出会う前はオーソンの武装集団の忠実なメンバーだった男たちだ。「あたしたちを追いかける人たちを撃たなきゃだめよ！　それがあなたたちのボスのオーソン・マックグローだとしても」それが見張りの男たちの耳元でオクサがささやいた言葉だった。このシンプルで率直な指示が彼らの意識にしみこんで、自分たちのボスに歯向かわせたのだ。


人を操る力を持っているのは何もオーソンだけではないのだ。

やたらめったら撃ちまくる見張りたちを全員縛り上げるころには、〈逃げおおせた人〉たちはデトロイトの空をどんよりとおおう陰気《いんき》な雲の向こうにすでに消えていた。

12　自然の恵《めぐ》み

心臓の鼓動《こどう》がふつうの速さにもどったとき、〈逃げおおせた人〉たちは、自分たちがたったいま経験したことがかなり危険なことだったという事実にあらためて気づいた。いまは危険も去り、オーソンからも地上の人々からも遠く離れた上空にいる。

オクサはしっかりと飛んでいた。戦っている最中はアドレナリンのおかげで何も感じなかったが、首に手をやると、思ったよりも骸骨《がいこつ》コウモリに深くかまれていたことがわかった。オクサは血でべたべたした指を見て顔をしかめ、肩《かた》から頭の奥までずきずきする痛みを感じ始めた。

ゾエも無傷ではなかった。ガラスの破片で切った深い傷がほおに真っ赤な線を作り、半分閉じた片目の下まで続いていた。顔の青白さがますます目立ってやつれていた。ゾエは少し震《ふる》えていた。〈浮遊術《ふゆう》〉に気持ちを集中させるために大変な努力がいるようだ。

だが、オクサたちの傷はアバクムに比べるとまだましだった。オーソンが最後に放った稲妻《いなずま》から分かれた閃光《せんこう》がアバクムに当たったのをパヴェルもオクサもゾエも知らなかった。煙をあげている黒い傷が左肩の上着の裂け目《さめ》からのぞいている。オクサがゾエをちらりと見やった。二人は心配でたまらなかった。

実際、アバクムはすでに意識がなくなっているようだ。パヴェルの腕《うで》のなかで、アバクムの体はまったく動かず、両脚《りょうあし》も頭もだらりとたれ下がっている。

「アバクム！」パヴェルが呼んだ。「アバクム、聞こえるかい？」

パヴェルは目でオクサたちに問いかけた。

「パパ、どこかにアバクムをおろさないと！」と、オクサが言った。「ガナリ、安全な場所を見つけるのを手伝ってくれる？」

「ついてきてください！」

ガナリこぼしが高度を下げたので、闇《やみ》のドラゴンとオクサたちはついていった。散在する雲の下に、春のおとずれを感じさせる青々とした田園風景が広がっていた。細いひものような道路でつながった小さな村々が明るい色の塊《かたまり》のように見える。人の往来はほとんどない。

「北西の方向へ行きます。地上の気温は摂氏十三《じゅうさん》度、湿度《しつど》は六十％、人口密度は一キロメートル平方当たり十八人です」

そうした〝重要な〟情報を教えながら、ガナリこぼしは針葉樹の森を目指してまっしぐらに下りていった。森の真ん中には、そこだけ木の生えていない明るい場所があった。濃《こ》い色の背の高い木に囲まれているので、かなり高度を落とさないと見えない。こっそりと着陸するにはぴったりの場所だ。

それほど強い日差しではないが、太陽の光が〈逃げおおせた人〉たちの疲れた体を暖めてくれた。だが、アバクムの体はただ疲れているだけではない。まったく動かない。呼吸も心拍も弱いので、オクサたちは希望よりも絶望におそわれそうになった。

「アバクムおじさん、あたしたち、ここにいるよ。おじさんといっしょに！」

オクサはこう呼びかけると、アバクムの片手をにぎって自分の胸に押し当てた。

「がんばって、アバクム」ゾエはもう一方の手を取った。「だいじょうぶよ！」

パヴェルも遠くないところにいた。近くを流れる小川の水は澄《す》んでいて冷たかった。〈拡大泡《ほう》〉を水筒《すいとう》の代わりにして水をくみ、アバクムのもとにもどってきてひざまずいた。パヴェルが考えていることをオクサたちはすぐ悟《さと》った。ゾエは〈拡大泡〉を受け取り、オクサの手のひらに水を注いだ。オクサはアバクムのわずかに開いているひびわれたくちびるの間にその水をたらした。その間にパヴェルはアノラックを脱《ぬ》ぎ、その下のシャツも脱いで丸めた。それにゾエがたっぷりと水をしみこませた。そして、オクサがアバクムの破れた服をそうっと脱がせ、肩の部分を裸にさせる。次に、パヴェルが肩の大きな傷口をシャツで軽くたたいてきれいにした。

「そうっと横向きにしてくれ」パヴェルが指示した。

肩甲骨《けんこうこつ》が突き出て皮膚《ひふ》が引きつっていた。その皮膚がどす黒い赤色になっているのを見て、オクサとゾエは心配になった。パヴェルも傷口をきれいにしながら、不安そうだ。

「見て……」とつぜん、オクサがうつろな声で言った。

〈逃げおおせた人〉たちはいつのまにか生気のない自然に囲まれていた。やわらかい緑色の草が少しずつ黄色っぽくなって、ぴんと空に伸びる代わりに地面にへたりこんだ。サクラソウとスイセンも生気を吸い取られたかのように枯《か》れ始めた。木々ですら苦しんでいるように見える。厳しい冬を乗《の》り越《こ》えてきた針葉樹なのに……。自然がまるでアバクムの苦痛が伝染したように苦しんでいるのだ。木々の葉は茶色くなり、乾燥《かんそう》して針の雨のように落ちてきた。じきに枝は裸になり、ねじれた骸骨のようになるだろう。

「死だわ……」ゾエがため息をついた。

アバクムのくちびるは青白くなり、顔色も灰色にくすんでいた。小川の冷たい水のせいなのだろうか？　それとも、命が尽《つ》きようとしているのだろうか？　オクサとゾエはアバクムの手をにぎったまま、震えながら顔を見合わせた。パヴェルは歯を食いしばって――まるでそうしないと手元が定まらないとでもいうように――懸命《けんめい》に傷をきれいにしていた。うなじの血管がぴくぴくしている。それだけでも大きな恐怖にかられていることがわかる。

オクサは何度か短く息を吸って、血が出るほどくちびるをかんだ。どうしようもなく、涙がわいてきた。

「アバクムおじさん……」オクサはうめいた。

乾《かわ》いた音がして、三人ははっと顔をあげた。パヴェルは人差し指を口に当ててから、オクサとゾエに動くなという合図をした。さらに近づいた二度目の音で、パヴェルはクラッシュ・グラノックを取り出した。しゃがんだまま、音のする薄暗《うすぐら》い下草のほうをじっと見つめた。いつでも攻撃《こうげき》できる構えだ。明るい色の塊がやぶを横切るのが見えた。枯れ枝を踏んだり、注意を引いたりすることを気にせず、その塊はオクサたちがいる開けた場所の周囲を半周した。少しずつ近づいてきているようだ。〈逃げおおせた人〉たちは息を殺した。もし、やってくるのが猟師《りょうし》なら、すぐにもと来た場所に送り返されるだろう。ちょっとした記憶喪失《そうしつ》のおまけをもらって。

武器を持った猟師の代わりにやぶの中からあらわれたのは、小鹿《こじか》のやさしげな顔だった。小鹿は大きな黒い目でじっとその場の様子を観察してから近づいてきた。オクサとゾエはあっけにとられてただながめていた。小鹿は長い前脚を折り曲げ、アバクムの顔に鼻を近づけた。においをかぐ鼻の穴が震えている。鼻をくっつけているので鼻の穴の周りの毛がアバクムのほおに触れた。後ろ脚が体の重みでたわんだとき、小鹿の両目が大きく見開かれた。

小鹿は鼻をアバクムの体から数センチのところに近づけたまま、よろよろとしゃがみこんだ。そして、アバクムに息を吹きかけた。最初は荒々《あらあら》しく、そしてせかせかと、まるで苦しそうに。横腹が動くスピードは少しずつゆっくりになり、瞳がどんよりとしてきた。あえぎ声がのどからもれた。オクサをちらりと見やると、その目がさらにくもった。

そして、すべてが止まった。

小鹿は死んだ。森にも、開けたその場所にも、アバクムの周りには生きたものはなかった。

パヴェルとオクサとゾエはショックのあまり動くことも言葉を発することもできずに、ただ見つめ合っていた。オクサは涙をぼろぼろ流しながら、頭を左右にふった。乾いた草の上にひざまずいたまま、頭をアバクムの胸にのせ、わっと泣き出した。

彼の死にはとうてい耐えられそうもない。

髪がなでられるのを感じたが、なんの慰《なぐさ》めにもならなかった。それどころか、目が痛くなるほど涙がどんどんわいてきてほおを伝い、アバクムの胸をぬらした。髪をなでる手の力が強くなり、熱い息を感じると、ひとつの考えがひらめいた。

まさか。そんなことはありえない。

オクサのほおにひびくものがあった。心臓の鼓動のような音のないリズムだ。オクサははっと体を起こした。

　アバクムのくちびるはまだ青白かったが、さっきまでのひどい青みがなくなっていた。夢を見ているのではない。まつげが震えているし、髪をなでる指も、鼻の穴も、こめかみの血管も動いている。

「アバクムおじさん！」

　オクサがアバクムの首にかじりついたちょうどそのとき、アバクムの目が少し開いた。長い眠《ねむ》りから覚めたばかりのように、アバクムはゆっくりとぎこちなくオクサを抱《だ》きしめた。

「オクサ……わたしのかわいい子……」

13　作用反作用

　パヴェルはソファに座ったまま、離れたところにあるアルコールをグラスについで自分のところまで動かした。顔をしかめてひと口飲むと、琥珀《こはく》色の液体の中で氷がからんと音を立てた。

「わたしも一杯《いっぱい》ほしいわ！」マリーが夫に言った。「それに、気つけ薬が必要なのはわたしだけじゃないみたいよ」

　沈痛《ちんつう》な面持ちのまま、パヴェルは何杯目かのグラスを満たした。大人にはウォッカ、子どもにはソーダだ。その場の重苦しい雰囲気を感じた生き物たちは、それぞれの場所にうずくまっていた。まったく動かない者もいれば、震《ふる》えている者もいる。性格によってまちまちだ。フォルダンゴだけが急いでやってきて、パヴェルの手伝いをし、みんなにグラスを配った。

オクサは祖母ドラゴミラのことを思い出さずにはいられなかった。バーバ・ポロックなら濃《こ》い紅茶を入れただろう。でも、彼女はもういない……。

オクサはいらいらしながら、ソファに深く座り直した。ソーダをすすっていると、アバクムが自分のことをじっと見つめているのに気づいた。デトロイトへの遠征《えんせい》と、ペンシルバニアの森で一命をとりとめた経験から、アバクムは厳しい現実を無視できなくなった。これまでの年月の重み、そしてドラゴミラと友人レオミドを失った悲しみの重みだ。永遠に愛する人レミニサンスとの再会はアバクムの心に再び愛の炎《ほのお》をつけることができたかもしれない。しかし、レミニサンスは〈最愛の人への無関心〉のために人に恋心を抱《いだ》くことはできないし、彼女のアバクムに対する深い愛着心も彼の心を十分に満たしてはくれなかった。アバクムは自分を幸せにしてくれるかもしれない女性たちの誘いに生涯《しょうがい》目をつむってきた。レミニサンスしか愛せなかった。自分を愛してはくれない女性に一生、忠実だったのだ。この長い年月の間に、疲れた心のなかのその炎は弱くなっていった。いま、アバクムは、彼女の愛を生涯知ることなく死んでいくことを悟《さと》っていた。そのことがアバクムを底なしの悲しみに突き落としていた。

アバクムは正面に座っているオクサをじっと見つめていた。彼女と〈逃げおおせた人〉たちが自分の生きる最後の理由だ。力のおよぶ限り助けてきた。これまでもそうだったように、自分は死ぬまで彼らの後見人であり続けるだろう。オクサ、わたしのかわいいグラシューズ……なんて大きくなったんだろう……それに強くなった……戦いに明け暮れるのではなくて、いつかは平和に暮らしてほしい。一瞬、マロラーヌのことを思い出した。自分が子どもだったときに面倒《めんどう》をみてくれ、のちに大カオスを引き起こした理想主義者のグラシューズのことを。

別の記憶もよみがえった。ドラゴミラとの思い出だ。長年いっしょに過ごした大事なドラゴミラ。彼女をすばらしい女性たらしめたもの――粘《ねば》り強《づよ》さ、勇気、生きることを楽しむ性格――はオクサに受《う》け継《つ》がれた。しかし、若さゆえかもしれないが、オクサにはそれ以上のものがある。闘争心《とうそう》だ。ドラゴミラは苦しい譲歩《じょうほ》を強いられても、家族に災いをもたらしそうなものからは用心深く逃げることに生涯気を配った。けれどオクサのほうは、人との関係において、とくにオーソンとは正面からぶつかる姿勢をとる。しくじったり、かっとなったりすることはあるが、あきらめたり、隠れたりは絶対にしない。二つの世界と仲間を苦しめた人間とけんかをしたいだけではない。とにかく、この戦いを終わらせたいのだ。

完全に終わらせたいのだ。


アバクムのまなざしは温かいものだったが、そのなかに悲しみも混じっていることをオクサは見《み》逃《のが》さなかった。あの森の開けた場所で自然が死んでいき、アバクムも連れて行かれそうになったとき、ある決断をすることによって、ある結果が引き起こされることをしみじみと感じた。自分が大事に思っている人たちが不死でないことはわかっている。しかし、それぞれが超《ちょう》能力を持っているので、そのことを忘れてしまうことがある。死から逃れられそうな人は一人しかいない。そのことを思うと心がするどい痛みにおそわれた。

「グラシューズ様は、邪《よこしま》な反逆者《フェロン》が〈逃げおおせた人〉よりもよけいに永遠の存続の保有をしてはいないという信念を維持《いじ》されなければなりません」両手をぶらぶらさせてオクサの横に立っていたフォルダンゴが口を開いた。

　自分が頭のなかで考えていたことを明かされてとまどったオクサは、さっとフォルダンゴのほうに向き直った。

「フォルダンゴ、悪いけど、おまえはちょっとしたことを忘れてるんじゃない？」オクサは思った以上につっけんどんな調子になったことに気づいていた。「見張りたちに撃《う》たれても、オーソンは血を一滴《いってき》も流さなかったし、ぜんぜん怪我《けが》もしなかったんだよ！　弾《たま》が体を通り抜けただけ。ちょっと動きがにぶくなっただけなんだから……」

　オクサは言葉を続けようとしたが、ぐったりとしているアバクムに見られているのに気づくと、あきらめた。ここで気弱になっていい人がいるとしたら、それはアバクムであって、自分ではない。それにアバクムはあの事故ですっかり弱っているはずなのに、オクサよりもずっと強い信念をもっている。

「ぼくたちは良心にとらわれすぎたんだ」と、パヴェルが口を出した。「こっちは四人もいたからあいつを骨抜きにしてやれたのに……ぼくたちが優しすぎなかったら……」

「パパ、優しいとか良心とかの問題じゃないよ！」オクサが言い返した。「あのいやなオーソンが新たな手を使ってくるたびに、あたしたちはなんとかして殺されないようにしないといけないじゃない。簡単なことじゃないよ！」

「オクサ、さからうようで悪いけど、そういう言い訳はあんまりできないと思うけどな」と、ゾエが反論した。

　ゾエはオクサより年下だけれども、オクサより落ち着いていて思慮《しりょ》深い。みんなはゾエの言葉に耳を傾けた。

「パヴェルと同じで、わたしもオーソンをやっつけられたと思う。なのに、対決する代わりに逃げようとしてしまった。オーソンを挑発《ちょうはつ》してこぶしをふり上げた。でも、あいつが牙《きば》をむき出したら、すぐに後退した。最後までできないんだよね。その結果、アバクムが死にそうになった」

オクサの表情がくもった。パヴェルはアルコールをもう一杯グラスに注ぎ、一気に飲み干してから言った。

「ぼくたちはあまり戦いに慣れていないし、オーソンが怖《こわ》い。それが問題だよ」

「でも、これまでにも何度も対決したじゃない！」オクサはぶるぶる震えながら反論した。「それに、エデフィアの戦いでは猛獣《もうじゅう》のように戦って勝ったよ。パパたちの言うことを聞いていると、まるであたしたち、弱虫みたいじゃない！」

「そんなことは言ってないよ」パヴェルも言い返した。

「わたしたちにはオーソンに勝つための能力があるわ」ゾエはハチミツ色の混じったこげ茶の瞳でオクサをじっと見つめて言った。「こんなことを言うのは気持ちのいいものじゃないけど、彼を殺すことを認めないといけないと思うの。それは心構えの問題なのよ」

ゾエはそう言うと、窓のふちに座っているニアルのところに行って、彼の指に自分の指をからませた。レンガの壁の大きなサロンで、みんなはこのやり取りについて考えこんだ。だれも完全に正しいわけでもまちがっているわけでもない。学校の通知表によく書かれたコメントがふと頭に浮かんできた。「能力以下の結果です……もっといい成績を取れる……能力があるので、もっといい結果が出せるはず……」オクサはため息をついた。

「グラシューズ様は〝別の優秀性の特権〟の忘却《ぼうきゃく》をされています」フォルダンゴは非常に如才《じょさい》なく主人を弁護した。「たとえ、グラシューズ様がデトロイトの古くさい駅で使用を実行されなくても、決定的な破壊《はかい》的武器を保有されています！」

ギュスは眉《まゆ》をしかめて、オクサの肩《かた》に腕《うで》を回し、優しくもんだ。

「本当だよな……」

「あたし……できなかったの……」と、ギュスはオクサの耳元でささやいた。「どうして使わなかったんだ……」

急いで答えた。「それに、〈まっ消弾《だん》〉は前回、オーソンには効かなかったし……」と言い訳をした。

オクサはアバクムに申し訳なさそうなまなざしをそっと向けた。数年前のオーソンの家の地下室での出来事のことを言っているのだ。アバクムはそのとき、ドラゴミラにはなかった勇気をふりしぼってオーソンに究極の武器〈まっ消弾〉を放つことを引き受けた。ほかのあらゆるグラノックより強力で特別なグラノックだ。人間を――どんな人間であろうと――吹き飛ばして、永久に黒い穴に吸いこんでしまうグラノックだ。

「オーソンは特殊《とくしゅ》な代謝を持っているってことを、みんな覚えてるでしょ？　あいつはばらばらに分解されたけど、復活することができた。それに、デトロイトで見たかぎりだと、前よりもっと抵《てい》抗《こう》力があるみたいだったよ」

「わたしはその特殊性を考慮《こうりょ》に入れて〈まっ消弾〉の成分を変更《へんこう》したんだがね」アバクムが説明した。「その効果は強化された。でも、オクサ、だれもおまえを責めているわけじゃない。〈まっ消弾〉は〈精神混乱弾〉や〈腐敗《ふはい》弾〉みたいに簡単には使えないものだ」

オクサはいつも肩にななめがけにしているポシェットを無意識にぽんぽんとたたいた。彼女のクラッシュ・グラノックはいつでも使えるようそこにあった。宿敵をいつでも殺せるように。

「もし、そうなったときに大事なのは……」

アバクムはそこでいったん口をつぐんだ。その次の言葉を言うのは彼にはつらいようだ。肉体的にも精神的にも。

「……オーソンの遺灰を回収すること」と、オクサがあとをひきとった。「オーソンが再生できないように」

みんながうなずいた。ただ、その最終段階に達する道は険しいだろうと全員が心のなかで考えていた。

「フォルダンゴ、何か言いたいことがあるの？」オクサはそばでもじもじしているフォルダンゴにたずねた。

主人に問いかけられたことでほっとしたフォルダンゴはすぐに答えた。

「グラシューズ様は二つの〈まっ消弾〉発射の間の猶予《ゆうよ》の健忘をなされてはいけません」

「百日よね」オクサがすぐに答えた。

「ということは、失敗したらいけないってことだよな」と、ギュスが言った。

少し前なら、ギュスのこの警告にオクサはかっとなって手厳しく言い返しただろう。だが、すべては変わった。状況《じょうきょう》も、重大さも、相次ぐ企《たくら》みや事件も、オクサ自身も。だから、オクサはかっとなる代わりにギュスの肩に頭をもたせかけ、優しさに包まれるほうを選んだ。

もちろん、それでも心が泡《あわ》立つのは止めることができない。彼女は「少しだけ」冒険《ぼうけん》好きな十七歳《さい》の女の子、オクサ・ポロックであるだけではない。これまで以上にすべてがその肩にかかっているグラシューズ・オクサでもあるのだ。それを引き受けないといけないし、引き受けることを誓《ちか》ったのだ！

オクサは〈逃げおおせた人〉たちを見回した。この大家族のような人たちはつねにそばにいてくれる。決して信頼を裏切ることなく。ギュス、マリー、バーバラ、クッカ、ニアルといった超能力を持たない人たちですら、オーソンたちとの密《ひそ》やかな戦いに無視できない役割を果たしている。だれもが自分のできることを手伝っている。一人一人がそれぞれ大事なのだ。そこに序列はない。全員が強くて勇気がある。しかし、それで十分なのだろうか？　そういう考えに耐えられなくなり、オクサは急に体を起こした。

「世界的な抵抗組織をつくらなきゃ！」と叫《さけ》んだ。

14　取り返しのつかないこと

このように状況《じょうきょう》を総まとめしたことはつらかったが、オクサの下した驚くべき結論はたちまち、〈逃げおおせた人〉たちの心にしみこんでいった。

「オーソンは地球上のすべての人と手を結ぶことはできないよね！」オクサは声に出して自分の考えを進めていった。「オーソンに賛同しない人がきっといるはずだし、あの支配欲にさからう人もいるよね。そういう人たちにあたしたちの側に加わるよう提案しないといけないのよ」

「いい考えじゃないの」クッカが賛成した。「でも、だれがそういう人たちなのかどうやったらわかるの？　反対の姿勢を明らかにするような不用心なまねはしないと思うけど」

オクサは氷の女王のいつもの横柄《おうへい》な不満顔に対するいらいらは、この際わきにおいておくことにした。クッカのコメントはもっともだから、みんなで考えてみる価値はある。ずっとライバルだと思っていたオクサもふくめて……。

「オーソンの提案を受け入れなかった人を少なくとも一人は知っているじゃないか。イギリスの首相だよ！」

「そのとおりね、ギュス！」クッカはすかさず言った。

今度はオクサも金髪《きんぱつ》美女を――とりわけ、彼女がギュスに話しかけるときの「すばらしい」ブルーの目の奥にやどった賞賛の輝きを――無視するのは難しかった。クッカはその機会を決して逃《のが》さない。しかも、ギュスの名をささやくように発音するのでいっそういらいらさせられた。だが、ギュスのほうは、クッカのこびを売るような言い方にとくに注意をはらわなかったので、オクサはばからしくなってきた。

「じゃあさ、まとめてみると、イギリスの首相がオーソンの仲間に加わることを断ったのはわかっている」と、ニアルが口をはさんだ。「次に、あいつが自分に賛同しない人たちに報復として使う武器が骸骨《がいこつ》コウモリだというのはほぼ確実だよな」

ニアルはここで言葉を切った。〈逃げおおせた人〉たち――この並外れた人たち――に注目されることにいつもとまどってしまうからだ。

「先を続けて……」ニアルの目には〈逃げおおせた人〉たちのなかでも最もすばらしく映るゾエがささやいた。

「つまり……話がうますぎるかもしれないけど、あのいやな骸骨コウモリにおそわれた場所をリストアップしたらいいと思うんだ。オーソンに歯向かったのがどの国なのかを知るスタート地点になるんじゃないかな?」

「ニアルって天才!」オクサが思わず叫《さけ》んだ。「それだよね、まずやらなきゃいけないのは!」

オクサはセミロングの髪をさっと後ろにはらって立ち上がった。

「さあ、仕事、仕事!」

一人だけ動かなかったのはニアルだ。

「何か問題があるのかい、ニアル?」アバクムがたずねた。

世界中の情報局から最も恐れられているハッカーの一人だった少年の黒いほおに赤みがさしたのにみんなが気づいた。

「あのう……」ニアルは口ごもった。「つまり、そのう……もうリストを作ってあるんだ」

パヴェルが大声で笑い出したので、怖《こわ》がり屋のゴラノフが失神しそうになった。

「パパ……」オクサはため息をついた。

「なんだよ? この家じゃあ、大げさなリアクションをしちゃいけなくなったのかい?」

オクサはわざととがめるような調子で弱々しい植物のほうにぐるりと目をやってみせた。

「見てよ……パパって植物の拷問者《ごうもん》じゃないの!」

「グラシューズ様は植物のご心配や親に対する懲罰《ちょうばつ》の撤退《てったい》をされますように!」フォルダンゴが口をはさんだ。「グラシューズ様の召使《めしつか》いはゴラノフの葉むらへの不安を除去する薬の処方を行いますので」

ゴラノフの弱々しく数少ない葉に「葉むら」という言葉が使われたことに、オクサはほほえまずにはいられなかった。グラノックなどを作るのに欠かせない材料であるゴラノフを、アバクムは毎日細心の注意をはらって世話しているが、ゴラノフを生きのびさせることは難しいし、運まかせなところもあった。アバクムはすでに二株のゴラノフのところに駆け寄っていた。しかし、熱心なフォルダンゴにそれはまかせることにして、ヤクタタズのとさかから作ったストレス解消のための軟《なん》膏《こう》の小瓶《こびん》をわたし、自分は身を引いた。

「それはいいわ、フォルダンゴ！」オクサがほめた。「ゴラノフが早く起き上がれるようにしてね。〝起き上がれる〟って言ってもよければだけど……」

「オクサ！　アバクム！」ギュスが呼んだ。「ニアルのリストを見にきたらどう？」

オクサは年老いた後見人の背中にそっと手をまわし、デスクのほうに導いた。

「すぐ行くわ！」


日付け、場所、数字情報が表になったものをスクロールして見せるニアルの周りに立って、みんなはじっとパソコンの画面に見入っていた。

「まあ、こんなに……」マリーがのどに手を当ててつぶやいた。

メディアに大々的に報道されたものもあったが、まるで不名誉《ふめいよ》な病気、あるいは国家機密であるかのように公表されていないものもたくさんあった。

「ひどい！」バーバラが叫んだ。

ふだんはひかえめなオーソンの妻バーバラが怒りで震《ふる》えていた。薄《うす》いカーテンのように額にかかった長い前髪で目はほとんど隠れているのに、まぶたがひくひく動いているのが見えた。

「こんなくずのような男とどうしていっしょにいられたのかしら？　あの人の頭がいかれているのがわかり始めたときに、なぜわたしは止めようとしなかったのかしら？」

バーバラの言葉が食いしばった歯の間からしぼり出すように発せられた。ふだんは落ち着いてひかえめな美しい顔が不機嫌《ふきげん》にゆがんでいた。苦痛と、とりわけ絶望の表情だ。

「ママ……」モーティマーが悲しげな顔をして母親に近づいた。

骸骨コウモリによる殺りくのリストは長かった。バーバラが一人で後悔《こうかい》の重荷を背負うには重すぎる。彼女は息子に向き直った。

「モーティマー、わたしたちはなんとかするべきだったのよ！　あなたとわたしはオーソンがひどいことができる人だってわかっていたわ。とんでもないことになるのがわかっていたのに、何もしなかった！　この人たちが死んだのは、わたしたちのせいでもあるのよ！　ぜんぶ、わたしたちのせいよ……」

「バーバラ、やめるんだ！」パヴェルが有無を言わせない口調でさえぎった。

バーバラははっとして口をつぐんだ。モーティマーのひきつった顔を見て、自分が息子を苦しめていることにやっと気づいたようだ。バーバラはくちびるをかんで苦しげにうめいた。〈逃げおおせた人〉の仲間として受け入れられてからはじめて、モーティマーは何かを訴《うった》えかけるような目をして仲間たちを見た。すると、パヴェルはバーバラの肩《かた》に両手をかけ、まっすぐに目を見つめた。

「バーバラ、よく聞くんだ。人間は自分のしたことにしか責任はとれない。モーティマーとあなたはするべきことをした。まだ間に合ううちに勇気を出してオーソンから逃げ、ぼくたちに加わった。

あなたたちにできることはほとんどなかった。あなたたちがしたことに敬意をはらわない人はいないよ」

バーバラは顔をそらせて疑わしそうな目つきをした。すると、パヴェルはバーバラのあごをやさしくつかんで、顔を自分に向けさせた。

「こんなことになる前に何かできたはずよ……」バーバラはため息をつくようにつぶやいた。

「ママ、何を?」モーティマーがつっけんどんに言い返した。「いったい、何ができたって言うんだ?」

「何もできなかった!」パヴェルがぴしゃりと言った。「バーバラ、こう言ってはなんだけど、ぼくたちがみんなでかかってもオーソンを止めることはできなかったじゃないか。なのに、あなたたち二人では……」

「お袋《ふくろ》はおれをみんなの前で責めたくないから〝わたしたち〟と言ったんだ」モーティマーがさえぎった。「心の底で思っていることを、お袋は絶対に口にしないんだ。あのいかれた男を止めることができたのはおれだけだ。あいつが自分の父親にしたのと同じことをするチャンスがいくらでもあったのに、おれはそうしなかった……」

「そんなこと、一度でも思ったことはないわ、モーティマー!」バーバラが叫んだ。

「いや、思ったはずだ。おれもだ。もし、おれが親父――ママの夫でもあったんだよ――を殺していたら、こんなことにはならなかった。そう思ったことは一度ならずあったと二人ともよくわかっているけど、その勇気がなかったんだ。おれたちがまだ親父といっしょにいたとき、殺してやりたいという欲望が日に日につのっていったじゃないか。ママは何も言わずにただじっと待っていた。

おれをたきつけることも、やめたほうがいいとも言わなかった。でも、あいつを殺してほしかったんだろ？」

息がきれて、モーティマーは口をつぐんだ。顔は真っ青でひきつっていたが、ついに吐《は》き出《だ》すように言った。

「だからいま、おれに罪悪感を一人で背負ってほしいんだろ？　ママが背負うには重すぎるから！」

バーバラがふらふらしたので、パヴェルが支えた。その周りでは、〈逃げおおせた人〉が自分たちは立ち入ることのできないような気がして目を伏せていた。しかし、そこで交わされた言葉や凶暴《きょうぼう》で苦しげな表情をなかったことにすることはできないだろう。

パヴェルとマリーはバーバラをソファに座らせ、泣き続けている彼女に低い声で話しかけた。モーティマーのほうは、そこから離れたデスクの近くで口を半開きにしたまま宙を見つめていた。取り返しのつかない残酷《ざんこく》な告白に自分でショックを受けているようだ。極限まで張りつめたような雰囲気を身にまとっているので、だれかが触れたら爆発してこなごなになりそうだ。彼が苦しんでいることがわかるから、だれも近寄れない。みんなはそれを残念だと思った。あまりモーティマーに理解を示さなかったギュスですら。

思い切って最初に近づいていったのはゾエだった。

「モーティマー、あれでいいのよ……吐き出してしまわないといけないのよ」と、ゾエがつぶやいた。

親しいゾエの声を聞くと、モーティマーははっとわれに返った。ゾエはゆっくりと自分のほうに向いたモーティマーの視線をとらえて静かに言った。

「ああいうことを考えたことや、それを実行に移さなかったことを恥じることはないわ」

「ほっとしたくらいだよ」オクサはゾエと同じくらい思いやりをもって言った。「あの人のことを知ってたら、殺したいって思わずにはいられないよ。モーティマー、あたしなんて、何回そうしようとして失敗したか！　数日前のことだけじゃないよ！　あなたや、ここにいるみんなと同じように、あたしももうおしまいにしたいっていう理由は山ほどあるのに、最後の最後になって逃げてしまうんだ……」

オクサがゾエにウインクすると、ゾエは心得顔のほほえみを返してきた。ゾエは自分の考えをストレートに言ってしまうことがあるし、オクサのほうは批判を受け入れる広い心を持ってはいないかもしれない。けれど二人はおたがいをわかり合うことはできる。モーティマーはといえば、二人の女の子の優しさに心が温まり、苦しみが和《やわ》らぐのを感じた。

「お願いだからさ……」オクサはモーティマーの目をまっすぐに見すえて言葉を続けた。「あの頭のいかれたオーソンをやっつける件でやましい気がしてるのは自分一人だって思わないでよ。いい？」

今度はモーティマーもほほえまずにはいられなかった。オクサの議論のしかたはかなり変わっている。

「わかったよ……」モーティマーはため息まじりに答えた。「二人とも、ありがとう……」

「どういたしまして！」ゾエがつぶやいた。

オクサはうれしそうにうなずいた。モーティマーを少しでもなぐさめられたことにほっとした。そのとき、叫び声がひびきわたった。みんなはっとしてニアルのほうを向いた。

15　残酷《ざんこく》な報復

ニアルはパソコンのマウスを持った手をこわばらせ、画面をにらんだままショック状態にあった。

「まさか、まさか……」と、息もたえだえにうめいた。

ゾエは急いでニアルのところへ行き、後ろからかがみこんだ。ほかの〈逃げおおせた人〉たちもデスクのところにやってきた。

「どうしたんだい、ニアル？」と、パヴェルがたずねた。

「まさか、まさか……」と繰《く》り返《かえ》したニアルの声はひどくおびえていた。

「何を見つけたんだい？」今度はアバクムがたずねた。

だが、ニアルには何も聞こえていないようだ。ゾエはマウスを持ったニアルの手を自分の手でおおい、クリックした。ネット新聞の記事が気になる見出しとともに画面にあらわれた。

悪趣味《しゅみ》ないたずらか？　ネットの逸脱《いつだつ》か？

ゾエはだれにもその記事を読むひまをあたえずに、すぐさまページの下にあるリンクをクリックした。

ビデオがすぐにスタートした。ニアルは椅子の上でひざをかかえ、顔を両手でおおった。

〈逃げおおせた人〉たちは記事の見出しの問いにやすやすと答えられたし、画面に映った五人がだれかもすぐにわかった。メルラン・ポワカセとその両親、そして、ニアルの両親だ。

ねばねばした太いひものようなものでおたがいにつながれ、白い壁の前に立たされた五人はひどく疲れているらしく、最後の力をふりしぼってカメラ――というより、〈逃げおおせた人〉がよく知っている拷問者《ごうもん》――を見つめているようだ。懇願《こんがん》とパニックと怒りと絶望が入り混じったまなざしだ。

「まさか……」目の前が真っ暗になったオクサはそうつぶやいた。「こんなことするなんて……」

カメラが五人の人質の顔を一人一人、画面いっぱいのアップで映した。

「最後の言葉は?」現実離れした声がひびいた。

ワシントンのアパートにいた人はみんな、まるで全身の血を抜かれたようにいまにも倒れそうになっていた。カメラがメルランにもどってきた。その姿を見ると、オクサとギュスとゾエはつらく、いとおしくて胸がえぐられた。メルランは勇気があり、限りなく信頼できる最高の友だちだった。その褐色《かっしょく》の目からは輝きも、生き生きしたいたずらっぽいところも失われていた。

「オクサ、ぼくはこんなことになっても、おまえと知り合えてうれしいよ。何も後悔《こうかい》なんかしてないよ! 戦い続けろよ、おまえが勝つさ!」メルランは驚くほどしっかりとした口調で言った。

直接呼びかけられたオクサは我慢《がまん》できずに叫《さけ》び声《ごえ》をあげた。無意識のうちに爪《つめ》をかみ切り、指先から血がしみ出ていた。両手両足の爪を全部かみ切ったとしても、痛みを感じなかっただろう。

カメラはメルランから彼の両親に移った。彼らはそれぞれの家族へのメッセージを口にした。次はニアルの両親の番だ。ニアルはぱっと立ち上がったので、椅子が後ろに倒れた。そして、たまたま後ろにいたギュスとアバクムにぶつかって、走ってサロンを出ていった。

「もういい！　もうたくさんだ！」

怒りに満ちた声でそう言うと、パヴェルはマウスをつかんでビデオを止めようとした。だが、意外なことにゾエがそれをさえぎった。

「だめよ、パヴェル！」彼女の動作やまなざしが怒りのこもった強い決意をあらわしているのとは対照的に、声は優しかった。「何が起きるかわかってても、ひどい場面だとわかっていても、最後まで見ないといけないわ」

「ゾエ……」マリーが口を開いた。

「この人たちに対して、そうしなきゃいけない借りがあるんじゃないかしら？」と、ゾエがつけ加えた。

画面ではニアルの母親がつっかえながらしゃべっていた。

「ニアル、愛してるよ……それを絶対に忘れないで……強い大人になって……」

「わたしたちがどこにいようと、おまえを見守っているよ……」父親が言った。

急にカメラが引いて、五人に向かって青みがかった稲妻《いなずま》がおそいかかるのが見えた。直前まで来ると、稲妻はむちのような音をさせて五筋の閃光《せんこう》に分かれた。次の瞬間には、五つの遺体が無残に床にころがっていた。

重い沈黙《ちんもく》のなか、ゾエはパソコンを消して、ニアルといっしょの自分の部屋に向かった。

「あたしたちのせいよ……」

オクサはしどろもどろになってそう言うと、机の端《はし》をつかんで体を支え、先を続けた。

「あのクズのオーソンを追いかけていかなかったら、ニアルの両親はまだ生きていたはず……メルランも……お母さんも、お父さんも……五人とも！」

「オクサ、それはちがう！」アバクムがさえぎった。「オーソンはあの人たちを誘拐《ゆうかい》した時点で殺すことに決めていたんだ。あいつのデトロイトの隠れ家を見つけていてもいなくても、いつかは彼らを殺していただろう！」

「罪悪感でわたしたちを仲間割れさせようってわけね」マリーがため息まじりに言った。

「そのとおりだよ……」

それがニアルの声だとわかって、みんなはふり向いた。

「だけど、そのわなにはまっちゃいけない」ニアルの顔は涙で濡《ぬ》れていた。「捕《つか》まえて、やっつけるんだ」

みんなは一人ずつニアルを抱《だ》きしめ、できるかぎりのぬくもりと思いやりを伝えようとした。ビデオの映像に打ちひしがれ、言葉はほとんど出てこなかったが、みんなのまなざしと仕草はこれまでにないほど強い決意をあらわしていた。

第二部　抵抗《ていこう》

16　絶望

そのころ、イギリスで……。

ほっそりした少年の黒っぽいシルエットが何千という死体の上に浮いている。一人の男が少年の前にがくりとひざを折り、顔を上げた。

「助けてくれ……お願いだ……」男は哀願《あいがん》した。

少年は男をじっと見つめた。目の奥がきらりと光った。哀《あわ》れみか？　悲しみか？　残忍《ざんにん》さか？　男はよくわからないながらも、また口を開いた。

「助けてくれ……もうおしまいにしたいんだ……お願いだ……」

少年の顔がゆがんだ。

「おれにはできないんだ」

男は少年の声が少しだけ震《ふる》えていると確信した。ばかげたことだが、わずかな希望につながるのではないか……。最後の希望に……。

「わたしにはできない。きみだけが、この苦しみを終わらせてくれることができるんだ！」男はつぶやいた。

別の男が大股《おおまた》で近づいてくるのが視界に入った。

「テュグデュアルか？」その男が呼びかけた。

少年はぶるっと震えて目を半分閉じた。

「お願いだ……」ひざまずいた男がうめいた。

「おれにはできないんだ」

同じ返事を繰《く》り返《かえ》した少年は、最後にこれ以上ないくらいうつろなまなざしを男に投げかけた。

そして、彼の絶望の叫《さけ》び声《ごえ》を無視してくるりと背を向け、自分を呼んだ男のほうへ死体をかきわけて歩いていった。


ホワイトハウスをあとにしたイギリスの首相には、オーソンが予告した報復はさぞかしむごいものになるだろうとわかっていた。数週間前にローマやほかの都市をおそったのと同じ奇妙《きみょう》な事件がバーミンガム市で起きたときには、首相の固い信念さえ、そのひどいショックを和《やわ》らげてはくれなかった。百万人もの住民のなかで自死から逃《のが》れた人はごくわずかだった。

それから数日後、オックスフォード、レディング、ウィンザーも同じ運命をたどった。その不幸な事件はだれも止めることができないまま、ロンドンに近づこうとしていた。

その事件の起こり方はどこも似ていて、その出来事を特定し、描写《びょうしゃ》し、認識することはできた。だからといって食い止めることはできなかった。とつぜん、コウモリの群れが空をおおいつくす。どこからやってきたのか、得体の知れないそのコウモリたちが通りという通りを埋《う》めつくす。そして、公道や広場などではまだ足りないとばかりに、建物の中にも侵入《しんにゅう》してくる。煙突《えんとつ》、通気孔《つうきこう》、しっかり閉まっていない窓……少しのすき間さえあればコウモリは入りこんでくる。だれも逃れられない。コウモリたちはたまたま出くわした不運な人間すべてにかみつく。いくら隠れても見つけ出されてしまうのだ。

しばらくすると、大量死が始まる。機関銃《じゅう》や火炎《かえん》放射器を満載《まんさい》したイギリス空軍のヘリコプターが何機も押し寄せてくると、人々は苦しむ時間を短くしようとする。不思議なことに、人々は生きのびる理由をまったく見つけられなくなるらしい。


もちろん、世界中がイギリスに哀悼《あいとう》の意を伝えた。しかし、昔からの同盟国ですら、いつもとはちがってひかえめだった。事情を知っていれば、心からの同情を寄せるのは難しい……というのは、いまや単なる噂《うわさ》ではなく、ホワイトハウス自ら公式の声明を出したからだ。イギリス政府はアメリカ大統領の暗殺に直接関わっているというのだ。その動機はあいまいだが、アメリカ当局は確固たる証拠《しょうこ》をにぎっていると声高に訴《うった》えている。

世界中の人々は驚いた。いったいどうしてイギリスの首相がそんなテロ行為《こうい》を指示したのだろうか？　自分の国をそんな不名誉《ふめいよ》な事件に巻きこむなんて、よほど頭がおかしくないとできないだろうに。それに対抗して首相が命じた調査は長く困難なものになるだろう。だが、ある国がほかの国に行う最も暴力的な攻撃《こうげき》といえるこの事件の謎を解くことはできるかもしれない。最終的にイギリスが暗殺事件とは無関係だといつかわかったとしても、イギリスという国はすでに取り返しのつかないダメージを受けているだろう。不信感ほど根強いものはない。まちがって犯人にされた人々はそのことをよく知っている。一度疑いがかかると、それを完全にぬぐい去ることはできない。死ぬまで、いや、死んでからも、その疑いはついてまわるのだ。

「わが国を攻撃した殺人者たちは、今度は自分たちに命令を下した張本人に歯向かったのだ！」と、ファーガス・アント自らが宣言した。

したがって、そうした不名誉と混乱のなかで、イギリス国民は何十万人という無実の人々を埋葬《まいそう》したわけだ。その様子は世界中のテレビ局によって放映され、その不吉《ふきつ》な映像はとぎれることなくテレビで流れ続けた。


〈逃げおおせた人〉たちはアメリカ大統領の死がイギリスの責任ではないことを知っていた。アメリカの非難は、イギリスの首相の拒絶に対するオーソンの脅《おど》しがもたらしたものにすぎない。ある国に対する攻撃をきっかけにアフガニスタンやイラクで起きた戦争と同じ論理で、オーソンは自分に歯向かった国の政府に疑惑《ぎわく》の目を向けさせ、そして骸骨《がいこつ》コウモリの群れを差し向けたのだ。世界中からの同情の機運は衰《おとろ》えた。テロ行為をする国は嫌《きら》われるからだ。

しかし、やがてある人たちは疑問を抱《いだ》くようになった。その数はわずかだが。オーソンに協力することを勇敢《ゆうかん》にも拒否《きょひ》した国の首脳や情報局、そして、言われたことをうのみにしない情報通の人たちだ。彼らは非常に慎重《しんちょう》でなかなか口を開かなかった。彼らはひそかに情報を集め、それをすり合わせ、裏づけを取り、そして、発見したことに恐怖をおぼえた。たとえ匿名《とくめい》でも自分の身をさらしたりすれば、たちまち無残につぶされる仕組みになっていることに気がついたのだ。

そういう人たちは自分が孤立《こりつ》していると思っていた。オーソンに都合がよかったのはその点だった。

オーソンとテュグデュアルがダウニング街の首相官邸《かんてい》を訪れたのは、イギリスの首相がこういう恐ろしく孤独な状況《じょうきょう》にいたときだった。デスクにひじをつき、頭を抱《かか》えた首相は、壁を通り抜ける二人を見てもまったく驚いた様子はなかった。彼はぐったり疲れていた。

「親愛なる友よ！」オーソンが大声をあげた。「またお会いできるとはうれしいことだ！」

後ろのドアが勢いよく開き、背広を着た男が一人入ってきた。オーソンとテュグデュアルはやや後ろに下がり、執務室の中の照明が届かない場所に身を隠すようにうつむいた。男は首相と二人の訪問者をいぶかしげに交互《こうご》に見て、上着の上からでもそれとわかるホルスターに手をかけた。

「首相、だいじょうぶですか？」

「ああ、だいじょうぶだ。ありがとう、エドモンド」首相はうつろな声で答えた。

男は気難しげな顔をしてじっとしていた。

「エドモンド、下がってもらっていいよ。必要なときは呼ぶから」

その個人秘書は迷ったが、こう言った。

「わかりました」

そして、秘書は心配そうな態度をくずさずに出ていった。それとは反対に、オーソンはいかにもリラックスした態度でバーカウンターに行き、三つのグラスにウイスキーをなみなみとついだ。そして、人差し指を動かしただけでグラスのひとつを宙に浮かせ、首相の目の前まで移動させた。

「きみがしたことは卑劣《ひれつ》だ……」首相がつぶやいた。

「あなたの拒絶のほうが卑劣だ」オーソンはひじ掛《か》け椅子にどさりと腰《こし》かけながら言い返した。

「わたしのせいだと言っていることは百％あなたの責任だ」

首相は敵の視線を受け止めてから、そばにいる少年の視線をとらえようとした。その試みは失敗に終わったが……。

「きみを見たことがある……」首相はうわずった声で言った。「きみは……テュグデュアル・クヌットだ。じゃあ、きみは死んではいなかったんだな……」

「ああ、社交辞令は苦手なんでね」オーソンはわざとため息をついて口を出した。「息子を紹介《しょうかい》しましょう。ごらんのようにちゃんと生きていますがね」

テュグデュアルはあいさつと肯定《こうてい》の意味の両方をこめてうなずいた。首相は目を大きく見開いた。

「息子だって?」

首相は急に息を詰まらせたようだ。いろんな考えが押し寄せてきた。

「では、ナイアガラで起きたことは……」

首相はそれ以上、言葉を続けられなかった。オーソンが代わりに引《ひ》き継《つ》いだ。もちろん、彼のやり方で。

「名人芸だろ?」

ちょうどそのとき、電話が鳴った。しかし、首相には聞こえないようだった。電話はしつこく鳴っている。

「出たほうがいいんじゃないかね?」オーソンがうながした。

首相は荒《あら》い息を吐《は》き、眉根《まゆね》を寄せた。やっと受話器を取り、しぶしぶ耳に当てた。

そして、顔をゆがめ、まるで体じゅうの血を失ったように真っ青になった。

「悪いニュースかな?」オーソンは無造作にグラスをまわしながらたずねた。

自国民の大量死で最悪の経験をしたと首相は思っていた。しかし、たったいま聞いたことは彼を奈落《ならく》の底に突き落とした。

「わたしの妻……息子……」首相はつっかえながらつぶやいた。

「おお！　お二人に何かあったなんて言わないでくださいよ！」

そう声を張りあげたオーソンの薄《うす》いくちびるに浮かんだ残念そうなほほえみは、真っ黒な目ににじみ出る残忍な喜びとも、首相の打ちひしがれた様子とも、好対照をなしていた。首相は恐ろしさに体をこわばらせてオーソンをにらんだ。

「きみにはわかっているじゃないか！」首相はあえぐようにやっと言った。「それどころか、そのためにここにいるんだろう。わたしをつぶすとどめの一撃をその目で見るために！」

首相の手が椅子のひじ掛けをぎゅっとにぎりしめていた。

「ようするに、きみは成功したわけだ」首相は怒りと悲しみのために震えていた。「妻と息子は車の中で死んだばかりだ……意図的な行為、絶望の末の行為だ……」

首相はそう言うと、引き出しのひとつをあけた。

「まあ、そんなことはきみも十分承知のことだろうな？」声が割れている。

首相はピストルを引き出しから取り出し、オーソンに向けて構えた。オーソンはおびえるどころか舌打ちをした。

「ちっ……まあ、弾《たま》を無駄《むだ》にしないことですよ。わたしを撃《う》ってもなんにもならない。かすり傷すらつかないだろう……あなたが非難できるのはただ一人。それはあなた自身ですよ」

オーソンはそう言うと、さっと立ち上がってすばやく頭を下げた。

「そろそろおいとまするころですな、首相閣下。また近いうちにとは言いませんよ。話は終わったようですからね」

オーソンが息子とともに壁に吸いこまれたとき、銃声が静けさを破った。

「おお、後悔《こうかい》があのかわいそうな男の強固な意志をついに殺してしまったのだろう……」オーソンはため息をついた。

テュグデュアルは、父親と並んで歩く通りからさっきまでいた執務室の窓を見上げた。もう内部で騒《さわ》ぎが起きているのがわかった。こめかみの血管がぴくぴくと脈打った。まるで体が支えを全部失ったかのように、一瞬ふらついた気がした。テュグデュアルは目を閉じて息を深く吸いこんだ。再び目をあけたとき、いつもの平然とした表情を取りもどしていた。

17 心理的万力《まんりき》

もしオーソンが、自分とテュグデュアルを密接に結びつけている絆《きずな》が何であるのかを自分だけが理解していると思っているとしたら、それはまちがいだ。テュグデュアルは自分と父親の関係を完《かん》壁《ぺき》に認識していた。父親への「愛着」はまったく人為《じんい》的なもの――その中身はわからなかったが――に基づいていることはわかっていた。

ホワイトハウスの中心にある自分の部屋に一人でいるときは、冷たい仮面を捨て去ることができた。彼は感情を外に出すほうではない。これまでもそうだったし、これからもそうだろう。しかし、だからといって冷淡《れいたん》で感情がないというわけではない。その反対だ。それが問題なのだ。彼がオーソンのような人間だったら、ことはずっと簡単だったろう。

心の底にはつねに濃《こ》くて暗い感情がわきたっていた。他人の目がないところなら、感情に流されることを自分に許した。それは彼に歯ぎしりをさせたり、表情にきざまれたりするほどはっきりとした苦悩《くのう》であることが多かった。あふれる感情を解き放つことができることは同時に彼を苦しめた。


イギリスへの旅はテュグデュアルを動揺《どうよう》させた。だが、それはそこで起きたひどい出来事のせいばかりではない。人生でいちばん幸せだった一時期を過ごしたイギリスにもどったことで、意外な悲しみに突き落とされたからだ。思い出が心に突き刺《さ》さり、矛盾《むじゅん》した思いが自意識を傷つけた。

いつものように、テュグデュアルは手ぎわがよく、従順で、けちのつけようがない完璧な息子の役割を果たした。オーソンが自分に大きな期待をかけていることはわかっている。オーソンにふさわしい、お気に入りの息子なのだ。グレゴールとちがって——モーティマーは完全に蚊帳《かや》の外だ——テュグデュアルは百%〈内の人〉だ。その点は強力な反逆者《フェロン》オーソンにとっては何物にも代えがたい。

それはメリットなのか、重荷なのか?

頭の後ろで手を組んでベッドに横になったテュグデュアルは必死に答えを見つけようとしていた。しかし答えの出ない苦しさにさらに打ちのめされた。ふつうの男の子ならどちらかを選べるだろう。だが、テュグデュアルにははっきりとした答えはわからなかった。


まともな道に進むのに、あれ以上のいい家族はなかっただろう。両親も祖父母も思いやりがあり、善良でまじめだった。しかし、そんな理想的な環境《かんきょう》にあったのに、超《ちょう》能力でいろんなことができる自分に夢中になり、生き方を変えた。自分の能力や可能性にうっとりした。自分が発見したことに酔《よ》いしれたのだ。人を感心させたり、だれかにあがめられたり、だれかを支配することに……。そうすることに惹《ひ》かれたし、それは簡単だった。彼は若かったし、危険だとも思わず、限度を知らなかった。彼は暴走した。すんでのところで家族が捕《つか》まえた。家族はゼロからスタートさせるために彼を遠いところに連れていった。

ある時期、物事は簡単だ、自分の立場を決めればいいだけだ、とテュグデュアルは信じていた。実際にそうした。オクサや〈逃げおおせた人〉のために命を投げ打ってもよかった。

オクサ……イギリスに行ったことで、彼女のことを考えずにはいられなかった。あの濃いグレーの目、うれしそうな彼女、怒っている彼女、はっとするほど自然なところ。テュグデュアルはうめいた。

最初に会ったとき、オクサは小さすぎるパジャマを着ていて、髪の乱れた小さな女の子のようだった。ドラゴミラの部屋で、彼女の出自ととんでもない運命が明かされた現場に立ち会った。彼女は最初こそあわてふためいていたが、すぐに克服《こくふく》した。初めはおっかなびっくりに、だが、すぐに生き生きと。

それから、恋のゲームが始まった。テュグデュアルが自分に課した挑戦《ちょうせん》だった。未来のグラシューズが体現するものに彼のような少年がどうして惹きつけられずにいられようか？ 不可能だ！ あらゆる形の力にテュグデュアルは魅了《みりょう》される。しかも、オクサのような女の子が秘める力なのだ。

そうなると、単なる恋のゲームではなくなった。本物の愛情が入りこんできた。テュグデュアルは自分が真摯《しんし》で正直なナイト役になれることを発見した。それまでは自分のことしか考えてこなかったのに、テュグデュアルはオクサを愛した。初めての経験だ。

テュグデュアルはオクサが少しずつ自分のほうを向くのを見て喜んだ。オクサに近づき、震《ふる》え、自分の想いが彼女に向かうこと、彼女も同じように感じているのを知ってうれしかった。両親のヘレナ、ティコ、祖父母のブルンとナフタリへの愛情とはまったくちがっていた。歳《とし》の離れた弟ティルに感じる深い愛情ですら、オクサの彼への愛情や彼のオクサに対する愛情ほど彼を満たしてはくれなかった。

自分の変化に自分で驚いた。人を愛することで別人に、もっといい人間になったような気がした。より強く、より人間的になったような気がした。ものすごく強く、人間的で、前より孤独《こどく》でなくなった……。

〈逃げおおせた人〉全員に受け入れられたわけではないことはわかっていた。けれど自分を完全に信用していない人がいても、自分が仲間の役に立っていることは感じていた。自分の役割には意味があった。そういうしっくりした気持ちはそれまで感じたことはなかった。

ところが、そんな彼の成長にやがて汚点《おてん》がつき始めた。テュグデュアルはオーソンがそばにいると不思議な感情におそわれた。とりとめのない、わけのわからない感情だ。心が騒《さわ》ぎ、泥《どろ》の流れに飲みこまれそうな感じ。最初は、オーソンと対面するたびにわけのわからない怒りがわいてくるためだと思った――オーソンは接する人たちを激怒《げきど》させる特技があった。その怒りはオーソンの邪悪《じゃあく》な心が根源だとテュグデュアルにはわかっていた。オクサの体現する力と同様に、〈逃げおおせた人〉の宿敵の力にテュグデュアルは心惹かれたし、恐れもした。

そのようにオーソンにひそかに魅了されながらも、テュグデュアルは〈逃げおおせた人〉の側にいた。彼らはテュグデュアルがオーソンに抵抗《ていこう》するのをそれとは知らずに助けていたのだ。

彼が方向転換《てんかん》したのは、オーソンが実の父親だとわかったときだ。名門クヌット家の子孫であるばかりでなく、オシウスやマロラーヌやテミストックルの子孫でもあることがわかった。このことはすべてをひっくり返した。テュグデュアルのアイデンティティー、過去、現在、未来、そして、ほかの人たちとの関係も。知らないうちに犠牲《ぎせい》者になっていた母親、愛情深い父親だったティコ──オーソンはそんな父親には決してなれなかっただろう──、いとこの子になったオクサ……。

心の絆、血の絆、呪《のろ》われた絆……。

自分をある時期いい方向に導いてくれた部分を、自分の暗い部分が飲みこんでしまったように感じておののいた。それは本当の自分ではなかったかもしれないが、善良で健康的なものだったのに。

そういう状態は、考えてもみなかった可能性をモーティマーが示してくれた日まで続いた。グラシューズ・オクサを讃《たた》える祭りの夜、エデフィアの〈褐色《かっしょく》の湖〉のほとりの森で兄弟は会った。協力してオーソンに抵抗し、彼の独裁を妨害《ぼうがい》しようという約束を交わしたのだ。同じ場所でモーティマーはテュグデュアルに大事なことを教えてくれた。自分自身と闘《たたか》ってもむだだ。二人の自分とつき合っていかなければならない。百%どちらかの自分になれないことを受け入れなければならないと。テュグデュアルはグラシューズの宣誓《せんせい》のなかにある言葉が真実だと、そのときほどしみじみと感じたことはなかった。「〈内の人〉であれ、〈外の人〉であれ、人間のなかには、善と悪がある」。つまり、その均衡《きんこう》と微妙《びみょう》な混合が大事なのだ。

それに、選択《せんたく》も。

だが、テュグデュアルには選択ができなかった。さらに悪いことに、彼は選択することを拒否した。彼は疑問にさいなまれながら、二つの中間にとどまった。仲間を裏切っているのだろうか？ そもそも仲間とはだれなのか？ 反逆者《フェロン》か、〈逃げおおせた人〉か？ 堕落せず、自分も苦しまず、人も苦しませずに、同時に二つの側にいることはできるのか？

他人の苦悩は何とも思わないくせに、テュグデュアルのどっちつかずの態度に苛立《いらだ》ったオーソンはそうした疑問にとつぜんピリオドを打ち、息子の代わりに結論を出した。テュグデュアルが従うべき運命ととるべき責任は血縁《けつえん》が決めるということだ。最後の迷いを追いはらうために、オーソンは息子の意識のなかに心理的万力（物を固定する工具）のようなものをすえ、息子の心を引《ひ》き裂《さ》く二面性を排除《はいじょ》したのだ。オーソンはそういう人間だ。問題が起きると、それを解決しようとするのではなく、問題そのものを破壊《はかい》する。たとえば、ヘレナ・クヌットは問題のひとつだった。思いやりのある母親であるヘレナは、息子が少しずつ変わっていき、正常な判断基準や仲間を捨て、前よりずっと遠くに行こうとしているのに気づいた。ヘレナはすべてがだめになるのではないかという不安を一人でかかえ、まだ間に合うと思って息子を引き止めようとした。テュグデュアルは母親の涙ながらの訴《うった》えに耳を傾け、母の心痛を理解した。彼は母親のいうことを聞きそうになった。しかし、オーソンが見張っていた。それからまもなく、ヘレナは彼女の息子の目の前で死んだ。いや彼らの息子だ。「ヘレナはおまえを弱くする……」

ところで、オーソンはどうやってテュグデュアルの精神を支配できたのだろう？　催眠《さいみん》術か？　脳を操作する電子チップを埋《う》めこんだのか？　何らかの物質を感染させたのか？　テュグデュアルは自分が操られていることは知っているが、どんな方法かは知らない。

テュグデュアルは急にベッドから跳《と》び起き、ひざにひじをついてベッドの端《はし》に座った。長いため息をつきながら、両手で頭をかかえた。父親によるコントロールはまるで病気のようなものだ。それはテュグデュアルをみじめな操り人形にし、オーソンが思いどおりに仕立てることができる「モノ」に変えた。だが、テュグデュアルの意識は正常なままだ――オーソンはそれすらも支配したかったのだろうが……。しかし、自分の意思や自由意志はない。何に対しても反応するということができない。オクサはテュグデュアルの状態を的確に分析《ぶんせき》しており、それを石油プラットフォーム〈サラマンダー〉に侵入《しんにゅう》したときに彼に告げた。〈暗示術〉を使って幸せだった日々の想いや思い出をテュグデュアルの意識に送りこんだことはきっと役に立つだろう。そのおかげで意識がよりはっきりし、万力から自由になれる希望が生まれるかもしれない。

父親から逃げる希望が。

矛盾をかかえ、影と光の両方、そして秘密と真実を持ちながら、あるべき人間になる希望が。

だが、それは可能なのだろうか？

ドアがノックされた。すぐにオーソンがテュグデュアルの部屋に姿をあらわした。どこかに入るのに相手の返事を待たないのはオーソンだけだ。ノックすらしないこともある。壁やドアを通り抜け、前ぶれなく急に入っても、まったく気まずい思いをしないようだ。おかしなことに気まずい思いをするのは入ってこられた人のほうなのだ。

テュグデュアルが頭をかかえてベッドに腰《こし》かけているのを見ると、オーソンは息子が自分のほうを見向きもしないことに苛立ち、眉《まゆ》をしかめた。

「何か困ったことでもあるのか?」

テュグデュアルはゆっくりと顔を上げ、無表情に父親を見つめた。オーソンは自分に向けられた仮面のような顔をじっと見つめ返し、何かを探るように目を細めた。そうして、二人は無言のまま、おたがいを冷たく観察するようにしばらく向き合っていた。

「もう隠れていたくないと考えているのか?」とつぜん、オーソンが言った。

テュグデュアルは自分のいまの状況《じょうきょう》について、父親のような人間がそんな人間的なことを言うのにびっくりした。ナイアガラの事件以来、テュグデュアルは人前に出ることを避《さ》けていた。彼のせいで五千二百三十八人が命を失った。テュグデュアルに復讐《ふくしゅう》してやりたい、せめて何らかの裁きをあたえたいと考えている人は多かった。悲しみにくれる遺族や数少ない生き残った人たち、当局、そして世界中の人々だ……。しかし、テュグデュアルはオーソンのお気に入りの息子だ。公衆の面前に姿を見せて危険な目にあわせることはオーソンにとって許せないことだった。その証拠はほんの数時間前にも示された。みんなが「ナイアガラの悪魔」と呼ぶのがテュグデュアルだとイギリスの首相が気づくと、オーソンは首相を見下すような強い態度をわざととった――どんな状況でも彼はそうなのだ。だれかが息子のことに気づくとすぐに、誘拐《ゆうかい》や、ひどいときは殺害の脅迫《きょうはく》をちらつかせた。そういうとき、オーソンの眉間《みけん》に深い縦じわができるのにテュグデュアルはちゃんと気づいていた。息子の安全が脅《おびや》かされることが、唯一《ゆいいつ》オーソンの恐れていることだった。

それはメリットなのか、重荷なのか？

いまのところ、テュグデュアルが外出するのは信頼できる人――父親か傭兵《ようへい》のだれか――が同行するときだけに限られていた。テュグデュアルのことを知っているホワイトハウスの職員の一部は不思議な記憶喪失《そうしつ》に陥《おちい》っているらしかった。ほかの人についてはテュグデュアルもよくわからない。だが、だれからも攻撃《こうげき》されない状態になっているような気がする。

「そうなんだろう？　隠れないで生活したいんだろう？」と、オーソンが続けた。

テュグデュアルの視線は外の公園と空のほうに向けられた。部屋の窓ごしに春らしい様子が見てとれる。テュグデュアルは黙《だま》ったまま立ち上がって窓のふちにもたれた。

「まだ早すぎるんだ……」オーソンがつぶやいた。「だが、もう少ししたら、おまえのことを理解してくれる人だけが生き残る世界がやってくるだろう」

テュグデュアルの手はペンキの塗《ぬ》られた窓のふちをぎゅっとつかんだ。そう、もちろん、オーソンの言う、数少ないエリートだけに限定された輝かしい世界のことだ。凡庸《ぼんよう》さ、無知といったあらゆる弱さが排除《はいじょ》された完璧な世界だ。「われわれは役立つために生を受けたんだ。自分たちの不十分さを他人に背負わせるためではない！」オーソンが自分の仲間に口やかましく言う理論だ。

「そういう世界では、おまえのことを怪物《かいぶつ》のように言うやつはいない。それどころか、おまえは手本なんだ。少し我慢《がまん》するんだ。われわれは目標に近づいている」

オーソンはずっと窓のほうを向いている息子のところに行くと、肩《かた》に手を置いた。

「とにかく、いまはわたしといっしょに来るがいい。すばらしいものを見せてやろう」オーソンは冷笑を浮かべて言った。

テュグデュアルは心の底では「いやだ！」と叫《さけ》んでいた。しかし、実際にはふり返って父親に向き直り、自分の口がつぶやくのを聞いていた。

「はい、お父さん……」

18　栄光の瞬間《しゅんかん》

テュグデュアルは父親のあとについてホワイトハウスの迷路のような廊下を進んだ。オーソンのうなじとぴんと張りつめた上半身をひたすら目で追った。自分の力を誇示《こじ》するために、今度は何をたくらんでいるのだろうか？　テュグデュアルはまわれ右をしてこの場を去り、すべてから逃げたかった。しかし、父親の歩みからそれることはどうしてもできなかった。屈辱《くつじょく》と怒りの混ざった思いに気分がめいった。

二人が記者会見場に近づいたとき、ファーガス・アントはそれまで話をしていた人たちを置き去りにして、オーソン親子のところにやってきた。

「ああ、オーソン、どうも！」アントは生涯《しょうがい》の親友を迎えるかのように、両腕《うで》をいっぱいに広げて言った。

その場にいる人たちの視線がオーソンに注がれた。オーソンのほほえみ方は、いかにも自分のほうが立場が上だという高慢《こうまん》な態度と見事にマッチしていた。サメのようにどう猛《もう》でにったりとしたほほえみだ。オーソンは自信満々な態度で記者会見場に入っていき、テュグデュアルはその手前にある星柄《がら》の壁布や旗におおわれたひかえの間に残された。彼は〈ささやきセンサー〉を全開にして耳をすませた。

「彼女はどこだ?」オーソンが低い声でたずねた。

「すぐとなりのセキュリティ完備の部屋です」ファーガス・アントが答えた。「FBIの局長が自らつき添っていますよ」

「それはいい!」

「政府高官全員がわれわれを待っています。国内外の最も影響《えいきょう》力のあるメディアもです!」ファーガス・アントは興奮を隠しきれなかった。「数分もすれば、世界中でこのニュースを知らない人はいなくなるでしょう。みんながあなたを好きになりますよ。本物の英雄になるんです!」

オーソンは返事の代わりにファーガス・アントの肩《かた》をぽんぽんと軽くたたいた。記者会見場にいたうちの何人かはその二人の男をびっくりしたようにながめていた。鮮《あざ》やかな赤紫《むらさき》色のエレガントなスーツをきっちりと身につけた有名なジャーナリストは口をぽかんとあけたままだし、別のジャーナリストもその異様な光景に携帯電話を取り落としそうになった。世界一の大国の大統領が、するどい目をした見たこともないスキンヘッドの男のまるで召使《めしつか》いのようだ。目端《めはし》の利く者は、以前にアントのそばにいたのを覚えていた。しかも大統領にとって取り巻きの顧問《こもん》や私設秘書たちよりも、その男のほうが大事そうなのは明らかだ。いったい、だれなんだろう? 影の助言者か? メンターか? グルか?

「大統領閣下、もう始められますが……」儀典《ぎてん》長(公式行事を準備したり、要人のエスコートをする役職の人)が大統領にささやいた。

「それはいい！」大統領は小さな声をあげた。

ファーガス・アントが記者会見場に入ると、会場はしーんと静まり返った。大統領はマイクに近づいて咳《せき》ばらいをした。その間に、オーソンをはじめとする側近たちが壇上《だんじょう》の席についた。

「みなさん、わが国の最も由緒《ゆいしょ》ある家族のひとつをおそった事件の解決についてお知らせできることは喜ばしいかぎりです」

アントはここで言葉を切り、緊張《きんちょう》感が記者会見場に広がるのを待った。まさに「オーソン的やり方」だと、舞台裏《ぶたいうら》に居場所を見つけたテュグデュアルは思った。厳粛《げんしゅく》な雰囲気に場ちがいなフラッシュが光った。

「何ヵ月もの捜査《そうさ》の結果、卑劣《ひれつ》にも暗殺されたわれらが大統領の令嬢《れいじょう》、エリナー・シートンさんが誘拐《ゆうかい》犯の毒牙《どくが》から今夜、解放されました」ファーガス・アントは興奮に震《ふる》える声で宣言した。

超《ちょう》満員の記者会見場に歓声があがった。父親の横顔をじっと見つめているテュグデュアルには、父親の企《たくら》みが手に取るようにわかった。

「エリナーさんは過酷《かこく》な監禁《かんきん》条件下で著しい精神的ショックを受けていますが、健康状態は良好です」ファーガス・アントはそう続けた。

テュグデュアルはうんざりしたように頭をふった。過酷な監禁条件だって？　エリナーは女王のようにあつかわれていたじゃないか！　たしかに、彼女に自由はなかったが、置かれた状況《じょうきょう》はみじめなものとはほど遠かった。この地球上の何百万という人が同じ待遇《たいぐう》をあたえられたら、さぞかし喜ぶだろう。オーソンは満足するということはないのか？　吐《は》き気《け》がするまで大げさにしないといけないのか？　ほらは大きければ大きいほど信じこませやすいということか。それも、テュグデュアルが父親といっしょにいて学んだことのひとつだ。

エリナー解放について早く情報が知りたくてジャーナリストたちは興奮してきた。

「彼女はどこで見つかったのですか？」

「暴行を受けたんでしょうか？」

「犯人はわかっているんですか？　何人ですか？」

「犯人は逮捕《たいほ》されたんですか？」

「身代金が支払《しはら》われたんでしょうか？」

「犯人はシートン大統領暗殺を命じた人たちでしょうか？」

「イギリスはこの誘拐事件に関わっていたのですか？」

「イギリスの首相は関与《かんよ》しているのですか？　そのために首相は自殺したのでしょうか？」

ファーガス・アントは片手を上げて、矢継《やつ》ぎ早《ばや》に出される質問をさえぎり、オーソンをちらりを見た。オーソンはほとんどわからないくらいにかすかにうなずいた。

「エリナーさんはとても勇気がある人です」アントが続けた。「彼女は今日、みなさんの前でぜひお話ししたいそうです」

この言葉でジャーナリストたちの質問はわきに押しやられた。エリナー・シートンが記者会見場に姿をあらわすと、その場の興奮は頂点に達した。だれもかれもが携帯電話をかかげて写真を撮《と》ろうとした。そうした写真はソーシャルネットワークや通信社によってすぐに世界中を駆けめぐった。

母親につき添われたエリナーはファーガス・アントに近づいていった。全身から傷ついた純粋《じゅんすい》さがにじみ出ていた。肩に広がる褐色《かっしょく》の髪と青みがかった隈《くま》のせいでよけいに引き立つ顔の青白さ、いかめしいほどにシンプルな白いワンピース、黒いバレエシューズ……。

「わたしのかわいいエリナー！」アントは腕を大きく広げて大きな声で呼びかけた。

フラッシュが次々とたかれるなか、アントはエリナーを温かく抱《だ》きしめ、次に、頭のてっぺんからつま先まで黒く装った前大統領未亡人を抱きしめた。そして、エリナーにマイクのそばに来るようにうながし、自分でマイクの高さを彼女の顔の位置にくるように調節した。エリナーはおびえたような目で聴衆《ちょうしゅう》を見回すと、髪を耳にかけた。すると、紫がかった大きな傷跡《きずあと》が顔の半分——こめかみのあたりからあごの先まで——にあらわれた。聴衆はぞっとした。「おれが最後に見たとき、顔はなんともなかったのに！」テュグデュアルはその下劣で衝撃的な演出に、心のなかで憤慨《ふんがい》した。

さらに痛ましさを追加するように、エリナーの目に涙が盛りあがり、下くちびるが震え出し、両手がマイクの台をぎゅっとつかんだ。会場にいた人はみんな、エリナーが泣き出すだろうと思ったが、彼女はあごを上げ、震える声で口を開いた。

「わたしはとても残酷な悪人たちに百七十日間監禁されていました。わたしは虐待《ぎゃくたい》され、侮辱《ぶじょく》され、飢《う》えていました……」

エリナーはここで言葉を切り、顔をそむけてこみあげる涙を抑《おさ》えようと何度もまばたきをした。そのために横顔がよく見え、ほおの傷がよけいにむごたらしく見えた。怒りと同情のざわめきが起こった。

「でも、周りの人たちのおかげで、わたしはそうしたさまざまな苦しみを克服《こくふく》することができるでしょう。でも、ひとつだけ克服できないものがあります……」

エリナーは鼻をすすり上げた。母親や壇上にいた多くの人は目を伏せた。エリナーが何を言おうとしているのかはみんなわかっていたが、まるで重大なことが発表されるのを待つように息を詰めていた。すると急に疲れを感じたように、エリナーの肩ががっくりと落ちた。そして、鼻がひくひくし、呼吸が荒《あら》くなった。きっと心臓の鼓動《こどう》も速くなっているのだろう。

「父は卑劣にも暗殺されました」怒りを抑えようとして声がくぐもっていた。「わたしが無事だということも知らずに死んだのです」

会場は感動に包まれてしんとしていた。レコーダーやビデオカメラのカチカチという音がかすかにするだけだった。

「わたしたち家族は、この事件とともに生きることを学ばなければなりません……それを克服して、新たな生活を築いていかなければなりません。ここにいる人のなかには、わたしたちをずっと支えてくれた人もいます。深く感謝しています。とりわけファーガス・アント氏の支援《しえん》と、そのそばで働いている、わたしを解放してくださった人にお礼を言いたいと思います……」

テュグデュアルは父親の計画が、組み立ておもちゃのピースのように着々と形をなしていくのがわかった。この瞬間、オーソンの心のなかの歓喜を見抜いているのは彼だけだった。テュグデュアルはその喜びの大きさを感じ、しだいに大きくなる父親の自己満足の悪臭《あくしゅう》にほおをなぐられたように感じた。

エリナーはアント大統領の側近たちが座っているほうに体を向けた。その視線は一瞬、テュグデュアルの視線とからみ、すぐにオーソンにたどり着いた。「彼女はおれのことがわからないんだ……。おれは彼女をくどいて数ヵ月間いっしょにいたのに……おれに夢中だったのはわかってる。

キスもしたし、同じベッドで寝《ね》た……なのに、いまは、おれは彼女にとって他人なんだ。お見事、お父さん、お役に立ててうれしいよ……」テュグデュアルは心のなかでそうつぶやき、深く傷ついていた。

「オーソン・マックグロー氏は、父亡きあと、知り合いになれた人たちのなかで最も謙虚《けんきょ》で最も尊敬できる人です」エリナー・シートンは自分の恩人のほうを向いたまま言った。

オーソンは恥ずかしそうにうつむいた。テュグデュアルだけはそれがポーズだと知っている。

「どうぞ、オーソン、こちらに来てください！」エリナーが呼んだ。「あなたのおかげで、わたしは生きて帰ることができたんです。あなたがどんなにすばらしい人か、世界中の人たちに教えてあげなければいけません！」

オーソンはいかにもとまどったように立ち上がり、エリナーのそばに行った。ファーガス・アントは後ろに下がって、オーソンにスターの座を譲《ゆず》った。すると、ジャーナリストたちはわれ先にと質問を浴びせ始めた。何者なのか？　大統領の側近としての役割は？　エリナー・シートン解放での役割は？　どういう経緯《いきさつ》で解放されたのか？　国の英雄とみなされることを受け入れるのか？

主役となったオーソンの回答を聞いていると、どれもこれも不快なものばかりだった。こういうセンセーショナルな応答がまだまだ続くと予想したテュグデュアルは、暗い表情をしてその場を去った。

19

孤独《こどく》な人

イタリア大統領は夢にうなされて寝返《ねがえ》りを打った。やがて目が覚めると、両目をしっかりとあけた。そして、ベッドの端《はし》に腰《こし》かけて太ももに両手をつき、ため息をもらした。

「どうかしたの、パオロ？」かけ布団にくるまっている妻が眠《ねむ》そうにたずねた。

「いや、心配しなくていい」と、大統領は答えた。「起こしてすまなかった。お休み」

大統領は立ち上がって寝室《しんしつ》から出た。オレンジ色っぽい街の灯にかすかに照らされた廊下は終わりがないかのようで変に不気味な感じだ。しかし、パオロ・レオーネはそんなことは気にならないほど心配事に心を奪《うば》われていた。大理石の廊下に敷かれたじゅうたんの上をしばらくさまよい、毎晩行くようになった図書室にふらふらとたどり着いた。

この何週間というもの、医者に処方してもらった睡眠薬《すいみんやく》でようやくおとずれる眠りも休息にはならなかった。いろんなことがあった――ありすぎた！　さまざまな試練で心身ともに疲れ切ったこの男の闘争心は少しずつしぼんでいった。

窓の外を見わたせる長椅子に寝そべった。糸杉《いとすぎ》の細いシルエットとオリーブの木のもう少しがっしりした影が見える。毎度のことながら、いろんな思いが押《お》し寄《よ》せてくるのだが、最後には最近の出来事に行き着き、疲れ果てるまでくよくよと考えるのだ。

まるで地獄《じごく》からやってきたような怪物《かいぶつ》の群れがローマをおそったとき、世界中の人々が助けに来てくれた。自発的な共感や援助《えんじょ》や支援が不幸な国にもたらされ、なぐさめられた。しかし、しばらくして、同様の攻撃《こうげき》がいろんな場所で起きた。五つの大陸のうち難を逃《のが》れたところはなかった。攻撃された国の数は少なかったが、世界中がパニックに陥《おちい》った。怪物の群れがおそいかかってきて国民を恐怖にさらすことを、どの国も恐れた。各国の空軍が出撃準備をし、空を警戒《けいかい》していた。だが、どの国の空軍も災禍《さいか》を止めることはできなかった。都市の上空に骸骨《がいこつ》コウモリがあらわれ、地上に下りてきて人々をかんで飛び去っていく。機関銃《じゅう》も火炎《かえん》放射器もガス類もコウモリを退治することはできなかった。しかも、もっと悪いのはそのあと、かみ傷の影響《えいきょう》が出ることだ。抵抗力の強い突然変異《とつぜんへんい》のコウモリがもたらす感染症《しょう》という仮説が広まっていた。しかし、どうして攻撃される国とされない国があるのかはだれにも説明できなかった。

それについて、パオロ・レオーネはある考えを持っていた。ローマと同じようにコウモリに攻撃されたある国の首脳にすぐに連絡を取った。心の底ではわかっていた。感染症であるはずはない！それより、秘密の「新世界」プロジェクトとコウモリ攻撃に因果関係があるのは明らかだと思った。パオロ・レオーネはひそかにフランスを訪れた。そこでフランス大統領はイタリア大統領に会い、話を聞き……丁重に追いはらった。フランス大統領はパオロ・レオーネが何のことを話しているのかさっぱりわからないし、彼が話した男と会ったこともないというのだ。

イタリア大統領は同じようにして、何十万人という国民を失ったオーストラリア、ブラジル、日本の政府首脳と会い、成果もなくとほうにくれて帰国した。アラブ首長国連邦《れんぽう》にも行きかけたが、とちゅうで引き返した。どうせ何の役にも立たないだろう。同じような沈黙《ちんもく》ととまどいの視線にあうだけだろうから。

疑いが頭をもたげてきた。数ヵ月前に自然の摂理《せつり》に反した誇大妄想《こだいもうそう》的な取り引きを持ちかけてきた男は、あの集団自殺事件とは無関係だったんだろうか？　医学機関が主張するように、史上最悪の世界的感染症――世界中の最高の専門家が対策に尽力《じんりょく》している――なのだろうか。

イタリア大統領は混乱しながらも、過ちを犯したと認めざるをえなかった。きっと思いちがいをしていたのだろう。あれはイタズラだったのだろう。あるいは、いつのまにかもうろくしていたのか……。なんということだ……しかも、自説を披露《ひろう》した先の外国の首脳たちにばかにされたのだ。つまらない繰《く》り言《ごと》だった……。彼らとはもうつき合ってもらえないだろう。

その夜、彼は限界にきていた。もう眠れない。いずれにしても、丘《おか》の向こうで夜があけようとしている。手を伸ばしてリモコンを取り、テレビをつけた。ぼんやりとして次々とチャンネルを変えていたが、急に体に寒気が走った。

「ええっ！　まさか！」大統領はうわずった声をあげた。

チャンネルを行き過ぎてしまった緊急《きんきゅう》ニュースにもどそうとリモコンのボタンを押した。あの夜、防犯装置とボディガードの存在をものともせず、自分の執務《しつむ》室の壁を通り抜けた男が画面に映っていた。

自分を痛めつけ、国民を苦しめた男が。

オーソン・マックグロー……そういう名前だったのか。

オーソン・マックグロー……次のアメリカ大統領選挙に出馬したばかりの候補者！

テレビ画面を見ながら、レオーネ大統領は自分がただのおいぼれた老人にならなかったことを悔やんだ。というのは、あることをはっきりと自覚したからだ。超《ちょう》能力を持ち、世界最強の国の大統領になろうとしている国民的英雄――しかも、世界最悪の殺人者――と戦う器量など自分にはない。


レオーネ大統領は胸に手を当てた。心臓がだめになろうとしている。自分の人生のいろんな場面が次々に浮かんできた。なかでも最も強烈なシーンがあった。残忍《ざんにん》なOVRA（ムッソリーニ時代の反ファシスト監視《かんし》秘密警察）のメンバーが家族の住む粗末《そまつ》なアパートのドアを蹴破《けやぶ》ったとき泣きじゃくっていた小さな少年――自分の姿だ。パオロは連行された父親にその後再会することはなかった。しかし、拷問《ごうもん》されたり、ひどいあつかいを受けたとしても、最後まで父親が弾圧《だんあつ》に屈《くっ》しなかったことだけはたしかだ。ピストルをこめかみに当てられて処刑《しょけい》される直前まで、こう叫《さけ》ぶ気力があったはずだ。「ムッソリーニを倒せ！　ドゥーチェ（指導者）を倒せ！　自由よ、万歳《ばんざい》！」

パオロ・レオーネは顔をゆがめた。すでに痛みは胸全体に広がり、のどや肩《かた》にまで達しようとしている。あごが動かない。最期が近づいている。

大統領は読書机までなんとか這《は》っていき、警報ボタンを押した。パジャマ姿で長椅子に寝そべったまま、無気力に無言で死んでいくよりも、父親のように怪物を糾弾《きゅうだん》した罪で死ぬほうがいいと思った。

ムッソリーニの独裁に対して立ち上がった父親がだれにも信じてもらえなかったように、自分も信じてもらえないだろう。しかし、ときがたつにつれ、父の意見に賛成して闘《たたか》おうという人が増えた。そして、彼らは最後には勝ったのだ。

もちろん、テレビで繰り返し流れるホワイトハウスの記者会見の映像を見ていたのは、レオーネ大統領だけではなかった。世界中の人々が熱心に見入っていた。しかし、そのころ、パオロ・レオーネは自分が思っているほど孤独ではないことをまだ知らなかった。世界のほとんどの政府の首脳が「未来の世界の新指導者」と手を組んだのは正解だったと安堵《あんど》のため息をついていたころ、ほかの少数の首脳は椅子の背にもたれ、息もたえだえに冷や汗をかいていた。彼らはドイツ人であれ、ブラジル人であれ、オーストラリア人であれ、同じ疑問に悩《なや》まされていた。自分たちにまっすぐ向かってくるロードローラーからどうやって逃れたらいいだろうか？

20　老いた獅子《しし》との出会い

〈逃げおおせた人〉たちが決めた作戦は慎重《しんちょう》を要するものだった。「悲劇」——まずローマで起こり、そしてミラノ、ナポリ、ヴェネチアで起きた恐ろしい出来事をイタリア人はこう呼んだ——に、いまだ揺《ゆ》さぶられている国だからなおさらだ。何十万人という自殺者がすでに埋葬《まいそう》されたが、弔《とむら》いは落ち着いた雰囲気どころか、死を招いた怪物《かいぶつ》がもどってくるのではないかという恐怖のなかで行われた。

そのため、廊下の端《はし》ごとに警備に立っている男たちは、壁に沿って影が動いたのを見ると、呼吸が止まるかと思った。大統領宮のこの部分は窓が大きく、屋外で起きていることがすべて壁に映りこむ。噴水《ふんすい》の水の反射、光と影の戯《たわむ》れ、外灯の光のなかを動くハトの影……あるいは、あの不吉《ふきつ》なコウモリがもどってきたのかもしれない。警備員たちは窓に近寄る前に目で合図を交わした。窓の両脇《わき》に寄せてある分厚いカーテンのかげに用心深く身を寄せ、彼らは空を点検するように見回した。春の夜空は明るかった。街のあちこちに駐留《ちゅうりゅう》している軍のサーチライトの光で奇妙《きみょう》な色が空についている……。警備員たちは耳をすませた。サイレンの音は聞こえない……異常なしだ。まれに広場を通る車か何かの影だったのだろう。

いずれにしろ、それが何だったのかを教えたにしても、彼らはそれを信じなかっただろう。

警備員たちの注意が屋外に向けられている間に、その影は床に落ち、水たまりのようになってレオーネ大統領がいる寝室《しんしつ》のドアの下から内部に入りこんだ。中に入ると、影は消えてアバクムになった。頭からつま先まで黒の装いだ。アバクムはベッドのそばにいるオクサに近づいた。ベッドには、医療《いりょう》器具の青白い光に細いシルエットがくっきり浮かび上がっていた。数メートル離れたところでは、両腕《うで》をだらりと下げ、頭を少し横に向けた看護師が椅子に座ったまま眠《ねむ》っている。しかし、彼女の存在は二人の〈逃げおおせた人〉にとってはどうでもいいことであるようだ。

「カモフラじゃくしがちょっと残っているよ……」オクサの左腕のひじがあるべき場所をアバクムが指さしてささやいた。

「ここにたくさんつくのよね」オクサはそう答えて、その透明《とうめい》な部分にクラッシュ・グラノックを向けた。

全身が見えるようになったオクサはアバクムをちらりと見た。

「ここまでは完璧《かんぺき》にうまくいったね……」オクサは低い声でささやいた。「警備員は何も気づかなかったし」

オクサは分厚い毛糸の帽子を脱《ぬ》いで濃《こ》い色のピーコートのポケットに突っこんだ。髪が肩に広がった。たちまち、ずっと若くて女の子らしい感じになった。

「起こす？」オクサは医療《いりょう》用ベッドで眠っている大統領を指さした。

「その必要はないと思うね」と、アバクムは答えた。

人がいることを眠っていても感じているかのように、大統領はうめき声のような長いため息をついた。

「この人があたしたちに気づいて、それからあたしたちのことを説明したとき、持ちこたえてくれるといいんだけど」と、オクサが心配した。「すごいショックだろうからさ……」

「この人は老いた獅子だよ。オーソンがこの人にしたことを乗り越《のこ》えたんなら、わたしたちに会っても持ちこたえるさ」

「それに、あたしたちはこの人を助けてあげたいだけだしね！」オクサがつけ加えた。

とつぜん、パオロ・レオーネが目をあけた。いずれ目を覚ますことはわかっていたが、それでもオクサはびっくりした。叫《さけ》び声《ごえ》をあげそうになったのをなんとかこらえた。

「だれ……あなたたちはだれだ？」年老いた男は震《ふる》える声でたずねた。

彼は薄暗《うすぐら》い部屋を見回し、眠ったままの看護師に気づいた。

「どうやって、ここに入ってきたんだ？」大統領はあわててベッドの脇を手でさぐった。ブザーを探しているようだが、オクサがすでに引き抜いていた。「この人をどうしたんだ？　殺したのか？」

「彼女は眠っているだけですよ、レオーネさん」と、アバクムが答えた。「あなたにも何もしませんから、安心してください」

オクサは大統領が大声で助けを呼ぶのではないかと恐れた。しかし、アバクムの優しく落ち着いた声のせいか、大統領は急に催眠術《さいみん》にかかったようになった。彼はブザーを探すのをやめ、両腕を体のわきにおとなしく置いた。

「わたしたちには共通の敵がいるんです」アバクムが続けた。

「だれのことだね？」

「オーソン・マックグローですよ」

パオロ・レオーネの表情は何の感情も示さなかった。まばたきもしないし、顔をゆがめもしない。しかし、心臓につながれた機械は鼓動《こどう》のリズムが刻々と速くなっていることを示し、彼の動揺《どうよう》をあらわしていた。大統領はもちろんオーソンのことを知っているけれども、保身のために反応しないのだ。

「この地球上のほかの人たちと同じように、オーソン・マックグローを知っているということだ。それ以上でも、それ以下でもない……」大統領はたどたどしく言った。「それに、彼はアメリカの大統領になろうとしているん……」

「それだけではないことを、あなたはよく知っているはずです」アバクムがさえぎった。「彼の別の野心のために、わたしたちはいま、ここにいるんです」

心電図モニターのビーという音が速くなった。オクサは全身がむずむずするような気がした。話をする前にこの「老いた獅子」が死んでしまったら最悪だ！　オクサは前に進み出た。大統領は彼女が近づいてくるのを見つめた。オクサの姿はオーラのような乳白色の光に包まれている。まるで神秘的な存在が出現したかのように。パオロ・レオーネの目が大きく見開かれた。痛みを感じたからでもあるし、オクサの幻想《げんそう》的な姿に驚いたからでもある。

「オーソン・マックグローは自分の計画への協力を求めてあなたに会いにきました」オクサは落ち着いた声で話し始めた。「その計画を実現するために、エリートの保護と必要な資金について話しました。生きのびるためには傷ついた足をかみ切るといった犠牲《ぎせい》が必要だと言って……」

心電図の数値が急に上昇《じょうしょう》した。アバクムがオクサの腕にそっと手を置いたが、オクサはやめようとしなかった。

「脅迫《きょうはく》されたけれど、あなたはその計画に参加することを拒《こば》みました。それから、困ったことが起き始めた……」オクサは老人に顔を近づけながら続けた。「コウモリの群れがあなたの国の大都市をおそった。その続きはだれでも知っているわ。ただ、その裏でオーソンが糸を引いていることを知っている人はほんのわずかだけど。そんな恐ろしいことが、もうじき世界最強の国の元首になろうとしている国民的英雄の仕業だとだれが想像するでしょうね？　完璧な隠れ蓑《みの》だわ」

パオロ・レオーネはオクサの話をひと言ももらさず耳を傾けていたが、無表情だった。

「あなたがどう考えていようと、あなたは一人ではないんですよ、大統領」オクサは話し続けた。「わたしたちがいます。あなたのそばに。わたしたちはオーソンの正体も彼の企《たくら》みも知っています。あなたと同じように拒絶《きょぜつ》して同じ攻撃《こうげき》を受けた政府もそのことを知っています。あなたがたは立派な勇気を示しましたが、新たな報復を恐れているんですね。それは当然です……。オーソンのせいでひどい目にあった。だから、これ以上つらい目にあわないように内にこもっているんです……」

「きみたちが彼の仲間じゃないという証拠《しょうこ》はない」パオロ・レオーネが口をはさんだ。「もう一度わたしを脅《おど》すためにきみたちは来たのかもしれない」

「新たなチャンスをあげようというわけですか」オクサの声はいらいらして震えていた。「自分にさからった人に二度目のチャンスをあげるというのは、オーソンらしくないですけどね」

「きみたちは、わたしをわなにはめようとしているのかもしれない」パオロ・レオーネは言い返した。

「わなはもうずっと前に終わってしまったと思いませんか?」オクサの言い方は自分でも思いがけずぶっきらぼうだった。「オーソンはもうあなたとは関係ないんですよ。あなたは拒絶し、そしてそのツケをはらわされた。彼にとって、あなたのことはもうどうでもいい、ほかの人たちといっしょに死んでいくんだと……」

オクサは気を静めるために息を深く吸いこんでから、先を続けた。

「わたしたちも、あなたと同じくらいオーソン・マックグローを憎《にく》んでいるんです。彼のせいで、わたしの家族や身近な人たちがひどくつらい目にあいました。わたしは何度か殺されそうになったし、わたしの大事な人たちの命も狙《ねら》われた。あいつが自分の父親や自分の民の一部を殺したとき、その残虐《ざんぎゃく》さや狂気《きょうき》をわたしはこの目で見ました……。いま、わたしたちにとって大事なことは、オーソンの正体を知っている人たちで結集して、彼と戦うことです。わたしたちが力を合わせれば、世界が完全に破壊《はかい》される前に彼を排除《はいじょ》することができるでしょう。なぜなら、世界の破壊、それがまさにオーソンがしようとしていることだからです。それはあなたもよくわかっていることでしょう。価値があると彼が判断した人だけが生き残ることができる。彼の基準はすごく厳しい。だから、あなたやあなたの愛する人たちはその基準を満たさない……でも、こんなことはもう、あなたにはわかっていることですよね？」

　オクサは息が切れて口を閉ざした。部屋に沈黙《ちんもく》が広がり、大統領はオクサをじっと見つめていた。言葉が目的を果たす——苦しむこの老人の良心に訴《うった》えかける——には少し時間がかかる。やがて、心電図モニターのビーという音の間隔《かんかく》があいてきた。

「あらゆる点で、きみの言うとおりだ」パオロ・レオーネは息苦しそうに言った。

　彼の視線はアバクムとオクサの間を行ったり来たりした。こわばっていた表情がゆるみ、深い心痛があらわになった。

「しかし、きみたちがまちがっている点がひとつある」パオロ・レオーネはつっかえながら言った。

　オクサとアバクムは問いかけるような目をして大統領を見つめた。

「だれもやつを止めることはできない……やつは……われわれとはちがうんだ」

「まちがっているのは大統領、あなたです！」オクサがすぐに反論した。「いえ、つまり……」

　オクサは迷い、アバクムの同意を求めるように彼を見た。決定的瞬間だ。アバクムは手で顔をこすってから、観念したようにうなずいた。

「わたしたちは、オーソンのような人間なんです」ついに、オクサが言い放った。

21　仲介役《ちゅうかいやく》

レオーネ大統領はよろよろと片手を上げた。

「もうやめてくれ。わかったよ……」と、あえぐようにつぶやいた。

その片手は力なくシーツの上に落ちた。大統領は年老いた病人だったし、そのうえオーソン・マックグローによってもたらされた苦悩《くのう》でぐったりしていた。しかし、いま目にしているものが状況《じょうきょう》を変えた。オーソンはかなり手ごわく希望はわずかだが、この二人の訪問者もどうやら切り札を持っているようだ。

「きみたちは何人いると言っていたかな?」部屋の中で〈浮遊術《ふゆう》〉のデモンストレーションをしているオクサをながめながら、大統領がたずねた。

「わたしたちはまだ何も言っていませんよ」アバクムはかすかにほほえんだ。

オクサはゆっくりとベッドのそばに下りてきた。

「五人です」と、オクサが答えた。「すぐに動けるのは五人ですが、仲間はもっといます」

パオロ・レオーネはむすんだくちびるからため息をもらした。

「きみたちの話はすごいし、きみたちもとてつもなく大きな力を持っているようだ」と、認めた。

「わたしは納得した。信じるよ。しかし、たった五人、いや十人、二十人、五十人いたとしても、オーソン・マックグローのような人間に対抗《たいこう》するには少なすぎるんじゃないかね？　しかも、彼には世界中の大国が味方している……」

「まだ始まったばかりですよ、大統領」すぐにオクサが言い返した。「抵抗運動が始まったとわかれば、もっとたくさんの仲間が集まります」

オクサはそう言うと、自分のクラッシュ・グラノックを取り出して、ほらね、というようにぽんぽんと軽くたたいた。

「お話したことを忘れないでください。究極の武器は……わたしが持っているんです。オーソンじゃありません」

大統領はうなずいた。この子は若いけれども、人を納得させるすべを知っている。彼女のカリスマ性はすばらしい。長い政治生活の間で彼女に出会ったことは最大の幸運だ。それに、この男のほうはといえば、影の助言者そのものだ。よきにつけ、悪しきにつけ、ときとして本当の権力をにぎっているひかえめな人間。アバクムとオクサ、そして〈逃げおおせた人〉……。

廊下から物音がして、三人それぞれの思考が中断された。夜が明けようとしている。

「きみたちはもう行かなければ」パオロ・レオーネが言った。「もうすぐスタッフの交代がある」

アバクムは一瞬迷ったが、大統領に手を差し出した。大統領はその手を両手で包みこみ、長い間にぎっていた。

「きっと成功しますよ」アバクムは別れのあいさつの代わりにそうささやいた。

「わたしをあてにしてもらっていいですよ」

「さようなら、大統領！」

オクサはそう言うと、手を小さくふって、小声で何かを唱えた。

クラッシュ・グラノック
殻《から》を破れ
わたしの存在を無にする
カモフラじゃくしを解放せよ

パオロ・レオーネはオクサが不思議な虫のようなものを体に塗《ぬ》りつけ、少しずつ消えていくのをながめていた。透明《とうめい》人間になるのは子どものころの夢だったが、生きているうちにこんな不思議な場面に出くわすとは思ってもいなかった。連れの賢人《けんじん》アバクムは、看護師に向けて吹《ふ》き矢《や》のようなものを吹いてから、見えない少女の影に姿を変えた。椅子で寝《ね》ていた看護師はもぞもぞと体をよじってから目を覚ました。彼女は腕時計《うでどけい》をちらりと見て、眠《ねむ》っていたのを見つかった気づまりを追いはらうように急いで立ち上がった。

「おかげんはいかがですか、大統領?」看護師は手で白衣のしわを伸ばしながらたずねた。

「いいよ……前よりずっといいよ」と、「老いた獅子《しし》」は答えた。


このローマ旅行から数週間の間に、五人の〈逃げおおせた人〉はニアルの作ったリストに基づいて世界中を飛び回った。フォルテンスキー一家もオクサたち三人の未成年を助けるために呼び寄せられ、もちろん、グループのリーダーであるアバクムとパヴェルもそれぞれ三人を補佐《ほさ》した。こうして、みんなが全力をつくした。大事な仕事だし、時間もなかった。

オーソンに協力することを拒《こば》み、彼の傷つけられた誇《ほこ》りの代償《だいしょう》をはらわせられた各政府は、こうして順番に〈逃げおおせた人〉たちの訪問を受けた。見かけはふつうだが、想像を絶する能力を持った人たちだ。正体を明かすことは、〈逃げおおせた人〉がこれまで避けてきたことだし、大きなリスクもあった。彼らはこれまで、出自や超《ちょう》能力など自分たちの秘密を慎重《しんちょう》に隠してきた。しかし、政府の首脳たちにとって状況はあまりに絶望的だったので——しかも〈逃げおおせた人〉たちには生来の説得力があった——彼らは差し伸べられた手を拒絶《きょぜつ》しようというばかな考えは起こさなかった。

力強い新たな仲間の提案で、そうした政府首脳はおたがいに連絡を取り合うようになった。新たな報復の可能性も捨てきれないので、おそるおそるではあったけれど。連絡を取るときの用心深さは行きすぎのようにも思えたが、オーソンに勘《かん》づかれるかもしれないという恐怖は病的とはいえない。グローバリゼーションやITは秘密を守るにはあまり都合がよくない。そういう点ではだれも安全ではないのだ。

しかしながら、オクサが予言したように、政府間のやり取りの効果があらわれてきた。耐えがたい孤独《こどく》感が消えていき、自信や決意、希望をとりもどせる可能性が見えてきた。それは〈逃げおおせた人〉や彼らの仲介のおかげであり、みんなの敵オーソン・マックグローに対抗する最後のチャンスだった。

「ビデオ会議だって？」ニアルが大声をあげた。「だめだよ、リスクが高すぎる」

「セキュリティーを高める方法はないのか？」パヴェルがたずねた。

「セキュリティーをほぼ完璧《かんぺき》にすることできるけど、どんな通信方法も百%安全ということはないんです」

ニアルはそう答えながら、神経質な笑いをもらした。

「ぼくだからそういうことを言えるんだけど……」と、ニアルは小声で言った。

「侵入《しんにゅう》できないって考えられてたシステムにもぐりこんだことはある？　ＦＢＩ？　ＣＩＡ？」

オクサがたずねた。

「ニアルは壁ですら一刀両断にする王子様よね……」ゾエがつぶやいた。

ゾエはニアルのうなじに手を伸ばした。羽根のように軽くて温かいゾエの指先が肌《はだ》をなでると、ニアルはかすかに震《ふる》えた。ゾエはほかの人たち以上に、ニアルに勇気をあたえる機会を絶対に逃《のが》さない。自分と同じように、ニアルもひどい経緯《いきさつ》で孤児《こじ》になったのだ。その悲劇が二人をいっそう近づけた。ニアルへのゾエの仕草はさらに優しくなり、オクサがギュスにする仕草をまねていることも多かった。オクサにはそれがわかっていたが、気を悪くすることなどなかった。オクサは自分のまねをするよう、こっそりと親友のゾエをたきつけた。恋はもうゾエには訪れない。だからといって、愛される必要がないとはいえない。自然にあふれてくる愛情ではなく、思いやりからくる愛情だが、ニアルにとってはかけがえのないものだった。

「じゃあ、どうしたらいいと思う？」ギュスの問いかけは若きコンピューターハッカーを現実に引きもどした。

オクサの責めるような視線に、ギュスは気づきもしなかった。男の子と女の子は同じようにはできていないようだ。

「いざとなれば、公の場所で会うほうが安全かもしれないな。たとえば、レストランとか公園とか」と、ニアルは答えた。「古くさいやり方だと思うかもしれないけど、話し合いが監視《かんし》されないためには、直接接触《せっしょく》するのがいちばんいい方法だよ」

「その話し合いは絶対にしなきゃいけないものなの？」マリーが口をはさんだ。

パヴェルが両手をマリーの肩《かた》において、目をのぞきこんだ。

「ぼくたちが出会った大統領や政府首脳たちは死ぬほど怖《こわ》がっているんだよ。彼らがぼくたちの話を聞いてくれただけでも信じられないけど、抵抗《ていこう》するため、いや戦うために手を結ばなければならないと認めてくれたんだ。これは奇跡《きせき》だ。彼らはおたがいに歩み寄った。だから、ぼくたちはみんなの結束を確認して、ぼくたちが知っていることを彼らに教え、いっしょに行動できるようにしないといけない。彼らがぼくたちを必要なのと同じくらい、ぼくたちのほうも彼らが必要なんだからね」

マリーはかすかに身震いをした。パヴェルは妻と同じくらい不安そうにマリーをぎゅっと抱《だ》きしめた。

「彼らはもう一人じゃないんだ。それにぼくたちも」パヴェルがつけ加えた。

「もう、たくさんだよね！」オクサがたたみかけた。

マリーの視線はふとホワイトハウスのほうに向いた。窓からドームが見える。

「みんなのいうとおりよ……」と、マリーはうなずいた。「もう終わらせないとね……」

22　ニース首脳会談

昼前の太陽は暑いくらいだった。オクサは両腕《うで》を前にもってきて伸びをし、指の関節を鳴らした。

「オクサ！　それをされるのはイヤなんだよ！」パヴェルが文句を言った。

「ごめん！」オクサはあやまったが、浮かべたほほえみは言葉とは裏腹のことを示していた。

海岸沿いの低い石垣《いしがき》に座ったオクサは、「プロムナード・デザングレ（「イギリス人の遊歩道」。ニースの海岸沿いの有名な遊歩道）」でスケートボードをする人たちをながめていた。

「あ～あ、あの子たちと替《か》われるもんなら、なんだってするけどなあ……」オクサはため息をついた。

「オクサ、ちょっとぐらい散歩してきてもいいんだよ」と、アバクムが言った。「もちろん、友人たちに会ったあとだけれど……」

妖精人間アバクムは沈《しず》みこむように椅子に座り、腕をひじ掛《か》けにのせてすっかりリラックスした格好だ。パヴェルのほうも、麦藁《むぎわら》帽子に少ししわの寄ったシャツを着ていて、アバクムに負けずおとらずくつろいだポーズだ。

「二人ともすごく〝らしい〟よね！」と、オクサがほめた。「二人が、そんなにリラックスしているの見たことないもんね。ホントに楽しいひとときを過ごしている観光客にしか見えないよ」

「ぼくたちはみんな、すごく〝らしい〟よ！」パヴェルが頭のうしろで手を組みながら言い返した。

「もうろくしたおじいちゃん、リラックスしたお父さん、ぶつぶつ文句を言う三人の思春期の子どもたち……」

「演技力が要求される難しい役柄《やくがら》だな！」アバクムはアリュメット（棒状のパイ菓子《がし》）をかじりながら言った。

石垣をまたいで座っているモーティマーは海から目を離さなかったが、現実とはまったくちがう自分たちのことをあらわした表現にほほえみ、明るい顔をしていた。彼らが大国の首脳を待っていて、まったくふつうでないやり方でいっしょに人類を救おうとしているなどと、だれが想像するだろう？

「とにかく、アバクム、会談の場所にニースを選んだのは正しかったよね！」と、ゾエが言った。

「ここは、すごく気持ちいいわ！」

「ドヴィナイユたちも、ゾエに反対しないよね。そうじゃない？」

オクサはそう言いながら、ポシェットの口を少し開いた。ぼさぼさ頭のドヴィナイユが二羽、顔をのぞかせた。

「これくらいの気候なら、まあ許せるわ！」そのうちの一羽が言った。「わたしたちの日ごろの苦難を考えてくださったことをうれしく思います」

「やっと妥当《だとう》な生活条件を享受《きょうじゅ》できるのだから、ひょっとしたら生き残れるかもしれないわ！」もう一羽もうれしそうに同意した。

「あのさ……あんまり喜ばないほうがいいよ」オクサがさえぎった。「ちょっと来ただけなんだから」

ひどくショックを受けたドゥヴィナイユたちはうめき声をあげて、ポシェットの中に姿を消した。

「最初の招待客が来たようだな」とつぜん、アバクムが告げた。リラックスした態度はそのままだ。

オクサはプロムナード・デザングレに何気なく目をやった。

「そうなの？　あたしにはわからないけど」

「車椅子を押している花柄のワンピースを着た女性だよ」パヴェルが教えた。

オクサは目をみはった。

「老いた獅子《しし》……」オクサはつぶやいた。

「と、ドイツの首相？」ゾエは自信なさげにつけ加えた。

「たしかに、あのかつらじゃわかりにくいけど、彼女だよ！」パヴェルが答えた。

「オーケー！」と声をあげてオクサは立ち上がった。「ちょっと水につかろうか？　ゾエ、モーテイマー、おいでよ」

オクサは父親のほおにキスをした。

「目と耳はちゃんとあけておくよ。それはだいじょうぶ」と、オクサは父親の耳元でささやいた。

「パパたちの会話はひと言も聞きもらさずに、周りを見張っておくから。あやしいことがあったら、すぐに知らせるね」

「何か忘れてないかい？」パヴェルがたずねた。

「ええっと……軽率な行動はとらないこと。たしか、パパはそう言ったんだよね？」

「とても大事なことだよ、オクサ。ぼくたちだけじゃなくて、ぼくたちを信用してくれた人たちにも関わることなんだから。ちょっとでもミスをしたら、彼らを失うことになる……」

「だいじょうぶ。約束する。じゃあ、あとでね！」

　オクサはそう言うと、ゾエとモーティマーのほうへ行った。石の浜に下りる前に、さり気なくアバクムとパヴェルに近づこうとしているドイツ人とイタリア人のカップルとすれちがった。女性はオクサにかすかにうなずくと、そのまま歩いていった。オクサとゾエとモーティマーは〈ささやきセンサー〉を全開にして浜に下りた。

「ここに座ってもよろしいですか？」パヴェルとアバクムのそばに来た女性がたずねた。

「どうぞ、どうぞ」パヴェルが答えた。

　女性は車椅子のブレーキをかけ、イタリア大統領の帽子がちゃんと日光をさえぎるように直してから、となりに座った。

「なんていいお天気なんでしょう！」女性は数メートル先で水をかけ合っている三人の若者をながめながら言った。

「そうですね！」パヴェルがうなずいた。「今日はとてもいい天気になるそうですよ」

「まだ人があまりいませんね」

「まだ時間が早いんでしょう」

　こうして彼らは少しの間、何ということはないおしゃべりを続けた。それから、バミューダパンツとバケットハットを身につけた男が加わった。尊敬すべきインドの首相がそんな格好をするのはきっと初めてのことだろう！　彼は毛の長い犬を抱《だ》いていて、その犬にずっと手をなめさせている。すぐに日本の首相も仲間に加わった。彼の格好はもっとおとなしかったが、目の前のものほとんどすべてにカメラを向けて、完璧《かんぺき》に観光客になりきっていた。

「わが国の国民はこれで有名なんですよね！」日本の首相は自虐《じぎゃく》ネタでみんなを笑わせた。少し離れたところで聞いていたオクサたち三人も笑った。

キャップ帽のつばの下で光るパオロ・レオーネの目にみんなが気づいた。こういう特殊《とくしゅ》な状況《じょうきょう》でも、彼は本当にうれしそうだ。彼は正しかったのだ。かつて各国の首脳を訪問したときにはだれも耳を傾けてくれなかったことなど、いまではどうでもいい。大事なのは、いま起きていることだ。

「旅は快適でしたか？」アバクムはトレーニングパンツをはいてやってきたフランス人にたずねた。

「ええ、自分のボディガードの裏をかくのがいちばん大変でしたよ！」

「たしかに、そのとおりです！」ドイツの首相が扇子《せんす》であおぎながら言った。

偽《にせ》観光客たちは、サングラスごしに周りを警戒《けいかい》し、インドの首相の犬にさも興味をひかれたふりをした。

「実を言いますと、いまもホテルのバルコニーからボディガード三人がわたしを観察しているんですよ」ドイツの首相がささやいた。

アバクムの表情がくもった。

「それはしかたがないですよ」パヴェルが安心させるように言った。

「ほかにはいないですか？」オクサから自分たちにもちゃんと聞こえているよという合図をもらってから、アバクムがたずねた。

「わたしのボディガードは二人、あの高級ホテルの屋上からわたしたちに狙撃銃《そげきじゅう》を向けていますよ」今度は、日本の首相が知らせた。

「わたしのはヤシの木の下にいます」インドの首相が言った。

「シニョーレ、あなたのところは？」

「そばのベンチでキスしている若いカップルだ」老いた獅子がつぶやいた。「だが、どうか恨《うら》まないでくれ。まったくボディガードなしでここまで来るのは難しいんだ」

「わかります……」と、パヴェル。

「みなさん、ごいっしょさせていただいてよろしいですか？」後ろで強いポルトガル語なまりの声が聞こえた。

アバクムはほほえまずにはいられなかった。ブラジルの新大統領も決心してくれたのだ……。オクサといっしょに大統領のもとを去ったとき、再会できる希望はほとんどなかった。急いで行動しなければならないと説き伏せるのが最も難しかった首脳の一人だ。順調に進んだ交渉《こうしょう》のなかでただひとつの気がかりだった。

「あなたが最後ですよ」アバクムはリラックスした態度をくずさないように努力して言った。

海に足をひたしたオクサはアバクムと同じくらい喜びでいっぱいだった。

「オクサって、たまにちょっと悲観的になることもあるよね？」オクサに不安を打ち明けられていたゾエが言った。「彼女が来ないなんてありえないよ！」

「ホントにやばかったのよ……すごく疑り深かったんだから」

「ともかく、結局やってきたのは、何か得になると思ったんでしょ」と、ゾエ。

「あるいは、何も失うものはないと思ったか……」オクサがたたみかけた。

「ほら、それを知りたかったら、まずおしゃべりをやめろよな」モーティマーがぶつくさ言った。

いかにも海水浴客らしくくつろいだ雰囲気で座っているこの八人の会話をだれかが耳にしたら、その人は自分の耳を疑っただろう。

「何かがつんとやるべきですよ」と、フランス人が提案した。「オーソンは全能ではないと思い知らせるようなことを」

「賛成です」インドの首相がうなずいた。「恐怖心によって目的を果たすことなんかできないと、われわれは証明すべきです！」

「お言葉ですが、彼は実際にそうしている。だから、われわれは非常に恐れているわけです……」日本の首相は反論した。

その発言にみんな考えこんだ。

「あなただって、怖《こわ》くないとは言えないでしょう?」

「ええ、わたしたちはみんな怖いんです」アバクムが答えた。

その言葉にみんなはほっとしたようだ。

「だが、それを認めることは、われわれの弱さではありません。まったくそんなことはない」

アバクムはそう言うと、座り直して体を起こし、首脳たち一人一人をじっと見つめた。

「恐怖はある状況では非常に有効です」アバクムは小声で言った。「わたしたちが直面しているケースでは、恐怖はふつうならできないことをわたしたちにさせる誘因《ゆういん》にもなりうるんです」

海岸では三人の若者も熱心に耳を傾けていた。目の警戒もゆるめてはいない。

「その恐怖をバネにして行動しようじゃないですか」

「それに、もしわれわれのうちの一人が失敗しても、その人が立ち直れるようにほかのメンバーが助けることもできます」ドイツの首相が言った。「わたしたちの……敵に休むひまをあたえてはいけないんです」

「絶対にあきらめない。ハエのように果物の中に卵を産んで腐《くさ》らせるんですよ！」日本の首相が続けた。

全員が重々しくうなずいた。

「いま現在、何か具体的にあきらかになったことはありますか？」フランスの大統領がたずねた。

「残念ながら、あなたがたがすでにご存知のこと以上には何もないんです」と、アバクムが答えた。「大成功の選挙キャンペーンと並行して、敵はわれわれの故郷を守る星を破壊《はかい》する準備をしています。その基地はデトロイトにあり、膨大《ぼうだい》な量のウランを貯蔵しています。敵の居場所を知るのは難しくありません。メディアも彼を追っていますから、テレビをつけるか、インターネットで調べればどこにいるのかわかります。だが、やつには近づけないように護衛がついていますからね。生命の危険を冒《おか》さずにやつを攻撃《こうげき》するのは難しい」

「だから、奇襲《きしゅう》作戦を実行しないといけないんです」パヴェルが口をはさんだ。

「いい考えはありますか？」インドの首相がたずねた。

「彼が大事にしているものを破壊することから始められたらいいんですが……」と、アバクムが言った。

手で顔をこする者もいれば、水平線をじっと見つめる者もいた。

「娘のオクサがいうには、やつは数ヵ月前の一次産品市場の混乱を引き起こしたのは自分だと自慢《じまん》していたそうです」パヴェルが言った。

「アジアは米の備蓄《びちく》がなくなりました」すぐにインドの首相が言い、日本の首相も相づちをうった。

「国民にとってはほんとうに壊滅《かいめつ》的な損失ですし、各政府にとっても悩《なや》みの種です」

「あの大規模な自然災害でなんとか確保していた備蓄もほとんどなくなってしまいましたよ」とフランスの大統領がこぼした。「わたしたちは国内で生産しているものでまかない、食糧《しょくりょう》不足に備えて新たに備蓄を作ろうとしているんです」

首脳たちの視線がパヴェルとアバクムに集まった。

「あなたがたは、われわれの一次産品のストックを略奪《りゃくだつ》したのはオーソン・マックグローだと思っているんですか？」

「略奪したんじゃないんですよ」アバクムが正した。「彼はあなたがたが想像もつかないくらいの財産を持っているんです。その財産と共謀《きょうぼう》者の大がかりなネットワークによって、あなたがたの国の備蓄を買ったんです」

首脳たちは目をみはった。

「まさか……ごじょうだんでしょうね？」話し合いが始まってから初めて口を開いたパオロ・レオーネはしどろもどろに言った。

「じょうだんならいいんですがね」

「しかし……どうやって……どうやって、それほどの量のものを貯蔵しておけるんですか？」ドイツの首相が続けた。「そんな大量の食糧や資源をこっそりためこむことはだれもできませんよ！そんなことは……不可能だわ！」

「お言葉を返すようですが、オーソンに不可能なことはない、と考えないといけません。世界は広大ですし、隠し場所はいくらでもあります。砂漠や山の中とか……」

「それに、もうひとつ、理解しておいていただきたいことがあります」パヴェルがたたみかけるように言った。「オーソンは市場を混乱させるために、膨大な量の一次産品を買ったのではありません。市場の混乱は結果的に彼を喜ばせた副産物にすぎません。すべての備蓄は彼の〝新世界〟を建設し、その世界の生活の糧《かて》をえるためのものです」

石の浜に寄せる波の音、カモメの鳴き声、プロムナード・デザングレに沿った道路を走る車のにぶい騒音《そうおん》……シンプルなメタルの椅子に座った各国の首脳たちは、周囲の音や様子にだれも注意を向けていなかった。

「そう言われてみると、そのとおりですね……」インドの首相がつぶやいた。

「前からそれがわかっていたら……」日本の首相も吐《は》き出《だ》すように言った。

「そんなに自分たちを責めないでください」と、アバクムがさえぎった。「だれも、そんなことは疑ってもみなかったんですから。だれ一人として」

「彼の備蓄を見つけるべきですよ。ほんの一部でも！」ドイツの首相が提案した。「一部でも取りもどせたら、彼の計画を遅らせることができるんじゃないですか？」

「それはいい考えだ！」インドの首相が賛成した。「だいたい、ほかにわれわれに何ができるんです？　何でもいいから、とにかく手をこまねいていてはだめだ」

「干し草の山の中から一本の針を探すようなものですな……」フランスの大統領は悲観的だった。

その意見はまちがいではないと心のなかでは認めながらも、ほかの首脳たちはフランスの大統領にいらいらした視線を向けた。ひと言もしゃべっていないブラジルの大統領が、大きくてカラフルな布製のバッグの中をかきまわしてサングラスを取り出した。みんなは彼女がこの場を去るのだと思いこんだ。しかし、彼女は意外にも両手で太ももをたたき、小声で宣言した。

「わたしはね、その干し草の山のひとつがどこにあるか、ちょっとした考えがあるんですよ」

23 退却《たいきゃく》だ！

ブラジルの大統領の言葉に気をとられ、プロムナード・デザングレにいたパヴェルもアバクムも首脳たちも水ぎわから三人の若者が送ってくる警告に気づかないでいた。

「ウソでしょ！　あの人たち、目が見えてないのかな！」オクサは悪態をついた。「ねえ、行ってみよう！」

ゾエとモーティマーも心配そうにすぐあとについていった。石ころの上を歩くので速く進めず、足首をひねった。浮遊《ふゆう》したいという欲望と、〈外の人〉のようにふるまわなければいけないというセーブする気持ちがせめぎ合った。オクサは父親に向かって大声で呼びかけそうになった。だが、それは「軽率な」行動ではないだろうか？　太った女がぶつかってきて、怒りに満ちた目を向けた。オクサは女に不審《ふしん》な――いや脅威《きょうい》的ですらある――雰囲気があるように思えてならなかった。

「やばい、やばい……」と、つぶやきながら、頭上、海岸のレストランの入り口、そしてプロムナード・デザングレの先のほうへと順に視線を移した。

やっとパヴェルが気づいた。オクサは合図をした。髪をかき上げて後ろに結ぶような仕草だ。すると、パヴェルはさりげなさをよそおって立ち上がり、そこに集まった人たちと軽くあいさつを交わしてから、オクサたちのほうにやってきた。

しばらくすると、アバクムも立ち上がり、パヴェルと反対の方向へ去った。その間、日本の首相はタクシーの中に姿を消し、ドイツの首相はイタリア大統領の車椅子を押して高級ホテルのエントランスホールに入った。フランスの大統領はゆっくりと遠ざかり、インドの首相は座ったまま犬をなでつづけた。ブラジルの大統領も少しの間いっしょに残っていたが、しばらくしていなくなった。

反抗《はんこう》する娘に無理矢理するように、パヴェルはオクサの腕《うで》をつかんだ。そして、モーティマーとゾエをちらりと見てかすかにうなずいた。解散命令が下ったのだ。モーティマーとゾエは信号が青のうちに走って車道をわたり、中心街に続く小さな通りに消えた。

「どうしたんだ?」パヴェルがささやいた。

「パラセーリングをやってる男の人なんだけど……」オクサの声は詰まっている。「四回も続けてやったし、いつもプロムナードのほうを向いてたの。それに、絶対手に何か持ってたし……」

「オクサ、なんだよ?」

「カメラか、ビデオカメラか、マイクか、武器か……わからないけどさ!」

「落ち着けよ。落ち着くんだ」

「それだけじゃないよ、パパ。ほかにもちょっとヘンな男の人がいたんだ。あそこのレストランの入り口に。モーティマーやゾエやあたしのことをずっと見てたよ」

パヴェルは息を深く吸いこんだ。

「もしかしたらなんでもないことにびくびくしてるだけかもしれないし、被害妄想《ひがいもうそう》なのかもしれないけど……」オクサが続けた。「でも、あたしたち、知らせたほうがいいと思ったんだ」

「それでよかったんだよ」

パヴェルが安心させるように言うと、オクサを低い石垣《いしがき》のほうに引っぱっていった。二人は並んで腰《こし》かけた。

「その二人はまだその辺にいるのかい？」

オクサはかがんで靴のひもを締《し》め直すふりをし、プロムナードの左側と右側に目を向けた。

「パパが立ち上がったらすぐに、レストランの男はいなくなったよ。その人がどっちに行ったのか、浜からは見えなかった。でも、パラセーリングをやってた男の人はまだあっちにいるよ。ああっ！あたしたちのほうを見てる！」

オクサがパヴェルに向けた目はおびえていた。

「あたしたちに気がついたんだよ、パパ！」オクサは首を絞《し》められたようなせっぱ詰まった声をあげた。「おしまいだわ！」

実際、その男はプロムナードのほうを向いていた。そして、急に手を上げると、オクサたちがいる方に合図を送ってきた。

「あれっ、何してるんだろう？」オクサがうめくように言った。

パヴェルは娘の腕にそっと手を置いた。

「あの女の人に合図してるんだよ」パヴェルは自分たちの前を通り過ぎるきれいな黒髪の女性を目で追った。

オクサは顔が赤くなるのを感じた。ばかみたいに大騒《おおさわ》ぎしただけでなく、笑いものにされたような気がしたからだ。大人になったところを見せたかったのに、完全な失敗だ。

「ごめんなさい。スパイするのに夢中でみんな台無しにしちゃったね……」

パヴェルはオクサの言葉を聞いていなかった。

「パパ！　ねえ、パパ！　だいじょうぶ？」

「おいで！　すぐにここを離れよう！」

父親の声の調子とあせった表情に、オクサはすぐに言われたとおりにした。二人は急いで道路をわたり、小さな通りに向かった。クラクションが鳴りひびいたが、それは二人に向けて鳴らされたのではないとオクサは気づいた。だからといって安心できることではないけれど。

「あっちだ！」

パヴェルはそう言うと、オクサを高級ホテルのポーチのほうに押した。二人はエントランスホールに入った。パヴェルは周囲にさっと目を走らせ、客室のあるフロアに続く広々とした階段のほうに進んだ。

半分まで上ったところでしゃがんで、オクサにも同じようにさせた。

「どうしたのよ、パパ？」息を切らせたオクサがささやいた。

パヴェルは答える代わりに、人差し指を口の前に立て、手すりの柱の間からエントランスホールのほうをあごでさした。オクサは固まった。

「おまえはまちがってなかったんだよ……」パヴェルは娘の耳元にささやいた。

客やスーツケースの間にはあの男しか見えなかった。レストランの入り口にいた男だ。周りをじっとうかがうように目を凝《こ》らしている。

　女性が何人か階段を上ってきたのを幸いに、オクサとパヴェルは彼女たちの陰《かげ》になるように横に並んだ。男がそちらに目を向けたときには、二人はすでに見えなくなっていた。ごった返す客の間をすり抜けて男が走り出したころには、オクサたちはすでに四階に上がっていた。オクサたちの走る足音は分厚いじゅうたんに吸いこまれていたが、追いかけるのに足音は必要ないようだ。その男には本能だけで十分だ。廊下の曲がり角で二人の〈逃げおおせた人〉は壁に貼《は》りつき、オクサはクラッシュ・グラノックを取り出した。思い切って角の向こうをちらりと見ると、すぐに後ずさった。あの男がこっちにやって来る！　数秒もすると鉢合《はちあ》わせだ。オクサは心のなかで呪文《じゅもん》を唱えて、クラッシュ・グラノックを吹いた。男ははっと立ち止まり、周りを見回してから眉《まゆ》をひそめた。

「わたしはここで何をしているんだろう？」男は両腕をだらりとたらしてつぶやいた。

　緊張《きんちょう》していたのに、オクサは思わず笑みをもらした。初歩的な〈精神混乱弾《だん》〉のようなグラノックはつい忘れがちだが効果は抜群だ。オクサが父親といっしょにその男の前をとおったとき、男はオクサたちを見たこともないという顔をしていた。まるでヤクタタズのようだ……。

「よし、すぐにここから出よう！」パヴェルが言った。

　二人は階段を駆け下り、ホテルの外に出て、人ごみにまぎれた。

　タクシーがサン＝ニコラ・ロシア正教会大聖堂の前に止まったとき、オクサとパヴェルの心も体もまだ緊張《きんちょう》していた。この逃走劇《とうそう》は恐ろしかった。オクサは頭からつま先まで筋肉痛になったような気がした。

教会の重い扉《とびら》を閉めると、オクサはやっと言いようのない安堵感《あんど》に包まれた。静けさと薄暗《うすぐら》さに気持ちが休まった。キュルビッタ・ペトが手首の周りでゆっくりと波打ってくれたおかげで、心臓の鼓動《こどう》も少しずつふつうにもどってきている。しかも、暗がりのなかベンチに座っている三つの見慣れた人影に気づくと、すっかり安心した。

「ふうっ、あそこにいるな……」パヴェルも心からほっとしてささやいた。

二人は近づいていった。パヴェルはアバクムのとなりに座った。オクサはというと、すぐ後ろの列のゾエの横にすべりこみ、腕にしがみついた。

「もう会えないいんじゃないかって思った……」

ゾエは優しいこげ茶色の目でオクサの目をのぞきこんだ。

「もっと自分とわたしたちみんなを信頼しなくちゃ」ゾエはほほえんで言った。

「退却作戦はそういうもんだぜ！」モーティマーが口を出した。「危なくなったらばらばらになって、危なくないところで落ち合う……」

オクサはくすりと笑った。

「そのとおりよね！　退却作戦、バンザイ！」

「とにかく、退却作戦のことを考えておいてよかったよ」パヴェルがため息をついた。「そうじゃなかったら、想像したくもないけど……大変なことになっていたよ」

「それで、どうなったんだい？」アバクムがひそひそ声でたずねた。

パヴェルとオクサの逃亡の話に、再会の喜びは色あせた。五人ともその災難に凍りつき、しばらくの間、黙《だま》りこんだ。

「集まった首脳の一人がオーソンの手下につけられていたんだろうな」と、パヴェルが言った。

「あるいは、あの人たちを監視《かんし》していたボディガードかもよ」

オクサはそう言ってため息をついた。

「いや……そうだったら、ぼくたちを追いかけるなんてことはしないだろう」

「彼らのなかに裏切り者がいると思う?」と、ゾエがたずねた。「ドヴィナイユたちはなんて言ってる、オクサ?」

オクサは小さな鶏《にわとり》をポシェットから出した。ドヴィナイユたちは体をぶるっと震《ふる》わせ、自分たちには寒すぎる大聖堂の気温についてぶつぶつ文句を言い始めた。

「しいーっ! ほかの人たちに気づかれるじゃないの」オクサが叱《しか》った。「そんなことしてる場合じゃないの。今日はもうたくさん。それより、今日会った人たちが信用できるかどうか教えてよ!」

「まったく信用できます!」二羽のドヴィナイユは声をそろえて答えた。「そんな言い方をしなくてもいいじゃないですか!」

ドヴィナイユたちはそう言うとすぐに、不満げに暖かいポシェットの中にもぐりこんだ。

「あの男たちが追っていたのがあたしたちだったら?」オクサが言った。

「そっちのほうがありそうだな」パヴェルが賛成した。「それに、そのほうがまだましだよ!」

「そう思う?」

「そうさ! オーソンがぼくたちの存在に少しは神経質になってるってことだろ?」

「やったね……」オクサはしぶしぶ言った。

ゾエは少しオクサのほうに寄りかかった。

「わたしたちはいつでも対抗できるよ」とだけ言った。

オクサは感謝するようなほほえみをゾエに向け、横顔しか見えない父親とアバクムに顔を近づけた。

「そういえば、そろそろブラジルの大統領が干し草のことでほのめかしたことを教えてくれてもいいんじゃない！　ちょうどそのとき、パパたちに警告しようとして、あたしたちは会話についていけなくなったんだから……」

パヴェルとアバクムが満足そうな笑みを浮かべたのに、オクサたち三人は気がついた。

「ほら、教えてよ！」オクサは待ちきれなくて、父親の肩《かた》をぽんとたたいた。

「つまりだな、確認する必要はあるが……」パヴェルが口を開いた。「オーソンの未来の〝新世界〟の建設はアマゾンのど真ん中でおこなわれているようなんだ」

オクサとゾエとモーティマーはぽかんと口を開けた。

「それって……本気で言ってるの？」

「ぼくはいつだって本気だよ、オクサ。わかってるじゃないか！」パヴェルはいつもの真剣《しんけん》な顔でじょうだんを言うやり方――オクサの好きなやり方だ――で答えた。

「くわしいことをぜんぶ知りたい！」

「オーソンの計画への参加を大統領が拒否《きょひ》して、彼はブラジルに骸骨《がいこつ》コウモリの攻撃《こうげき》を三回しかけた。そのために二百万人近い自殺者を出した……。そこで、われらが友人の大統領は新たな攻撃を事前に察知するため、セキュリティーシステムを強化することにしたんだ。無人航空機をブラジルの領空内に飛ばして骸骨コウモリの攻撃に備えたわけだ。だが、あの怪物《かいぶつ》たちを察知するのは難しいし、ましてや攻撃をストップさせることはできないから、むだになったと思われた。ところが、そのおかげでおかしなことがわかったんだ。アマゾンのど真ん中で異常なほどの車両の往来があったんだ……」

「あそこは森林伐採《ばっさい》がすごいでしょ！」オクサが口をはさんだ。「だから車がいっぱい通るんじゃない」

「おまえの言うとおりだよ。だが、監視結果はふつうの往来をはるかに超《こ》えるものだったんだ。あの自然災害のあと世界中で建物を建《た》て替《か》えるのに大量の木材が必要だったとしても、あそこまでの車両の往来はありえないんだ。大統領が情報局にあげさせた報告書によると、何万台ものトラックがアマゾンの森のある決まった地点に向かったことがわかったんだ。大統領はその報告書をくわしく検討し、トラックが海岸やアマゾンの川岸から森の中心部に物資を運んでいると理解した。ふつうなら逆だろ？　トラックは森の木や鉱物を海岸に運び、そこから世界中に輸送されるはずだ」

「どうして大統領にはそれがわかったの？」ゾエがたずねた。

「単に車の速度のせいだよ。トラックは荷を積んでないと速く走るだろ」

「いいひらめきだよね！」オクサがコメントした。

「それから、大統領は調査をさらに進めるために、全幅《ぜんぷく》の信頼をおいている特別捜査《そうさ》官を派遣《はけん》したんだ。その結果、異常事態が起きていることが確認された。トラックはアマゾン川に沿って掘《ほ》られた巨大な地下倉庫で荷を積んでいたんだ。もっとすごいのは、アマゾン川の河口から遠くないところにこっそり港が建設されていたことだ。昼夜を問わずコンテナ船が世界中から次々と押し寄せ、そこでおろされた荷はすぐに川沿いの地下倉庫に運ばれる。さらに、そこから森の奥深くに輸送されているわけだ」

「オーソンがためこんだ一次産品ね……」ゾエがため息まじりに言った。

「ウソみたい……」オクサも同じように言った。

「倉庫がどれだけあるか、わかっているんですか？」

そうたずねたモーティマーの顔は父親への憎《にく》しみに引きつり、あごは震えていた。いまにも泣き出しそうだ。それでなければ、こぶしで近くにあるものをすべてこわしてしまいそうだ。ゾエはモーティマーの肩にそっと手をのせた。

「大統領の特別捜査官は三つの倉庫を発見した。だが、きっとそれ以上あるだろう」アバクムが答えた。

「それが、干し草の山っていうわけね……」オクサがつぶやいた。「いいじゃない！　行動できるじゃない。それを破壊《はかい》すれば、オーソンはものすごく怒るよ！」

「だめだよ、オクサ」パヴェルが反対した。

驚いたオクサはいっそう前かがみになり、前のベンチの背もたれにひじをついた。

「〝だめだよ〟って、どういうこと？」

「一次産品や食糧《しょくりょう》がひどく不足してるのに、それを破壊するなんてことはできないよ。ぼくたちの倫理《りんり》観に反するじゃないか」

オクサは信じられないというように首をふった。

「パパ、何が言いたいの？　あたしたちは何もしないの？　人類の将来は数百万トンの穀類や鋼鉄ほどの価値もないっていうの？　そんな……ばかなことってないじゃない！」

パヴェルはふり向いて、自分をにらみつけている三人の若者にまっすぐ向き合った。三人三様だ。オクサは怒りを爆発させ、ゾエは悔《くや》しそうに眉をしかめ、モーティマーは黙りこんでいる。

「もっと……強気な姿勢をとるって決めたんだと思ってたけど。そういう……思いやりはもうやめてさ！」オクサは怒りのあまりつっかえながら言った。

「倉庫をこわす必要はないんだよ。もっといいやり方があるんだから……」

パヴェルはそう反論しながら、大聖堂の中を見回した。女の人たちが身廊《しんろう》（教会の入口から主祭《さい》壇《だん》に向かう中央通路）のあちこちに座って祈りを捧《ささ》げたり、ろうそくに火をつけたりしている。

「パパ！　言うの？　言わないの？」オクサがいらいらしながら催促《さいそく》した。

「ぼくたちは干し草の場所も知ってるし、その中に隠されている針のありかもはっきりわかってる！」

オクサたち三人の表情がとたんに変わった。

「〝新世界〟のこと？」オクサは自分の言っていることに自分で驚いていた。

パヴェルは得意げにうなずいた。オクサは自分の座っているベンチの背もたれにへなへなと寄りかかった。目がきらきらと輝いている。

「オーソンの〝新世界〟を破壊するんだ……」

五人の〈逃げおおせた人〉は黙ったまま、これから起きることをそれぞれ頭に描《えが》き、考えていた。

「そうなると、ぜんぜんうれしくない反逆者《フェロン》を一人知ってるよ！」とたんに元気になったオクサが声に出して独り言を言った。

「そうだよな」と、パヴェルがうなずいた。「ママが言ったように、そろそろ終わりにしないとな」

24　司令部の緊張《きんちょう》

大規模な破壊行為《はかいこうい》を予見する結果になったとはいえ、ニースでの会合は将来に大きな希望を抱《いだ》かせた。それぞれの国にもどる飛行機の中で、〈逃げおおせた人〉も、協力することになった首脳たちも、すでに攻撃《こうげき》のための戦略を練っていた。その攻撃はオーソンにとって致命傷《ちめいしょう》にはならないかもしれないが、彼を揺《ゆ》さぶって計画にブレーキをかけ、自分のまいた恐怖が意外な結果——たとえば、粘《ねば》り強《づよ》く積極的な抵抗《ていこう》運動——をまねいたことをわからせることはできるだろう。たとえ、ひどい結果が待っていようとも、この新しい秘密組織のメンバーがあらゆる試練に耐えうる強い意志を持っていることだけははっきりしている。

〈逃げおおせた人〉たちはワシントンにもどると、同盟国と密に連絡をとった。計画を成功させるためには協力し合わなければならない。あらゆる通信技術は禁止され、電話もパソコンもわきに押しやって、もっと安全な連絡方法を見つけなければならなかった。ガナリこぼしとヴェロソが理想的なメッセンジャーだということになり、政府間の連絡をつけるのに懸命《けんめい》に働いた。首脳たちは、不思議な生き物たちが通気口や暖炉《だんろ》の煙突《えんとつ》からあらわれるのを見て最初は驚いたが、不思議な力が関わっているとはいえ、文字通りの口伝えという方法の長所をすぐに理解した。つまり、昔ながらのやり方に勝るものはないということだ。

ドヴィナイユたちもじっとしてはいなかった。この計画に加わる人たちは知らないうちに、あらかじめドヴィナイユの直感というふるいにかけられた。この小さな鶏《にわとり》たちの検査を通らないと、秘密のチームには参加できなかった。

「忠実な心！」

「全面的に正直！」

「不安定な信頼性！」

「悪賢《わるがしこ》い心！」

ドヴィナイユの鑑定《かんてい》ははっきりしており、その判断は判決のようにきっぱりと下された。少しでもマイナスな判定が出ると、その候補者は排除《はいじょ》された。しかし、合格者も不合格者もみんな、部分的な記憶喪失《そうしつ》になった。作戦をうまく進めるには、この変わった面接のことが少しでも記憶に残ってはいけないのだ。

〈逃げおおせた人〉たちの住まいが作戦準備のための司令部になったのは初めてではない。ワシントンのロフトも例外ではなかった。ガナリとヴェロソが情報を持って帰ってくるたびに、それぞれがデータ整理などの仕事をして、計画が少しずつ形になっていった。

しかし、実行中の作戦とは別の問題も真剣《しんけん》に考えないといけなかった。パヴェルとオクサがニースで追跡されたことだ。

「また引《ひ》っ越《こ》すべきかしら？」マリーは「また」という言葉を強調して問いかけた。

「いいや」と、パヴェルが答えた。「ぼくたちがデトロイトのオーソンの隠れ家を探しあてたくらいなんだから、オーソンだってぼくたちを尾行《びこう》する手段は持っているだろう。ここでも、ほかの場所でも、あいつはぼくたちを見つけるさ。だけど、ニースから帰って十日近くたっているのに、あやしい気配はない。もし、ぼくたちの居所を知ってたら、とっくにそれを喜んで知らせてくるだろうに！」

「攻撃するのに、あたしたちの気がゆるむのを待ってるんじゃなかったらね……」オクサが反論した。

オクサはまちがっていないかもしれない、とみんなは認めた。オーソンならなんでもありだ。とくに最悪のことは……。アバクムは万が一のために、アパートの建物の周りに魔法の防護膜《まく》を張った。反逆者《フェロン》たちの侵入《しんにゅう》を防ぐためにエデフィアの〈千の目〉に設置した〈アイギス〉の小型版だ。さらに、パヴェルは心配のあまり、マリーにホワイトハウスのパティシエの職をやめるようたのんだ。マリーはしぶしぶそれを受け入れた。そのとばっちりで、マリーのことを大事にしていたシェフのジョン・クックは絶望のあまりヒステリーを起こしたという。

「ニースでみんなを見張っていたのがオーソンの手下じゃないとしたら？」

五人の〈逃げおおせた人〉たちが帰ってきてからというもの、その問題はギュスを悩《なや》ませていた。

「ははぁ、なんか考えがあるんでしょ！」

オクサはそう言ってから、ギュスの後ろにぴたりと張りつき、体に腕《うで》を巻きつけた。

「ほら、言ってよ！」

「ある国の諜報《ちょうほう》員かもしれないし、オーソンにもぼくらにも、だれにも味方していない人かもしれないよ。ただ、おまえたちの特殊《とくしゅ》な能力を知っている人とか。ほら、ピーター・カーター（第一巻で〈逃げおおせた人〉の能力に気づき、彼らを追いかけていたジャーナリスト）みたいなさ……」

「ああ！」マリーが叫《さけ》んだ。

「おまえたちが訪問した首脳はみんなニースに来たのか？」

たずねられたオクサは問いかけるようにアバクムとパヴェルを見た。

「うん、そうだよ、ギュス」アバクムが答えた。「みんないた。だが、きみの仮説は警戒《けいかい》すべきことだし、とても興味深いな」

「正体をさらしたんだから、ある程度のリスクはあるよな」と、パヴェル。

オクサの父親の言葉にはとげがあった。

「これまでずっと自分たちの正体を隠し、ばれないようにいつだって注意してきたのに……」パヴェルはぶつぶつ独り言をいった。「その結果がこれだ。ちゃんとした尾行《びこう》もできない、くだらないスパイに追いかけられて街のなかを逃げ回るなんて……」

「パパ……」

「おまえの言うとおりだったかもしれない。ぼくたちは捕《つか》まえられて、どこかの政府の諜報員か軍の解剖《かいぼう》台に乗せられるのかもしれないな」

「パヴェル！」アバクムはショックを受けて、大声で言った。「そんなことを言うもんじゃないよ！」

「それが真実だよ、アバクム！」

「そうだが、そんなに大っぴらに言う必要もないだろう。みんなわかってることなんだから」

パヴェルの顔は青白くなった。

「これまでずっと正体を隠すことにあんなにエネルギーを使ってきたのに、最近になって何度も正体をさらしてしまったことを残念に思っているだけさ！」パヴェルは吐《は》き捨てるように言った。

「生まれてからそれしかしてこなかった。自分の正体を見破られるのをずっと恐れていた。それが、どうだ、このざまは……。ほかの人たちの助けを請《こ》うために、自分や家族を危険にさらさないといけないなんて……」

怒りのあまり体を震《ふる》えさせ、パヴェルは口をつぐんだ。先を続けたかったが、みんなの動揺《どうよう》が伝わってきて、黙《だま》るしかなかった。

マリーは大きなため息をつき、腰《こし》に手を当ててパヴェルの前にやってきた。

「もういい？　情緒《じょうちょ》不安定な四十代の実存主義的なグチは終わったの？」

パヴェルは口をぽかんとあけた。

「それよりちょっとだけ深刻だっていうのが伝わらなかったとは残念だな」パヴェルは苦々しく言い返した。

「ちょっと、そのうえ、わたしを無責任だなんて言わないでよ！」

「そのうえって何だよ？」

マリーは手で顔をこすってから言い放った。

「みんなのやる気に水を差したうえに、っていうことよ！　わたしたちはいまから大事な勝利をおさめようとしているのに、あなたはノイローゼ男を演じようってわけよね！　今回はわたしたちだけでは行動できないのよ。でも、うまくやるために人の力を借りることがそんなに悪いことかしら?」

マリーは言葉だけでなく、カーディガンの折り返しをいらいら引っぱったものだから、カーディガンがよれよれの布切れのようになった。

「わたしたちには超《ちょう》能力がぜんぜんないけど、あなたよりずっと未来を信じてるわよ!」

カーディガンのボタンが取れて床にころがった。けんかの終わりを告げるように。

「疑念がわいたり、怖《こわ》くてしかたないこともあるだろうけど、それは自分の胸の内にしまっておいてよ!」と、マリーは締《し》めくくった。「まったく、もう!」

目に涙をためたオクサはギュスから体を離し、サロンから走って出ていった。ギュスはパヴェルとマリーに悲しそうな目を向けた。

「ブラボー……」ギュスはそれだけ言うと、背を向けた。

そして、サロンを出て、オクサがいる寝室《しんしつ》に向かった。ほかの〈逃げおおせた人〉たちも黙ってその場を離れた。

オクサはベッドに体を投げ出していた。うつぶせになって、曲げた両腕の間に顔を隠し、荒《あら》い息をしていた。ギュスはオクサの横に寝ころんで髪をなでた。

「泣いてるのか?」

オクサは顔を向けた。目は赤かったが、濡《ぬ》れてはいなかった。

「ああいう両親を見るのは嫌《きら》いなの!」

「わかるよ……」

「けんかなんかしてる場合じゃないのに」

「うん……」

オクサは体の向きを変えてギュスに向き直った。

「ぜんぶわかってくれてるんだね……」オクサは感謝するように優しくギュスにささやいた。

「そうだよ」そう答えたギュスのマリンブルーの目はいたずらっぽく輝いていた。

オクサはふっと笑いをもらした。

「そんなに偉《えら》そうなこと言って、だいじょうぶ？」

「うん、だいじょうぶだよ、ありがとう」

「でも、気をつけてね！」

「うん、気をつけるよ！」

このなじみのやり取りは二人の関係が変わっても生きていた。オクサは心が温かくなるような気がした。心配ごとのない幸せだった子ども時代からの変わらぬ絆《きずな》の印なのだ。

オクサは腕に頭をのせてギュスをながめながら親指を彼のほおにはわせた。指がくちびるに触れると、ギュスはオクサのやわらかい指をかんだ。

「ギュスの親もそういうことするの？」

「何？　気持ちよくなるようになでること？」

「ちがうよ、ギュス……」オクサは不満そうに言った。「そうじゃなくて……けんかすることある？」

ギュスは深く息を吸いこんだ。

「ホント言うとさ、あまりないんだ。そうじゃなかったら、ぼくがいないときにやってるか」

ギュスはオクサをちらりと見た。オクサがすごくかよわそうに見えるときもたまにはある。

「でもさ、けんかするなんて、ふつうだよ。カップルはみんな、けんかすることもあるさ。いまみたいに緊張が高まってるときはキレてさ、つい思ってもいないきつい言い方になったりするんだよ」

「パパとママがかっとなってるときって、あたしのせいだって気がするんだよね。でも、実際には二人とも、あたしのことなんて見てないし、あたしの言うことも聞いてないんだ。そういうときはいつも、二人にとってあたしは存在してないみたいで、なんか全部くずれていく感じがする」

ギュスはオクサをぎゅっと抱《だ》きしめた。

「だからといって、二人が愛し合っていないとか、どんなときにも支え合っていないとは言えないだろ。おまえの両親はすごく愛し合ってるよ。見ればわかるだろ？　ただ、ちょっとだけ大げさなところがあって、けんかが派手になるんだよな」

「ちょっとだけ、ね……」オクサはうなずいた。

「とくにおまえのお父さんはな。そうだなあ……ドラゴミラなら、イヌはネコを生まない（「蛙《かえる》の子は蛙」と同様の意味のフランス語の慣用句）って言うだろうな……」

オクサはひじをついて上半身を起こした。

「ポロック家の人はみんな、ちょっと過剰《かじょう》だってほのめかしてるの？」

「ほのめかしてなんかいないよ。そう言い切ってるんだよ！」ギュスが言い返した。「おまえのうちの人はみんな……」

オクサは黙らせようとギュスの口を手でふさいだ。しばらくして手を離したのは、熱いキスをするためだった。ギュスは体を引かなかった。Tシャツを脱《ぬ》いだときだけは別だけれど。

小さなノックの音が、二人をまどろみから覚ました。オクサはあわてて目をあけた。

「はい！　すぐ行くわ！」

オクサは丸まって床に落ちているブラウスを拾い、急いで身につけた。上半身裸《はだか》のギュスはその様子をほほえみながらながめていた。

「おい、オクサ」ギュスがそっと呼びかけた。

オクサはいらいらと髪を直しながらふり向いた。

「何？」

「落ち着けよ。だいじょうぶだから……」

オクサは眉《まゆ》をひそめて、ギュスのTシャツを投げてよこした。

「服を着なさいよ！」

「おまえは……ぼくたちは何も悪いことはしてないだろ？」ギュスが言った。

「うん、わかってるけど……」オクサはウインクしながら答えた。

またノックがした。今度はもう少しせかせかしたノックだ。

「入って！」

パヴェルが戸口に姿をあらわした。娘の気まずそうな様子とギュスのリラックスした姿に驚いて、一瞬口を閉ざしたままでいた。

「ラクレット（ラクレットチーズを溶かしてハムやゆでたじゃがいもにかけて食べる料理）を作ろうと

思うんだけど、どう？」

オクサの顔が輝いた。

「脂身《あぶらみ》の多いハムもいっぱい？」

「はい、そのとおりです！」

「オーケー、すぐに行くよ！」

パヴェルはそのまま行こうとした。

「パパ」と、オクサが呼んだ。

「うん？」

オクサは父親をじっと見つめた。時間も空間もなくなったような気がした。それから、愛情にあふれたほほえみを浮かべた。

「あたしたちは強いんだから、きっとうまくいくよ……」とだけ言った。

パヴェルは答える代わりにうなずいた。

「ほら、早く来いよ」パヴェルはしゃがれ声で言った。「大食らいのみんながチーズを平らげてしまう前に……」

25　エデフィアのニュース

オクサはハッと目を覚まし、しばらくの間固まっていた。それから、ようやく自分が悪い夢を見ていたのだと気づいた。テュグデュアルが出てくる夢を見るのは初めてではない。夢のなかでの彼は犠牲者《ぎせい》であると同時に残忍《ざんにん》な人間であり、さまよえる魂《たましい》であると同時に冷たい人間、という矛《む》盾《じゅん》した存在なのだ。

月のない闇夜《やみよ》だ。オクサはぶるっと震《ふる》えた。そして、ぐっすり眠《ねむ》っているギュスを起こさないように、ふとんをかけ直した。オクサはギュスの呼吸のリズムに自分の呼吸を合わせるようにして、少しずつ落ち着きを取りもどした。オクサの見た悪夢はひどく残酷《ざんこく》で、冷たい大潮にさからって何時間も泳いだような気分だった。ぐったりして骨まで凍ってしまうように感じたのだ。

だが、頭のなかはもっとひどい。オクサは無数の星がまぶたの下で飛びかうまで、手のひらで両目を押さえた。この悪夢ではいつも、オーソンを殺す場面を見るのだ。オーソンの抹殺《まっさつ》はしだいに避《さ》けられない状況《じょうきょう》になっている。オクサはその考えに慣れようと、自分でも意外なほどしっかりと心の準備をしていた。待ちきれないような感じすらする。

だが、テュグデュアルの件はもっと問題が複雑だ。彼が生きのびたとしても、どうやって父オーソンの影響《えいきょう》を取りのぞいたらいいのだろう？　オーソンが滅《ほろ》びるとき、テュグデュアルを道連れにさせないようにするにはどうしたらいいんだろう？　それはもうすぐやってくる。オーソンに抵《てい》抗《こう》する組織の行動は明後日に迫《せま》っているのだ。その後、厳しいせめぎ合いが始まるのは火を見るより明らかだ。これまでにない容赦《ようしゃ》ない戦い、最後の戦いだ。

オクサはため息をつき、両腕《うで》を体の脇《わき》にだらりとおいた。彼女の考えごとはギュスの寝言《ねごと》で中断された。オクサの悪夢と同じで、ギュスの寝言も毎回同じだった。エデフィアに残っている両親がいなくてさびしいという内容だ。両親はエデフィアにいるほうがずっと安全だが、離れ離れなことがしだいにつらくなっているのだ。近いうちにすべてが終わったら、みんなに再会できる。それまでは、彼らの不在と、離れている時間と、心配に耐えなければならない。

ときどき、オクサは〈外界〉を越《こ》え、はるかエデフィアまで自分の意識を旅させる。こうして、愛する人たちがどうしているかをほとんどじかに知ることができるのだ。エデフィアの人々は働く意欲に満ちている。〈内の人〉たちはオシウスが支配した時代に失っていた調和を少しずつ取りもどしつつあった。オクサは〈夢飛翔《ひしょう》〉で見た光景をカメラ目でギュスに見せた。それを見てギュスの心は痛むけれども、新たな力もわいてくるようだ。両親とも立派に責任を果たしている――ジャンヌはオクサから〈基本物資〉担当の公僕《こうぼく》に、ピエールは〈指導〉担当の公僕に任命されていた。二人とも元気だけれど、ギュスのそばにはいない。

オクサはギュスのほうを向いた。目覚ましラジオの青っぽい光が、はっとするほど陰気《いんき》な青白さをギュスの顔に投げかけている。心のなかの緊張感が表情にあらわれているからなおさらだ。オクサはギュスにぴったりと寄り添った。ギュスは汗ばんでいるのに震えている。すぐに、ジャンヌとピエールの最近の様子を知ればギュスは喜ぶだろうとオクサは思った。フォルダンゴが教えてくれたように心身をリラックスさせると、オクサの意識はやがて体から離れてエデフィアへ旅立った。

オクサが大きなサロンに入ってきたのを、パヴェルは目の端《はし》でとらえた。

「おはよう、オクサ！　よく眠れたかい？」

パヴェルはいそがしそうに朝食の準備をしながら声をかけた。

「う～ん……」

返事ともいえないオクサの答えを聞くと、パヴェルはまだ熱いパンを切りながら娘の様子をじっくりと観察した。

「ベッドから出てすぐサングラスってのは、スターみたいだな」パヴェルはやんわりとじょうだんを言った。

オクサはいつもとちがって言い返さなかった。テーブルにつき、黙《だま》ってじっとしている。気配を感じ取った生き物たちもみんな動くのをやめ、サロンは重苦しい沈黙《ちんもく》に包まれた。フライパンのなかでベーコンが弾《はじ》ける音と、フォルダンゴが急いで主人のもとに行く足音しか聞こえなかった。フォルダンゴはぽっちゃりした手をオクサの腕にのせ、大きな目を主人の疲れた顔と赤い目に向けた。

「おやおや……何かあったのかい？」パヴェルがたずねた。

「ううん、パパ、だいじょうぶ。よく眠れなかっただけ」

その答えだけでは安心できなかったパヴェルは、息を深く吸いこんでナイフを置き、ガスコンロの火を消した。そして、いっぱいにしたトレイをテーブルの上に置き、オクサの後ろにまわって肩《かた》をもみ始めた。

「明日のことが怖《こわ》いのかい？」

「ううん……いや、あの、うん、そうだけど……」オクサはしどろもどろになった。

「当然だよな。いや、必要不可欠だといってもいいよ！」

「死ぬほど怖がるのが必要不可欠なの？」

「恐怖というのは、自己批判と同じでさ、生きのびる活力の元になるんだよ……」と、パヴェルが答えた。「ぼくたちはちょっと変わってるけど、ぜんぜん無謀《むぼう》じゃないだろ？」

「ちょっとはそうなんじゃない？」

パヴェルはくすりと笑った。

「そうかもしれないな。このままいけば、本物の傭兵《ようへい》になれるよな」

「それなら、それしか道がなくなる前に終わらせないとね！」サロンに入ってきたマリーが引き取った。

「あっ、おはよう、ママ！」

「魅力《みりょく》的なご婦人に朝のごあいさつを申し上げます……」パヴェルはキスを受けるためにくちびるを突き出して言った。

マリーはそれに応えてから、オクサのほうをちらりと見て、夫に問いかけるような視線を送った。パヴェルは悲しそうなふくれ面で答えた。

「わたしたちのお気に入りのコックが朝食のために用意したものは何かしらね……」マリーはオクサから目を離さずに向かいに座った。「まあ、すごくがんばったのね。ブラボー！」

ふつうならオクサは笑うところだ。両親もフォルダンゴもそれに気づいていた。フォルダンゴは青くなってオクサにぴったり寄りそった。

「うまくいくよ、ぼくが約束する……」パヴェルは娘のほうにかがみこんでつぶやいた。

「そうじゃないのよ、パパ……」

オクサの言葉は、あわてふためいたフォルダンゴによってさえぎられた。

「グラシューズ様、閉じられた口が助言です」目が皿のように大きくなったフォルダンゴがささやいた。

オクサはぎょっとした。かすかにうなずいて、かんでも痛みを感じない爪《つめ》に気をとられたふりをした。

そのうち、ほかの〈逃げおおせた人〉もやってきて、次々にテーブルにつき始めた。ギュスがオクサのとなりに座ると、やつれた顔が二つになったことでよけいに目立った。

「仲良しカップルはけんかでもしたのかしら？」いきなりクッカが言い出した。

ギュスはいやそうな目を向けただけでこらえたけれど、オクサはそうはいかなかった……。

「うるさいわよ！」オクサは震える声で言い返した。「そんな場合じゃないのよ」

氷の女王の顔がこわばった。

「二人ともへんに赤い目をしてるから、そう言っただけじゃない……」クッカも言い返した。

「それで喜んでるのはわかってるんだから」

「なんですって？」

「けんかしたのよ、ギュスとあたしは」

「ほら、あなたたちだってふつうの人間と同じじゃない？　かっかすることもあるわよね？」クッカはばかにしたような顔つきをして言い返した。

オクサはあまりのいらいらに爆発しそうだった。

「ねえ、クッカ、あなたって、ホントにばかみたいなときがあるよね」オクサは息を詰まらせながら言い放った。

「オクサ！」と、パヴェルがたしなめた。

「マニキュアをするとか、そのきれいな髪をとかすとかしてればいいじゃない。それで、あたしのことはほっといてよ！」オクサがまたかみついた。

「おお！」ジェトリックスが髪を引っこ抜くふりをしながら声をあげた。「ガスの中に水がある（けんかになりそうだ」という意味のフランス語の慣用句）！」

「大変なことになるぞ！」別のジェトリックスもあおった。

「ガスの中に水があるなんて、すごく危険だわ！」ゴラノフはそう叫《さけ》ぶと、気絶した。

「そんなことはないですよ」ヤクタタズが口をはさんだ。「泡が出るだけですよ……」

「あれっ、おまえは化学を少しは知ってるっていうのか？」ジェトリックスがからかった。

マリーがティーカップを受け皿の上に乱暴に置いて、このコメントの嵐をたち切った。

「もういい？　みんな言いたいことを言った？」マリーは固い声でたずねた。

みんなの頭の上に鉛《なまり》の帽子がのっかったように、急に静かになった。

「みんな、少しカリカリしてるんだから、それに輪をかけることはないわよね」と、マリーは結論を下した。

フォルダンゴはオクサの手の中に自分の手をすべりこませた。

「グラシューズ様の召使《めしつか》いは、食糧《しょくりょう》の蓄《たくわ》えで胃を満たすことを、グラシューズ様と〈逃げおおせた人〉たちに推奨《すいしょう》いたします」

「あんまり、おなかがすいてないんだ」オクサがため息まじりに言った。

「現在と未来の数日は試練が詰まっていますので、エネルギーが最高度に出会わなければなりません」

「そのとおりだよ、フォルダンゴ！」パヴェルがうなずいた。「よく食べて、ことを悪化させないようにしよう」

その言葉に、ジェトリックスたちがまたコメントしようとしたのを、アバクムがすぐに手を上げて止めた。

「議論は終わりだ。全員！」

アバクムの厳しいまなざしに、生き物はみんなそれぞれの場所に引き下がり、〈逃げおおせた人〉たちはやっと、まあまあ静かな環境《かんきょう》で食事を始めた。


ひざをかかえてあごをのせ、床に座っているオクサの前に、ギュスはひざまずいた。

「見せてくれよ」

「何のために？」と、オクサは答えた。「もうわかってるじゃない……フォルダンゴ、おまえもだよね？」

フォルダンゴはうなずいた。あまりに悲しそうな顔をしているので、オクサは自分も打ちひしがれていたが、フォルダンゴを腕に抱《だ》いた。

「グラシューズ様の召使いはいかなる無知も損なうことのできない知識の所有に出会っています。グラシューズの血を受けた方々は開いた本との類似をなしています。この召使いは、その方々の意識、思考……呼吸、心臓の鼓動《こどう》の構成を読み取ります……」

フォルダンゴは鼻をすすり上げると、オクサの腕をそっとほどいた。ぽっちゃりした体の肩が落ち、だらりと脇にたらした両腕はほとんど床につきそうになっていた。

「オクサ、見せてくれよ……」ギュスはオクサの横に移動して繰《く》り返《かえ》した。

すぐにカメラ目が作動し始めた。まるで、オクサに反対する気力、あるいは意思がないかのように。フォルダンゴが重い足取りでドアまで行って鍵《かぎ》をかけると、白い壁に映像が映り始めた。


そこにはみんながいた。ギュスとオクサが知っている、愛する人みんなが――ジャンヌ、ピエール、クヌット家の人たち、ポンピニャックの公僕たち、ルーシー。みんな健康そうで、オクサが前に〈夢飛翔〉したときより少しふっくらしている――ただし、暗い顔だ――ように見える。広いベッドに横たわったレミニサンスは、そこにいる一人一人に悲しげなまなざしを向けている。ナフタリがベッドの端に座って、白っぽいクリームで病人の手首をマッサージしていた。

「わたしは……まだ……用意が……できていないわ」レミニサンスがとぎれとぎれに言った。

「レミニサンス……」ナフタリがつぶやいた。

「まだ……いっぱい……することが……残っているもの」

そう言ったレミニサンスのくちびるがからからに乾《かわ》いていたので、ジャンヌが布でそっと湿《しめ》らせてやった。「バイキング」ことピエールはこらえきれずに横を向き、ブルンが彼を抱きしめた。

「わたしの任務……オクサ……かわいいゾエ……」

言葉を発するたびにレミニサンスの胸が上下した。息をするたびに痛みで顔がゆがんだ。

「いま……いって……しまう……ことは……できないわ……」

目が大きく見開かれ、さっと部屋を見わたしてから、恐ろしげにそこにいる人たちのうえに止まった。

「レオミド……アバクム……」

レミニサンスは顔を少し起こしたが、すぐに枕の上に落ちた。こわばったひ弱な手が力いっぱいシーツをつかんだ。とつぜん、呼吸が荒《あら》くなり、鼻の穴がぴくぴく動くのが速くなっていった。

そして、すべてがやんだ。

悲劇的で、稀有《けう》な運命を背負った女性の目を、ジャンヌが閉じてやった。周りにいる人たちは心の痛みに身をゆだねた。


オクサはそこでカメラ目を切った。その光景をもう一度見たことでひどく動揺《どうよう》していた。フォルダンゴは部屋の真ん中で固まってしまったかのように動かない。ギュスはオクサの肩に腕をまわして引き寄せた。こうして重苦しい数分間が過ぎた。

「だれにも何も言っちゃいけない」ギュスが口を開いた。

「でも……アバクムやゾエは……知らなくちゃいけないよ！」

「だめだよ、オクサ、いまはだめだ」

オクサはしばらく考えていた。そして、涙をぬぐってから、ギュスの手をにぎった。

「そうだね。いま二人が知ったら、だめになってしまうよね」

ギュスはうなずいた。

「いまは言うべきときじゃない」

26　緑のふた

エデフィアでは何もかもうまくいっている、何も問題はない、というふりをしなければならない。オクサとギュスとフォルダンゴはそう決心した。今回の不幸な知らせは黙《だま》っておくこと。もちろん、このことをほかの〈逃げおおせた人〉たちに告げる「いい機会」などは存在しないのだが。オクサたちは涙をふき、痛みを心の奥深くにしまいこみ、顔を上げ、オーソンに対する最初の攻撃《こうげき》の準備でいそがしくしている仲間たちに合流した。

不思議なことに、人工衛星もほかのどんな最新のテクノロジーもオーソンの「新世界」をキャッチすることはできなかった。アマゾンのジャングルの中に物資を運ぶトラックを遠隔《えんかく》操作で追跡《ついせき》して場所を特定することができるはずなのに、まるで煙のように同じ場所で見失ってしまうのだ。

「まるでバミューダトライアングル（フロリダ半島の南端《なんたん》とプエルトリコ、バミューダ諸島を結ぶ三角形の海域で、船や飛行機が消えるという伝説がある）だよね！」と、オクサが言い出した。

「ただ、トラックは消えたのと同じエリアにまた出現するけどね。ずっと軽くなって……」ニアルが答えた。

「その〝新世界〟っていうのがどんなものか見てみたいな」オクサはため息まじりに言った。「偵《てい》察《さつ》に行けないかな？」オクサは〈逃げおおせた人〉たちにたのみこむような目を向けた。「どんなものが待ち受けてるのか調べるためにさ……それに、作戦の準備にすごく役立ちそうじゃない？」

「そうしたい気持ちがないことはないけど、だめだ！」父親がきっぱりと言った。

「なんでかわからないけど、そう言うと思ったよ」

パヴェルは笑いをこらえた。

「じゃあさ、ガナリこぼしを送りこもうよ！」と、オクサが提案した。

「お呼びでしょうか！」大人と子どものガナリが声をそろえて返事をした。

「ただ、ひとつだけ条件があるわよ。この場所を特定する任務では絶対に危険を冒《おか》さないこと」

オクサはこう言いながら、自分のそばにずっとよりそっているフォルダンゴにちらりと目を向けた。

「危なさそう？」と、たずねた。

「どんな危機もワメキこぼしの任務を悩《なや》ませません」フォルダンゴが答えた。「しかし、こぼし的旅行は別にして、危険はこれほどの接近ととなり合ったことはありません。グラシューズ様とグラシューズ様のお心にとって大事な〈逃げおおせた人〉のご家族の方々はこの確信を受け入れなければなりません。〝みなに忌《い》み嫌《きら》われる反逆者《フェロン》〟は失敗の恐れや死の不安をもはや所有しておりません。彼の行動はどんな限界にも出会いません。なぜなら、彼の存在全体が、〈外界〉および〈内界〉の人類に勝る力を有しているという確信にふくらんでいるからです」

オクサは〈逃げおおせた人〉たちに問いかけるような目を向けた。ふだんのフォルダンゴなら質問に対してもっとはっきりした答え方をするのだが……。

「おまえは何が言いたいの？」

「グラシューズ様の召使《めしつか》いは、いかなる恐れも所有しない人間は究極の危険を持った存在だということを意味する意思を有しております。過去には、やましさや少量の人間性が〝みなに忌み嫌われる反逆者《フエロン》〟の心を満たし、ある種の陰謀の障害を生じさせたこともありました。しかし、いまではそういうことはありません。良心は実質をともなっていません」

フォルダンゴは残念そうにオクサをじっと見つめた。自分の言葉に主人はショックを受けたようだ。

「グラシューズ様のご質問は満足でいっぱいの答えを獲得《かくとく》されたでしょうか？」

「オーソンには恐れるものは何もないけれど、あたしたちやみんなは危ないってことだよね」オクサはいつものように手早くまとめた。

フォルダンゴの注意にもかかわらず、ガナリこぼしは南米に向けて出発したくてじりじりしていた。

「グラシューズ様はわたくしたちが発言するのを許してくださいますか？」大人のガナリこぼしがたずねた。

「うん、もちろんよ」

「わたくしたちも失うものは何もありません！」

「戦時にちゅだんは選ばず！」子どものガナリはいつもの舌足らずの言い方で加勢した。

オクサは同意を求めて大人たちを見た。全員がわかっている。そこで、オクサは二羽のガナリこぼしに手のひらに乗るよう合図した。

「あたしはおまえたちにまったく賛成というわけじゃないわ。だって、あたしたちには失うものはたくさんあるもの」オクサはできるだけ真剣《しんけん》に言った。「でも、結局は同じことかもしれないけどね」

オクサは二羽のガナリのほんの小さな頭をなでた。ビロードのようにやわらかくてすべすべしている。

「行ってちょうだい。でも、用心するのよ。むやみに深入りしないようにね、いい？」

「わかりました、グラシューズ様！」大きいガナリが答えた。

「ばかりました、ズラシューズ様！」子どものガナリもまねして答えた。

すぐに二羽はおどろくほど大きな音を立てて羽ばたき、フォルダンゴが少しだけあけた窓から出ていった。


夜中になってから、ガナリこぼしたちは帰ってきて、オクサと〈逃げおおせた人〉の前でばったりと倒れた。ガナリの想像以上に早い帰還《きかん》に眠《ねむ》っていたのをみんな起こされた。

「すごく早かったね！」オクサはガナリたちをほめた。

大人のガナリが苦しそうに疲れ切った視線をオクサに向けた。

「わたくしたちが見たものは、翼《つばさ》を速く打って帰り、お知らせする価値がありますので……」ガナリははあはあ息をしながら報告した。

「翼を撃《う》たれたのですか？」周りの様子にいつも注意しているヤクタタズが口を出した。「それはいやなことですね……」

「ちがうよ、このトンマ！」ジェトリックスがどなった。「〝翼を打って〟というのは、大急ぎで、ギャロップで、早急にってことだよ。まあ、おまえはそんなことは経験したこともないし、これからもしないだろうってことばかりだよな！」

ヤクタタズは、息も荒《あら》く目もどんよりしたガナリたちをのぞきこんだ。

「ああ、でも、こういうことは経験しなくてよかったです。だって、苦しそうじゃないですか」ヤクタタズはいつになく即答《そくとう》した。「見てください。まるで死にそうじゃないですか」

「この寒さなんだから驚かないわね！」暖かそうな毛布の切《き》れ端《はし》の詰まったかごからドヴィナイユたちが口を出した。

オクサはヒステリックな笑いをもらした。

「こいつらは……疲れるよな……」パヴェルがため息まじりに言った。

「そのうえ、凍《こご》えています！」ドヴィナイユたちが叫《さけ》んだ。

マリーは我慢《がまん》できなくなり、ドヴィナイユたちのかごをつかんで暖房《だんぼう》のラジエーターの上に直接置いた。

「これで解凍《かいとう》できるから、黙っていてちょうだい！」

「虐待《ぎゃくたい》だわ……」ドヴィナイユの一羽がぶつぶつ言った。

「しーっ、わたしはなんて言ったかしら？」マリーが叱《しか》った。

「黙って解凍しなさいって」別のドヴィナイユが答えた。

「よろしい！　最初に声を出したら、地下室に連れて行くわよ！」

マリーはそう言いわたすと、〈逃げおおせた人〉たちのそばにもどった。バーバラとパヴェルがみんなのために紅茶とコーヒーを用意している間に、オクサは大人のガナリこぼしに水を飲ませ、食べ物をあたえた。「ちび」と名づけられた子どものガナリはすでにジェトリックスとおしゃべりしている。地上にもどってきて落ち着きをとりもどした二羽はやっと、アマゾンのジャングルでの調査について報告できる準備がととのった。

オーソンの「新世界」の位置はもう不明ではなくなった。それがわからないと、妨害《ぼうがい》作戦の計画があいまいなものになってしまう。しかし、ガナリこぼしからもたらされた情報によって、標的そのものを攻撃できる可能性がぐんと高まった。

経度、緯度《いど》、気温、標高、それに、大気や地面、地下の構成成分、樹木の種類、湿度《しつど》、汚染《おせん》度などを伝えるガナリこぼしたちは情報のプロであるし、完璧《かんぺき》主義者だ。彼らの報告はこれ以上望めないほど充実していた。

ただし、写真はない。ガナリはそういう装備をしていないので、それをとても残念がった。しかし、彼らの報告は、オーソンを揺《ゆ》さぶるために準備するべきものを考えるのに十分だった。

「その面積はたしかかい？」ギュスがたずねた。

〈逃げおおせた人〉がその質問をするのは三度目だ。ガナリ二羽はあきれたようにぐるっと目を上に動かした。オクサはギュスに小さく手で合図した。まちがいじゃないかとほのめかすだけで苛立《いらだ》ってしまう熱心な情報提供者のプライドを傷つけないように気をつけて、と。いずれにせよ、ガナリたちはギュスの問いに答えもしなかった。

「百二平方キロメートル……」ニアルがパソコンのキーボードをたたきながら数字を繰《く》り返《かえ》した。

「ほとんどパリ市の面積と変わりないな！」

みんなは顔を見合わせた。心のなかではみんな、自信が揺らいでいるのだ。ついさっきまではなんでも可能なように思えたが、この数字には最も強固な意志もぐらつく。

「ううーっ……」パヴェルはうなり声をあげて顔をこすった。

「先を続けて、ガナリたち」オクサは必死にショックを隠しながらうながした。「おまえたちが見た街について話してちょうだい」

大人のガナリは得意げに胸をそらせた。そして、話し始める前に、両腕《うで》をわきにたらして円錐形《えんすい》の体のバランスをとった。

「ちびガナリとわたくしは、すでに建設されて人の住める状態の建物を千百八十三棟《むね》確認しました。つまり、水道と電気もすでに引かれているということです。そうした建物は四十階から五十階までと高さはいろいろです」

ガナリは自分が報告していることにあきれて口をつぐんだ。

「おおよその数字で申し訳ありません、グラシューズ様と〈逃げおおせた人〉の方々」ガナリがつけ加えた。「より正確な数字を出せなくて申し訳ないです」

オクサは驚いてしゃっくりをした。

「じょうだんでしょ？　そうじゃなかったら、おまえはどうかしてるよ。それより正確なことなんてありえないじゃない？」

ガナリは胸をはった。しかも、ちびガナリが限りない尊敬のまなざしを向けているのでなおさらだ。

「続けてちょうだい」オクサが先をうながした。

「われわれの概算《がいさん》では、それらの建物は五万四千軒《けん》のアパートに相当し、住居の大きさからして二十万人を収容できるはずです。街をざっとまわりましたところ、七百五十四の建物が建設中だとわかりました」

オクサはガナリにやめるよう合図した。全員がいま明らかにされていることを理解するのに少し時間が必要だった。頭のなかで計算したりなぞったりした数字から、オーソンの下劣《げれつ》な計画がなんとなく読めてきた。その計算の結果がどうであれ、概算は恐ろしいことを示している。未来の「新世界」の住人は少ない。非常に少ない。この衝撃《しょうげき》は大きかった。

「人の選択《せんたく》がこれほど……厳《きび》しいとは思いもしなかった」ショックを受けたアバクムはつぶやいた。

パヴェルは頭をかいているし、バーバラはうつむき、マリーは目をぱちくりさせ、若者たちは心配そうに顔を見合わせている。

「生きる価値があるとオーソンのお眼鏡にかなう人はたったそれだけなのか?」

アバクムは座り直して頭を後ろにのけぞらせた。

「ひょっとしたら、こういう街をほかの場所にも作っているのかもしれないよね?」オクサは希望的観測を述べた。

「その説はたしかじゃないよな」モーティマーが苦々しげに言った。

バーバラは思い切って息子をちらりと見た。意外にもモーティマーは打ちひしがれたように母親を見つめ返したので、見るも哀《あわ》れだった。この間の言い争いのときの苦い思いは、そのあと起きたいろいろな出来事にまぎれてうすれていた。それに、モーティマーがときにはぞんざいな話し方をしたとしても、愛情やなぐさめを求めていないわけではない。バーバラもそれは知っていた。彼女は息子がひじをついているカウンターまで行き、息子と同じ姿勢を取った。肩《かた》をくっつけ合って並ぶことで自分なりの共感を示しているのだ。オクサは同情とともになんとはなしにうれしさを感じた。

「オーソンはわたしが想像していたよりもっと頭が変になっているわ」と、バーバラが言った。

「なおさら、あいつのいかれた計画をつぶさないとな！」モーティマーもつぶやいた。

「そのとおりよ！」オクサが声をあげた。「ガナリ、街のことを教えて。どんなふうになってるの？重要な場所はどういうところで、どこにあるの？　ちびとおまえが見たことは全部、あたしたちの役に立つんだよ」

「じん世界はまあるく、ちゅくられています」ちびガナリがしゃべり出した。「えんちゅのダワーがまんにゃかにあって、ばわりにどおりがいぇんのようにあります」

「ふうん……」と、オクサがつぶやいた。

オクサもほかの〈逃げおおせた人〉も、大人のガナリにしゃべってもらいたかったのに、それをたのむのは気が引けた。ちびガナリはかわいいし、能力もある。だが、舌足らずのしゃべり方なので言ってることがよくわからない……。

「ちび、おまえは序列を守らないといけないよ」と、大人のガナリが口を出した。「報告をするのは大人の役割なんだから！」

ちびガナリはもごもごとあやまった。みんなのほうは、そういう決まりがあることを心のなかで喜んだ。

「では、繰《く》り返《かえ》しますが」大人のガナリが言った。「〝新世界〟は丸く作られています。円柱形のタワーが真ん中にあり、その周りに円形の通りがあります」

「エデフィアをモデルにしてるんだな！」パヴェルが叫んだ。

「それに、クリスタル宮も……」ゾエがつけ加えた。

「なんてずうずうしいんだろ！」オクサもたたみかけるように言った。

「そんなに驚くほどのことかな？」モーティマーがたずねた。「親父はサイコパスだぜ。子どものころから劣等感にさいなまれていたのに、それが少しずつ優越感《ゆうえつ》に変わっていったんだ。父親、教育、エデフィア、人との関係に対するこだわりをずっと頭にきざんで一生を送ってきたんだ。それで、いまはそういうのを極限まで推し進めているけど、結局は再現しているにすぎない……とてもじゃないけど独創的とは言えないよな！」

「〝新世界〟はオーソンの自分だけのエデフィアなんだね」オクサはうなずいた。

「コホン……」大人のガナリが咳《せき》ばらいをした。「グラシューズ様、わたくしたちはほかにもいくつか情報を集めましたけれど……」

「ごめん！　言ってちょうだい！」

「街の建設はすでにかなり進んでいます。あらゆる廃棄《はいき》物を最大限に有効利用できるよう、非常に進んだリサイクル設備が住宅に設置されています。また、すべて自給自足を促進《そくしん》するようにできており、どんなわずかなスペースでも何か——エネルギー、食糧《しょくりょう》、一次産品など——を生産できるようになっています。ちなみに、ちびとわたくしは地下に作られた巨大な給水網《きゅうすいもう》施設《しせつ》を察知しました。隣国《りんごく》はもちろん、ほぼ南米全域の地下水から直接に真水をくみ取っています」

「それは泥棒じゃないの！」マリーが思わず叫んだ。「そんなふうに人のところから水をくみ上げるなんて!」

「水だけじゃないんです」大人のガナリが続けた。「採掘《さいくつ》したガスや原油を〝新世界〟の周りに掘《ほ》った貯蔵庫まで輸送する地下ネットワークもあるんです」

「ますますすばらしいな!」パヴェルがつぶやいた。

「じゃあ、オーソンの持ってる一次産品はどんどん増えているのね?」ゾエがたずねた。「ニアル、あなたの観察によると、トラックの数は増え続けているって……」

「増加の割合は加速しているよ」と、ニアルが答えた。

「建設には膨大《ぼうだい》な量の資材が必要です」ガナリが続けた。「セメント、鋼鉄、銅、木材、砂……それに機械や工具……」

「それにだれも気づいていないって?」マリーが憤慨《ふんがい》した様子で口をはさんだ。「何百万トンという量のはずじゃないの!」

「何億トンです」ガナリが訂正《ていせい》した。

「それに建設が進んでいるんでしょ?」マリーが続けて言った。「それほどの規模の街が気づかれずにいられるかしら? エデフィアのような特殊《とくしゅ》な保護がされているわけじゃないでしょうに」

マリーは急に大きく目を見開いて口をつぐんだ。

「ひょっとして、エデフィアがそうであるように……あるいは、そうであったように、オーソンは太陽光線を操作することに成功したのかしら……」

この仮説は〈逃げおおせた人〉たちをぞっとさせた。みんなは故郷の土地とそこに残っている人たちのことに思いをはせた。

「そんな……不可能よ……」オクサはしどろもどろに言った。「そんなこと……不老妖精があたしたちに知らせずにそんなことが起きるなんて」

オクサはフォルダンゴを探そうとふり返った。フォルダンゴはすぐそばにいた。オクサのどんな質問にも——つい最近の〈夢飛翔《ひしょう》〉のようにオクサ自身が明かせないものもふくめて——つねに答える姿勢でいる。

「エデフィアは？」オクサはため息をつくようにたずねた。

「われわれの〝失われて取りもどされた土地〟は存在と保護の維持《いじ》をしております、グラシューズ様！」フォルダンゴは答えた。「〝みなに忌み嫌われる反逆者《フェロン》〟の街の無探知はシンプルさの詰まった説明に出会っておりますので、ガナリこぼしへの聴覚《ちょうかく》の貸与《たいよ》をするようにという助言がなされます。といいますのは、ガナリこぼしは知識の隠匿《いんとく》をしておりますので……」

ガナリは得意げに体を左右に揺すった。

「ジャングルは密生しています」ガナリが説明を再開した。「うまく配置された草木がだまし絵の役割を果たしており、街の設計者はそれを有効活用しています。さきほど申し上げましたように、建物は非常に高いのですが、アステカ族のピラミッドのような形か半円すい形になっておりまして、緑あふれるバルコニーが無数にあるのです。屋上も同じ原理が見られ、葉の茂った木が植えられています。中央のタワーにいたっては、壁面《へきめん》がすべて植物でおおわれています。地上は地形に合わせて植物が植えられており、通りや人の往来が上空から見えないように木々や植物が弓状にせん定されています」

「巨大な緑のふただな！」パヴェルが声をあげた。

「それに、気温を調整し、熱映像センサーをごまかすための巨大な加湿器十八基を発見しました。空から見ると、完璧な錯覚《さっかく》です。空からや人工衛星による監視《かんし》では森を通る車両しかとらえないのです」

「すごくうまいやり方だな」ギュスがコメントした。

「恐るべきやり方って言ったほうがいいんじゃない？」オクサがすぐに言《い》い換《か》えた。「偉大《いだい》なるオーソンの……」

「〝世界一のエコロジスト〟に選んであげてもいいかもね！」マリーが顔をしかめて言った。

「食糧のほうは？」オクサはガナリに質問した。

「アマゾン川沿いと同じように、食糧を貯蔵するための地下倉庫が作られています。建物の周り、そして地区、街の周囲に弓状に作られています。その配置の仕方は各地区が必要な食糧を手近に調達できるようになっており、いちばん外側の倉庫は全体の倉庫として機能しています」

「うまくやってるな」と、ニアルがコメントした。

「ですが、倉庫はきっと最後になっていっぱいにするのでしょう。といいますのは、いまのところはほとんど空《から》のようで、労働者を養っているだけですから」ガナリが説明した。

ガナリが話すのと並行して、ニアルは言葉を画像にするべくデータをパソコンに入れていった。

「何をやってるの？」ニアルの肩ごしにのぞいていたゾエがたずねた。

「ただのシミュレーションゲームさ」と、ニアルが答えた。

〈逃げおおせた人〉たちとガナリは画面に表示されているものを見つめた。ニアルはまず〝新世界〟の平面図を見せ、同じくらいさまざまなものが記された地下の平面図も見せた。それから、三つ目のファイルを開いて街の立体図を画面に出した。緑の帽子をかぶった建物が森の真ん中に林立する姿だ。それぞれのファイルには、方位図やガナリが言った地理的データやそのほかの測定値が示されていた。最初の攻撃で標的にするのに必要なすべてのデータだ！

「これって、すごい！」オクサが叫んだ。「ブラボー、ニアル！ ブラボー、ガナリ！ 本当にうまくやったわね！」

「ぼくたちの同盟国も喜ぶだろうな。これで実行に移せるぞ」パヴェルが言った。

「すばらしい仕事だ、ニアル！」アバクムもほめた。

「ありがとう……」感激したニアルは恥ずかしそうに答えた。

〈逃げおおせた人〉の主要なメンバーからのほめ言葉はニアルの心にしみた。しかし、心をとかすようなゾエの優しいキスがいちばんのご褒美《ほうび》だった。

27　アマゾンの夜

大きな木々のてっぺんに陣取《じんど》った〈逃げおおせた人〉たちは目をこらして星空を見ていた。彼らはアマゾンの森のど真ん中にいた。オーソンの築いたものが破壊されるのを現場で見届けることは、〈外の人〉であれ、〈内の人〉であれ、一人一人にとって大事なことだった。

オーソンの魅力《みりょく》的かつ恐るべき「新世界」が目の前に広がっていた。夜中だというのに活発な活動が繰《く》り広《ひろ》げられている。機械の騒音《そうおん》は、巨大でうっそうとした森にも吸収されることなく、たえまなくひびいている。

白っぽい光の筋を投げかけている投光器やヘルメットについたライトの明かりのもと、労働者たちが懸命《けんめい》に働いていた。

「気の毒に……」ギュスの腕《うで》につかまっているオクサがつぶやいた。「あの人たち、もうすぐみんな死ぬんだ……」

ギュスはオクサをぎゅっと抱《だ》きしめた。

「どっちにしても、オーソンが彼らを生かしてはおかないってわかってるだろ。あいつにとっては何の価値もないアリみたいなもんなんだから。あの人たちにはわかってないけど、この工事現場で働くことを受け入れたときから、死は避《さ》けられなくなったんだ」

オクサは、それはまちがっていると説得するかのようにギュスをじっと見つめた。

「オーソンはあの人たちの記憶を消そうと思っているかもよ？　そうすることも可能なんだよ！」

オクサは反論した。

「可能は可能さ。でも、そういう考えはないだろう。以前はオーソンだって人の命を少しは尊重していたけど、いまはそうじゃない。何百万人という人を死に追いやることも、あいつの良心には塵《ちり》ほどもひびかないんだ」

オクサは息を深く吸いこんだ。

「いつも自分が正しいのって、飽《あ》きない？」オクサはひじを胸に引き寄せながら言った。

「じゃあ、落ちないようにしろよ……」ギュスは口の端《はし》だけでほほえんで言い返した。

「あたしは飛べるのよ！」

「それに、〈拡大泡《ほう》〉も出せるよな」

その遠回しな言い方に気づいたオクサはクラッシュ・グラノックから拡大鏡になるクラゲのようなものを出した。ほかの〈逃げおおせた人〉たちが二人ずつつかまっている木からも、街に向けられた大きな半透明《とうめい》の泡《あわ》のようなものがのぞいていた。オクサとギュスもみんなと同じように街を観察した。

敵に見られているとは知らずに、兵士たちは森に向かって十メートルおきに立っていた。持っている武器はすごそうだが、熱映像センサーもモーションセンサーも、地上レーダー装置もついていないようだ。そうでなかったら、そこにいる十人の〈逃げおおせた人〉はもう生きてはいないだろう……。

ギュスは〈拡大泡〉を葉の茂《しげ》った木々におおわれた建物の上部に向けた。

「対空防衛装置はあるような気がするな」

そうつぶやくと、ギュスはオクサの後ろにまわり、〈拡大泡〉をとおして空に向けられた大砲《たいほう》のようなものとそのそばにいるヘルメットをかぶった人たちを指さした。

「オーソンほど誇大妄想《こだいもうそう》の人なんかいないよね！」オクサが声をあげた。「いくらなんでも、やりすぎじゃない？　いまあたしの血を吸ってる、このいやな蚊《か》以外に、だれがこんなジャングルの奥までやってくるのよね？」

「まあ……ぼくたちがいるけど」ギュスが答えた。

「うん、だけどさ、あたしたちは本物の冒険家《ぼうけん》だからさ！」オクサは自分の周りをうるさく飛んでいる蚊を手ではらいながら言い返した。

「ごくふつうの方法でちゃんとやってくる本物の冒険家だもんな。ふつうの人間のようにジープで森を横断するとかさ……。空からやってきてたらどんな悲惨《ひさん》なことになってたか考えてもみろよ！オーソンがから威張《いば》りしたってさ、おまえたちはデトロイトのあいつの隠れ家まで見つけ出したんだぜ！　だからさ、今度はそういう不愉快《ふゆかい》なことに備えて用心してるんだよ」

オクサはふと思いついてモーティマーとゾエを目で探した。オーソンとの関係がいちばん深い二人だ。口にはしないけれど、二人はいまわしい血のつながりだと思っているだろう。いまの状況《じょうきょう》は二人にとって最悪なはずだ。バーバラの置かれた立場もそれよりましとは言えない。十五年以上もあの男の妻だったことは別の意味での絆《きずな》になっているだろうし、彼女のほうがゾエたちよりこの状況に耐えやすいとは言えないはずだ。

「あいつ、いると思う？」オクサがたずねた。

「だれ？　オーソン？」

「うん」

「それはないだろうな。自分の大統領選キャンペーンでいそがしいだろうからな。ニュースを見たかい？　あいつが計画した遊説のスケジュール。あいつ、州を全部まわるんだぜ。うまいこと演説してさ、未亡人と孤児《こじ》と人類の救世主だと自分を売りこんでるんだ！　合理的な経済の必要性について のあいつの最近の演説は驚きだったよ。あいつがかげでやってることを思うとさ。でも、みんなすっかりだまされてるんだよ。オーソンは自分がカリスマになって説得力があるように見せたいと思ったら、そうできるんだ……。結局は国民のほとんどを死なせてしまうのに、キャンペーンにあんなにエネルギーを使うなんてばかみたいだよな」

「ほめられたり、慕《した》われたり、尊敬されたりするっていうのを、生涯《しょうがい》に一度はやってみたいんじゃない？　演説で言ってることは心から言ってるんだと思うよ。ただ、全部をしゃべってないだけでさ」

「選んでしゃべってるんだな……」ギュスがコメントした。

「優秀な政治家だよ。その素質は認めないとね。頭がへんじゃなかったら、最高の政治家だよね」

ギュスは驚いてオクサを見つめた。

「おい！　まるで洗脳されたみたいじゃないか！」

「そんなことないよ」オクサは落ち着いた様子で反論した。「ただ、客観的に物事を見ようとしてるだけ」

ギュスはしばらくじっと黙《だま》ってから、口を開いた。

「おまえ、すごく大人になろうとしてるよな」

「いつかはそうならないとね……」

それから、オクサとギュスは熱心に街の観察を続けた。街はひどく活発なアリの巣のようだ。もう少ししたら灰とがれきだけになるのに。オクサはこれから起きることを受け入れるのに苦労した。このすばらしい街を破壊《はかい》するうえに、働いている人々を殺そうとしている。それに、その人たちの死はオーソンのせいではなく、〈逃げおおせた人〉の責任なのだ。それを思うと胸が締《し》めつけられた。震《ふる》えを抑《おさ》えることができず、カーキ色の厚いアノラックのえりを立てた。

「寒いのか？」「だいじょうぶか？」すぐにギュスが心配そうにたずねた。

「ううん、あそこにいる人たちのことを考えていたの。ひょっとしたら、知ってる人がいるんじゃないかって」

「オーソンの息子たちのことを言ってるのか？」

オクサは何も言わなかったが、答えはわかっていた。ギュスは悲しくなった。少し前ならいらいらして辛《しん》らつな反応をしただろう。

「グレゴールはいそうだよな」ギュスはなるべく淡々《たんたん》と言った。「あいつが土木関係の仕事をしていたのは覚えてるだろ……こういうのは彼の得意分野だ」

テュグデュアルのことについてはオクサもギュスも態度ははっきりしていたが、彼のことを話すのはいつも難しかった。だから、二人は彼のことには触《ふ》れなかった。オクサはテュグデュアルがここにいなければいいという希望を心の奥にしまっていた。口にも出せないし、言ってもしかたのない秘密のように。

オクサは暗いなか、腕時計の時間を読み取ろうとした。一時四十五分……もし、計画どおりに問題なく物事が進めば、あと……十五分で炎《ほのお》の豪雨《ごうう》が「新世界」に降るだろう。

悲しくも、その光景を高みから見下ろす特権をあたえられた〈逃げおおせた人〉は、だんだん速く進むように思える時間をカウントダウンしていた。その時間になったとき、建設中の建物のあるエリアがざわついているような気がした。しかし、それはクレーンの設置に一生懸命になっている人々のざわめきにすぎなかった。

〈逃げおおせた人〉たちはもう我慢《がまん》できなかった。運命の時間はすでに十分ほど過ぎていたが、空には何もあらわれていない。

しかし、とつぜん、工事現場を照らしていた投光器が上に向けられ夜空をくまなく照らし始めた。オクサはギュスの手をにぎった。二人は気が高ぶり強く指をからませた。マリーとパヴェル、モーティマーとアバクム、ゾエとニアル、バーバラとクッカも同じように寄り添っていた。攻撃《こうげき》を目前にして、だれもが思いやりのある触れ合いや、まったく同じことを感じ理解し合える人とのつながりを必要としていた。一人ぼっちでなければ、苦しみが少なくなるだろうか？　オクサはよくそう自分に問いかけたが、答えはいつも見つからなかった。ただ、苦しみに耐えやすいような気はした。

熱帯特有の背の高い木がとつぜん、体を震わせるようにざわざわした。無数の鳥の鳴き声がひびきわたり、鳥の群れがいっせいに飛び立っていった。次の瞬間にはサイレンの音が聞こえてきた。街の周囲と建物の屋上にいた兵士たちが見るからに緊張《きんちょう》して狙撃《そげき》の構えに入った。少しの間、奇妙《みょう》な静寂《せいじゃく》があったが、すぐにぶるんぶるんという規則的な音が近づいてきた。

白い無人航空機の大群が姿をあらわすと、地上の武器が発する音がブルーとオレンジの閃光《せんこう》に彩《いろど》られた夜をつんざいた。先頭の無人機のうちの一機が空中で爆発し、そのあおりでほかの二機も崩壊《ほうかい》した。その破片が建設中の建物の土台部分にバラバラと降った。

生々しい叫《さけ》び声《ごえ》があがった。たくさんの無人機が少しずつオーソンの「新世界」の上空をおおっていった。まるで地獄《じごく》の空だ。地上からの射撃はやむことなく続いたが、それが標的に当たってもすでに遅かった。死はすぐ頭上にあった。

28　魔法と砲撃《ほうげき》

恐ろしいうなり声をあげて爆弾が雨のように降ってきた。ほぼ同時に、爆弾が落ちた場所に炎《ほのお》の輪があがった。爆音がとどろき、炎の輪がみるみる巨大なものになった。それは低空飛行をしていた無人機の何機かをあっという間に飲みこんだ。まるで、肉食植物が伸びあがって、炎の燃えさかる口の中にハエを飲みこんでいるかのようだ。爆発音が立て続けに起きた。容赦《ようしゃ》ない爆風が人々の命や彼らが必死に建設していたものをすべてさらっていった。

やがて、もっとひどいことが起きた。無人機が街の中心のタワーに衝突《しょうとつ》し、ものすごい爆発が起きた。〈千の目〉のクリスタル宮を模したタワーはこなごなになり、ガラスやセメントや鋼鉄が数百メートル四方に飛び散った。この街を設計した建築家は見事な仕事をしたが、このすばらしい都市開発のコンセプトは大きな欠点を持っていた。ガスや原油などが地下にあることだ。地面が揺《ゆ》さぶられ、深い穴があいてひび割れができた。無人機に積まれた爆発物の放つすさまじいエネルギーが貯蔵タンクやパイプラインにまで達し、それらがむき出しになったり、破壊《はかい》されたりした。ガスや原油は引火性が高い。炎に触《ふ》れるとすぐに巨大な火の玉になり、オーソンの街を焼きつくそうとしていた炎をしのぐ勢いになった。

爆撃でまだ破壊されずに残っていたものはすべて、「新世界」の地下にあったガスや原油の爆発によって破壊された。

ものすごい炎の熱さのため、〈逃げおおせた人〉たちは火花をまき散らすかまどの中に投げこまれたような気がした。全員が体を丸め、むだだと知りながら、腕《うで》で顔をおおって守ろうとした。耐えがたいほどの爆音は容赦なく鼓膜《こまく》を震《ふる》わせた。

顔を上げたオクサと仲間たちは、爆発の破片がジャングルにも降っていることに気づいた。数メートル先の木々が真っ赤になった金属の破片に当たって燃え始めた。すぐにパヴェルの刺青《いれずみ》が闇《やみ》のドラゴンになり、浮遊《ふゆう》のできない人たちを一人一人ピックアップしたため、全員がすばやくその場を離れることができた。熱さや爆音からやや遠ざかると、みんなはふり返った。ドラゴンはゆっくりと羽ばたきながら、浮遊する人たちとともに空中に浮いていた。少し離れてからあらためて見ると、彼らの背後にある混乱はよけいにひどく見えた。〈逃げおおせた人〉たちの目がうるんでいるのはガスや炎の臭《にお》いや煙のせいではない。

「見たかったものはもう見た……」声を詰まらせたパヴェルが言った。「家に帰ろう」

「ガナリ、帰り道を案内してちょうだい！」オクサはポシェットからガナリこぼしを出しながら命じた。

ドラゴンがさっと向きを変えたのにならって、オクサとゾエとモーティマーもガナリこぼしのあとを追った。みんなの心は重く、疲れはてていた。あんな殺りくを導いたことに想像以上に心が痛み、オーソンをやっつけたという満足感はいまはなかった。

やがて、ガナリこぼしは静かな森にさしかかった。「新世界」を包んだ炎は遠くオレンジ色の揺れる塊《かたまり》となり、闇夜にぽつんと浮かんで見えていた。〈逃げおおせた人〉たちはやっと足を地面に下ろし、ドラゴンも刺青にもどった。これから茂《しげ》みに隠《かく》した二台のジープに乗ってギアナにもどるのだ。そこにはフランスの大統領が用意した特別機が待っており、北に向かって飛び立つ予定だった。一刻も早く安全なワシントンのアパートにもどりたい。次の戦いにのぞむ前に……。

あたりには何も見えない。クラッシュ・グラノックを持つ人たちは発光ダコを呼び出した。ジープは遠くないところにある。オクサはすでに目印を見つけていた。地面に浮き出ている波模様の大きな根を持つ木だ。

「グラシューズ様……」とつぜんうろたえたようにガナリが口を開いた。

ガナリは最後まで言わなかった。いずれにしても、警告は不要だった。ジープによりかかって自分たちを待っている男に〈逃げおおせた人〉全員が気づいた。

「グレゴール……」オクサがつぶやいた。

たしかにグレゴールだった。すすや血で顔がよごれていたが、あまりに父親に似ているので、少し若返ったオーソンといってもいいくらいだ。服からは煙が立ち、火事の臭いがする。目には復《ふく》讐《しゅう》の欲望がめらめらと燃えている。クラッシュ・グラノックを手にしたグレゴールの周りを飛びまわっているのはヴィジラントの群れだ。さらに頭上には湿《しめ》った羽ばたきの音で骸骨《がいこつ》コウモリがいるとわかった。

「おまえたちは自分が何をしでかしたか、わかっているのか?」グレゴールがどなった。

「その質問をそっくり返させてもらうよ」パヴェルが言い返した。

〈逃げおおせた人〉たちは息を詰めた。彼らは十人、グレゴールはたったの一人だ。だが、ヴィジラントと骸骨コウモリは手ごわい。

「おまえたちは何千人という人を殺した」と、グレゴール。

「あたしたちをばかにしてんの？」オクサは緊張《きんちょう》していたが、毅然《きぜん》とした態度だった。「あなたたちは何の罪もない人を何百万人もまっ殺したし、何十億という人たちを殺そうとしてるじゃない、お父さんといっしょに……。あたしたちがしたことは善のための悪よ」

全員が神経をぴりぴりさせてにらみ合っていた。

「おれたちに罪悪感を抱《いだ》かせようとしたってむだだぜ」意外にもモーティマーが割って入った。

「おやおや……裏切り者の弟じゃないか……」グレゴールはこれ見よがしに冷たく言い放った。

モーティマーは体をこわばらせた。ゾエがだれにもわからないほどわずかにモーティマーに近づいた。ゾエがそばにいることに勇気づけられたのか、モーティマーは勢いを取りもどしたようだ。

「それで？」モーティマーは挑《いど》むように言った。「いったい、どうするんだ？　親父は自分のすばらしい計画がおまえのせいでめちゃくちゃになったことを喜ばないだろうな。無能なやつだと思われるだろうな……」

今度はグレゴールが固まる番だった。クラッシュ・グラノックを取り落としそうになった。犬が骨をくわえるように、モーティマーは食らいついた。

「そういうことになるだろ？」

「なんだよ。そういうことってなんなんだ？」グレゴールがどなった。

「おまえが、おれたちの大事な親父をがっかりさせることとさ。うまくやったじゃないか！　親父をがっかりさせることじゃあ、おれが記録保持者だと思ったけど、おまえはもっと上だな。ブラボー、負けたよ……」

グレゴールが異母弟の攻撃《こうげき》に耐えている間に、ほかの〈逃げおおせた人〉たちはひそかに視線を交わした。行動を起こすならいまだ。オクサはかすかにうなずいて、自分がやると合図した。すばやく発光ダコを呼びもどすと、暗くなったすきに攻撃に移った。

「これはメルラン、それにニアルの両親のため！」オクサはそう叫《さけ》んで〈ガラス化弾《だん》〉を放った。

グレゴールの体はすぐにガラスのようになった。

「パヴェル！　いまだ！」アバクムが叫んだ。

二人は火の玉を次々とあびせ、〈逃げおおせた人〉たちにおそいかかろうとしていたヴィジラントの群れを押し返した。

この混乱に乗じて、ゾエとモーティマーはオクサに近づいた。

「グレゴールは強力なミュルムよ！」ゾエが大声で言った。「〈ガラス化弾〉の効果は長続きしないわ！」

わかったと目で合図したオクサは再びクラッシュ・グラノックを口に当てた。〈逃げおおせた人〉たちはもう以前とはちがう。グレゴールを生かしておいてはいけない。

「おい、オクサ！　〈まっ消弾〉はオーソンのためにとっておかないといけないんだぜ！」ギュスが耳元でささやいた。

〈ガラス化弾〉の効果がグレゴールの顔から消えようとしている。

「オクサ、考えるな！」モーティマーがきつい声でどなった。「息の根を止めろ！」

「くたばれ！」ニアルも叫んだ。

　この言葉を聞いたグレゴールは目を大きく見開き、もがいた。やっと片方の腕《うで》が自由になったが、痛みにうめき声をあげた。骨が耐えきれずに折れたのだ。オクサは冷静になろうと、二発目の〈ガラス化弾〉を発射した。少なくともこれで静かになる。それから、頭をもうろうとさせる迷いを追いはらうかのように、何度か息を吐《は》いた。頭で考えてしまうと何もできない。残念ながらそうなのだ。オクサは考えるのをやめて頭と心をからっぽにした。思いやりと同情に満ちた自分という人間をつくっているものをすべてわきにどけた。


　オクサはクラッシュ・グラノックをしまってから、グレゴールに近づき、これまでいちばん強力なノック・パンチを浴びせた。ガラスの彫像《ちょうぞう》になった彼の体は空中を飛び、数メートル離れた木の幹にたたきつけられた。何千というガラスの破片が飛び散り、木の皮につきささったり、森を縦横に行きかう小川に流されたりした。

　あまりの破壊力に、まだ生き残っていたヴィジラントと骸骨コウモリは攻撃するのをやめ、あわてばたばたと羽ばたいて姿を消した。息詰まるような静けさのなかに〈逃げおおせた人〉を残して……。

29　メディア操作

　ワシントンにもどる飛行機の中で、〈逃げおおせた人〉はたまにひとこと、ふたこと言葉を交わすことはあってもほとんど無言だった。一方では、彼らが味わったばかりの衝撃《しょうげき》はこれまでにないほどみんなの結束を固めていた。だが、すさまじい攻撃《こうげき》と最後の思わぬ出来事に、一人一人が自分の思いに閉じこもっていた。

　飛行機は夜明けの空を北に向かっていた。全員が一刻も早く家に帰りつき、シャワーを浴び、紅茶を飲んで休みたかった。その休息はつかの間のものだとだれもがわかっている。本当の意味では安心はできない――少なくとも、まだできないのだ。勝利への道はまだ遠く、熾烈《しれつ》な戦いや流血なしにはありえないだろう。今回の出来事のあとには、より恐ろしい報復を受けることは避《さ》けられない。ちびガナリが言ったように、「戦時に手段は選ばず」なのだ。

　座席に深く沈《しず》みこんだオクサの頭のなかでは無数の思いが駆けめぐっていた。いろんな数字がからまり合い、いろんな感情が奇妙《きみょう》にぶつかり合っていた。

　メルランと彼の両親やニアルの両親を処刑《しょけい》するのに、オーソンは数秒しか考えなかった。オーソンに抵抗《ていこう》する組織があの巨大な街を破壊《はかい》し、数千人の労働者をまっ殺するのには十五分しかかからなかった。

グレゴールを殺すには一分――もっと少なかったかもしれない――しかかからなかった。

悪人であれ、善人であれ、嫌《きら》われ者であれ、愛すべき人間であれ、人の命を奪《うば》うということはひどいことだ。しかも、その人が家族の一員ならことはもっと複雑だ。グレゴールはポロック家の人間ではない。しかし、マロラーヌとオシウスの秘密の関係のためにマックグロー家とエヴァンヴレック家――レミニサンスの家系だ――はオクサの家族と血縁《けつえん》関係がある。家系図がつながっているのだ。

オクサは居心地悪そうに座席の中でもぞもぞと動いた。グレゴールがオーソンと同じくらい危険な人物だとしても、自分がしたことを受け入れるのには時間が必要だった。オクサは少し離れた席に座っている、モーティマーとゾエの横顔にちらりと目を向けた。二人が見せた冷徹《れいてつ》さにオクサは動揺《どうよう》していた。そんな二人をどこかうらやましく感じている自分に気づき、あわててそれを否定した。うらやましがることは何もない。モーティマーは異母兄弟を失ったばかりだ。そのことは、二人の関係がどうであれ、ささいなことなどではない。ゾエのほうは……オクサは顔をそむけて目をぎゅっと閉じた。ゾエがレミニサンスの死を知る瞬間を何よりも恐れていた。いつかは直面しなければならない試練ではあるけれど……。

「着いたよ」ギュスがオクサのほうにかがんで告げた。

オクサは力なくほほえみを返した。考えこんでいたので、飛行機が着陸したことにも気づいていなかった。

「よかった……」オクサは口の中でつぶやいた。

タクシーがロフトのある小さな通りの入り口に着いたとき、〈逃げおおせた人〉たちは思わずロフトのある建物の最上階を見上げた。変わった様子はない。アバクムは〈ミニ・アイギス〉をより強力にし、用心のために生き物たちを安全な場所に隠していた。ミニチュアボックスに入れ、さらにそれをワシントンにある大銀行の貸金庫にあずけたのだ。

それでも、アバクムとパヴェルは偵察《ていさつ》のために先にエレベーターで上にあがった。いまの状況《じょうきょう》では注意してもしすぎるということはない。オーソンが〈逃げおおせた人〉たちの住《す》み処《か》を知っているとしたら、新たな報復の始まりを告げるいやなサプライズが待っているにちがいないとだれもが思っていた。

「だいじょうぶだ、おいで！」パヴェルが窓から合図をした。

ロフトに入るとすぐに、ニアルはデスクのところに行き、いちばん大きいパソコンのキーボードをせわしなくたたき始めた。ゾエもそばについた。

「あたしたちも手伝えるかしら？」オクサがたずねた。

「もちろん！」ニアルが答えた。「ぼくたちはアメリカを調べるから、きみたちはそのほかの国をやってくれる？」

オクサとギュスはそれぞれのノートパソコンを持ってきて、床にじかに置いてあるクッションに座り、クッカとモーティマーもカウンターの高いスツールに腰《こし》かけてリサーチを始めた。いつも日に何時間かするように、オーソンに関する情報を集める作業にとりかかった。

「きみたちのほうはどうか知らないけど、ぼくのほうは、アマゾンで起きたことについては何も見つからないよ」十分もすると、ニアルが言った。

「こっちも、なんにもないぜ！」と、モーティマー。

「だけど、あれほどのことが気づかれてないってことはありえないよね！」クッカが言った。

「南米の環境《かんきょう》保護グループのサイトにアマゾンの森での火事のことが小さく載《の》ってる」と、ギュスが告げた。

「南米のエコシステム保護の雑誌のオンライン版にも小さな記事があるよ」オクサが言った。「待って、訳すから。ええと……記事を書いた人はアマゾンの自然資源の過剰《かじょう》開発を批判してる。昨夜の大規模な火事は、火事というものが引き起こす環境被害《ひがい》の重大さを新たに示した。何ヘクタールもの森が焼けたのはこれが始めてじゃないみたいね……」

「写真は載ってるのか？」大量の朝食を用意しているパヴェルがオープンキッチンから声をかけた。

「航空写真が二枚だけ。森の真ん中に煙があがっているのしか見えないけど」

「こんなの、ウソみたい！」クッカが叫《さけ》んだ。「だれでも何でも知ることができる時代によ、本当に起きていることがだれにもわからないなんて！」

「情報操作はいつも、親父……オーソンが大好きだったからな……」モーティマーはこわばった声で言った。「おれが小さかったころ、いまでも覚えてるけど、あいつがCIAで働いていたときに、いつも熱心に話してたよ。それにさ、自分に歯向かうメディアの攻撃を一掃《いっそう》しているのを見るだけでもそれがわかるよ」

「何のことを言っているんだい？」アバクムがたずねた。

「何日か前から、オーソンのやり方に疑いを向けたり、批判的な情報を流しているサイトがあるんだけど……」

「それは避《さ》けられないことじゃない？」バーバラが口をはさんだ。「権力を手に入れようとする人はみんな、メディアに生活を暴かれたり、中傷する人や反対派の標的になったりするわよ。民主主義の国ならね」

「うん、オーソンを攻撃する情報のことですごくおかしいのは、公開された数時間後にその情報はなくなるんだ」

「ちょっとでもいやな情報があると、未然にもみ消すんだよな！」ニアルがパソコンでウェブページを次々と開きながら言った。「ねえ、それを生中継《ちゅうけい》で確認できるよ。おいでよ！」

大人たちはニアルの周りに集まり、若者たちは彼が教えたサイトに行った。

「オーソン・マックグローの過去に不穏《ふおん》な影……」マリーが声に出して読んだ。

全員が急いで記事を読んだ。

「そりゃあ、驚くよな……」ギュスが記事の内容をまとめた。「オーソンが生まれて学校にも通ったとされている町の住民簿《ぼ》は奇妙な火事で灰になるし……一九八〇年代に撮《と》られた写真を見ると、オーソンはそれからしわ一本増えていないってわかるし……ＣＩＡやＮＡＳＡ勤務と聖プロクシマス中学への就職の間には気の遠くなるほどのへだたりがあるし……一九七〇年代の冷戦さなかの東《とう》欧滞在《おうたいざい》……」

「その時代は、わたしたちの仲間の何人かを探していたんだろう」アバクムがコメントした。

「よく見ていてくださいよ」ニアルが注意した。「この記事は十一時八分にアップされた。いま十一時十五分だけど、数分後あるいは数秒後には消えるでしょう」

ニアルがそのページを更新《こうしん》した。すると、彼が言ったとおりになった。もうそのサイトにアクセスできなくなったのだ！

「ほら、もうない！　オーソンについて否定的なことが書いてあると、すぐそうなるんだ！　すごくよく評価した情報しか残らないようになってる」

「偉大《いだい》な独裁者の常套《じょうとう》手段だな。こんな情報過剰な時代なのに……」アバクムが引き取って言った。「覚えているだろう。少し前にも、権力をにぎったこの男がスーパーヒーローとして登場する舞台《ぶたい》を作り出すために演出したことを……」

「そうよね！」オクサが大声で同調した。「あの演出はやりすぎで、滑稽《こっけい》だったよね！　覚えてる、ギュス？　あれって、まるでコントだったよね。笑いすぎて涙が出たじゃない！」

「うん。スーパー大統領が迷子になったコウノトリたちをマイクロライトプレーンで誘導《ゆうどう》して元の群れに返してやったっていうやつだろ！」

「それに、戦闘服《せんとう》みたいなのを着た上半身裸のスーパー大統領が大きな魚を釣《つ》ったっていうのも。すごい筋肉を見せつけるためだよね！　最初のプレス発表はあまり満足のいくものじゃなかったから、スーパー大統領は二十キロの魚を捕《つか》まえたって政府の報道官が訂正《ていせい》したんだよね！」

「オーソンはそういうデモンストレーションがけっこう得意なんだ」ニアルはビデオをクリックしながらため息をついた。「彼は世界を破壊しそうになったあの自然災害の犠牲《ぎせい》者支援《しえん》団体に二千万ドルの寄付をしたばかりだよ」

「エデフィアのダイヤモンドにお礼を言わなきゃね！」オクサが声をあげた。

「それにさ、オーソンは一市民としての個人的行為《こうい》だということをメディアに尊重してほしいと謙遜《けんそん》ぶってるんだぜ。この国では、そういう行いは道徳的価値が高いからな。でも、実際には、スポットライトが自分に集まるようにしてるだけなんだ」

ニアルは嫌悪《けんお》感と怒りを隠せないようだ。

「そうやって、立派な人間だと思わせようとしてるのよ！」オクサがまた大声で言った。「自分の財産の一部を恵《めぐ》まれない人たちに分けてあげる謙虚で善良な人だって」

「それがうまくいってるのよ！」ゾエが言った。「世論調査を見た？　大統領選挙の候補者でこれほど人気が出た人はいないみたいよ。楽勝よ。相手の候補はダサいアマチュアっていうことにされてるって」

「でも、消されていない情報もあるのが、どうしてかわからないわ」マリーが言った。「たとえば、これ。『次期アメリカ大統領とされるオーソン・マックグローは、人類を支配するためにほかの星から来たエイリアンか』」

「支配したいだけだったらな。破壊するんじゃなくて……」パヴェルがぶつくさ言った。

「いったい、どうしてまだネットに載ってるのかしら？　あんまりいい評判じゃないし、本当のことに近すぎるじゃないの！」

「わたしたちはそれが真実に近いことを知っているけれど」アバクムが説明した。「いわば現代の集団的空想というか、都市伝説だろう。そういうことを信じる人たちは多いし……一方でばかげていると考える人も多い。だが、そういう説がまじめな情報として広がると、ほかのことも全部信用できなくなる。嘘《うそ》と本当、ばかげたことと信頼できることが混じり合う。そうやって、人々を混乱させるんだ。真実を隠すためにはばかげた噂《うわさ》を立てるのがいちばんというわけさ。とくに、真実と噂が同じ場合はな」

「たしかにそうね……」オクサはうなずいた。

「それはオーソンに有利だしな。革新的な感じがするもんな」ギュスがつけ加えた。「オーソンはあらゆる場面に登場するし、どんなテーマでも質問に答えられる。彼の政治手法は多くの人にとっては新鮮《しんせん》に映るだろう。それに、やつはほかの政治家たちのように、スピーチをするだけじゃない。行動してポイントをかせいでいる。みんなはそういうのが好きなんだよな」

〈逃げおおせた人〉たちはいやそうな顔をしたり、憤慨《ふんがい》した顔つきをした。

「あいつのたくらんでることがみんなにわかったらな……」モーティマーがつぶやいた。

「あの人は手ごわいわ」バーバラがつけ加えた。

「でも、どうして、だれも彼に反旗をひるがえさないのかしら？」マリーが問いかけた。「まさか、みんながみんなだまされてるわけじゃないでしょ？　諜報《ちょうほう》員とか、ＣＩＡとか、メディアとか、影響力のある人たちのなかにはわかっている人もいるでしょうに……」

「オーソンのように切り札を持っていたら、潜入《せんにゅう》工作をしたり、圧力をかけて人を黙《だま》らせることはできるだろう」アバクムが答えた。「やつは自分の計画は正当だと、わたしたちが思っているより多くの人たちを説き伏せたんじゃないかと思うな」

マリーはその場にいた人たちと同じく、しばらく考えこんでいたが、最後にはこう言った。

「アバクム、あなたの言うとおりだわ」

「それをどんなに残念に思っているか、マリー、きみは想像もつかないだろうね」

30　貸金庫に隠されたもの

アバクムとオクサは背広を着た男のあとについて銀行の地下階を歩いていた。一足ごとに足音が大理石の床に冷たくひびき、それは軍隊が行進するときの規則正しい靴音を思わせた。

「こちらです」男は鋼鉄で補強された大きな扉《とびら》を開きながら言った。「いつでもご用をうけたまわります。用事がお済みになったり、何か必要なことがありましたら、これを押してください」

男はスチールのくすんだ色ばかりのその部屋で一点だけ鮮《あざ》やかな赤いボタンを指さした。そして、重い鉄格子を引き、遠ざかっていった。

「アバクムおじさん」

「なんだい、オクサ?」

「だいじょうぶ?」

オクサがこの〈逃げおおせた人〉の最年長者と二人きりになるのは久しぶりだった。ここ何ヵ月もの共同生活ではこうした二人だけの時間を持つのは容易ではなかったからだ。オクサの問いかけに、妖精人間アバクムはいったん目を伏せてから、オクサの目をじっとのぞきこんだ。そのまなざしには苦しみとひどい疲れがにじんでいて、オクサははっとした。死にかけた経験の傷あとは深く、以前は目の奥にともっていた内なる光の一部を消してしまっていた。

「わたしたちにはみんな、過去にもっといい日があったな……」アバクムはしばらくしてから答えた。まるで、この短い答えを出すのに特別に考える必要があったかのように。

悲しみの混じった優しい気持ちがオクサをとらえた。

「でも……だいじょうぶなんだよね？」

「うん、心配しなくていいよ、わたしの愛しい子……わたしのグラシューズ」

「あっ、あたし、〝わたしの愛しい子〟のままでいいよ……〝わたしのグラシューズ〟ってちょっとかしこまった感じだよね？」

アバクムは限りなくやわらかいほほえみを向けてうなずいた。

「おまえは？」今度はアバクムのほうがたずねた。「だいじょうぶかい？」

オクサは共犯者めいたしかめっ面をしてすぐに答えた。

「わたしたちにはみんな、過去にもっといい日があったよね……」

二人は以前のように話ができたことにうれしくなり、しばらく黙《だま》っておたがいを優しく見つめていた。

「よし……」アバクムはつかの間の満ち足りた時間をふり切るようにつぶやいた。「さてと、われわれの小さな仲間を解放することができるな」

「アバクムおじさん」オクサがまた呼びかけた。

アバクムは貸金庫の鍵《かぎ》を手にふり返った。オクサのくちびるが震《ふる》えているのと、目が独特の光をたたえて輝いているのが、感情が高まったせいなのか不安のせいなのかアバクムには判別できなかった。だが、彼は問いたださなかった。そのことにオクサはおびえた。自分の良心の呵責《かしゃく》にアバクムは気づいただろうか？　レミニサンスの死を告白しなければという思いと、彼を打ちのめすのではないかという不安に気持ちが揺《ゆ》れ動《うご》き、拷問《ごうもん》を受けているような気がした。今度もオクサは妥《だ》協《きょう》した。

「ううん、なんでもない……」オクサは両手をジーンズのポケットにつっこみながらぼそぼそとつぶやいた。

アバクムは無数にならぶ貸金庫のひとつをあけ、二つのミニチュアボックスを取り出してテーブルの上に置いた。箱の小ささにオクサはいつもびっくりさせられる。靴箱よりほんの少し大きいだけのこの箱に、どうやったら〈逃げおおせた人〉のすべての生き物と植物を入れることができるんだろうか?

「あらら、中はかなりごったがえしてるみたい!」オクサが声をあげた。

二つのミニチュアボックスはテーブルの上でがさごそ揺れ、はね上がったりもした。アバクムはキャパピルケースからコガネムシの鍵を出した。その緑の鍵はミニチュアボックスの鍵穴の中に消えた。いくら小さくなったとはいっても、箱の中は信じられないほどがやがやと騒《さわ》がしかった。人間と同じように、たとえ快適で安全であっても、共同生活にはある種の不便さがともなう。

アバクムとオクサは仲間の苦情を代弁するスポークスマン、フォルダンゴを引っぱりだした。大きな目は奇妙にくぼんでおり、丸々とした顔は汗にまみれていた。ぐったりと疲れているようだ。

「グラシューズ様……後見人の方……」ふつうの大きさにもどったフォルダンゴはため息まじりに言った。「気分の過熱が監禁《かんきん》の条件をひどい疲労の詰まったものに創造しました」

「そんなに?」

オクサはそうたずねると、ふたがいっぱいに開かれたミニチュアボックスにちらりと目をやった。

叫《さけ》び声が聞こえてきたが、不満の声なのか、喜びの声なのかオクサにはわからなかった。

「ゴラノフという名の植物がパニックの種をまきました」

「それは予想していたがね」アバクムがため息をついた。「だから、黄金妖精秘薬をしこたまあたえておいたんだが……今度はどんなことを思いこんだんだろう？」

「ゴラノフたちは失神への墜落《ついらく》を知る前、グラシューズ様と〈逃げおおせた人〉が移動を起こすことの不能をこうむるなら、ミニチュアボックスは銀行の地下での監禁に苦しみ、中の不思議な住人たちは乾燥《かんそう》と飢餓《きが》と精神障害による死亡に出会うだろうという意見を普及させたのです」

オクサがアバクムをちらりと見た。二人はほほえむのを我慢《がまん》した。フォルダンゴは報告を続けた。

「パニックはドヴィナイユという名の家禽類《かきん》には免除《めんじょ》を行いました。ドヴィナイユたちは冷蔵によっては死なないという安心の表現を伝えましたので。また、ヤクタタズという生き物も冷静の恩恵《おんけい》をこうむりましたので、パニックは彼らの精神への接触《せっしょく》を行いませんでした」

この話に、ミニチュアボックスをのぞきこんでいたオクサは笑い出すのを止めることができなかった。ミニチュアサイズになった生き物たちの顔と植物の葉がすべてオクサのほうを見上げた。

「もうだいじょうぶよ！」オクサは落ち着いた声で言った。「あたしたちがいるんだから、もう怖《こわ》いことはないよ！」

オクサは少し迷ってからつけ加えた。

「空腹や渇《かわ》きや寒さで死なせたりなんか、絶対にしないからね！」

二つの箱から歓声があがった。みんな感謝の気持ちでいっぱいなのだ。

「じゃあ、家に帰ろうね！」

「貸金庫を閉める間だけ待ってもらってもいいかい？」

「おおせのとおりに！」と、オクサ。

フォルダンゴがミニチュアの仲間に加わるのを手伝いながら、オクサの目は貸金庫の奥にあるメタルの箱に引き寄せられた。

「あれ、何？」と、オクサがたずねた。

アバクムはほほえんだ。

「おまえには何も隠せないな……」

アバクムはその箱――オクサが最初に思ったよりは大きかった――を取り出すと、ふたを開けた。天井《てんじょう》のライトが中身に反射して、輝く光がきらきらともれ出た。

「わあ、アバクムおじさん！」オクサは声をあげた。「エデフィアのダイヤモンド！」

「うん、そうだよ、わたしの愛しい子……」

「あたしたちが生活できるのはこれのおかげだっていうのはわかってたけど、こんなにあるなんて知らなかった！」

オクサはそのきらきら輝く山に思わず手をつっこんだ。

「オーソンほどはないけれど、それでも大変な財産だ。いまの相場だと、数百万ドルに相当する。いずれにしても、将来の保証には十分だ」と、アバクムが説明した。

「でも、あたしたちには必要ないよね？　だって、あたしたちの将来は、このゴタゴタが終わったらエデフィアに帰ることでしょ？　それに、もうすぐじゃない！」

アバクムが箱のふたを閉めると、コガネムシが不思議なやり方で鍵をかけた。

「あたし、早く帰りたくてたまらない……」オクサは考えこむような目をして言った。

「この世界に未練はないのかい？」

　オクサは真剣《しんけん》な面持ちでアバクムを見つめた。

「この世界を去る瞬間のことをよく考えるんだけど、悲しいっていう気持ちにはなれないんだ」と、オクサは答えた。「だからって、この世界があたしにとってもう存在しないっていうわけじゃないんだけど。とにかく、あっちに行くときに、こっちがうまくいってたら安心できるな」

　オクサはこう言うとほほえんだ。

「それに、二つの世界の関係はずっとなくならないってことはわかってるの……」

「本当にそのとおりだよ……」

　アバクムは深くうなずくと、オクサに背を向け、箱を貸金庫の中に入れて鍵をしめた。それから、赤いボタンを押して背広の男を呼んだ。

「さあ、文明社会にもどろうか！　ここはちょっと息が詰まりそうだ」


　アバクムとオクサがロフトのある小さな通りに入ったとき、そこにはだれもいなかった。夕方のラッシュで騒がしいさっきの大通りとはちがって、嘘《うそ》のように急に静かになった感じだ。動いているものがあるとしたら、換気《かんき》窓の後ろにあるボイラーから上がる白い湯気と、ロフトの窓ごしに見える〈逃げおおせた人〉のシルエットだけだ。しかも、その通りの唯一《ゆいいつ》の明かりは四階にあるそのロフトの明かりだけだった。

　ミニチュアボックスをひとつずつ肩《かた》からななめにかけたアバクムとオクサはせまい歩道を進んだ。

だが、早く家に帰りたいにもかかわらず、二人は慎重《しんちょう》に周りを見回しながら歩みを進めた。

「なんかクサイよね……」急にオクサがつぶやいた。

アバクムも黙ってうなずいた。二人は立ち止まって、通りや壁や建物の上のほうをうかがった。

「耳をすませて！」アバクムはぴくりともせずにささやいた。

オクサは〈ささやきセンサー〉を全開にした。すぐに不快なパチパチという音が聞こえてきた。

少し前にトースターがこわれたときの音を思い起こさせる。

「電気かな？」

「そうじゃないと思う」アバクムが答えた。「だれか、あるいは何かが、われわれの保護膜《まく》を越《こ》えようとしているような気がするな」

二人はさっとクラッシュ・グラノックを取り出し、壁にはりついた。オクサのキュルビッタ・ペトが手首で動き始めた。いい兆候ではない。

二人がロフトの建物に近づくにつれて、音もはっきりしてくる。だが、何も見えない。

「ギュスに電話してみる」オクサは携帯電話を取り出して言った。「ギュス、通りにいるんだけど……窓からこっそりのぞいてくれない？　それで、何か変わったものが見えたら教えて」

五秒後に答えが出た。

「なんですって？　それはたしか？」オクサはせっぱ詰まった声で返事をした。

ギュスがひどくあわてているので、その声はアバクムにも聞こえた……。「骸骨《がいこつ》コウモリ」という言葉も！　オクサが顔をあげると、〈ミニ・アイギス〉にぶつかっている空飛ぶ怪物《かいぶつ》が一匹見えた。ぶつかるたびに、小さな火花が散っていた。骸骨コウモリも痛いはずだが、それでもあきらめないようだ。

「あれはわたしたちを痛めつけるために来たんじゃない」アバクムが言った。

オクサは眉《まゆ》をしかめた。平和的な骸骨コウモリ？　考えられない……。

「あそこにいることをアピールしたいんだ……」アバクムがつけ加えた。

オクサは猛《もう》スピードで頭を回転させた。

「あたしたちに何かを伝えたいのね！　オーソンからの伝言を！」

オクサはそう叫ぶと、すぐに〈磁気術〉を使った。骸骨コウモリはオクサの不思議な力に引っぱられて彼女の足元に落ちた。羽や足が完全にはずれている。オクサは足で踏みつぶそうとしたが、とちゅうでやめた。

「わたしにまかせてくれ」と、アバクムが言った。

アバクムがしゃがんでいる間、オクサは突っ立ったままでいた。アバクムは動かなくなった骸骨コウモリを裏返し、羽を持ち上げた。〈逃げおおせた人〉たちに見つけてほしいとオーソンが願っていたものはすぐに見つかった。ペンダントのようなUSBメモリだ。

あるいは、戦いの始まりのシンボルか……。

31　オーソンからの招待状

骸骨《がいこつ》コウモリの来訪にいちばんショックを受けたのはパヴェルだろう。彼にとっては家族の安全が最優先事項《じこう》なのに、コウモリ一匹でそれが根底からくつがえされたのだ。

「オーソンはぼくたちの居場所を知っている……」

パヴェルは頭をかかえて同じことをくどくどと繰《く》り返《かえ》した。

「パヴェル、お願いだから、そればっかり言うのはやめてよ」マリーがきっぱりと言った。「オーソンがわたしたちを殺したいなら、もうとっくにやってるわよ。そう思わない？」

マリーは大げさにため息をついた。

「ネコとネズミの追いかけっこのようなものよ」マリーが続けた。「できるだけ痛めつけてやろうっていう残酷《ざんこく》な遊びなのよ」

「こういうことにかけては、あのクズは天才だと言ってもいいみたいだな」顔をこわばらせたニアルがつぶやいた。

「ごめんなさい、ニアル……」マリーはくちびるをかんであやまった。「あなたを傷つける気はなかったの」

「わかってます、マリー」ニアルが言った。「あなたの言うとおりですよ。殺すことは、やつにとっては最後の仕上げにすぎない。その前に起きることのほうに興味があるんですよ」

十人の〈逃げおおせた人〉はテーブルの上に置いてあるＵＳＢメモリから目を離せないでいた。中身は恐ろしいものだろうとわかっていた。

「こうやって突っ立っててもしょうがないよ！」

とつぜん、モーティマーがどなった。汗をかき、まぶたがひくひく動き、息が苦しいのか、まるで窒息《ちっそく》でもしそうだ。

「いいですか？」モーティマーはしゃがれた声でたずねた。

この質問は形だけのものだった。というのは、彼はすでにUSBメモリをつかんで、デスクに向かっていたからだ。ほかの〈逃げおおせた人〉とはちがって、アバクムは立ち上がらなかった。ひじ掛《か》け椅子の背にもたれて、頭を後ろにのけぞらせていた。バーバラがそばに行き、床に正座して自分の手をアバクムの手の中にすべりこませた。二人とも、メモリの中にあるものを見たくなかったのだ。聞くだけでもじゅうぶんにひどいだろうから。

「おまえたちがたったいまやったようにわたしに歯向かうなどと、だれが思っただろうか？」

オーソンの声がアパートじゅうにひびきわたった。その声を聞くと、生き物たちは全員、寝室《しんしつ》のほうへ逃げていった。〈逃げおおせた人〉のほうは全身の力が抜けていくのを感じた。その声の調子は、聖プロクシマス中学の理科室での最初のオーソンとの対決をオクサに思い出させた。力強い声だ……。

画面から察するに、オーソンは巨大なホールの上に張り出した通路にいるようだ。ホールには電子機器やコントロールパネルがたくさんあり、同じ服装をした男女がいそがしそうに立ち働いている。

「デトロイトのミシガン・セントラル駅だわ……」オクサはこの駅への偵察《ていさつ》に加わらなかった〈逃げおおせた人〉たちに教えた。

オーソンの顔には、苦々しくも勝《か》ち誇《ほこ》ったような不気味な表情が浮かんでいた。最悪のことを予感させる表情だ。画面上ではスピーチが続いていた。

「ばかげた幻想《げんそう》はやめるんだな」オーソンは小声で続けた。「おまえたちは、わたしより強くはない。これまでもそうだったし、これからもそうだ」

オーソンが怒りを抑《おさ》えている様子は、彼の怒りそのものよりも不気味だった。瞳はアルミニウムのようなグレーから黒に変わった。その暗いまなざしに、その場にいた全員が凍りついた。

「おまえたちは、わたしの血肉を分けた息子を殺した……」オーソンははっきりと音節を区切って言い放った。「そして、わたしの大事なもの……わたしの作品をめちゃくちゃにした。おまえたちは勝利をおさめた。おまえたちや同盟国を過小評価していたことは認めよう」

オーソンの顔が撮影《さつえい》しているビデオカメラにさらに近づいた。

「だが、おまえたちはわたしを打ち負かすことはできない！」

その声は雷《かみなり》のようにひびきわたった。

「大切にしているものを破壊《はかい》されたことで、わたしが計画をあきらめると考えたのかもしれないが、そんな考えは無邪気《むじゃき》を通りこして哀《あわ》れだ……。おまえたちがやったいいようのない野蛮《やばん》な行為は、わたしの心を深く傷つけた。だが、それでやめると思ったら、とんだまちがいだ！　ブレーキをかけるどころか、避《さ》けられない事態を早めさせ、期限を縮めただけだ……」

オーソンのまなざしは、獲物《えもの》を見つけた大蛇《だいじゃ》のように陰険《いんけん》で残虐《ざんぎゃく》になった。

「おまえたちはまもなく死ぬ。予定していたより早くにな。まあ、安心するんだな。おまえたちだけじゃない！　わたしのような人間の前に立ちはだかる無用な人間もみんないっしょだ。おまえたちを消すのに、わたしの手をよごすまでもない。おまえたちはほかにどうすることもできないから死ぬんだ。おまえたちの命は何の価値もない。死んだほうがいいんだ。死の迎えがくる前に、おまえたちは苦しむ。ひどく苦しむ」

いかにもうれしそうな冷笑で薄《うす》いくちびるが引きつった。自分がこれから言おうとしていることを思うと、怒りも苦悩《くのう》も消えるのだろう。

「いろいろしゃべってきたが、次の段階のことを話していなかったな！」

そのわき出るようなしのび笑いを聞けば、オーソンの際限ない狂気《きょうき》をこれまで信じられなかった人すら納得させることができただろう。

「それはおまえたちにとっても、わたしにとっても重要な段階だ。なぜなら、エデフィアとわれわれの〝大事な優しいちっちゃなグラシューズ様〟に関わることだからな……」

オーソンは何気なくあごをぽんぽんとたたいていたが、その言葉は〈逃げおおせた人〉たちの心にぐさりと突き刺《さ》さった。

「さぞ驚いただろうな。おや、わからないのか？　それなら、おまえたちが驚いても許してやろう。それに、わたしは限りなく寛大《かんだい》だから、おまえたちに特権をあたえてやってもいいんだ……どう言ったらいいかな……つまり、すべてを実況中継《じっきょうちゅうけい》で体験するまたとないチャンスをやろう！」

オーソンはゆっくりと息を吸ってから、先を続けた。

「同じ善良な〈内の人〉なのだから、いっしょに大イベントを見物するためにみなさんを全員、わたしのところに招待しよう。それと、わたしの寛大さの証として、まったく同類とはいえない人たちも来てよろしい。結局、彼らも死ぬ前に自分たちの苦しみの理由を知る権利があるだろうからな」

オーソンは完璧《かんぺき》なスーツについたほこりを何気なくはらうまねをしてから、また口を開いた。

「十七時ちょうどに、おまえたちのアパートの下に車が迎えに行き、ホワイトハウスのヘリポートに連れていってくれるだろう。では、のちほど！」

画面が暗くなった。打ちひしがれた沈黙《ちんもく》とひどい苦痛がその場を支配した。パヴェルが立ち上がってマリーの肩《かた》のくぼみに顔をうずめていると、〈逃げおおせた人〉たちの周りに金色に輝く光の輪が少しずつあらわれてきた。

「バーバ……」と、オクサはつぶやいた。

第三部　すべてを賭《か》けて

32　母なる星

とつぜん、壁ががたがたと揺《ゆ》れ出し、物が落ちて床にくだけ散った。電灯の明かりがちらちら揺れ始め、薄暗《うすぐら》くなったり明るくなったりを繰《く》り返《かえ》し、いくつかの電球が割れた。

不老妖精たちがエレベーターの鉄の壁を突き抜けてやって来て、サロンの真ん中に浮かんでいる幽霊のようにぼんやりしたシルエットを取り囲んだ。オクサと〈逃げおおせた人〉たちは、その堂々としたたたずまいや頭に巻かれた冠《かんむり》のような三つ編みでだれなのかがわかった。みんなにとって最悪の瞬間であるいま、ドラゴミラが来てくれたのだ。

「バーバ……」オクサはのどを詰まらせながら繰り返した。「ひどいことになったよ……」

その光のシルエットは、金色のきらきらした輝きを壁に投げかけて震《ふる》えていた。オクサは足元がふらつくのを感じた。もし、ドラゴミラがレミニサンスの死を知らせるためにここに来たのだとしたら……。「そんな!」と、心のなかで叫《さけ》んだ。「いまはだめ! まだ早い! こんな状況《じょうきょう》のときに、みんな耐えられない!」オクサは思わず、心のなかで祈った。

「わかってるわ、わたしの愛しい子《ドウシュカ》……」大好きだった声がひびきわたった。

その言葉で猶予をくれたのだとオクサにはわかった。

「グレゴールを殺すべきじゃなかったんだ!」ギュスが声をあげた。

「そういう決断をするのも責任を取るのも難しいわ。でも、ほかにどうしようもなかったのじゃないかしら？　避けられなかったのよ……」ドラゴミラは優しくさとすように言った。

「だけど、状況をかえって悪化させてしまった！」と、ギュスは言い返した。

「そのために、ぼくたちは高い代償《だいしょう》をはらわなければならない」パヴェルもたたみかけるように言った。

ドラゴミラの輝くシルエットが急に青白くなった。

「パヴェル……おまえと会えなくてどんなに寂《さび》しいか……」古いグラシューズがつぶやいた。

その言葉に同情するように、不老妖精たちがドラゴミラに寄り添った。

「ショックは大きいでしょうけれど、あなたたちはこれまでよりもっと強くならないといけないわ」と、ドラゴミラが続けた。「オーソンはあらゆるものを踏みつぶすロードローラーのように暴走している。あなたたちも気づいているかもしれないけれど、彼は全人類に危害を加えるだけでなく、わたしたちにもとどめをさそうとしているのよ」

「バーバ、説明してくれなくちゃ……」オクサはせっぱ詰まったようにうめいた。

「それはすべて、ある星から始まっているの」ドラゴミラはそれだけ言って、口をつぐんだ。

〈逃げおおせた人〉たちは顔を見合わせた。

「オーソンがその星を破壊《はかい》しようとしているのはわかっている」アバクムが言った。「もしそうなったら、エデフィアを保護する幕がなくなって、われわれの故郷と国民はひどく苦しむことになるだろう」

ドラゴミラのきらきら光るシルエットがアバクムのほうを向いた。

「アバクム、わたしの大切な後見人……残念ながら、ことはもっと深刻なのよ。あなたにはそれがわかっていると思うけれど。ちがうかしら?」

アバクムは苦しそうにオクサを見つめた。そして、息を吸いこんでから、言いにくそうに口を開いた。

「その星とグラシューズには深い関わりがある……」

シルエットの光がしだいに強くなった。

「覚えてるわ……」オクサが小声で言った。「あたしが〈ケープの間〉で就任の儀式《ぎしき》をしたとき、あの印がおへそを離れていって宇宙に上がったの」

「そうよ。おまえより前のグラシューズたちもみんな、〈ケープの間〉で同じ体験をしたのよ」と、ドラゴミラが説明した。「運命にじゃまされたわたしは例外としてね……そのことは、わたしたちが母なる星に属していることを示している。でも、別のこともあるの。つまり、その星はこの世を去るグラシューズたちのエネルギーによって、少しずつ再生していくわけ。その代わりに星は現職のグラシューズに正当性をあたえてくれる。正当性と力を……」

オクサはのどがカラカラに乾いた気がして、ほおの内側をかんだ。まばたきが速くなり、動悸《どうき》も激しくなった。

「もし星が死んだら、あたしに力がなくなるの?」オクサはこみあげてくる涙を必死にこらえて、苦しそうにたずねた。

ドラゴミラは答えなかったので、オクサは妖精人間アバクムのほうに向き直った。彼は口をあけたが、言葉が出てこなかった。

「バーバ、答えてよ!」動転したオクサが再びたずねた。

「オクサは……星といっしょに死んでしまうんですか？」パヴェルはいらいらした調子でつっけんどんに言った。

「もしそうなら、そう言ってよ、バーバ！　みんなが知っておかないと！」

「これまで母なる星にそんなことが起きたことはないのよ」ドラゴミラがやっと口を開いた。「でも、不老妖精たちの意見ははっきりしてるわ……そうよ、もし星が破壊されたら、同時におまえは無に引きずりこまれるのよ」

オクサは吐き気《はけ》を感じ、マリーは手で口を押さえた。まるで、叫び出すのを抑《おさ》えようとするかのように。

「つまり……あたしもすぐに死ぬのね？」

ドラゴミラのシルエットがはっきりし、顔の表情までわかるようだった。

「そうよ」と、ついに言った。

ドラゴミラはオクサのすぐそばまでやってきた。もしドラゴミラに肉体があったら、きっとオクサを力いっぱい抱《だ》きしめただろう。

「そういうことになるわね」ドラゴミラが続けた。「オーソンがそれをいちばんに求めているのではないにしても……」

「バーバ、説明して」

「エデフィアを保護する幕を消すことによって、オーソンはエデフィアの門をあけることになるわね。すると、〈外の人〉はこぞってエデフィアを侵略《しんりゃく》しようとするでしょう。オーソンは膨大《ぼうだい》な財産をさらに増やそうとして、わたしたちの故郷の富を自分のものにするでしょう。そして、わたしたちの民を滅《ほろ》ぼそうとするにきまっているわ。彼がエデフィアへの帰還《きかん》に失敗して以来、復讐《ふくしゅう》の欲望はいっそう強くなっているはずよ。自分を拒絶《きょぜつ》した人たちに罰《ばつ》をあたえたくてたまらないのよ。わたしの愛しい子《ドウシュカ》、おまえが母なる星の消滅《しょうめつ》で死ぬことなんて、オーソンにはほとんどどうでもいいの。彼にとっては、個人的な復讐でしかないのよ」

ドラゴミラのシルエットと不老妖精の輪郭《りんかく》が急にぼやけてきた。

「わたしたちはもう行かなければいけないわ」ドラゴミラが告げた。「でも、あなたたちのやるべきこと、そしてその影響の大きさはわかってくれたわね」

〈逃げおおせた人〉たちはこれ以上ないほど打ちのめされていた。ショックの連続で心も体も麻痺《まひ》したようになっている。

「わたしたちの美しい故郷エデフィアでまたみんなに会えることを心から願っているわ」

ドラゴミラの声はほとんど聞こえないぐらい小さく、シルエットは不老妖精たちとともに少しずつ消えていった。

「フォルダンゴに答えを聞きなさい。ロケットを破壊するのよ、早く!」

それが、亡くなったグラシューズたち――ドラゴミラと不老妖精たち――が渦《うず》を巻きながら煙のように消える前に言った最後の言葉だった。

オクサは周りの人たちを見回した。両親は青白い顔をし、ギュスは絶望のまなざしでオクサを見つめ、アバクムは心を閉ざして硬い表情をしている。少し離れたところでは、モーティマーが肩《かた》をがっくりと落として窓に向かって立っている。母親のバーバラが息子のところへ行き、並んで立った。ニアルはというと、体を丸めてゾエの太ももに頭をのせてソファに横になっている。ゾエは優しくその髪をなでながら、ぼんやりとした目をオクサに向けている。クッカもショックを受けており――だれだってショックを受けずにはいられない――オクサに向けた視線は、わたしたちはあなたが思っているほど敵同士じゃないのよ、と語っていた。クッカの悲しみは大きく、ほかの〈逃げおおせた人〉と同じように苦しんでいた。いま直面している苦しい状況では、ライバル意識はどうでもいいことだ。けち臭《くさ》い争いは日常生活ならいいが、仲間の一人が死の危機に瀕《ひん》しているときはくだらないことだ。

重苦しい沈黙《ちんもく》だった。だれも泣く気力すらなかった。オクサはフォルダンゴを目で探した。フォルダンゴはすぐそばにいた。あまりにも打ちひしがれた様子なので、オクサはフォルダンゴを初めて見たときのように、目を見張り、口をぽっかりとあけてながめた。

「グラシューズ様……」

「フォルダンゴ……」オクサも弱々しく呼びかけた。

「グラシューズ様はその召使《めしつか》いへの質問行為《こうい》に服従するという、非常に愛された古いグラシューズ様の助言を受け取らなければなりません」

オクサにそうささやいたフォルダンゴはひどく震えていて、太くてがっしりした両足でも体重を支えきれないようだ。

「オクサ」パヴェルがつぶやいた。

オクサはびくっとした。

「うん……ごめん……」

オクサはしどろもどろに答えると、顔を手でさっとこすってから、フォルダンゴの正面にしゃがみこんだ——オクサもちゃんと立っていることができなかったのだ。〈逃げおおせた人〉たちはゾンビのようにぎこちなくオクサのほうを向いてじっと耳を傾けた。

「フォルダンゴ、オーソンが核爆弾《かくばくだん》をいっぱい積んだロケットで、エデフィアを守る星を破壊しようとしてるのはわかったけど、どうやってその星の位置を調べるの？　星はどこにあるの？　それに、地上で爆弾を爆発させずにロケットの発射を阻止《そし》するためにはどうしたらいいの？　知ってる？」

フォルダンゴは自分におそいかかるパニックをどうにも隠せなかった。鼻をすすってうめき声をあげた。

「グラシューズ様、質問行為は豊富に満ちています。グラシューズ様の召使いは嘆《なげ》かわしい小ささの頭脳を有しております」

「ゆっくりでいいのよ」オクサは優しく言った。「でも、あんまりゆっくりでもだめだけど……」と、ついつけ加えてしまった。

しばらくの間、フォルダンゴは飛び出た大きな両目——不安のあまりどんよりしている——を閉じた。再び目をあけたとき、彼は自分を取りもどしたようだった。

「グラシューズ様、〈逃げおおせた人〉の方々、〝みなに忌《い》み嫌《きら》われる反逆者《フェロン》〟は母なる星の位置についての正確さの詰まった印を保有しています。計算を生み出したり、宇宙における進路の発見をしたりする必要に出会ってはおりません」

「どういうこと?」オクサがたずねた。

「ああっ」フォルダンゴは嘆いた。「グラシューズ様の召使いは不完全さに突《つ》き刺《さ》された説明の贈《ぞう》与《よ》を行いました。ああっ……」

「ちがうよ!」オクサが我慢《がまん》できずにさえぎった。「おまえはパーフェクトだよ。おまえの言っている印のことを話してくれる?」

「〝みなに忌み嫌われる反逆者《フェロン》〟は前のグラシューズ様のお兄様、レオミドの信頼を乱用しました。大カオスがエデフィアに騒々《そうぞう》しさをもたらしたとき、その兄弟二人組は覚書館《おぼえがき》にあった印を盗み、〝みなに忌み嫌われる反逆者《フェロン》〟の父親に授与《じゅよ》しました」

「オシウスが印を持っていたのか?」アバクムは驚いて言った。

フォルダンゴはうなずいて話を続けた。

「邪《よこしま》な反逆者《フェロン》の手は親殺しのあとで、印の所有権を取りもどしました」

オクサはみんなが知りたがっている質問をした。

「その印ってなんなの?」

「母なる星の一片です。キャパピルケースに入っています」と、フォルダンゴが答えた。

「そうなんだ!」オクサが声をあげた。「それで……それはどういう働きをするの?」

「その原則は磁石と類似をなしています。キャパピルケースが邪な反逆者《フェロン》によって開口を授与しますと、印と母なる星は磁石的誘引《ゆういん》を開始し、再会を知るのです」

「オーソンは爆弾を積んだロケットにその印をつけるんだわ!」オクサはフォルダンゴの話から推論した。「ロケットが星に向かって進む。そして、印が星に届いたら、オーソンがロケットを爆破させる。止められないよね……」

「そうなるのを防ぐ方法はひとつしかない」パヴェルが口をはさんだ。

「発射する前にロケットをこわす！」オクサが叫んだ。

「ロケットは、一時間の六十分の一の二百二十倍で地表の放棄《ほうき》を行うでしょう」フォルダンゴがいきなり言った。

オクサは息が詰まりそうになった。

「ふつうの人みたいにしゃべれないの？　ときどきはさ……」

「フォルダンゴは、あと三時間四十分でロケットが発射すると言いたいんだと思うよ」頭をかかえたギュスが助け船を出した。

「ええっ⁉」

「グラシューズ様のお心に大事なご友人の方は口に真実を持っていらっしゃいます」フォルダンゴがうなずいた。

「もうだめだわ……」

そうもらしたクッカに、オクサは自分のほうを向かせた。〈逃げおおせた人〉がいままでに見たことがないほどの強い決意がオクサの目にみなぎっていた。

「ううん、だめじゃない！」と、オクサは言い返した。「このままオーソンに殺されやしない！あいつの招待を受けて、そのロケットとやらの打ち上げをどうにかして阻止するのよ……」

「そうするしかないな」パヴェルが言った。

「計画を練っているひまはない。臨機応変に行動しないと。オーソンが招待してくれたおかげで、あいつの手下たちと戦わなくてすむ！」アバクムがコメントした。

「そのとおりね！」マリーがうなずいた。

「敵の懐《ふところ》に入ったら、リンゴを中から腐《くさ》らせる虫のやり方で、この悪夢にピリオドを打つ。そして、エデフィアに行って幸せな日々を送る……静かな日々を……やっぱり静かな日々がいいかな……」と、ギュスが締《し》めくくった。

オクサは少し悲しみをふくんだ心配そうなほほえみをギュスに向けた。そして、壁時計を見た。

「もう五時だわ。待ってもらっているようだから、遅れて行くのはすごく失礼だよね」

エレベーターの鉄格子が閉まる前に、オクサはアパートをふり返った。胸が痛んだ。結末はどうなるんだろう？　ここに帰ってこられるんだろうか？　オクサはこぶしをぎゅっとにぎって息を深く吸いこみ、心をまどわせる弱気な思いをふり切ろうとした。

そう、きっと帰ってくる。

33　加速

アパートの建物の下に大きな黒い四輪駆動《くどう》の車が三台止まっていた。それぞれの運転手は無言でドアをあけた。彼らの上着のえりには、八つの角を持つ星を包む炎という、非常に象徴《しょうちょう》的なロゴが縫《ぬ》いこんであった。

「今回のことがどういうことか、忘れるなっていう意味なのかしら……」オクサは苦々しげにつぶやいた。

三台の車は急発進して大通りに出ると、ラッシュアワーのために混んでいる車の間をぬって進んだ。あちこちでクラクションが鳴り、タイヤがアスファルトをこする音がしたが、四輪駆動車はまるで周囲を気にせずに進んだ。

ホワイトハウスに近い道路の検問所も面食らうほど簡単に次々と抜けた。この三台の車が近づくと、すぐにセキュリティーゲートのバーが上がった。こうしてヘリポートには数分で到着し、運転手の上着と同じロゴのついた黒い作業服を着た二人の男に迎えられた。ヘリポートにはスポットライトに照らされた大型ヘリコプターがあった。

「マルクス・オルセン……」ニアルがそのうちの一人を指して言った。「十ヵ国以上の政府が指名手配している傭兵《ようへい》だ」

「もう一人の男にもお目にかかったことがあるな」と、パヴェルが気づいた。「ミシガン・セントラル駅の地下ですれちがったはずだ」

ほんの一瞬、その男から仕返しされるのではないかという考えが頭をよぎった。しかし、男は無表情だった。パヴェルに気づいても、かすかに眉《まゆ》をひそめただけだ。

「アモス・グルックスマン。元イスラエル情報局員だ……」ニアルが告げた。

オクサは驚いてニアルを見た。

「みんな知ってるのね？」

「あいつらの情報を少し集めて、ファイルを作ったんだ」

「ＣＩＡで働こうと思ったことない？」

ニアルは謎めいたほほえみをオクサに向けた。

「このピンチから生きて帰れたら、その可能性を考えてみるよ！」

ヘリコプターの回転翼《よく》がけたたましい音を立ててまわり始め、出発のときが来たことを知らせた。〈逃げおおせた人〉たちはオーソンの手下たちの平然とした視線を浴びながら、ふかふかの座席に乗りこんだ。離陸の許可が出ると、ヘリコプターはホワイトハウスの頭上に舞《ま》い上《あ》がった。オクサはワシントンの街の灯が次々と流れ、やがて見えなくなるのをながめていた。そして、苦しげにため息をついた。アパートを出たときに頭に浮かんだのと同じ疑問がおそってきた。前よりも突《つ》き刺《さ》さるように。

「グラシューズ様は希望の保存をされなければなりません」フォルダンゴがつぶやいた。

フォルダンゴだけがそのままの姿で同行している。ほかの生き物たちはミニチュアボックスに入れられてバーバラとクッカが持っていた。〈逃げおおせた人〉の仲間はそろっている。

「うん……」オクサは元気なくつぶやいた。

主人の横におとなしく座っているフォルダンゴはオクサから目を離さなかった。

「生きのびることは重要性の詰まった可能性を知っています」

「それって、情報なの？　それとも勇気づける言葉なの？」オクサは口調がついきつくなったことをすぐに後悔《こうかい》した。

オクサにはあやまるひまがなかった。フォルダンゴは気を悪くするどころか、すぐに答えた。

「グラシューズ様の召使《めしつか》いはまわりくどさを行うことの無能力を知っていますので、知っていることを贈与《ぞうよ》するのです」

オクサはくちびるをかんだ。

「それなら、おまえのいうとおりになればいいよね。ホントに」

オクサは顔をそむけてギュスの手をさがした。ギュスのほうが先にオクサの手を見つけ、ぎゅっとにぎってきた。


ふつうならワシントンからデトロイトに行くにはもっと時間がかかるとみんなは考えていた。しかし、ミシガン・セントラル駅に近づいたのがわかると、「もう目的地に着いたのか」、と思わずにはいられなかった。ヘリコプターはゆっくりと着陸した。以前、四人の〈逃げおおせた人〉が隠れた、背の高い草むらから数十メートル離れた空き地に。

ヘリコプターの周りにほこりが舞い上がり、回転翼が止まってもゆらゆらとまわりながらしばらく宙に浮かんでいた。少し前から日が暮れていて、あたりは暗かった。少し離れたところに、巨大な建物のシルエットが壁のようにそびえていた。無数の窓から不吉《ふきつ》な影がいまにも飛び出してきそうだ。

「……すごいわね……」廃墟《はいきょ》の美しさを前に、マリーは思わずつぶやいた。

「こっちに来てください！」マルクス・オルセンとアモス・グルックスマンが声をそろえて言った。

二人の傭兵が〈逃げおおせた人〉に声をかけたのは初めてだ。申し分なくていねいだが、有無を言わせない口調だ。彼らは入り口の柱のかげに完全武装で立っている警備員二人のいるところまで〈逃げおおせた人〉たちを案内した。警備員の頭上を飛んでいるヴィジラントたちのほうが、自動小銃を手にして攻撃《こうげき》の構えをとっている警備員より迫力《はくりょく》がある。

マルクスが先に立ち、オーソンの招待客十人のあとにアモスが続いて、全員が大きな柱の並ぶホールに入った。

がれきの山のど真ん中に、とうとつに赤いじゅうたんが入り口から敷かれていた。まるで血で描かれた道のようだ。〈逃げおおせた人〉たちは手のひらにじっとりと汗をにじませ、のどがカラカラになりながら、恐る恐る進んだ。じゅうたんに沿って五、六メートルおきにトーチが焚《た》かれ、ほのかな光を投げかけている。荘厳《そうごん》ではあるが暗い雰囲気だ。赤い道の上にできた薄暗《うすくら》がりがぞっとさせる。

歩くスピードが上がった。早足になった二人の傭兵にはさまれているので、〈逃げおおせた人〉たちも速く歩かざるをえなかった。全員がカウントダウンの終わりに近づいているのをはっきりと感じていた。背が低くて脚《あし》の短いフォルダンゴは息を切らして歩いていたが、つまずいた。オクサがとっさに支えると、フォルダンゴは彼女にしがみついて首に腕《うで》をまわした。

「おおっ」フォルダンゴは嘆《なげ》いた。「グラシューーズ様の召使いはゾウ的な重量超過《ちょうか》にグラシューーズ様を出会わせてしまいました……」

「そんなに重くないよ」オクサは安心させるように言った。

フォルダンゴは大きな頭をオクサの肩《かた》のくぼみに押しつけた。

「あと時間はどれだけ残ってる？」

「グラシューズ様、原子爆弾の詰まったロケットは一時間の六十分の一の十四倍で地球上に別れを知るでしょう」

オクサの心臓がどきんとした。オーソンのところまで行って重装備の傭兵たちの攻撃をかわしながら、いまいましいロケットの発射を阻止《そし》しなければいけない。それにたったの十四分しかないなんて……。〈逃げおおせた人〉のほうが超能力のある人が多いが、この使命は失敗も同然だ。勝てるだろうというフォルダンゴの元気づける言葉にもかかわらず、オクサはもうすぐ死ぬんだと考えないわけにはいかなかった。本当にもうすぐだ。オクサはふり向いてだれかと目を合わせようとした。父親と、次にギュスと目が合ったが、このえんえんと続く悪夢をおしまいにしたいと必死に願うことで、パニックを抑えようとしている二人の気持ちがオクサには伝わってきた。

一行は最悪のシナリオ——二つの世界の破壊《はかい》——を予告するかのようなフレスコ画の前についた。はじめての人は少しの間、それをながめていた。

「こんなことにはならないさ……」ギュスがつぶやいた。

オクサは答えようとしたが、のどが詰まって声が出なかった。少し先には、長々と続く地下道への入り口が見えた。オクサがあれほど苦労して通り抜けた鋼鉄のドアは、まるで〈逃げおおせた人〉たちを待っていたかのように大きく開かれていた。とはいえ、オーソンとの会合は別の場所のようだ。建物の中心に続く赤いじゅうたんが示している。

二人の傭兵に急《せ》かされて、〈逃げおおせた人〉たちはますますスピードを上げて通路を進んだ。それにつれて、ますます恐怖感がつのり、悪いほうに考えが行く。なぜ急がせるかに気づいたオクサに、ある考えがひらめいた。

「パパ！　頭脳向上キャパピルを、早く！」と、ささやいた。

そのキャパピル剤を飲んだところで役に立つかどうかわからない。だが、運がほとんどつきているとしても、あらゆる手だてをつくすにこしたことはない。パヴェルは〈逃げおおせた人〉全員に、ジェトリックスの髪の毛をベースにした土の味がするキャパピル剤をこっそりとわたした。

前方が明るくなり、人の気配がした。

距離《きょり》が縮まり、時間が速く進む。恐れていた瞬間が近づいている。

すべてはいまにかかっている。

34　袋のネズミ

「ああ、やっと到着したか！」

強い光に目がくらんで見えなかったが、それがオーソンの声だとすぐにわかった。その自信たっぷりの低い声はどんな声に混じっていても聞き分けることができる。オクサは冷や汗が額と背中に流れるのを感じ、寒さと恐怖に震《ふる》えていた。フォルダンゴを床に下ろしてから、仲間や両親やギュスに不安げな視線を向けた。みんなはとっさにオクサを守るように周りを囲んだ。

「なんという完璧なタイミングだろう！」オーソンは言葉を続けた。「ぴったり時間どおりだよ。すばらしい！　だが、心配することはなかったんだ。あなたがたを待たずに始めることはありえないんだから……」

相変わらずのいや味な冷笑に〈逃げおおせた人〉たちはひどく苛立《いらだ》った。彼らにあたっていたスポットライトが向きを変えた。頭脳向上キャパピルのおかげで視力の増した〈逃げおおせた人〉たちは、こんな状況《じょうきょう》でもできるだけ冷静に周りを観察しようとした。

いま、みんながいるところは、一階にはちがいないが、地下深く掘《ほ》られた円柱状のスペースの上に張り出した通路の上だった。そのスペースをぐるりと囲んで通路があり、さっき通ってきた通路と同じようにガラスで仕切られていた。何人もの男女がコンピューターやコントロールパネルの前に集まっている。

そのガラス張りの通路に囲まれた真ん中にロケットが堂々とそびえていた。そんなに大きくはない。せいぜい二十メートルほどで胴体《どうたい》は細い。何の変哲《へんてつ》もないロケットだが……それが意味することは背筋をぞっとさせる。ロケットの先端《せんたん》には金属製の橋がかけられていて、〈逃げおおせた人〉たちが下をのぞきこむと、白い煙がもれているのが見えた。地下に換気《かんき》設備があるらしく、その煙を吸いこんで外に出しているようだ。上のほうを見ると、元は駅だった建物の中心部の床や壁が取りはらわれて吹き抜けになっているのがわかる。十八階上にある屋根にはロケット発射のために穴があいていた。その穴から星が見える。そのうちのひとつにすべてがかかっているかもしれないのだ。

「発射台だ……」ギュスがつぶやいた。

「ブラボー、ベランジェさん！」

オーソンは気がふれたようにおぞましい調子で手をたたいた。彼はロケットの先端にかかった橋をきどった調子で歩いており、その先端から数メートルのところにさしかかっていた。

「どうしてぼくの言ってることが聞こえたんだろう?」ギュスは口の中でぶつぶつつぶやいた。

「小声でつぶやいただけなのに……」

「もうかなり前から知り合いじゃないか。おたがいに隠すことは何もないだろう?」オーソンは〈逃げおおせた人〉たちの居心地の悪さをあおるように言い返した。

オーソンの聴覚《ちょうかく》は異常に発達しているのかもしれないが、強い光が彼とロケットに向けられているのでこちらの様子は見えにくいはずだ。アバクムは黙《だま》ってしっかり様子を見ているようみんなに合図した。

状況はいたってシンプルだ。〈逃げおおせた人〉たちは袋小路《ふくろこうじ》にいる。後ろにはさっきとおってきた通路がある。長さ三十メートルほどで、そこ以外の出入口はない。彼らの目の前と頭上はガラスの壁だ。オクサは息を詰めて前に進み、透明《とうめい》なガラスの壁に顔を押しつけた。オーソンから目を離さずに、体を力の限り押しつけた。「気づかれませんように……」と、オクサは心のなかで必死に祈った。しかし、オーソンがそんなことを予想していたのは明らかだった。オクサは小指の先すらガラスにめりこませることはできなかった。鋼鉄で補強されたドアより頑強《がんきょう》な物質でできているようだ。オクサの試みを見て、ゾエとモーティマーも同じようにした……そして同じように失敗した。

「よし! では、みんなのお楽しみを始めるとするか!」オーソンが高らかに宣言した。〈逃げおおせた人〉たちの前に巨大なスクリーンがかかり、そこにオーソンの姿が映った。オーソンが顔を上げ、胸をぐっとそらせて両腕《うで》を前に伸ばすと、オクサは思わず目をぐるりと上にまわした。

「いけてないロックスター気取り……」と、皮肉を言った。

オーソンのうぬぼれたまなざしがスクリーンに大写しになった。

「これから起きることをつぶさに見てもらえるのはうれしいかぎりだ！」

やがて、オーソンの代わりにデジタルカウンターがスクリーンにあらわれた。カウントダウンの赤い大きな数字が表示され、機械の音声が秒読みを始めた。

「百二十……百十九……」

「どうしたらいいの？」恐怖に大きく見開いた目をしてオクサがたずねた。

「何もできない！」オーソンが離れたところから答えた。「この見世物を楽しむ以外には、おまえたちにはまったく何もできない！　わたしのほうは、最後の手続きが残っているから、失礼させてもらうがね……」

オーソンは金属製の橋を進んでロケットの先端まで行って上着の内ポケットから小さな箱を取り出した。〈逃げおおせた人〉たちは怒りとあせりでこぶしをにぎった。そして、オーソンが手袋をはめて箱のふたをあけ、中の物を取り出して得意そうに見せびらかしたとき――サクランボの種ほどの大きさの玉だ――だれもが自分たちの無力さをひしひしと感じた。カメラがズームを最大にして玉の内部を見せた。硬《かた》い核《かく》のような小さな点の周りに気体がうごめいている。

「きれいだろ？」

そう言いながら、オーソンはロケットの先にあるふたを開いて、そこに玉を入れた。

「五十四……五十三……」合成音声がカウントダウンを続ける。

オーソンは〈逃げおおせた人〉たちに勝《か》ち誇《ほこ》った視線を向けながら、ふたをぽんぽんと軽くたたいて下をのぞきこんだ。みんなは体を乗り出してオーソンの視線を追ったが、見失った。ジェットエンジンから出る白い煙がますます濃《こ》くなり、ロケットの姿はほとんど見えなくなっていた。〈逃げおおせた人〉たちを上から見下ろすロケットの先端がわずかに見えるだけだ。

「三十七……三十六……」合成音声が機械的にカウントする。

オーソンはいつの間にか、「招待客」の向かいの通路にあるガラス張りの部屋の中にいた。〈逃げおおせた人〉に手で合図して、相変わらず挑発《ちょうはつ》を続けている。

「あいつは通路を通ったんだ！」ギュスがすぐに気づいて言った。「オーソンでもガラスは通り抜けられないんだな」

その言葉を聞くとすぐに、〈逃げおおせた人〉たちはきびすを返して、もと来た通路を駆けていった。だが、そこにもいつのまにかガラスの壁ができていた。みんなは後ろにはね返され、そこを通れないことに気づいてぞっとした。

「ネズミみたいに閉じこめられているんだわ！」マリーがあわてふためいた。

オクサとモーティマーとゾエは力いっぱいガラスの壁にぶつかっていった。肩《かた》でどんと押して壁にめりこもうとしたのだ。しかし、痛かっただけだ――オーソンは喜んでいたけれど……。〈竜巻《たつまき》弾《だん》〉、ノック・パンチ、〈ガラス化弾〉、〈火の玉術〉など、あらゆる方法を試してみたが、どうにもならない。ガラスには引っかき傷ひとつできなかった。

「二十二……二十一……」音声が数え続ける。

「どいてくれ！」パヴェルがどなった。

〈逃げおおせた人〉たちはできるだけ遠くに離れた。闇《やみ》のドラゴンがパヴェルの背中からあらわれ、ガラスに向けて炎の塊《かたまり》を放った。だが、炎がガラスをなめただけで効果はなかった。

「ああ、なんてばかげた行為《こうい》だ……」オーソンの声が頭上にひびいた。「自分の家族や友人を焼き殺すところだったぞ！」

怒り狂《くる》ったパヴェルとドラゴンは通路を突進した。ガラスの壁はオクサたちの力にはびくともしなくても、ドラゴンならなんとかできるかもしれない。パヴェルとドラゴンはものすごい勢いでぶつかり、そして床にたたきつけられた。ドラゴンの翼《つばさ》はひどく曲がり、熱風が巻き起こった。

「十二……十一……」

ロケットが振動《しんどう》し始め、通路やロケット周辺の金属製の設備がガタガタと大きな音を立てて揺《ゆ》れた。

「八……七……」

なすすべもなく固まっている〈逃げおおせた人〉たちは不安の極致《きょくち》にあった。強くかみすぎたせいで、オクサのくちびるには血の玉が盛り上がっていた。だが、心臓がどきどきと打つ以外には何も感じない。

「四……三……」

パヴェルは怒りのあまり、目の前のガラスにこぶしをたたきつけた。向こう側でオーソンがほほえんでいた。

「二……一……」

ロケットが離陸する直前、父親の横にいるテュグデュアルの姿がちらりと見えた。

「ゼロ……」

一瞬、短い静寂《せいじゃく》があった。最悪の結末を告げる空白の時間のように。そして、無機質な声が見世物のクライマックス——あるいは見方によっては、とどめの一撃《いちげき》——を告げた。

「点火！」

すると、ロケットはゆっくりと、しかし力強く上昇《じょうしょう》していき、蒸気の塊が真っ白な雲のように下からふくれ上がってきた。ロケットにかかる橋がくずれ落ち、揺れ動く壁から石やほこりが落ちてきた。建物全体がくずれ落ちようとしているかに見えた。

〈逃げおおせた人〉と反逆者《フェロン》たち、〈内の人〉と〈外の人〉は、ロケットが地下深くから抜け出し、数メートル先を上っていくのをながめていた。うれしそうに見ている者と、恐怖で見守っている者と……。

35　選択《せんたく》の問題

ロケットは十八階分の巨大な円柱状の空間の中をまるで空中浮揚《ふよう》するように上がり続けた。完全に垂直の角度を保ちながら、開いた屋根にまっすぐに向かい、縫《ぬ》い針の穴を通る糸のようにするりと屋根を抜けて星空に出た。

ほこりだらけの煙がおさまって騒音《そうおん》がやんだとき、〈逃げおおせた人〉たちはこれまでにないほど絶望していた。

「まさか……こんなふうに終わるわけ?」青白い顔をしたオクサがもらした。

フォルダンゴは自分にされた質問だと思い、オクサの前に立ちはだかった。

「グラシューズ様の召使《めしつか》いは否定的回答をあたえることが可能です！」その場の雰囲気とは場ちがいなほど勢いよく答えた。

「フォルダンゴ、悪いけど、そうは思えないよ」

「絶対、解決策があるはずだよ」ギュスがつぶやいた。

「ないよ、ギュス！」オクサは言い返した。「解決策がないこともあるんだよ……」

〈逃げおおせた人〉が閉じこめられているガラスの通路の向かいにはガラス張りの部屋がいくつもあり、オーソンのために働く技術者たちがコンピューターに向かって仕事に集中しているのが見えた。オーソンの姿はなかったが、テュグデュアルはいた。画面上の何かを指さしている若い男の横にいる。ゾエとパヴェルはテュグデュアルに合図を送ってみようと考えついた。ガラスをたたいたり、叫《さけ》んだり、火の玉を送ったりしたが、成功したことといえば、そこで働いている何人かがちらちらと冷たい視線を向けてきたことだけだった。やがて、テュグデュアルも不可解な視線を向けてきた。しかし、だれもが〈逃げおおせた人〉にかまうよりほかにすべきことがあるようだった。オクサは心の奥で苦い落胆《らくたん》を味わった。

「あの人はわたしたちのことなんか、どうでもいいのよ。まだわからないの？」クッカが腹立ちまぎれに言った。「生まれたときから、骨の髄《ずい》まで腐《くさ》ってるんだから……」

「クッカ、やめるんだ！」アバクムがぴしゃりと言った。

妖精人間アバクムは若い人たちがそういうことを言っても、ふだんはほとんど口出ししない。だからアバクムのいまの言葉には特別な効果があった。クッカは驚いてヒッと声を出し、決まり悪そうに髪を後ろにはらった。

「テュグデュアルは父親の支配下にある。オーソンが死なないとそこから抜け出せないんだ」アバクムは眉《まゆ》をひそめてたしなめた。

「つまり、永久にってことよね。こんな状況《じょうきょう》だと、あの気のふれたやつを倒せる可能性はほとんどなさそうだし！」

「そうさ、そうやって言い続けてたらいいよ、クッカ……」モーティマーがぶつくさ言った。

「わたしには怒る権利があると思うんだけど」クッカはとげのある言い方をした。「わたしの人生はこんなことになる前は最高だったのよ！　すばらしいいとこが全部台無しにしたんじゃない。あなたたちに会ってからというもの、悪くなるいっぽうよ……」

「サイコー……」ギュスはクッカをじろりとにらみつけた。「それにさ、あんまりぼくたちを励《はげ》まさないでくれよ。でないと、この状況をなんとかできるって思いこんでしまうからな……」

　クッカは敵意をむき出しにして言い返そうとしたが、アバクムやオクサの両親に見咎《とが》められてやめることにした。重苦しい沈黙《ちんもく》のなかで、全員が冷静になろうと努力していた。

「ロケットが母なる星を見つけるのにどれくらいかかると思う？」

のどが締《し》めつけられたような声はオクサのものではないかのようだ。〈逃げおおせた人〉たちは顔を見合わせた。

「オクサ、それはだれにもまったく見当がつかないんじゃないかな」ギュスが答えた。

「フォルダンゴ、おまえは知ってる？」

　フォルダンゴは頭を下から上にふりながら、言いにくそうに返事をした。

「グラシューズ様の召使いは、ガナリこぼしという生き物が返答の贈与《ぞうよ》を行うという嗜好《しこう》を表明いたします」

オクサはうめいた。

「そんなに近いの？」

フォルダンゴの大きな両目がどんよりとくもった。口をあけたが、言葉が出てこなかった。オクサはポシェットからガナリこぼし二羽を取り出した。二羽とも両腕《うで》がだらりと体のわきにたれ下がり、瞳孔《どうこう》が開いており、ショック状態にあるようだ。オクサは二羽の小さな頭を優しくぽんぽんとたたいてからポシェットの中にもどした。「やっぱり、何時間と何分で死ぬのか、知りたくない」と、オクサは心のなかで思った。

だが、オーソンの反応はちがっていた。

「待ちきれないようだな！」オーソンの声がどこからともなくひびいてきた。「まあまあ、もう少し待ってみるんだな……だが、安心してくれ。母なる星が破壊《はかい》されるときには、教えてやるから」

この言葉に、パヴェルは怒りを抑《おさ》えられなかった。首すじやこめかみの血管が浮き上がり、いまにも切れそうだ。

「それに、仮にわたしが言い忘れたとしても、われわれの〝大切で優しいちっちゃなグラシューズ様〟がお亡くなりになったのを見れば、大いなるときが来たとすぐにわかるだろうがね」

パヴェルの目は血走っていた。探るようにきょろきょろと目が動いたが、どこに視線をとめたらいいのかわからないようだ。

「戦いもせずにやられるつもりはないぞ！」と、パヴェルはどなった。

オーソンのあざけりがひびいた。

「それなら、どうぞ戦ってもらおうじゃないか！　おまえたちがどんなふうに戦うのか知りたいもんだな！　それまでの間、ちょっと失礼させてもらうよ。仕事があるのでね。では、のちほど」

オクサは両手で頭をかかえて、肺の中にある空気を全部吐《は》き出《だ》すかのように深いため息をついた。母親が後ろからオクサを抱《だ》いた。

「ああ、ママ……」

パヴェルのほうはというと、唯一《ゆいいつ》の出口をはばむガラスの壁をじっと観察した。そこにアバクムとギュスが加わり、モーティマーとニアルはガラスの壁の継《つ》ぎ目《め》を調べた。あちこち軽くたたいたり、押したり、引っかいたり、どんどんと強くたたいたりした。どこかに溝《みぞ》か、きずか、突起《とっき》か何か……可能性がないかと……。クッカが床にぺったり座って泣き出したのを、バーバラがおざなりになぐさめていた。

「ヤクタタズを試してみよう」

アバクムがそう提案し、ミニチュアボックスを取り出したので、みんなは新たな希望を持った。オクサたちが以前、絵の中に閉じこめられたとき、ヤクタタズはつばをうまく引っかけて、自分の百倍はあるレオザール——半分ライオンで半分トカゲ——を倒したのだ。ひょっとしたら、このガラスの壁を破ることができるかもしれない……。

「つばを吐いてくれるかい？」

アバクムは〈逃げおおせた人〉の手のあとがついたガラスをヤクタタズに指さしてたのんだ。

「ここだよ……」

ぼんやりと周りを見回しているヤクタタズに、アバクムはそう呼びかけた。

ヤクタタズはガラスをじっと見つめ、深く考えこんでいるようだ。疲れたセイウチのような顔の下のほうにはたくさんのしわがあり、体はぐったりしていた。

「そのへんが、きたなくなるかもしれませんけど」と、言った。

「そんなことはどうでもいいんだよ」アバクムは見事な我慢《がまんづよ》強さで優しく言った。

ヤクタタズはまだ迷っているようだ。

「どうしたんだ?」パヴェルがたずねた。

「思い出せないんです……」

「何を思い出せないんだい?」

ヤクタタズは〈逃げおおせた人〉たちを一人一人見つめ、オクサのところで少し長く視線をとめてから言った。

「あなたたちをどこかで見たことがあるのですが、どこで見たか思い出せないんです」

「そんなことは気にしなくてだいじょうぶだよ」アバクムが優しく答えた。

そのとき、開いたままになっているミニチュアボックスからジェトリックスの小声が聞こえてきた。

「たしかに、おれたちは知り合って何年かしかたってないよな……。あと一世紀もしたら、ヤクタタズは四六時中いっしょに暮らしている人たちのことを覚えるんだろうな」

「ヤクタタズ、お願いだから、がんばって!」オクサはしゃがんで、ヤクタタズの目をまっすぐに見つめた。

「ああ……あなたのことは知っています!」

ヤクタタズはだれも自分を邪険《じゃけん》にしないことにとても満足しているようだ。ジェトリックスすら、肩《かた》をすくめてあきれたように目をぐるりと上にまわすだけにしておいた。

「そうよ！」オクサが大声で答えた。「あたしたちはとっても長い知り合いよ。だから、あのすばらしいつばを吐いて。いい？」

「いいですよ……」

ヤクタタズはまるで田舎道の散歩を了解するようにすなおにうなずいた。そして、目を閉じ、口らしいものを少しだけ開いた。すると、もとからしまりのない体がさらにぐったりとした。

「ああ、まさか、眠《ねむ》るんじゃないよね？」オクサはあわてて言った。

「しーっ」アバクムがささやいた。「まかせるんだ」

ヤクタタズの腹からごろごろという驚くほど力強い音が聞こえてきた。そして、腹のたるみが波打ったかと思うと、とつぜん、大量のつばが火山の噴火《ふんか》のようにガラスに向かって飛んでいった。

ガラスについた大きなしみが腐食《ふしょく》で大きくなっていった。ガラスにつばがついてじゅうじゅうという音がして、アンモニアと腐《くさ》った卵のようなすごい悪臭《あくしゅう》を放つ緑色がかった煙が立った。みんなは息をとめた。煙で嗅覚《きゅうかく》はやられたが、心は希望でいっぱいだ。すぐそこに解決策があるかもしれない。だったら、臭《にお》いなんかどうでもいい……。ガラスから煙が立ち、湯気でくもったようになった。オクサはアバクムに熱い視線を向けた。

「きいてる！」

しかし、彼はすぐに熱狂《ねっきょう》する性質《たち》ではない。アバクムがガラスにひじ鉄を食らわすと、〈逃げおおせた人〉たちもそれにならった。やがて、みんなは足でけったり、ノック・パンチやグラノックを浴びせ始めた。

「そんなばかな！」オクサはどなった。「このガラス、弱くなったと思ったら、すぐに元にもどるみたいじゃないの！　またつばを吐いて！」オクサはヤクタタズに向かって言った。

しかし、強力なつばを何度吐いても同じだった。

「もうやめよう」力つきたパヴェルが言った。「これじゃあ、どうしようもない」

オクサはすべすべしたガラスの壁にそってずるずるとくずおれた。力が抜け、後悔《こうかい》と苦々しさにおそわれた。オクサは少し前にゾエと交わした会話を思い出していた。人生における選択についての会話だ。オクサは、突発する出来事は運命だが、それに対抗《たいこう》するためにどういう解決法や道を選ぶかは個人の自由だといつも思っていた。選択肢にはかろうじて存在しているあやういものもあるが、それでもそれぞれの選択肢は新たな道、新たな未来、あるいは別の幸福または不幸な出来事につながっていて、人はそれに適応しなければならない。人生はそういうふうになっていて、あともどりはできない。それぞれがただひとつの自分の道をたどるのだ。

しかし、時間がたつにつれ、オクサは罪悪感と疑いに押しつぶされそうになった。きっとまちがったチョイスをしたこともあっただろう……。たったひとつのまちがいで、そのあとずっと取り返しのつかないことになることもある。みんなをこのガラスの檻《おり》に閉じこめることになった決定的なミスをどこで犯したのだろう？　前回のデトロイトで、オーソンと対決する勇気がなかったことか？　危険を感じたために逃げることを選んだことか？　あの日、自分はあの鋼鉄の扉《とびら》をあけようと努力する代わりに、オーソンを殺すことができたかもしれないのに。そうしていたら、自分の仲間や二つの世界はあの頭のいかれたやつを厄介《やっかい》ばらいできただろうに。

しかし、オクサはもっと以前にさかのぼることもできた。オーソンを倒すチャンスを逃がした事実をひとつひとつ検討することもできる。すべてを変え、すべてを防いだであろう決定的な選択はいちばん最初のときまでさかのぼる。おへその周りに印があらわれたときだ。もしそれをドラゴミラに見せなかったら、もし自分の頭に浮かんだ質問にすぐ答えてほしくなるというばかげた習慣がなかったら、どうなっていただろう？

いまはそんな疑問で自分を苦しめている場合ではないし、何の役にも立たない。それもオクサにはわかっていたが、そうしないではいられなかった。これは選択の問題ではない。

周りにいるほかの〈逃げおおせた人〉たちと同様、オクサも壁にもたれて待っていた。みんなが入りこんでしまった狭《せま》い道は二つの正反対の方向に分かれているのだろう。

生に続く道と、死にまっすぐに向かう道と。ここでまちがえてはいけないのだ。

36 決定的瞬間

このガラスの檻《おり》に入ってから、どれくらい時間がたったのだろう？　みんな見当もつかなかったし、重要なことでもなかった。次に何が起こるかを知っているのだから、一時間であれ、一日であれ、短いことに変わりはない。空腹ものどの乾《かわ》きも疲れも何も感じなかった。血管を毒がめぐるように、じわじわと広がるするどく破壊《はかい》的な恐怖だけがあった。

巨大なスクリーンが再びつくと、みんなは眠《ねむ》りから覚めたように急に頭を起こした。全員が起き上がって、急いでガラスにはりついた。向かいの部屋にはテュグデュアルとともにオーソンの姿が見えた。悪い兆候だ。体の前で手を組んだオーソンは、いつもの満足げな冷笑を浮かべて、両手の人差し指をくっつけたり離したりしていた。

「ああ」オーソンはため息をついた。

彼の声はあちこちに取りつけられたスピーカーをとおして大きくひびいた。〝指導者〟の言葉をひとことも聞きもらすなということか……。

スクリーンは最初、灰色っぽい無数の白い点でおおわれ、何も映っていなかった。それから、ロケットの先端《せんたん》があらわれた。小さなビデオカメラを搭載しており、宇宙からの中継《ちゅうけい》ができるようになったのだ。

「やっとだ！」オーソンが大声で言った。「母なる星……きれいじゃないか？」

遠くに——といっても近すぎるのだが——闇のなかで明るい点が光っていた。ロケットは騒音《そうおん》も衝撃《しょうげき》もなく、動く歩道に乗っているようにスムーズに進んでいる。奇妙《きみょう》なことに、ロケットが近づくにつれて母なる星の輪郭《りんかく》がぼやけていくようだ。だんだんと、一片の雪か綿の塊《かたまり》のようになってきている。

ロケットの先から見ると、星はまだ遠くにあるように見えた。しかし、ロケットの先端が星に触れたのをカメラがとらえたとき、反逆者《フェロン》も〈逃げおおせた人〉もだれもが驚いた。母なる星がそんなものだとは思ってもいなかったのだ。オーソン自身すら信じられなかった。伝説の星——エデフィアの起源であり、〈内の人〉を〈内の人〉たらしめている起源の星——がアンズほどの大きさしかないとは！

「ウソみたい……」ぼうぜんとしたオクサはつぶやいた。

技術者、傭兵《ようへい》、閉じこめられた〈逃げおおせた人〉、そしてオーソンも……全員がスクリーンに映った不思議な映像に釘づけになっていた。ロケットの先端が輪郭のぼやけた〝アンズ〟にくっついている映像だ。ひとつの世界と、不思議な力を持った何千人という人たちの運命が、わずか直径数センチのこのちっぽけなガスの塊にかかっているなんて！〈外の人〉であろうと、〈内の人〉であろうと、その事実を目の前につきつけられれば面食らうのは当然だろう。

かん高いビーッという音にみんな現実に引きもどされた。

「計画は完璧《かんぺき》に成功した！」オーソンが自画自賛した。「接合が完了し、二つのものは再びひとつになった。喜ばしいことだ！」

その言葉のひとつひとつは機関銃《じゅう》のように〈逃げおおせた人〉たちの心に突き刺《さ》さった。抑《おさ》えることのできない激しいけいれんがオクサをおそった。両親と〈逃げおおせた人〉たちは恐怖と苦痛と自分たちの無力さに打ちのめされた視線をオクサに向けた。

「もちろん、わたしは宇宙観光のために、このすばらしいロケットを送ったわけではない。それはおまえたちもわかっているだろう！」と、オーソンは続けた。

うれしさのあまり、オーソンの言葉はとぎれとぎれになり、ほとんど息切れしているように聞こえた。興奮しすぎてオーソンが窒息《ちっそく》するのではないかという、まったく非常識な考えが脳裏をかすめた。オクサはそれをふりはらうように頭をふり、数分したら死ぬとわかっている場合、どういうことを考えればいいのだろうかと思った。「オクサ、そんなことを考えるのはやめるのよ！」自分に腹が立ってきて、オクサは独り言をつぶやいた。

正面の部屋では、オーソンが小さな黒い箱をふりかざしていた。シルバーのボタンがついているリモコンのようなものだ。スクリーンの画面が二つに分かれ、一方には母なる星にくっついたロケット、もう一方にはリモコンにひとつだけあるボタンをのん気にさわっているオーソンの指が映し出された。

「もうすぐだ！」オーソンはリモコンをふりながら、大げさに宣言した。

〈逃げおおせた人〉たちは体をこわばらせた。ぐっしょりと汗をかいたオクサは両脚《あし》の力が抜け、心臓が止まりそうな気がした。マリーも気分が悪くなり、もうオクサを支えていられなかった。ギュスとパヴェルは怒りの叫《さけ》び声《ごえ》をあげながら、もう一度ガラスの壁を破ろうとした。アバクムとゾエも力いっぱいガラスにぶつかっていった。

オーソンのせせら笑いに、みんなははっと動きを止めた。

「おやおや……」

オーソンはリモコンを持ったほうの手を伸ばした。その横でテュグデュアルは無表情のままだ。だが、彼が何か行動するのではないかと思わせるような顔のゆがみ、あるいは眉《まゆ》の動きをオクサは見た気がした。オクサと仲間を危機から救ってくれるのではないかと……。そうなったら、今度こそきっと正しい選択をすると誓《ちか》うのに！

しかし、テュグデュアルは動かなかった。道はどうしようもなく狭《せま》く、超《こ》えられない垣根《かきね》に囲まれているのだ。オクサに残されたテュグデュアルの最後の思い出はひどいものになりそうだ。

「グラシューズ様……」

フォルダンゴの顔はクラゲのように透明《とうめい》になっていた。こんな状態になったフォルダンゴは見たことがない。だが、だれもこんな状態に直面したことはないのだから……。

「フォルダンゴもあたしといっしょに死ぬのかな？」と、オクサは心のなかでつぶやいた。まだそんな疑問を頭に浮かべている自分に腹を立てながら。

「では、〝大切で優しいちっちゃなグラシューズ〟にさようならと言おうじゃないか！」と、オーソンが高らかに言った。

「グラシューズ様……」フォルダンゴが繰《く》り返《かえ》した。

オクサは父親、母親、ギュス、そしてほかの〈逃げおおせた人〉たちをさっと見回してから、忠実な召使《めしつか》いの手に自分の手をすべりこませた。

そして、目を閉じた。

37　最後の希望

その叫《さけ》び声《ごえ》はみんなのふいをついた。かん高い声に耳をつんざかれ、みんなは動きを止めて急いで手で耳をふさいだ。

フォルダンゴだけが両腕《うで》を体のわきにだらりと下げていた。

理由は簡単だ。フォルダンゴがこの恐ろしい叫び声の主だからだ。パニックのために音の武器と化したのだ。

衝撃波《しょうげきは》はだれも容赦《ようしゃ》しなかった。とくに、骸骨《がいこつ》コウモリにかまれたために敏感《びんかん》になっているオクサとギュスは気分が悪くなってきた。オクサは鼻水が流れてくるのを感じて、手の甲《こう》でぬぐった。血だった。向かいの部屋でも、鼻や耳から血を流している者がいたし、気絶した者、セーターのネックを耳まで引っぱってしゃがみこむ者もいた。

〈逃げおおせた人〉たちが拷問《ごうもん》のような叫び声をフォルダンゴにやめさせようとしたとき、彼らを閉じこめているガラスの壁にひびが入り始めた。音波がその威力《いりょく》を発揮したとき、彼らには何が起きたのか、よくわからなかった。ミシガン・セントラル駅のガラスがすべてこわれ、砂のような粒子《りゅうし》になってあちこちに飛び散ったのだ。発射台の周りの部屋のガラス、〈逃げおおせた人〉たちを閉じこめていた通路のガラス、コンピューターのモニター、駅の廃墟《はいきょ》の十八階分の窓ガラス……腕時計《うでどけい》の文字盤《ばん》のガラスから人がかけているメガネのガラスまで、すべてこわれた。

フォルダンゴはこの悪夢を乗り切るための、ただひとつの——しかも、最後の！——可能性を〈逃げおおせた人〉にあたえた。

彼らはすぐに行動を起こした。オクサはすばやく正確な〈浮遊術《ふゆう》〉で、オーソンや手下のいる管制室まで飛んでいった。パヴェル、モーティマー、ゾエもそれに続いた。アバクムはフォルダンゴをかかえ、〈外の人〉たちを連れて通路に沿って部屋から部屋へとめぐり、オクサたちのところへ行こうとした。

〈逃げおおせた人〉たちとは反対に、オーソンのとった行動は裏目にでた。ガラスがこわれて舞《ま》い上《あ》がるおびただしい粒子やほこりを追いはらおうと〈竜巻弾《たつまきだん》〉を使ったのだ。効果はすぐにあらわれ、大変なことになった。砂ぼこりの嵐が起こって、そこにいた人たちは顔を打たれ、目がひりひりし、のどが詰《つ》まった。

「オクサ！　リモコンだ！」パヴェルが叫んだ。

ガラスの壁やコンピューターのモニターが砂のような粒《つぶ》になって飛び散ったとき、オーソンはリモコンをなくしていた。怒《いか》り狂《くる》ったオーソンは床にしゃがんで手さぐりで探そうとした。いくら強力な反逆者《フェロン》とはいえ、砂嵐で視覚や感覚がにぶっている。ふつうの人間と同じように苦労するなどということは、オーソンには我慢《がまん》できなかった。

「リモコンを見つけるんだ！」オーソンは手下に向かってどなった。「早く！」

オクサは自分がオーソンより有利な立場だということに気づいていなかった。死の一歩手前までいったことで、本能的な能力や知覚がとぎすまされ、目的を果たすために体と心がこれまでにないほどの力を発揮しようとしていた。もちろん、ほかの人たちと同じように目はひりひりした。だが、生きのびたいという強い意思が自分の能力の限界を超《こ》えるすべを見つけようとした。涙がとめどなくわいてきて目に入った砂を押し流してくれた。こんなに泣いたことはない！　それに、涙がこんなに希望をもたらしてくれるとは考えてもみなかった。


オーソンが巻き起こした砂嵐をさけて全員がリモコンを探すなか、オクサは宿敵の数十センチ先にそれがあるのに気づいた。そして〈磁気術〉でリモコンを引き寄せることができた。混乱に乗じてリモコンを床に置き、足をふり上げてそれをつぶそうとしたとき、急に疑いが頭をもたげた。つぶして爆発が起きたら？

「ああ……だめ！」と、オクサはうなった。

こういう究極の状況《じょうきょう》では、〇・一秒がものをいう。オーソンは自分が探していたものをオクサが見つけたことにすぐに気づいた。

オーソンはうなり声をあげてオクサに飛びかかった。オクサはそれをかわして、とっさにリモコンを通路の手すりごしに投げた。浮遊できる人はみんな――オクサ、パヴェル、モーティマー、ゾエ、オーソン、それにテュグデュアル――はロケットを設置するために掘《ほ》られた穴に飛びこんだので、落下しながらのとんでもない競争になった。

あたりは薄暗《うすぐら》かった。二十メートルほど上にあるガラスの粒子でいっぱいの部屋から届く光だけがたよりだ。ロケット発射のときの煙がまだ立ちこめているその場所で、オクサとオーソンが最初にリモコンを見つけた。これが最後の対決だと、二人はリモコンに向かって飛びかかった。すべてがスローモーションのようだ。

このときほど二人の力が伯仲《はくちゅう》したことはないだろう。あらゆる悪事を働いてきたオーソン、そして、最後の希望をかけて力をふり絞《しぼ》るオクサ。

ものすごい衝撃だった。オクサの肩《かた》がオーソンの肩に当たって何かが割れたようなにぶい音を立てた。急激な痛みにリモコンをつかむことができなかった。オーソンはそのすきをついてリモコンをつかんだ。そして、オクサの首を腕で締《し》め上げ、満足げな叫び声をあげて起き上がった。

急に時間が止まったように見えた。三人の〈逃げおおせた人〉、そしてオーソンと息子が向き合ってにらみ合っていた。

「そんな……こんなふうに終わるなんてありえない……」ゾエがつぶやいた。

「もちろん、こんなふうに終わるんだよ、かわいいゾエ！」

オーソンはそう言うと、オクサの首を締める腕に力を入れた。オクサは痛みよりも怒りであばれた。テュグデュアルがこぶしをにぎり、上半身をこわばらせて一歩前に進んだ。薄暗かったが、オクサはテュグデュアルの視線をとらえ、冷ややかな瞳をじっと見つめた。できうる限りの説得力をこめて見つめ続けると、テュグデュアルは父親の側にいることを迷うそぶりをした。テュグデュアルは綱《つな》わたりをしているようなあやうい感じで、オクサが必死に見つめれば見つめるほど、こちら側にかたむきそうだ。しかし、さらに締めつけられ、無理矢理顔をオーソンのほうに向けさせられたためテュグデュアルから視線が外れた。自分が投げた釣り針《つ　ばり》の先に何があるのかを確かめることもできずに。

「自分がほしいものは手に入れたんだろ！　それなら、娘をはなせ！　はなせよ！」

パヴェルがどなった。

オーソンはトロフィーのようにリモコンをふりかざした。しゃくにさわるやり方だったので、オクサは思わずオーソンの顔につばを吐《は》いた。驚いたオーソンはオクサの顔をよく見ようと、首にかけた手はそのままにゆっくりと少し体を離した。それから、意外にもオクサを自分の真正面に向けさせた。手はオクサの傷めた肩をつかんでいる。オクサはうめいた。オーソンはオクサの肩をはなし、思いっきり平手打ちを食らわせた。オクサの息が一瞬止まった。

「ああ……」オーソンは手首をふりながら、うれしそうに言った。「長い間これをしたかったんだ！」

有頂天になっていたオーソンはオクサがかけた腕の関節技をかわすひまがなかった。宙に舞い上がったリモコンをオクサはさっとつかみ、父親とゾエ、モーティマーのそばにもどった。

「ふん!」

オクサは鼻であしらうと、リモコンを床に置き、さっきは迷ったが、今度は靴の底で力いっぱい踏みつけた。しかし、リモコンはびくともしなかった。

オーソンはずるそうに目を細めた。頭がいそがしく回転しているようだ。

「そのリモコンはこわせないんだ」オーソンは偉《えら》そうに告げた。「がっかりさせて悪いがね、もうスイッチは入っているんだ!」

「はったりよ!」オクサは言い返した。

オーソンは薄気味悪いほほえみを返した。他人の確信を揺るがせるようなほほえみだ。しかもいま、〈逃げおおせた人〉たちの確信は弱いのだ……。

「そう思うかな?」

すべてをかけたはったりなのか? 本当のことを言っているのだろうか?

答えはすぐにわかった。合成音声が一階から聞こえてきて、再びカウントダウンを始めた。今度のは前よりもっと不吉《ふきつ》なものだ。

「オクサ!」

オクサはアバクムの声だと気づいて見上げた。アバクムは床から五、六メートルの壁にクモのように張りついている。オーソンは自分の頭上にアバクムをみとめて青ざめた。オーソンが〈逃げおおせた人〉のなかで最も恐れているのはアバクムだろう。オーソンが向けた不安そうなまなざしに、オクサは事態をすぐに悟《さと》った。これまでの会話……疑問、話された戦略……すべてが重なりあった。

「アバクムおじさん！」と、オクサが呼んだ。

言葉はいらなかった。二人の間に無言の了解がすばやく交わされた。アバクムがうなずいた。二人は自分のクラッシュ・グラノックを出し、オーソンも同じことをした。ごう慢《まん》な仮面の下に緊《きん》張《ちょう》を隠して。


壁に張りついたアバクムが攻撃《こうげき》の口火を切った。オクサが使用を許可した〈まっ消弾〉がリモコンにまともに当たった。だれも見たことがないほどの大旋風《せんぷう》がリモコンの上に発生した。その怒り狂ったような勢いに、その場にいた人たちは目が見えなくなった。そして、勢いは静まり、やがて黒い穴になった。穴はしだいに大きくなっていく……。

オクサは壁にたたきつけられ、ほこりだらけのコンクリートの床にうつぶせになって倒れた。全体重をかけただれかに押しつぶされているような気がした。オーソンだと思ってもがいた。

「オクサ、ぼくだよ！」パヴェルが叫んだ。「動くな！」

数メートル先では、黒い穴が回転しながらリモコンに触れるほど近づいている。

リモコンはこわれて、虚無《きょむ》に吸いこまれた。

すると、合成音声がやみ、カウントダウンは止まった。

オクサは放心状態だった。

「やったわ！」声を詰《つ》まらせた。「パパ！　やったのよ！」

パヴェルは体を回転させてわきにころがり、防御《ぼうぎょ》の姿勢のままひざをついた。オクサも起き上がった。その場をさっと見回し、あぜんとして父親を見た。

オクサたち二人しかいない。

オーソンは姿を消していた。

それに、テュグデュアル、アバクム、ゾエ、モーティマーもいない。

38　仲間のゆくえ

「パパ？」

パヴェルもオクサと同様に、ぼうぜんとしていた。

「ほかの人たちはどこ？」オクサは薄暗《うすぐら》いなか、必死に目を凝《こ》らした。「ゾエ、モーティマー、アバクム……そこにいるの？」

重い静寂《せいじゃく》しかなかった。

「いったい、どうなったのかしら？」息を切らせてオクサがつぶやいた。

「何も見えなかった……」パヴェルは口ごもった。「黒い穴がすごく大きかったから……おまえのことしか考えなかった……」

オクサがクラッシュ・グラノックから発光ダコを出したとき、壁の向うから物音が聞こえた。どこから聞こえてくるのかはよくわからない。パヴェルはオクサをロケットがあったスペースの真ん中に引っぱっていった。二人は背中合わせになり、危険があればすぐに飛びかかれるように防御《ぼうぎょ》の構えをとった。

「ママ、ギュス、どこにいるの？」オクサは上に向かって叫《さけ》んだ。

だれもいないようだ。

とつぜん、唯一《ゆいいつ》の出入口のドアがバタンと開き、五人の〈外の人〉が姿をあらわした。髪をふり乱し、ほこりにまみれて疲れた様子だが、オクサとパヴェルを見てほっとしたようだ。最初にマリーが駆け寄ってきて、夫と娘を腕《うで》に抱《だ》いた。

「ああ、よかった、無事だったのね！」マリーは長いため息をついた。

オクサは母親に抱きしめられた痛みで声をあげた。

「怪我《けが》をしてるの？」

「なんでもないよ……肩《かた》がはずれてるだけだと思う」

「これは？」マリーはオクサの首についたあとを指さしてたずねた。

オクサはそこを指先でなでた。

「ああ、これ……オーソンに近づきすぎたためにはらった代償《だいしょう》って言ったらいいかもね……」

マリーは悪態の言葉を口の中でつぶやいた。フォルダンゴを首にぶら下げたギュスも近づいてきた。ギュスはフォルダンゴをそっと床におろし、顔をこすってから髪を後ろにはらい、オクサをじっと見つめた。ほとんど無傷のオクサに再会できた喜びをギュスなりにあらわしているのだ。

「おいでよ、楽にしてやるよ」

ギュスはそう言うと、アノラックとトレーナーを脱《ぬ》いだ。そして、トレーナーを丸めて筒《つつ》のようにして両端《りょうはし》を結んでからオクサの首にかけた。それから、オクサの痛いほうの腕をそうっと直角に曲げさせてトレーナーの筒にのせると、後ろに下がってその姿を点検するようにながめた。

「完璧《かんぺき》……サンキュ」

オクサは小声でそう言うと、フォルダンゴの目の高さに合わせてかがみ、肩に手をおいた。

「おまえはあたしたちの命を救ってくれたのよ。仲間と二つの世界に暮らす人たちすべてを」

フォルダンゴの顔はまだ白っぽかったが、オクサのほめ言葉に少し赤くなった。そのためか、ふだんとまたちがった感じがした。

「グラシューズ様は忘却《ぼうきゃく》の明示に出会っておられます。妖精人間の勇気と支援《しえん》が爆弾の操縦箱の排除《はいじょ》をひき起こしたのです。グラシューズ様の召使《めしつか》いは巨大な恐怖の具体的翻訳《ほんやく》をおこなったのみです……」

オクサは何度もまばたきをし、しばらくの間、フォルダンゴを抱きしめた。

「いいけど……」オクサはため息をつくようにつぶやいた。「でもさ、おまえがいなかったら、あたしたちは終わりだったたと思うよ……」

近づいてきたバーバラの姿がとつぜん発光ダゴの明かりのなかに浮かび上がった。

「モーティマーとゾエはどこ？　それに、アバクムは？」バーバラは血の気の失せた顔でたずねた。

オクサとパヴェルは気まずい視線を交わした。

「〈まっ消弾《だん》〉がリモコンを破壊《はかい》したあとは、三人の姿を見ていないの」と、オクサが返事をした。

「テュグデュアルやオーソンと同時に消えちゃったの」

「おまえ……〈まっ消弾〉を使ったのか？　リモコンのために？」

ギュスが口ごもりながらたずねた。ほかの四人の〈外の人〉も不安げな様子だ。

「ううん！」

オクサはそれだけ言ってから、しばらく迷っていた。究極のグラノックに関する彼女と妖精人間の間の小さな秘密は、本当はだれにも言わないことになっている。

「グラシューズ以外にも、アバクムだけは〈まっ消弾〉を使えるの」と、オクサは白状した。「あたしが許可すれば使えるのよ。だから、そうしたの。そうじゃなかったら、爆弾が母なる星を吹き飛ばすのを防げなかったから」

「それなら、うまくやったよ、オクサ……」ギュスがうなずいた。

ほかのみんなもうなずいた。〈まっ消弾〉の威力《いりょく》のあとが床に少しだけ残っていた。灰色の砂ぼこりの間に黒い灰がわずかにある。

「ひょっとしたら……」

バーバラは口を開いたが、続けられなかった。しかし、同じ恐ろしい考えがみんなの頭をかすめた。

「ちがう！」オクサが叫んだ。

自分をじっと見つめる仲間のつらそうなまなざしを受けて、オクサは自分の言い方が乱暴だったことに気づいた。急に胸が詰まって息が苦しくなった。

「あたしが言いたかったのは……あの人たちは黒い穴に吸いこまれたんじゃないってこと！」オクサは息苦しそうに言った。「そんなこと……ありえないわ！」

バーバラがふらついたので、パヴェルがあわてて支えた。ニアルのほうは、何度も顔を手でこすると、頭から何かを引きずり出そうとするかのように、こめかみを強く押さえた。まぶたがひくひく震《ふる》え、息が荒《あら》い。

「ニアル」オクサが呼びかけた。

ニアルはまともにオクサを見ることができず、オクサのほうも何を言っていいかわからなかった。オクサは急に、〈外の人〉たちが持っていたミニチュアボックスに駆け寄った。そして、そのひとつを開けてドヴィナイユを一羽取り出した。小さな鶏《にわとり》はすぐにふつうの大きさにもどった。

「ドヴィナイユ、教えて。アバクムおじさんとゾエとモーティマーが……」

「生きているか？」ドヴィナイユががなりたてた。

「うん……」

ドヴィナイユはくちばしを起こし、頭を百八十度ぐるりとまわして空気をくんくんとかいだ。

「ふ～ん、空気は乾《かわ》いていますが、凍《こご》えるようですね。まったく居心地の悪い環境《かんきょう》だと言ってもいいですね！」ドヴィナイユは吐《は》き出《だ》すように言った。「いつになったら、受け入れられる生活条件をわたしたちにあたえてくださるんです？　感じのいい場所はいろいろありますよ……」

「いまのところは、そんなことはどうでもいいの！」オクサはいらいらした口調でさえぎった。

「仲間が生きているかどうかだけ教えてくれればいいのよ！」

「ふん、乱暴な言い方をしなくてもいいじゃないですか！　もちろん、生きていますよ！　グラシユーズの血を引く人たち全員と同じように……」

「アバクムは？」

「あの方も生きています。よかったですよ。わたしたちが生きのびることについては、あなたより

気をつけてくれますからね。寒さで死なないように何かと気をつかってくれますし……たとえば、もしあの方がいれば……」

　オクサは最後まで聞かずに、ドヴィナイユをミニチュアボックスの仲間のもとにもどした。

「グッドニュースよね」オクサはとくにニアルとバーバラのほうに目を向けてつぶやいた。

　そして、顔をそむけた。安堵《あんど》と不安がせめぎ合い、どちらにも軍配が上がらない。もちろん、グラシューズの血を引く人全員が無事なことがわかって心が軽くなった。だが、アバクムのこともとても心配なのだ……オクサはミニチュアボックスを閉め、上のほうに目を凝らした。

「上にはだれかいるの？」

「あの砂嵐がやんだとき、オーソンの手下はみんな一階の部屋から消えていた」ギュスが説明した。「この壁の後ろに階段があるんだ。そこから下りられたから、おまえたちに会えたんだけどさ。下りきったとき、通路が二つあったんだ。最初の通路を行ったら、おまえがいるはずのところを行きすぎた感じがした。だから、引き返して二つ目の通路を来たらこうして会えた。ほかにはここから出る方法はないよ。壁を抜けるんなら別だけど」

「それに、アバクムは壁抜けはできないし……」パヴェルがぼそりと言った。

　オクサはうなずいた。七人の〈逃げおおせた人〉は視線を交わしただけで了解した。仲間を見つけて、かたをつけるときだ。これで終わりにするために。

39　正しい道

発光ダコの明かりに照らされて進むと、ギュスの言っていた通路はたしかに長かった。ひどく陰気な雰囲気だ。交差する通路がないうえに、奇妙《きみょう》に天井《てんじょう》が高いからだろう。そのため気温は暖かいのに、〈逃げおおせた人〉のなかには震《ふる》えている者もいた。

「下り坂よね？」マリーがたずねた。

「床は二度の勾配《こうばい》を示しています！」すぐにガナリこぼしが答えた。

大人のガナリとちびガナリはこれまでないほど熱心に道案内をした。

「わたしたちの周りにある建材の成分をお知りになりたいですか？」大人のガナリがたずねた。

「地下や空気の性質は？」

「う～ん、いまはいいわ、ありがとう……」オクサはなるべくていねいに答えた。

タコの足から出る光がガナリたちの羽に反射して、コンクリートの壁にきれいな緑の斑点《はんてん》を浮かべている。こんな状況《じょうきょう》でなかったら、その美しさにうっとりしたことだろう。だが、いまは、まちがった選択《せんたく》をしないようにと各自が願いながら、不安を抱《いだ》きつつ気持ちを集中させて進んでいた。この終わりのないような長い通路をさまよって貴重な時間をむだにしているのではないか？　オーソンはもう遠くに行っているかもしれない……ゾエとモーティマーとアバクムを連れて……。

とつぜん、オクサが立ち止まった。

「ちょっと、見て！」

オクサはそう言うと、しゃがんで床から何かを拾った。

「なんだい？」パヴェルがたずねた。

オクサはつまんだものを注意深く見た。

「テュグデュアルのピアス……」オクサはあえぐように答えた。

「ええっ？　ほんとうか？」

〈逃げおおせた人〉たちはオクサの周りに集まってきて、小さなダイヤモンドのついたごく小さい金属の針のようなものをじっと観察した。

「見過ごすところだったけど、たしかにそうよ」

みんな驚いている。

「どう思う、オクサ？」ギュスがたずねた。

「あたしたちが正しい道をたどってるって教えるために、テュグデュアルがピアスを落としたんだと思う」

「ヘンゼルとグレーテルの小石みたいに？」

「そうそう！」

みんなはオクサほど納得していないようだ。

「それって、ちょっとこじつけみたいじゃないか？」ギュスが疑わしげに言った。

オクサは咎《とが》めるようにギュスをにらんだ。

「何十年も使われてない駅の地下でダイヤモンドを見つける可能性のほうが筋の通らないことだと

思わない？」

オクサはまた歩き始めた。前屈《まえかが》みになって、ほこりだらけの床を注意深く見つめながら……。

「ほら！」十メートルくらい進んでから、オクサはまた声をあげた。「また、あった！」

オクサは見つけたピアスを得意げにふりかざした。色が赤いのをのぞけば、さっき拾ったのと同じものだ。

「テュグデュアルが眉《まゆ》につけてた洋ナシの形のルビーよ！　あっ、あそこ、またダイヤがある！」

今度ばかりはみんなも、偶然《ぐうぜん》ではないことをいやでも認めないわけにはいかなかった。

「わたしたちに道を教えてくれてるのね……」マリーがつぶやいた。「信じられない……」

「こんなちっちゃいものに気づく可能性は万にひとつもないだろうけどな」ギュスが毒づいた。

オクサはギュスに向き直り、悲しげにじっと目をのぞきこんだ。

「オーソンがそばにいるのに、ほかにいっぱい可能性があるって、ホントに思ってるの？」

ギュスはオクサのまなざしを受け止めたまま黙《だま》っていた。

「彼はあるもので、できることをしたんじゃないの」

オクサの言葉にはため息が混じっていた。

「それがうまくいったんだよな。それでいいじゃないか！」パヴェルが締《し》めくくった。

「道はまちがっていないってわかったんだから、時間をむだにしないようにしましょうよ！」バーバラも加勢した。

「ガナリたち、役に立ちそうな情報を見つけてくれる？」と、オクサがたのんだ。

「了解しました、グラシューズ様！」

二羽のガナリは大急ぎで先に飛んでいった。

みんなはまた歩き始めた。ギュスはオクサからいっときも離れなかった。だが、オクサのほうはギュスへの不満を隠さなかった。

「怒ってるのか?」しばらくしてから、ギュスが話しかけた。

「ううん、ギュス、怒ってるんじゃないの。ちょっとがっかりしただけ」

「がっかりしてるって? だれに? ぼくにか……」

「そうよ、あなたによ!」オクサはさえぎった。「テュグデュアルは悪い人じゃないのよ」

「たしかに、そうだよな!」ギュスはぼそぼそ言った。

それが半分は皮肉だとオクサにはわかっていた。

「あの人の意識は支配されているのよ。あなたは一生、そんな目にあわないでいてくれるといいけど」

オクサはひと息つき、気持ちを静めようとした。

「それに、子どもっぽいライバル意識はもう終わったと思ってた。まだそんなことを言ってるなんて、それがいちばんがっかりするのよね」

二人はしばらく黙って歩いた。それから、意外にもギュスが口を開いた。

「ごめん。ぼくはちょっとフェアじゃなかった」

オクサはギュスをちらりと横目で見た。

「すごくフェアじゃなかった、でしょ!」

「わかったよ、すごくフェアじゃなかったよ……」

ギュスはそう言い、オクサにぐっと近づいた。

「じゃあ、仲直りだな?」ギュスはオクサの耳元にささやいた。

「仲直りする」

「よかった……」

「あっ、ガナリがもどってきた!」パヴェルがみんなに教えた。

息を切らしたちびガナリはオクサの肩《かた》にとまり、大人のガナリは後ろ向きに飛びながら、オクサの前にきた。

「あと七十三メートルで分かれ道に着きます。左の道を行くと、さらに四つの通路に分かれ、それぞれの通路は東西南北の各方向の出口に続いています」

「じゃあ、ここから駅の外に出られるっていうこと?」と、オクサがたずねた。

ガナリは大きくうなずいた。

「じゃあ、右の道は?」パヴェルが質問した。

「右の道はもっと狭《せま》い通路になります。その通路に沿って、三十平方メートルから二百平方メートルの窓のない部屋が二十あります。通路は行き止まりになっていて、ほかの出口はありません」

「そこから出るには引き返さないといけないんだね?」ギュスが言った。

「そうです」

「その部屋には何があるの?」オクサが続いて言った。

「半分は生活空間や休憩《きゅうけい》するスペースです」ガナリが答えた。「それ以外では、五部屋に物資がストックしてあります。三部屋は反逆者《フェロン》オーソンと息子二人のために整えてあります。残りの二部屋は実験室で、半透明《とうめい》族の分泌《ぶんぴつ》する物質の作用が詰まったウイルスを貯蔵する金庫室がそれぞれについています」

「きっと、そこにいるのよ！」オクサの声はすこし震《ふる》えていた。「その実験室には人が何人いるかわかる？」

ガナリは薄暗い通路に姿を消し、しばらくしてから急いでもどってきた。

「人間の密度は非常に下がりました。反逆者《フェロン》オーソンと息子は左側のいちばん奥の部屋にいますし、ご友人のゾエとモーティマーもそうです。また、この二人のそばに男一人と女一人の存在を察知しました」

「じゃあ、その四人のほかに、オーソンとテュグデュアルだな？」パヴェルが確認した。

ガナリは首を横にふった。

「いいえ、その実験室のドアの前には武装した男が二人いますし、四人の男が四つの出口を見張っています。あとは、離陸準備のできたヘリコプターの中にもう一人います」

「それだけか？」パヴェルはびっくりして言った。「オーソンの輝かしい武装集団で残っているのはそれだけなのか？」

「都合が悪くなると、逃げ出すってわけね」皮肉っぽくマリーがつぶやいた。

「アバクムは？」ギュスが心配そうにたずねた。

「存在を感じませんでした」ガナリはすまなそうに答えた。

「ああ、なんとか無事でいてくれるといいけど……」パヴェルがつぶやいた。「ぼくたちが攻撃《こうげき》を始める前にほかに言うことはないかい、ガナリ?」

「実験室には生き物がいます」

「どの生き物? ヴィジラント? 骸骨《がいこつ》コウモリ?」

ガナリの翼《つばさ》の動きが急に乱れた。まるで空中でふらついているようだ。

「八匹のヴィジラントが反逆者《フェロン》オーソンの周りを飛び回っています。骸骨コウモリたちはみんな、グラシューズ様たちが前に行かれた地下の鋼鉄補強された部屋でウイルスの浸透《しんとう》を待っている状態にあります」

その答えに〈逃げおおせた人〉たちは身震いした。

「じゃあ、おまえが見たって言う生き物はヴィジラントでも骸骨コウモリでもないわけね?」オクサがたずねた。

ガナリはがくりと地面に落ちそうになりながら答えた。

「何なのかわからない生き物なのです」

40 考えを実行に移すこと

オクサはギュスの手の中に自分の手をすべりこませた。マリーとパヴェルも、ニアルとバーバラとクッカも同じようにしていた。ここまで来たら、言葉も視線も交わす必要はない。大詰めに近づいている希望と不安に、みんなの思いはぴたりと重なっていた。

オーソンに勝てるのだろうか？

あるいは、二つの世界、そして自分たちの命の終焉《しゅうえん》に向かおうとしているのだろうか？

だれも口には出さなかったが、〈逃げおおせた人〉の体力は疲労《ひろう》のために弱まっていた。だが、オクサはそのことが有利かもしれないと思っている自分に気づいていた。暴力――それは自分たちのなかにもある――と闘《たたか》うことにこだわり、自分たちの倫理《りんり》に反する敵のやり方とはちがう道を選ぶ……。ゾエの言うとおりだ。自分たちはせいいっぱいの良心を誇りとして戦ってきたが、それは自分たちにブレーキをかけただけだった。本能が良心の呵責《かしゃく》に打ち勝つかもしれない。極度の疲労が最後の迷いを吹き飛ばしてくれるだろうか？　そんなに簡単ならいいんだけれど……。能力があることと、それを実際に使うことの間には深い溝《みぞ》があることもある。オクサにはそのことがわかっていたし、その溝をなるべく埋《う》めようと思っていた。彼女は少し前に母親が言った言葉をおまじない――あるいは、ときの声か――のように心のなかで繰《く》り返《かえ》していた。

〝もう終わらせないとね〟

オクサはギュスの手をぎゅっとにぎった。

「だいじょうぶか？」ギュスがささやいた。

「みんなが無事に見つかって、オーソンを殺して、エデフィアで幸せに静かに暮らせたら、すごくだいじょうぶになるだろうけどさ」

オクサは長いため息をついた。

「いまのとこは、まあまあかな。でも、あの腐《くさ》ったやつを絶対にやっつけてやる！」

ギュスはかすかにほほえんだ。

「それは一瞬でも疑ってないよ……」

やがてガナリこぼしが報告した分かれ道が見えてきた。あまりに真っ暗なので、暗闇《くらやみ》が厚みや手ざわりのある物体のように感じられた。二匹の発光ダゴの光すら壁や天井《てんじょう》のコンクリートに吸い取られたかのように弱々しかった。

〈逃げおおせた人〉たちは黙《だま》って右の道へ進んだ。駅の中心へあともどりしているような奇妙《きみょう》な感じがした。

「同心円迷路みたい……」マリーがふともらした。「迷子になるにはうってつけね」

みんなは用心深く進んだ。

「発光ダゴはしまわれたほうがいいですよ」とつぜん、ガナリが言った。

オクサとパヴェルはすぐに従った。弓形の通路に沿って、壁に弱い光が反射している。

「通路の突き当たり、ここから三十四メートル先に見張りが二人います」ガナリが押し殺した声でささやいた。

「きみたちは、ここにいてくれ」パヴェルが〈外の人〉たちに言った。

「パヴェル……」マリーは夫の腕《うで》をつかんだ。

「ほかにしようがないんだよ……」パヴェルは緊張《きんちょう》した声でささやいた。「危険すぎる」

マリーは夫の腕を離した。

「わかってるわ……ただ……」

マリーはぎゅっと両目をつむった。すぐに目をあけると、決心したように夫を見つめた。

「二人とも気をつけて」

パヴェルは妻のくちびるにすばやくキスをした。

「それから……あの子のことを守って……」マリーはあごでオクサのほうを指しながらつけ加えた。

「きっと無事につれてもどるよ！」パヴェルは無理にほほえんで答えた。

「急ごう」オクサがうながした。「じゃあ、あとでね」

自分の声が思ったよりかすれているのがわかった。「オクサ、キレたらだめだよ！　いまはだめ！　しっかりしなくちゃ」オクサは必死に自分にそう言い聞かせた。愛する人たちと目を合わせないように背中を向けた。

「用意はいいか？」父親がたずねた。

「もちろん！」

その言葉を心のなかにしみこませるかのように、オクサは深く息を吸った。「決着をつける最後のチャンスだわ、きっと！　だから、考えないで行動しないと！」オクサは心のなかで叫《さけ》び続けた。

オクサは父親の視線を受け止めた。

「こんなに心の準備ができてることは、生まれてから一度もなかったよ！」オクサは一気に言った。

「よし、行こう！」

ギュスやマリーら〈外の人〉は、天井すれすれのところをゆっくり用心して飛んでいるオクサとパヴェルを目で追った。二人がスピードを速めて通路のカーブに消えるまで。

さいは投げられた。

マルクス・オルセンとアモス・グルックスマンは、〈内の人〉たちが仲間を取りもどそうと攻撃《こうげき》をしかけてくる可能性が高いことを知っていた。彼らが怖《こわ》いもの知らずで、なんでもやってのけ、勇気も大胆《だいたん》さも十分に持ち合わせていることはすでに証明されている。しかし、それだけでは不十分だ……。

計算はすぐにできた。指導者は二人の若者を捕《つか》まえた。いま、その二人と息子といっしょにこのドアの向こう側にいる。残るのは、指導者が〝大切で優しいちっちゃなグラシューズ〟と呼んでいる女の子——とくにロケット計画が失敗して以来、だれよりもひどく恨《うら》んでいるようだ——と、その子の父親と老人だ。あとは、必要なら自動小銃《しょうじゅう》をぶっ放せばすぐに静かになる女子どもが数人だけ。

傭兵《ようへい》としての長い経験、それに、オーソン・マックグローというたぐいまれな男からの信頼のおかげで、マルクスとアモスは自信たっぷりだった。彼らの暗い経歴全体を通じて、その大きな自信がつねに切り札となっていた。しかし、もう数秒したら、その切り札はパヴェルとオクサの側に有利になるとわかるだろう……。

オクサとパヴェルはものすごい速さで天井すれすれに音もなくあらわれた。あっという間に二人の傭兵はダブル攻撃の標的になった。彼らは自分の身に起きたことを理解できたのだろうか？　できていても、オクサたちのすばやい攻撃に一瞬遅れをとったのだ。〇・二、三秒の差が大事なのに。これまでにオクサが使ったうちでも最強の〈磁気術〉で武器を奪《うば》われた二人は、〈窒息弾《ちっそくだん》〉をまともに浴びてずるずると壁に沿ってくずれ落ちた。目を異様なまでに見開き、恐怖でのどをかきむしっている。しかし、小さな虫たちは傭兵たちの温かくしめった口の中で活力を得たのか、すぐに太って広がっていき、生きのびるチャンスをあたえなかった。彼らが息を吸うたびに、虫たちは体の奥に入っていき、ついには肺に達した。

マルクスとアモスの視野はぼやけ、顔が赤くなった。体は断末魔《だんまつま》のひきつけを起こしていた。なすすべもなく倒され、二人は男と女の子が目の前を通りすぎるのを目にした。そして、最後のと息を吐《は》いた。

41 もう終わらせないと……

〈磁気術〉と〈窒息弾《ちっそくだん》〉の組み合わせはうまい判断だった。武器を奪《うば》って黙《だま》らせたことで、二人の傭兵《ようへい》はオクサとパヴェルの侵入《しんにゅう》を主人に知らせることができずに死んだ。

ほぼ同時にヴィジラントたちもいなくなった。ふつうなら、それで何か異変があったと気づくかもしれないが、不気味な実験をやりとげることに夢中になっていたオーソンは何も気づかなかった。そういうわけで、パヴェルがドアをけ破って実験室に入ってきたことに、オーソンはひどく驚いていた。

しかも、オーソンはミスをおかした――あとで唯一《ゆいいつ》のミスだったとわかるのだが――致命《ちめい》的で重大なミスだ。オクサとパヴェルはそれにかけた。両手からパヴェルに向けて稲妻《いなずま》を放ちながら、オーソンはオクサを目で探した。父親といっしょに来たはずなのに、どこにいるんだろう?

あのいやなガキはどこだ？

オクサがいないことで頭が混乱した。一瞬のわずかな混乱——ちょっとした動揺《どうよう》——で稲妻の狙《ねら》いに狂《くる》いが生じた。パヴェルはそれをかわし、ノック・パンチとともに〈ツタ網《あみ》弾〉を放った。しばられて怒り狂ったオーソンは、そのときになってオクサがすでに室内——通路に面したドアと反対側のすみ——にいるのに気づいた。

「忘れたなんて言わせないわよ！」オクサが叫《さけ》んだ。「あなたのせいでミュルムになったんだからね！」

オクサはクラッシュ・グラノックを手にとり、誇大妄想狂《こだいもうそうきょう》の遺伝学者レオカディア・ボーとあやしいウィルス学者ポンピリウ・ネグスに狙いを定めた。二人は持っていた大きな注射器を床に落とし、靴で踏みつぶした。それから、強盗《ごうとう》にあったかのように両手を上げた。

オクサはこわれた注射器にちらりと目を向けた。顔がこわばった。そして、二人の科学者をじっと見つめた。二人は憎《にく》しみのこもったオクサのまなざしに死が近いことを感じとった。

「オーソン！」

とつぜん、オクサが叫んだ。

その声はオクサの体の奥底から突き上げてくるかのように、破壊《はかい》的な怒りに震《ふる》えていたので、オーソンは思わずはっとした。体をくねらせてあばれ、ツタの網に当たり散らした。

「そんなことをしても、むだだよ」パヴェルは冷たく言い放った。

その言葉に耳を貸さず、オーソンはツタの網をほどこうとした。彼の力は強大だったが、黄色いツタの締《し》めつけから完全に自由になることはできなかった。しかも、逃げられないようパヴェルがつねに気をつけていて、〈ツタ網弾〉を次々に浴びせた。

「アバクムが〈ツタ網弾〉の成分にケブラー（高強度のポリアミド系樹脂《じゅし》）の繊維《せんい》を加えたんだ」パヴェルが解説した。「うまいだろ？　それに、ぼくは何百発も持っているからな……」と、クラッシュ・グラノックをぽんぽんとたたいてつけ加えた。

オーソンの顔には、完全にわなにはまったという恐怖がそのままあらわれていた。目の前にいるのは、厳しい目つきをして屈強《くっきょう》な態度をくずさない甥《おい》のパヴェル・ポロック。センチメンタルで臆病《おくびょう》だとずっと軽蔑《けいべつ》してきた男だ。なんと変わったことか……。自分の武装集団にぴったりの男だ。息子の代わりに……こんな状況《じょうきょう》じゃなかったら……。

「グレゴールがどんなふうに死んだか見たい？」オクサの問いかけにオーソンの考えごとが中断された。「あんなに強くて忠実だった、あなたの長男グレゴール……」

優しい顔つき、つややかな髪、スマートな体つき、その若さにもかかわらず、オクサは父親よりももっと強く見える。しかし、助かるチャンスがほとんどないにもかかわらず、オーソンはまるで状況をコントロールしているかのように取《と》り繕《つくろ》っていた。手厳しく言い返そうとしたが、屈辱《くつじょく》的なことにオクサの〈口封《ふう》じ弾〉で黙らせられた。気味の悪い虫の足がオーソンのくちびるに食いこんでいる。オーソンは怒りに目を見開き、再びあばれ出した。だが、手から放たれ続ける閃光《せんこう》はコンクリートの壁にむなしく当たってはね返ってくるだけだ。

オーソンの悪あがきにもオクサは平然としていた。オクサは落ち着いた動作でクラッシュ・グラノックを吹いた。科学者二人が瞬時に固まり、ガラスの彫像《ちょうぞう》になった。

「まず〈ガラス化弾〉を浴びせる。次に、こんなふうにノック・パンチを……」と、オクサが説明した。

オクサは言葉どおりにした。レオカディア・ボーとポンピリウ・ネグスのガラスになった体は宙に浮き、壁にぶつかって色とりどりの破片になった。

「こうやってあんたの息子は死んだのよ！」

オクサはうつろな声でそう言うと、前に進んだが、床に散らばったガラスの破片の音に足を止めた。人間の体が小さなかけらになって足元でみしみし音を立てているという考えをむりやり頭から追いはらい、やっと落ち着きを取りもどすことができた。


オクサの動揺はオーソンには気づかれなかったようだ。彼女の表情に勝《か》ち誇《ほこ》ったような色はない。グレーの目の奥に荒々《あらあら》しい光があるだけだ。しかし、オーソンの真っ黒な目をじっとにらんだオクサの目には、彼女の恐るべき力とは別のものも宿っていた。オーソンの勘《かん》ちがいではない。ゾエとモーティマーとテュグデュアルを見る前なら、オクサが迷う可能性もあったかもしれないが……。

しかし、レオカディア・ボーとポンピリウ・ネグスの意のままに意識を失って実験台にしばりつけられている三人を見た瞬間、オクサはオーソンを殺すという最終的な決意を固めた。

もう何も彼女を思いとどまらせるものはない。

42　動揺《どうよう》

「三人に何をしたの？」必死に動揺《どうよう》を抑《おさ》え、オクサがたずねた。

オクサは三人から目をそらせた。腕《うで》を左右に大きく広げ、頭を革のヘルメットで固定され、実験台にしばりつけられて動かない三人を見るのはつらすぎる。

オクサがオーソンの口封《ふう》じを解くと、オーソンはいまいましそうにつばを吐《は》いた。

「息子二人と甥《おい》の娘は……」オーソンはやっと口を開いた。「直接の子孫だ」

「ちがうわよ！」オクサは激怒《げきど》した。「DNAがちょっと同じっていう以外に、あんたなんかと何の関係もない！　それだって、この人たちのほうは願い下げよ！」

「だが、それは根本的なことだろう？」オーソンはこの上なくごう慢《まん》に言い返した。「永遠不変の原理だろ？」

「そういう議論はもう前にしたけど、血のつながりのほうが心のつながりに勝るってまだ信じてるみたいね。それがまちがってるって、もう証明されたはずじゃなかった？」

「おまえのほうがまちがっているんだ。血は何よりも大事だ。きっと、おまえは若すぎるから、そんな当たり前のことがわからないんだろうな」

「父親とか大伯父《おおおじ》だからという理由で、ゾエやモーティマーがあなたに近づいたなんてあたしたちに信じこませようとしないで。二人を捕《つか》まえたんじゃないの。それって、ちょっとちがうよね？」

オクサは息をついた。目に入ってくる汗をぬぐいたかったが、あきらめた。手が震《ふる》えているのを見たら、オーソンが喜ぶだろう。

「テュグデュアルにしたって、妄想《もうそう》はやめてよね！　ゾエとモーティマーと同じように、こうしてここにいるっていうことは、彼があなたの側にいたいわけじゃないことがわかったってことでしょう。彼の意志を奪《うば》って操り人形にしたのよ。ファーガス・アントやほかのたくさんの人にやったのと同じようにね。テュグデュアルは息子で、あんたの血が流れてるのに、彼はあんたから逃げたのよ……」

パヴェルが新たに発射した〈ツタ網弾《あみだん》〉に足首が締《し》めつけられ、オーソンはうめき声をあげた。邪悪《じゃあく》な血の流れる首の血管がふくれた。

「あたしたちや、二つの世界の人たちをあれほど苦しめなければ、あなたのことをかわいそうだって思うかもね」オクサは言葉を続けた。「他人の評価を得るために、あんなに策略や裏工作や脅《おど》しを使わないといけないなんて、ほんと悲しいよね。ぜんぜん自慢《じまん》できることじゃないよ」

「賞賛してくれる人は、おまえが考えているよりたくさんいるんだ！」オーソンが言い返した。

「ああ、あのサイコパスとか、誇大妄想狂《こだいもうそうきょう》とか、優生学論者とか、信仰《しんこう》も法律も関係ないあなたの取り巻きのこと？　あなたをあがめるのは当たり前よ！　同類だからよ！　ただ、あなたには超《ちょう》能力があるから、ほかの人より一段上に置かれてトップにつくのが当たり前だと思われただけじゃない……」

オーソンの視線は、パヴェルが入ってきたときから開いたままになっているドアのほうに向いた。オクサはひるまなかった。自分の注意をそらすための企《たくら》みかもしれない。だが、だれかがいるのはたしかだ、とオクサは感じた。

父親がさっとふり返ってから、すぐに用心深くオーソンのほうに向き直るのをオクサは横目でとらえた。

「我慢《がまん》できなかったんだな……」パヴェルがぶつぶつ言った。

感情が高ぶったときにいつもそうなるように、パヴェルの目は輝き、上くちびるがまくれ上がった。

「あなたたちがもどるのを、おとなしく待っていると思ってたの？」マリーの声が聞こえた。

オクサはうれしさで震えた。〈外の人〉、いや〈逃げおおせた人〉がこれで全員そろった！

「この腐《くさ》ったやつが地獄《じごく》に落ちるのを見逃《みのが》すなんて、絶対にいやだね！」これはギュスだ。

オーソンはギュスに射すくめるような視線を向けた。オーソンが稲妻《いなずま》とか、殺人兵器を目から発射できたら、ギュスは一発で死んでいただろう。

「離れていろ！」パヴェルが叫《さけ》んだ。

オクサは思わず、オーソンのほうに一歩近づいた。

「オクサ！」パヴェルがどなった。

警告の対象にはオクサもふくまれるのだと父親があえてつけ加えなかったことに感謝した。そんなことを言われれば、オーソンが皮肉を言うにきまっている。父親の考えは正しい。敵には直接接触《せっしょく》しないということで二人の意見は一致《いっち》していたのだ——オーソンが何をしかけてくるかわかったものじゃない。さっきオーソンに平手打ちされた仕返しをしたくてたまらなくても、約束は守らなければならない。仕返しはもうすぐできる。もっと根源的な仕返しだ。

オクサはオーソンから三メートル手前で止まった。まだ終わってはいないのだ。

「アバクムはどこ？」

「ポロック家の執事《しつじ》のことかい？」

今度はオクサも我慢できなかった。ノック・パンチが発せられ、首が飛びそうなくらいオーソンの頭がコンクリートの壁にたたきつけられ、にぶい音がした。だが、オーソンはやめなかった。

「逃げ出したのかな？　ウサギみたいに？」オーソンはばかにしたように言った。

「おもしろいわね……」オクサは落ち着きはらって返した。「でも、アバクムがそんな人じゃないのはわかってるでしょ。彼はここに来たんだと思うけど……」

「どうしてそんなことが言えるんだ？」

「ヴィジラントよ」オクサは見張り役の虫の遺骸《いがい》をつま先でつつきながら答えた。「あたしたちがここに来たときは、もうこんな状態だった」

オーソンがとまどっているのは単に不注意からか、あるいは、アバクムがここにいたかもしれないと思ったからなのだろうか？　本当に腹を立てているようだ。オクサはそれを利用した。

「もう一度最後に聞くけど、この人たちに何をしたの？」オクサはゾエとモーティマーとテュグデュアルを指さした。

「単なる実験だ」オーソンはもうごう慢さを取りもどしていた。「まあ、せっかちにならないことだな、グラシューズよ。その結果はおまえとおまえの仲間にすぐにわかるだろうよ」

オクサは急な目まいと闘《たたか》わねばならなかった。やり取りはしだいにはったりの応酬《おうしゅう》――オクサはそういうのはあまり好きではない――になってきた。どうしてわざわざオーソンと話をしているのだろうと、オクサは心のなかで思った。こんな会話はなんにもならないし、何も満足な答えをもたらさない。やるべきことを先にのばしているだけだ。

「もちろん、おまえたちがこの建物から生きて出ることができればだがな……」オーソンが続けた。

「わたしが次期大統領だとみなされていることを忘れてもらっちゃあ困るな。つまり、護衛がすごいわけだ。わたしを殺せば、CIAや世界最強の軍隊に追いかけられる。ここに着いたときにはわからなかっただろうが、先鋭《せんえい》部隊が建物の周りで地上と空から待ち伏せている。出口はすべて見張られているから、おまえたちは完全に袋のネズミだ。おまえたちが出るときに、わたしがそばについていなかったら、大変なことになるだろうな……万が一そこで逃げられたとしても、おまえたちは一生、見つかるんじゃないかとびくびくする逃亡《とうぼう》者になって……」

「そんなことにはならない。だって、これが片づいたら、あたしたちはすぐにエデフィアに帰るんだから！」オクサがオーソンの言葉をさえぎって言った。

オーソンの苦々しそうなしかめっ面が横柄《おうへい》なほほえみに変わった。

「かわいそうに、無邪気《むじゃき》なやつだ……」と、オーソンはため息をついた。「エデフィアは宇宙からの破壊からは逃れたが、エデフィアの中心に根を張りつつある消滅《しょうめつ》からは逃れられないんだ」

オクサは仲間からのまなざし、うなずきといった励《はげ》ましを求める不安な気持ちと闘った。しかし、オーソンはそれを感じたらしく、胸をそらせた。いつものように、人の弱みにつけこもうとしたのだ。ほんのわずかでもすきや迷いがあれば、オーソンはそれに跳《と》びつき、それを掘《ほ》り下《さ》げ、敵の決心を揺《ゆ》るがそうとする。そのことをオクサはいやになるほど知っていた。オーソンが自分の質問にけっして答えないだろうということも。

「はったりばかり言って、いやにならない？」

「わたしの言うことを信じないのか、グラシューズ？」

オーソンは彼らしい冷静さを完全に取りもどしていた。

「それなら、そんなに完璧《かんぺき》に守られている人がどうしてしばられて、あたしたちみたいな素人の目の前に一人でいるわけ？」オクサは言い返した。「外にはだれもいないわよ。ＣＩＡもアメリカ軍の兵隊もいない。あなたとあたしたちしかいない。わかってるじゃない。あんたの忠実な手下たちだって逃げたわよ。つまらないことをくどくど言うのはやめてよ」

オーソンが向けたいやらしいほほえみに、オクサの気持ちは揺《ゆ》れた。嘘《うそ》なのか？　本当なのか？オーソンがよく使う手だ。

「今度は何をでっち上げるの？」オクサは態勢を立て直して続けた。「息子二人とゾエに危険な物質を注入したから、解毒剤とかの助ける手だてはあなたしか持っていないって言うんでしょ」

「賭《か》けるかい？」すぐにオーソンが言い返した。

「賭けたくなんかないわ！」オクサもすぐに返した。

オクサの落ち着いた態度にオーソンはうろたえた。オーソンは疑わしげに目を細め、こぶしをにぎった。

「賭けもしたくないし、あんたにもうしゃべってもらいたくないし、聞きたくもない……」

オーソンのまぶたがかすかにひくひくと震えた。なめらかなスキンヘッドは汗で濡《ぬ》れている。床に散らばった注射器の破片や、ゾエとモーティマーとテュグデュアルの動かない体をこれ以上オクサに見てほしくなかった。しかし、オクサはそれをした。

「もうあなたに存在してほしくないのよ、オーソン・マックグロー」

そう言葉にしたことで、行動に移す瞬間が近づき、それが可能になった。ついに……。

「もう終わらせるときが来たようね」

オクサはそう告げると、クラッシュ・グラノックを口に当て、運命の呪文《じゅもん》を唱えた。

〈まっ消弾〉がぱちぱちと暗い火花を上げて飛んでいった。

43 灰は灰にもどる

最期の瞬間、オーソンは自分にふさわしい誇《ほこ》りある態度を保とうとしたのだろう。オクサが呪文《じゅもん》を唱えたのと、〈まっ消弾《だん》〉が体に当たった瞬間の間のわずかな時間、オーソンはそれに成功した。オクサは気づいていた。挑戦《ちょうせん》――相変わらずの――のようなものだ。オーソンは最後まで空威張《からいば》りする……。

「勘《かん》ちがいしないでよ。今度は生き返れないわよ」オクサは先手を打って言った。

オーソンの目が細くなり、黒い瞳が放つわずかな光しか見えなかった。

「あなたとちがって、あたしたちは過ちから学べるのよ」

オーソンが言い返そうとした言葉は口の中で消えた。究極のグラノックである〈まっ消弾〉は黄色くてねばねばした強固なツタをずたずたにした。天井《てんじょう》を見上げたオーソンは、何も起きていないことに気づいた。このグラノックは自分にはまったく効果がないのだ！　あのいまいましいグラシューズは見事に失敗してくれたものだ！

この状況の逆転をすぐに利用しなければ。あと数秒でツタの網《あみ》は完全に溶《と》けるだろう。そうしたら、最後の力をふり絞《しぼ》ってあいつらの不意をついてやる。この生意気な若いグラシューズの首根っこを押さえ、父親が行動する前に殺してやる。

ツタの網はもうあまり残っていない。自分のような男を止めることなんかできないのだ。頭が猛《もう》スピードで回転した。輝かしい勝利はすぐそこにある。

オーソンには心の準備ができていた。


オーソンの叫《さけ》び声《ごえ》が体の中——のどのあたり——に引っかからなければ、〈逃げおおせた人〉たちの鼓膜《こまく》は破れていたかもしれない。いったい、何が起きたのか？　少しでも動くと想像を絶する痛みにおそわれた。じっと動かないでいるしかなかった。だが、心臓の鼓動や脈拍《みゃくはく》はどうしたらいいのだろう？　まばたきしただけでも拷問《ごうもん》のような痛みが走るのに。

オーソンはやっと口を開くことができた。しかし、しゃべろうとすると舌が……はずれたような感じがした。

「娘が言い忘れたようだな……」パヴェルが口を開いた。「〈まっ消弾〉の成分をほんの少しだけアバクムが変えたんだ。ほら、ポロック家の執事《しつじ》だよ。ぐるぐるまわる渦巻《うずま》きや、吸《す》いこむ黒い穴とかはもうなくなったんだ。オーソン専用の〈まっ消弾〉は内部から作用する。まず、筋肉、骨、それから、血管と内臓。そして、最後はすべてだ……」

オーソンの両目が大きくなり、一部分がくずれた。グレーがかった灰がさみだれのように降った。

「つまり、ちょっとでも動くと、少しずつ灰になるというわけだ」パヴェルがつけ加えた。

「それに、あなたが二つの世界のどちらにももどって来られないようにするから」オクサは頭のてっぺんからつま先までがたがた震《ふる》えるのをなんとか抑《おさ》えて言った。

オクサはオーソンの顔の数センチまで自分の顔を近づけた。部分的にまだ生きている片目がオクサをじっと見つめ、これまで見たことのない表情を浮かべていた——計り知れないほどの恐怖だ。

「地獄《じごく》へ落ちろ」オクサはつぶやいた。

オーソンの片目は、ほかの顔の造作と同じようにぼろぼろとくずれ、小さな灰の山となった。


その現象に、〈逃げおおせた人〉たちはおびえながらも引きつけられた。オクサは息をするのも忘れていた。口を半分あけ、鼻をひくひくさせ、靴のつま先でオーソンの脚《あし》にそっとさわった。オーソンの体のほかの部分が、宙に浮いたほこりの渦のように広がり、ゆっくりと床に落ちる——ちょうど、燃えつきた薪《まき》を棒でつつくと灰になるように——のを見ると、オクサは小さな叫び声をもらした。

オーソンは中身のない形にすぎなかった。やわらかく、くすんだ灰の山だ。

「ついにやったな……」

44　解放

オクサはふり返った。ギュスがすぐそばにいた。ほかの〈逃げおおせた人〉もだ。みんなは、すべてが終わってぼうぜんとしていた。けれど、起きてみれば、とても簡単なことのように思えた。オクサはふらついていた。足元がおぼつかないし、体のあちこちが痛み、心も痛んだ。同時に、心にぽっかりと穴があいて、最後の力が吸い取られたような気がした。もう少しで気を失いそうだ。ギュスが腕《うで》を取ってしっかりと支えた。

「座れよ！」

ギュスはそう言って、オクサを壁にもたれさせようとした。

「ううん、だいじょうぶ……」

そう答えたオクサはオーソンの体、というより、残ったもの――単なる灰の山――から目が離せなかった。

「おまえに……ぼくたちにもう危険はないんだ！」ギュスは安心させるように言った。「がんばったな」

オクサは安堵《あんど》と感謝の気持ちを伝えたかったが、ギュスをちらりと見ることしかできなかった。完全に放心状態だったし、自分でもそう感じていた。ほかの〈逃げおおせた人〉たちはゾエとモーティマーとテュグデュアルがしばられている実験台のところに駆け寄った。パヴェルとマリーの視線は、自分の娘と意識のない三人の若者の間を行ったり来たりしていた。

「パパ、ママ」オクサは小声で呼びかけた。

声が口の中にこもって外に出ていかない。しっかりしなければ……。うめき声を抑《おさ》えながら、両親のほうへ一歩進んだ。まるで階段をころげ落ちたかのように背中や首、肩《かた》が痛かった。打ち身と同じぐらいひどい不安がおそってくるのは、ゾエたち三人がしばりつけられている光景のせいかもしれない。

「三人とも生きてるよ……」

「アバクム！」

みんながいっせいに叫《さけ》んだ。妖精人間アバクムが実験室の戸口にいた。両腕をだらりと脇《わき》にたらし、背中を丸め、ショックを受けているように見える。気持ちの高ぶったような、無理に作ったほほえみをみんなに向けた。

オクサは安堵のあまりアバクムのところに駆け寄って首にしがみついた。

「どんなに怖《こわ》かったか……」オクサはアバクムの肩のくぼみに顔をうずめた。

心が解き放たれた瞬間に、のどの奥からおえつがこみ上げてきた。アバクムは形をなさないいきたない小山のようなオーソンの遺灰をじっと見つめながら、オクサの髪をなでた。

「なんとかやったよ……」

「全部見ていたよ。おまえはとても勇気があった。本物の偉大《いだい》なグラシューズだ」

オクサはそっと体を離し、驚いてアバクムを見つめた。

「ここにいたの？」

「おまえの後見人だからね」

「ヴィジラントは、おじさんがやっつけたの？」

「わたしもほんの少しだけ協力したということにしてもらおうか……」

オクサは愛情深いまなざしを向けた。それから、灰の山をあごで指した。

「あいつ……のことをどうにかしないといけないよね？　万が一ってこともあるし……」

「急がなくてもいいさ」アバクムが答えた。

「もし、前みたいになったら？　オーソンが復活してもっとひどい人間になったら？」

「いいや、オクサ。本当に終わったんだ」

アバクムはオクサをまっすぐに見つめた。

「だいじょうぶだよ」

オクサはうなずいた。

「いまは、ほかに大事なことがある」アバクムはかすれた声で言った。

二人は同時にゾエとモーティマーとテュグデュアルのほうを向いた。腕を左右に大きく広げ青白い顔をした三人を見るのはショックだった。意識はないが、彼らの表情はとてもおだやかとはいえない。悪夢のとちゅうで固まったか、最後に見たものが恐ろしいものだったような感じだ。

アバクムの言葉にもかかわらず、三人は息をしているのだろうかと、みんなは不安だった。生命体の基本的機能が止まっているように見えた。そんな事実は受け入れられない。彼らはできるだけそう思わないようにした。もし、オーソンの死が三人の死の引き金になったとしたら、その代償《だいしょう》は高くつきすぎた。だれも、そんなことは受け入れられない。けっして。

「彼らは生きているよ」

アバクムはもう一度そう言うと、ゾエの片方のまぶたを上げた。自分の親指と人差し指の間にかいま見たものに、アバクムは思わず後ずさりした。そばにいたオクサとギュスとパヴェルは驚いた。

「なんなの？」オクサはあせってたずねた。「どうしたの？」

アバクムは答える代わりに顔をこすり、再びゾエに近づいた。そして、また同じ動作をすると、今度はゾエの瞳はみんなが知っているものにもどっていた――さっき見た墨《すみ》のような真っ黒なものではなく、こげ茶色にハチミツ色が少しだけ混じった優しい色で、ソフトな緑色の点が散らばっている。

アバクムはゾエの目を閉じ、手首をつかんだ。手の温かさがゾエの意識を引きもどした。ゾエはぱっと目をあけ、頭を右へ左へとぎこちなく動かした。しばられていることにぎょっとしながらも、周りに優しい顔があるのに安心したようだ。

「ああ、よかった、無事なのね！」マリーが声をあげた。

アバクムとパヴェルはメタルの実験台にゾエをしばりつけているベルトを急いではずした。オクサとほかの〈逃げおおせた人〉がうれしそうにゾエを順に抱《だ》きしめている間、アバクムとパヴェルは台のゾエの背中があった位置にいつくか丸い穴があいているのに気づいた。実際、ゾエの服はていねいに切り取られており、浮き出た背骨をのぞかせていた。

「ゾエ……」

オクサはゾエの名をつぶやくことしかできなかったが、そのまなざしは彼女の思いを雄弁《ゆうべん》に語っていた。ゾエは少し気が動転しているようだが、オクサの気持ちがわかったようだ。

「だいじょうぶ……」とだけ言った。「みんなに会えてすごくうれしいわ」

ゾエはこう言いながら、〈逃げおおせた人〉たちを一人一人見わたした。

「モーティマーは？」

「だいじょうぶだよ！」と、本人の声がした。

モーティマーも意識がもどったのだ。パヴェルとアバクムがベルトをはずすと、バーバラが息子を抱きしめ、顔や髪をなでながら息子をじっと見つめた。そして、おえつをこらえながら再び強く抱きしめた。

「おまえがいなくなったら、わたしは生きていけなかったわ……」

「だいじょうぶだよ、ママ。だいじょうぶ」

「また会えてうれしいよ、モーティマー！」ギュスが言った。

オクサは驚いてギュスを見た。この二人はそんなに仲がよくなかったはずなのに……。だが、ギュスがオクサに返した視線は、もうかなり前から不信感はなくなっている、モーティマーが仲間であることはもう十分に証明されていると告げていた。

モーティマーは三つ目のテーブルのほうを向いた。

「テュグデュアルは？」

アバクムとパヴェルが心配そうにテュグデュアルのそばについていた。恐ろしい考えがオクサの頭をかすめ、胸を締《し》めつけた。テュグデュアルはまるで……死んでいるように見える……。

「どうしてテュグデュアルは意識がもどらないの？」オクサがつぶやいた。

アバクムは彼の胸に耳を当てた。

「心臓は動いている」

「オーソンはあなたたちに何をしたの？」

ゾエとモーティマーにそうたずねたオクサの声は震《ふる》えていた。

「科学者が二人、何かを混ぜているのを見ただけよ」と、ゾエが答えた。

「おれたちは眠《ねむ》らされてたから、何もわからないんだ」モーティマーがつけ加えた。

「でも、元気よ！　何でもないわ！」ゾエが勢いよく言った。

オクサはアバクムのほうをふり返った。

「おじさんはいたのよね？」

オクサは息苦しくなった。

「何か見たの？」こうたずねてから、オクサは息を詰めて答えを待った。

数秒たってから、やっとアバクムは答えた。

「だれも何もする時間はなかったよ。あの頭のいかれた科学者たちも、オーソンも」

そう締めくくると、アバクムは意識がもどる気配を見せているテュグデュアルのほうに顔を向けた。

とつぜん、すべてが加速した。テュグデュアルは体を急にこわばらせ、目を大きく見張ってこぶしをにぎった。おぼれそうになった人や死からよみがえった人のように、あわてて息を吸いこんだ。吸ったばかりの息を全部吐《は》いたとき、体が弓なりになり、けいれんした。ふだんの薄《うす》いブルーの瞳にもやがかかったようになり、手首がしばられているにもかかわらず、メタルの実験台にこぶしを力いっぱいたたきつけた。みんなはぞっとした。

そして、発作が起きたときと同じくとつぜん、テュグデュアルは静かになった。

アバクムとパヴェルにベルトをはずされたとき、テュグデュアルは一人で立っていることができない自分に舌打ちした。ゾエやモーティマーと同じように、彼の服にも背中の真ん中に直径十センチくらいの丸い穴があいていた。

最初にテュグデュアルを抱きしめたのはアバクムだった。テュグデュアルはずいぶん長い間アバクムに会っていなかったかのようにじっと見つめた。

「気分はどうだい、テュグデュアル?」

「よみがえったみたいだ……」と、テュグデュアルは答えた。

涙がひと粒《つぶ》、目尻《めじり》に盛り上がってきた。それを抑えようとまばたきをしたが、むだだった。涙の粒はころがり出てほおを伝った。それから、次々と涙がこぼれてきて止められなかった。

「長いこと、泣いたことなんてなかったのに……」テュグデュアルはため息をついた。

「恥ずかしがることはないよ」アバクムがつぶやいた。

テュグデュアルはテーブルに手をついてなんとか体勢をととのえ、しだいに深く息をした。そして、呼吸がだんだんとふつうになり、少しずつ顔の緊張《きんちょう》がほぐれてくると、大理石のような冷たい表情が消え、みんなになじみのある昔の表情にもどった。

苦悩《くのう》をかかえながらも繊細《せんさい》で、謎めいているが優しい少年。

とりわけ、人間らしい少年だ。

「オーソンはどこ？」

避《さ》けられない質問をしたのは、意外にもゾエだった。

「あそこにいるわ」

オクサはそう答え、灰の山を人差し指で示した。

「ああ……」

その瞬間、ゾエは何を感じたのだろう？　まるでオクサの示したのが新しいタワーか何かだったように、場ちがいに軽いこの「ああ」からは何も透《す》けて見えなかった。

「ついにやったのね、オクサ！」と、ゾエは言った。

「ぼくも同じことを言ったんだよ！」ギュスが言った。

ゾエのまなざしは尊敬と感謝に満ちていた。オクサは奇妙《きみょう》な感情におそわれた。しかし、モーティマーが灰の山に近づいたとき、オクサは心配になった。彼は父親を失ったのだ。威張《いば》っていて、サイコパスで、危険な誇大妄想狂《こだいもうそうきょう》で、人殺しの父親……だが、父親にはちがいない。

モーティマーはしゃがんで、灰の山をさわらずにじっと見ていた。そして、息を深く吸いこんだ。

「信じられないよな！」ついにそれだけ言った。

モーティマーにとっては、灰の山になった父親を見るのは初めてではない。以前住んでいたロンドンの家の地下室で同じ経験をしたのだ。そのころ、マックグロー家はひとつの家族だったし、モーティマーは思いやりのある息子だった。敬愛する父親の消滅《しょうめつ》を目撃《もくげき》して泣きはらした目をし、心がはりさけそうになりながら、彼は灰をかき集めた。そのおかげで父親は生き返ったのだ。

過去の記憶がどっと押し寄せてきた。せき止めることのできない奔流《ほんりゅう》が……。あらゆる瞬間のあらゆる感情をすべて覚えていた。絶望、反抗心《はんこうしん》、復讐《ふくしゅう》の誓い……強力な不死鳥のような父親に再会したときの言いようのない喜び……。

そして、すべてがずれていった。自分は父親とはちがうし、永遠に父親のようにはなれないと、モーティマーは気づいた。同じようにオーソンのほうもそれに気づき、ことあるごとにそれを口にした。完璧であることを要求し、厳しく接することから、しだいに軽蔑《けいべつ》や無視に変わっていった。二人の間に溝《みぞ》ができた。オーソンのほうは失望、モーティマーのほうは耐えがたい憎しみでそれを埋《う》めた。

オシウス殺害はモーティマーにとっては衝撃《しょうげき》だった。家族をとても大切にし、血縁《けつえん》関係に重きをおくオーソンが自分の父親を殺したのだ。グレゴールはショックを受けていなかったようだが、モーティマーのほうは立ち直るのに時間がかかった。それに、相談する相手もいなかった。

テュグデュアルが家族として迎え入れられたことが、モーティマーの離反を決定的なものにした。二人は父親に反抗して、できるかぎり〈逃げおおせた人〉を助けようとした。とりわけ、マリーを助けるための貴重な薬草、トシャリーヌを手に入れたことがそうだ。そして、テュグデュアルはオーソンの手中にとどまり、モーティマーは父親のもとを去ることに成功した。いずれにしても、それは難しくはなかった。オーソンには新たな息子しか目に入らなかったからだ。モーティマーが一生かかってもなれない、強力で将来性のある息子だ。

「なあ、親父。親父に比べて、おれはけっこううまくやってるだろ……」モーティマーは灰の山に向かってつぶやいた。

テュグデュアルがモーティマーの肩に手を置いた。二人ともそれぞれ、ちがうやり方で耐えてきた。オーソンの支配は傷あとを残したが、そのために二人は強くなり、あらゆる点で変わった。自分の肉体と血、そして自分の魂《たましい》をやっと受け入れることができたのだ。

この日は二人が自由になった日だ。新しい人生の第一日目だ。

45　スフレのように

「もうそろそろ、うちに帰る時間だよね。そうじゃない？」

奇妙《きみょう》な静けさのなか、オクサはそれをなかなか言い出せないでいた。しかし、窓もなく寒いこの実験室にいることに耐えられなくなっていた。ここで三人の人間が死んだ。たとえ彼らが怪物《かいぶつ》のような人間で、ガラスの破片と灰しか残っていないにしても、人が死んだことはいい気分ではない。

「まったく、そのとおりだよ！」

ギュスが〈逃げおおせた人〉全員の意見を代弁した。

「ちょっとだけ待ってくれるかい？」

アバクムはそう言うと、〝愛のために死んだ不老妖精〟である母親から受《う》け継《つ》いだ魔法の杖《つえ》を取り出した。そして、しゃがんで、わずかな灰の山にすぎないオーソンの遺骸《いがい》に魔法の杖の先をつけた。少しずつ灰が集まってきて玉になり、最後にはグレープフルーツほどの大きさの玉にまとまった。アバクムは床にはいつくばって、残った灰を集めてから立ち上がった。

そして、壁に沿ったタイル張りの作業台の上にその玉を置いた。みんなはアバクムがどうするのだろうかと思いながらみんなは見守っていたが、彼は魔法の杖の先で玉を三つに分けた。オクサは思い切って質問した。

「用心深すぎるとみんなは思うだろうけど」アバクムが答えた。「わたしたちのうちの三人がオーソンの一部を分けて持っていれば、危険はなくなるだろう」

アバクムはとりわけモーティマーとテュグデュアルに同情するような目を向けた。その二人も、ほかの〈逃げおおせた人〉たちも、アバクムのまなざしのなかに許しを求めるようなニュアンスがあるのを感じ取った。

アバクムの考えに最初に賛成したのはモーティマーとテュグデュアルだ。アバクムは魔法の杖の先についた一片を二人に差し出した。

「これは当然、きみたちのものだと思う」

モーティマーはまるでボクシングの試合でも始めるように、上半身をこわばらせてからふうっと大きく息を吐《は》いた。そして、とまどったまなざしを母親に、次にテュグデュアルに向けた。テュグデュアルはかすかにうなずいた。

「オーケー……」モーティマーは吐き出すように言った。「始末するのにぴったりの場所が見つかるまであずかっておくよ」

バーバラはほとんど聞こえないくらいの小声でアバクムに礼を言った。モーティマーは〈逃げおおせた人〉の仲間に加わったときにアバクムからもらったキャパピルケースを取り出した。

「こうすればいいのかな?」

アバクムはモーティマーにほほえんだ。

「それでいいんだ」

アバクムが灰の塊《かたまり》をケースの中にそっとおくと、モーティマーはさっとふたを閉めてポケットに放りこんだ。

「オクサ、みんながエデフィアにもどったら、残りの二つの塊のうちのひとつを〈絵画内幽閉《ゆうへい》〉にしたらどうかな?」

このテュグデュアルの提案にオクサははっとした。テュグデュアルがエデフィアにもどることを自然に口にしたことにも驚いたし、それと同時にうれしかった。オクサはしばらくぼうっとしていた。

「なあ、ちっちゃなグラシューズさん、どう思う?」

なじみのあるかすかなほほえみと冷たいまなざしで「ちっちゃなグラシューズさん」と呼ばれたことに、オクサは励《はげ》まされたように感じた。

「すごくいいアイデアね!」と、オクサは勢いよく言った。「あたしのグラシューズとしての最初の仕事だよね」

オクサは自分のキャパピルケースの中身を全部、父親のものに移し、灰の塊のひとつを受け取った。これまでいろんな体験をしてきたが、これは最も奇妙なもののひとつだろう。オクサは自分でもどう考えたらいいのかわからなかった。

「残りの塊を持っていて、アバクムおじさん……」視線をだれに向けたらいいのかわからずきょとしながら、オクサはしどろもどろに言った。

みんながうなずき、アバクムは黙《だま》ってそれに従った。

「よし……これで、もうここに用はないな……」と、パヴェルがつぶやいた。

「そうね」オクサがすぐに賛成した。「任務は終えたから、うちに帰ろう」


オーソンが言ったこととはちがって、〈逃げおおせた人〉はミシガン・セントラル駅を出るのには何の問題もなかった。建物は見かけと同じくからっぽの廃墟《はいきょ》だった。鋼鉄で補強された重い扉《とびら》を魔法で封印《ふういん》するのに時間がかかった。ここで起きたことはこの建物の中に永遠に埋《う》もれたままになるだろう。

建物の中にも外にも武装した兵隊はいなかった。状況《じょうきょう》が変わったとたんに、オーソンの手下たちは逃げていったようだ。別の雇《やと》い主《ぬし》、自分の腕《うで》を買ってくれる新たな〝指導者〟を探すのだろう。

「地球には誇大妄想狂《こだいもうそうきょう》がたくさんいるから、雇い主を探すのには苦労しないだろうな！」と、ギュスが皮肉った。

わずか数時間前にデトロイトに来るときに乗ってきたヘリコプターの姿はなかった。その代わり、車が何台か乗り捨ててあり、大きな四輪駆動《くどう》車が二台、空き地の高い雑草のなかにぴかぴか光っていた。みんなはほっとした。だれも闇《やみ》のドラゴンに乗ったり、浮遊《ふゆう》したりしてワシントンまで帰りたくない……。

「ぼくが運転してもいいかな？」パヴェルが言った。「こんな車を運転するのが夢だったんだ！」

オクサはなぜだか急に笑い出したくなった。真珠《しんじゅ》のようにかがやく雲が空に流れるのをじっと見つめるふりをして笑いたいのをこらえようとした。しかし、ミルクがふきこぼれるように笑いがもれてきて、大笑いになった。それがマリーに伝染し、〈逃げおおせた人〉全員に広がった。

「スーパーヒーロー、ドラゴン男のパヴェル・ポロックの究極の夢が四輪駆動だって……」オクサは笑いすぎてむせながら言った。

パヴェルはおもしろがると同時に真剣《しんけん》な顔で肩《かた》をすくめた。

「このチャンスを逃《のが》したらもうできないよ！」パヴェルは笑いながら言い返した。「エデフィアじゃあ、こんなスポーツカーを運転できないだろ？」

「そりゃそうだわ！」オクサは涙をぬぐってうなずいた。「だれかほかに、このばかげた夢を実現させたい人はいる？　だって、車は二台あるんだもの……」

「ミニチュアボックスの中に詰めこまれるんじゃなかったらね！」ニアルが無表情を装って言った。

このじょうだんはみんなを大笑いさせた。全員がしゃくりあげるように笑ったので、重苦しい雰囲気がスフレのようにしぼんだ。過剰《かじょう》な反応かもしれないが、重荷を放り出すのは気持ちがいい。こんなにみんなが笑ったのはいつ以来だろうか？　場所もタイミングも奇妙だが、あんな経験をしたあとだからそんなことはどうでもいい。

「二人目の運転手の役を引き受けてもいいよ！」と、アバクムが名乗り出た。「だが、もしよかったら乗客を選ばせてもらいたいんだが……」

「よろしい！」オクサとパヴェルが声をそろえて言った。

「ゾエ、モーティマー、テュグデュアル、バーバラ！　乗ってくれ！」アバクムが大声で呼んだ。

ニアルはゾエと離れ離れになることにむっとしたが、異議を唱えることはしなかった。ワシントンはそう遠くないから、どうせすぐに会える。二つのグループはそれぞれ車に乗りこんだ。キーがなかったことも問題ではなかった。星が爆発するのを防ぎ、頭のいかれたやつが何十億もの人を殺すのを阻止《そし》したあとなのだから、それぐらいのことはどうってことはない。

オクサはシートにゆったりと座ってくつろいでいた。いろいろな思いや感情など……すべてが生々しくせまってきた。そして、ふり返らずにはいられなかった。駅が夜明けの光の中に浮かび上がっている。今日はいい天気になるだろう。

もうここにもどってくることはない。そして、〈外界〉で片づけるべきさまざまなことはいま始まったばかりだ。

ギュスが自分の手をオクサの手の中にそっとすべりこませた。オクサはギュスに寄り添った。悲しいのかうれしいのか、よくわからない。たしかなことはひとつある。とてつもなく疲れていることだ。車内の心地よい静けさのなかで、体をあらゆる緊張《きんちょう》から解き放った。

46 興奮のるつぼ

ミニチュアボックスの中では、生き物や植物たちがそれぞれのやり方で勝利を喜んでいた。みんながあれほど待っていたエデフィアへの帰還《きかん》に向けた重要なステップだったのだから。歓声があがり、紙ふぶきが飛びかい……お祭《まつ》り騒《さわ》ぎは最高潮だ！　この魔法の箱の住人のなかには例外もいた。ヤク祝う理由がわからなかったのか、どんちゃん騒ぎに不安を覚えるかのどちらかの理由で……。ヤクタタズとゴラノフの場合がそれにあたる。彼らは騒ぎから離れてぼうっとながめているか、警戒《けいかい》するかのどちらかだった。

オクサのフォルダンゴもこのお祭り騒ぎから距離《きょり》を置いていた。アバクムにミニチュアボックスから出してもらうとすぐに、フォルダンゴは深くおじぎをし、しばらくの間アバクムを見つめていた。顔色は真っ白で、足がふらついている。

「どうしたんだろう?」ギュスがオクサの耳元でささやいた。

二人は大きなサロンに面したキッチンのカウンターからその様子を見ていた。

「わかんない」オクサは答えた。「デトロイトでのひどい経験の影響《えいきょう》かな?」

ギュスはうなずいた。

「たしかにな……」

しだいに元の大きさにもどっていく生き物や植物は無視して、フォルダンゴは〈逃げおおせた人〉一人一人の前に立って、同じようにしばらく見つめていた。陰気《いんき》な静けさがアパートにただよっていた。生き物や植物たちとは反対に、〈逃げおおせた人〉たちは黙《だま》って体を休め、物思いにふけっていた。言葉はよけいだったし、眠《ねむ》ることもできない。若者たちがボリュームをしぼったテレビをぼんやりながめてソファで休んでいる間、パヴェルは食事を作り、マリーとバーバラはエデフィアに持っていく写真を集めていた。二人はときどき小声で言葉を交わしたが、体力を消耗《しょうもう》したくないからか、気のない話し方だ。

フォルダンゴがオクサのそばに来たとき、オクサはこうたずねずにはいられなかった。

「だいじょうぶ、フォルダンゴ?」

フォルダンゴの目は大きく見開かれ、ほおはかすかに震《ふる》えていた。

「グラシューズ様の召使《めしつか》いは繁栄《はんえい》に満ちた健康を知っておりますが、精神は重大さの詰まった苦悩《くのう》と衝突《しょうとつ》しています」

オクサはソーダの入ったグラスを置き、高いスツールから下りて、フォルダンゴの前にしゃがんだ。

「あんなにいろんなことがあったんだから当然だよ」

「グラシューズ様は口に真実を持っていらっしゃいますし、グラシューズ様の召使いは頭に真実を持っています……」

「おまえも休まないといけないよ」アバクムが口をはさんだ。

「そのときが来たら、すぐにみんなでエデフィアに行くんだよ。自由に幸せに暮らせるんだから！」オクサがつけ加えた。

その言葉に呼応するように、ジェトリックスが勝利を告げるラッパの口まねをした。

「その瞬間は近接に出会っています、グラシューズ様」

「ええっ？」

オクサの叫《さけ》び声《ごえ》はムチの音のようにするどくひびいた。

「目印があらわれたって言うの？」

〈逃げおおせた人〉たちはしていたことを放り出し、フォルダンゴのほうを向いた。

「回答は肯定《こうてい》性に満ちています。目印は再出現を起こしました」

「くそっ……」パヴェルが悪態をついた。

「それは……どこ?」オクサはしどろもどろになってたずねた。

「グラシューズ様は木の根元の前で〈エデフィアの門〉の開門の始動を行う能力をお持ちです」フォルダンゴは落ち着きなく答えた。

「木ですって? どの木?」

「サバイバルとの約束を知った木です」

フォルダンゴの顔はますます青白くなった。そして、頭の重さに体が引っぱられたかのようにふらついた。

「生き残った樹脂《じゅし》植物……」フォルダンゴは気を失う前にそれだけ言った。

倒れる寸前にアバクムがフォルダンゴを支えた。アパートの雰囲気はもう陰気ではなくなった。〈逃げおおせた人〉は熱にうかされたように顔を見合わせた。自分たちを待っている旅のことを考えるのは不思議な気持ちだった。ある人たちにとっては帰還だが、ほかの人たちにとっては新たな発見がいっぱいの冒険《ぼうけん》だ。自分たちの世界である〈外界〉を捨てて、大切な別の世界に加わる……。

生き物と植物たちの騒ぎはいっそうひどくなった。陶酔《とうすい》感と恐怖、熱狂《ねっきょう》と不安の間で揺《ゆ》れていた。

「もうそろそろ終わるかしら?」マリーが両手を腰に当ててどなった。「まるで、家畜《かちく》市場にいるみたいだわ!」

「あるいは、いかれた動物小屋か……」アバクムはやんわりとからかった。

「フォルダンゴが死んだ!」アバクムがフォルダンゴを寝《ね》かせたソファの周りをジェトリックスが跳《と》び回ってわめいた。

「仲間のフォルダンゴたちがいる天国に向かっているところだよ!」異常に興奮した別のジェトリ

ックスが声をからして叫んだ。「アディオス・アミーゴ！」

「ちょっと、頭がどうかしちゃったの？」オクサが叱《しか》った。「そんなこと言うもんじゃないのよ、縁起《えんぎ》の悪い！」

そう言ったオクサの表情が意外に厳しかったので、生き物や植物たちはすぐに静かになった。

「ブラボー……」ギュスがつぶやいた。「すごい威厳《いげん》！」

「もう〜、いいわよ！」オクサはくちびるの端《はし》にほほえみを浮かべて言い返した。

フォルダンゴはまだソファに横たわっている。

「フォルダンゴが言おうとしたことに心当たりがあるんだけど」と、ニアルが言った。

「ホント？」オクサが叫んだ。「すごい！　教えて！」

ニアルは急いでパソコンのところに行き、すごいスピードでキーボードをたたいた。

「〝生き残った樹脂植物〟って言ったから、大きな自然災害のときに破壊《はかい》をまぬがれた松の木のことを思い出したんだよ……あれっ、どこだったけな……」

ウェブページが次々と画面にあらわれた。

「あっ、これだ！　見つけた！　思ったとおりだ。すべてをなぎ倒した恐ろしい台風が通過したあと、ただ一本の木が無傷で残っていたっていう奇跡！　それ以来、その木は希望のシンボルとされて、復旧のときに住民が励《はげ》みにしたんだって」

〈逃げおおせた人〉たちはその木の美しく堂々とした写真をながめた。かぼそいのに、災害のあとが残る土地の真ん中に力強く立っている。

「それで、この木、どこにあるの？」オクサが小声でたずねた。

「日本だよ」ニアルが答えた。

「本州の東海岸です」意識を取りもどしたフォルダンゴがたどたどしく言った。

「ワーオ……」

オクサはそれしか言えなかった。だが、両親や〈逃げおおせた人〉たちがほほえんでいるのを見ると、そんなに驚くほどのことではないと思い直した。

「それなら、ついに出発のときがやってきたみたいね」マリーがつぶやいた。

「そうだな！」パヴェルは両手をぱちんとたたいた。

「いつ出発するの？」バーバラが質問した。

「できるだけ早くじゃない？」オクサが言った。「オーソンがいなくなったことに気づいたらすぐに大騒ぎになるだろうから、そのときはもう、あたしたちはここにいないほうがいいよ」

「そのとおりだ」

アバクムはうなずき、考えこむように短いあごひげをなでた。

「手続きのほうはわたしがする。離れ離れになるのは禁物だ！　ビザと日本への航空券十一枚、それに……」

アバクムは少しの間考えた。

「みんな、パスポートは持っているかい？」

〈逃げおおせた人〉たちはみんなうなずいた。

「テュグデュアル、おまえには新しい名前を見つけないといけないな」と、アバクムが続けた。

テュグデュアルは傷ついた様子もなく、うなずいた。

「日本まで浮遊術《ふゆう》で行くんなら別だけど、パスポート検査で絶対に引っかかるよな」と、テュグデュアルが言った。「テュグデュアル・クヌットは世界中の警察が捜《さが》している。身分証明証の検査システムに認識されたらすぐに、あらゆる警報システムが動き始めるだろう」

テュグデュアルはそう言って、しばらく沈《しず》んだ遠い目をした。

「きれいな名前を選んでくれるよね？」テュグデュアルはアバクムに言った。

「信用してもらっていいよ」アバクムはかすかな笑いをふくんで答えた。

それから、モーティマーとバーバラのほうをふり向いた。だが、何も言う必要はなかった。二人ともわかっていたからだ。

「マックグローという名前で呼ばれないほうがいいかもしれないわ」と、バーバラ。

「おれもだ！」モーティマーも同意した。「ちょっと……目立ちすぎるよな……それはまずいからな」

ボリュームをしぼったテレビに次々とあらわれる映像をあごで指した。オーソンに関するルポルタージュが繰《く》り返《かえ》し流れており、まだ数時間しかたっていないのに、行方がわからないとかなりな騒ぎになっていた。

「たしかにな……早くしないといけないな」

「わたしは？」クッカが口をはさんだ。「わたしは、この名前についてまわられるわけ？〝わたしはクヌットといいます。近年で最もひどい殺人者の、あのクヌットです〟って大きく書いたプラカードを持って歩くようなもんじゃない！」

「すごい気配り……」オクサはぶつくさ言った。

クッカはすばらしい金髪《きんぱつ》をひとふさ後ろにさっとはらった。相変わらずきれいだ——だが、いらいらさせられる——と、オクサはつい思ってしまう。エデフィアに行ったら、両親と祖父母に再会しておとなしくなってくれればいいけれど。

「あなた、悪いことをいっぱいしたのよ！」氷の女王はテュグデュアルを指さして言い放った。「少なくとも、それはわかってる？」

アバクムが間に割って入ろうとした。しかし、テュグデュアルはアバクムの腕《うで》に手をのせて引き止めた。

「ああ、クッカ、わかってるよ」

そう答えたテュグデュアルの声の調子は苦々しかった。だが、悲しさや重い苦しみのなかにはとげとげした感じはまったくなかった。

「テュグデュアルは犠牲《ぎせい》者なんだよ、クッカ……忘れないでくれ」と、アバクムがつぶやいた。

クッカはばかにしたように、ため息をついて肩《かた》をすくめた。いつの日か、彼女を説得できるときがくるのだろうか？　いまのところは、まだほど遠い。

「じゃあ、きみもリストに加えるよ、クッカ」と、アバクムが告げた。「数時間待ってくれたら、必要なものを全部そろえてくるよ……」

「アバクムおじさん」オクサが呼んだ。

「なんだい、わたしのかわいい子？」

オクサが絶対にするはずの質問をアバクムはすでに予想しておもしろがっていた。オクサにもそれがわかったので、片手をふって打ち消した。

「どうやってそんなに早くパスポートを用意するのか知りたいんだろ?」

オクサは最初首を横にふったが、すぐに縦にふった。

「ある種の光る石に魅力を感じる人たちが、大変な援助《えんじょ》を提供してくれるだろうとでも言えばいいかな」

「もちろんね……」と、オクサは納得した。


オクサは頭がほてってぼうっとしたように感じて、ソファにどさりと体を投げ出した。頭のてっぺんからつま先までむずむずしていた。すべてが加速している。現在が未来にできるだけ早く近づこうと暴走しているように思えた。しかし、アバクムと彼のやるべき手続きと同じように、出発する前にすませるべき大事なことがあった。

ギュスがソファにやってきて、オクサをじっと見つめた。そのまとわりつくような目つきをオクサは正面切って見られなかった。ギュスが考えていることはわかっている。いや、考えている人だ……。この瞬間、二人が最も心配しているのはエデフィアへの出発ではなかった。それはずっと前から二人が願っていたことだから、出発が近づくのはうれしいことだ。二人の人生の新たなステップに不安はない。その反対だ。ところが、何週間も隠しているつらい秘密をもう隠しておくことはできない。

オクサはとうとう、どぎまぎとギュスを見つめた。

「なんにも言わないでいたら?」オクサがぼそぼそ言った。

「オクサ!　そんなことはできないよ!」

マリンブルーのギュスの目はオクサが感じているのと同じ苦悩をにじませていた。

「エデフィアに行く前に言わないと」と、ギュス。

「何が変わるっていうの？」

「何も変わらない！　でも、言わないのはホントに……よくないよ」

オクサはソファの背もたれに頭を押しつけた。

「そんな理屈《りくつ》ってちょっとくだらなくない？」

「かもしれない。でも、話さないでいるなんてできないってわかってるだろ？」

すぐ後ろでパヴェルの声がしたのを聞くと、オクサとギュスははっとした。

「何をたくらんでるんだ？」パヴェルがたずねた。

オクサは絶望したようなまなざしをギュスに向け、泣きくずれた。

47　明かされた真実

パヴェルは楽しそうな表情を引っこめ、心配そうに問いかける視線をギュスに向けた。

「ごめんよ……」

マリーが夫のわき腹をひじでつついた。

「今度は何をやったの？」マリーは目をむいて夫にささやいた。

パヴェルは肩《かた》をすくめて、わからないというように目を丸くした。

「みんなに言わなきゃいけないことがあるの」

やっと口を開いたオクサはもう泣いていなかった。もうあともどりすることはできない。オクサは体を起こした。太ももに両手をついてソファの端《はし》っこに座ったオクサは息を深く吸いこんだ。言葉を探した。こういうことを知らせるのに、適した言葉なんてあるんだろうか？　頭が働かなかった。

「レミニサンスが死んだの」

自分のぶっきらぼうな言葉に自分ではっとした。周りは衝撃《しょうげき》の渦《うず》に飲みこまれていた。とりわけゾエとアバクムはぼうぜんとしている。オクサはぱっと立ち上がってゾエを抱《だ》きしめにいった。うめき声をあげたゾエは急にかよわく見え、みんなは悲しみに心を締《し》めつけられた。

「感じたの……」ゾエはつぶやいた。「おばあちゃんがもういないような気がした。でも、信じたくなかったの」

アバクムのほうは、悪い知らせが心のなかにしみこんで心をずたずたに引《ひ》き裂《さ》くにつれて、顔色が少しずつ灰色になっていった。しわだらけのほおに涙がひとしずく伝った。丸くて重い、ただ一《いっ》滴《てき》の涙はやがてあごひげに吸い取られた。

フォルダンゴやほかの生き物や植物たちも静かに同情を示した。追悼《ついとう》の気持ちをあらわして頭を下げたり、葉っぱをだらりとさせている。〈逃げおおせた人〉たちも黙《だま》って抱き合ったり、ほおにキスをし合ったりした。オクサが近づくと、アバクムはひどく悲しそうに彼女を見つめた。

「どんなふうに？」アバクムはあえぎながらたずねた。「どんなふうに亡くなったんだい？」

オクサは少し迷い、そのまま伝えるというより、なるべくアバクムがつらくならないように答えようとした。

「彼女は静かに旅立ったのよ。最後に思ったのはおじさんのことだった」

アバクムは目を閉じた。再び目をあけたときは、十歳《さい》は老《ふ》けたように見えた。

「ゾエに思いやりを持って接してやらないとな」と、アバクムは言った。

オクサがふり返ると、ゾエはすでにエレベーターのほうに向かっていた。

「ゾエ！」

パヴェルがオクサの腕《うで》を引っぱって止めた。

「オクサ、ごめん……みんな、ごめんなさい……ちょっと外の空気を吸ってきたいの……」

サロンを包みこんでいる重い静けさに、エレベーターの鉄格子のぎしぎしいう音がひびいた。すぐにニアルがエレベーターのボタンを押し、その箱の中に姿を消した。

以前にオクサがカメラ目でギュスに見せた映像をだれも見たいと言わなかったことに、オクサはほっとした。サロンは無気力と興奮が混ざった奇妙《きみょう》な雰囲気だった。出発が近づいているため準備をしなければならないのだが、体が動かないのだ。
とつぜん、アバクムの声がした。最初は聞こえないくらいだったのが、とちゅうからパヴェルとフォルダンゴが加わって朗々とひびきわたった。
官人《つかさびと》、匠人《たくみびと》、すべての種族、
森人《もりびと》、不老妖精、そして、あらゆる動物

ジェトリックス、ドゥヴィナイユにヴェロソ
声を合わせて、あらゆる方向に向けて歌おう！
〈大カオス〉のとき、われわれはみんな尻《しり》に帆《ほ》をかけて逃げた
マロラーヌを置き去りにし、祖国を去った
オシウスとオーソンを倒せ！ 〈逃げおおせた人〉たちは逃げた！
それ以来、星があらわれるのを待っている！
エデフィアは再びわれわれのものになる、オクサが望むから
心からの、〈逃げおおせた人〉たちの歌！

オクサもおずおずと仲間に加わって歌った。〈逃げおおせた人〉たちが絵画に閉じこめられたレミニサンスとギュスに再会したときに初めて聞いた歌だ。

われわれは隠れた祖国を見つけ出したい
エデフィアを離れてからというもの
グラシューズ・ドラゴミラに導かれ、
希望の星、若いオクサに助けられ、
一人一人が希望に胸を膨《ふく》らませて待っている
道をみつけるためのきざしを、そして明るい光を
そのとき、兄弟のように手に手を取り

われわれの放浪《ほうろう》の旅の終わりを祝おう
エデフィアは再びわれわれのものになる、オクサが望むから
心からの、〈逃げおおせた人〉たちの歌！

アバクムは歌うのをやめた。目がぬれて光っている。

「わたしたちが打ちひしがれていたら、レミニサンスはいやがるだろう」と、アバクムが悲しそうにつぶやいた。「あんなにいろいろな試練にあったが、彼女はいつも強くてファイトがあった」

アバクムの声はしだいに小さくなり、最後には震《ふる》えるささやき声になった。

「わたしたちはレミニサンスの教えを守らないといけない」少ししてから、またアバクムが口を開いた。「たとえ、わたしたちの苦しみが大きくても」

「人生は継続《けいぞく》を知らなければなりません」感動したフォルダンゴがつけ加えた。「妖精人間とみなさまが愛するお方は賛意を抱《いだ》かれるでしょう」

〈逃げおおせた人〉たちはずっしりと重い心をかかえながら抱き合った。

「さあ、みんな、そろそろ準備をしないと……」アバクムが涙をぬぐいながら、こう締めくくった。

「これから長い旅をするのだから」

ゾエとニアルが出ていってからあまり時間を置かずにアバクムは外出した。ちょっとした「買い物」があるということだった。しばしば、彼のものの見方は――いいことであれ、悪いことであれ――みんなを驚かせた。運命が課したことを純粋《じゅんすい》な力に変えてしまう〝賢者《けんじゃ》のやり方〟とでも言

ったらいいだろうか。

「みんな、夕食までにはもどってくるといいんだけどな……」キッチンでいそがしく立ち働いているパヴェルがぶつぶつ言った。「地球でもほかの世界でも見たことのないような最高のごちそうを用意しているんだから……」

〝〈外界〉での最後の晩餐《ばんさん》〟を暗に示しているのは明らかだ。そのことは悲しいというわけではないけれど、ある感慨《かんがい》をみんなに抱かせた。愛する世界を去る。だが、会いたくてたまらない人たちに会えるのだ。

大事なことがはっきりしてきた。生きる世界がどうであろうと、愛する人とともに生きることが人生でいちばん大切なのだと。

「すっごくびっくりするだろうなあ……」はち切れそうなリュックを閉めながらギュスがつぶやいた。

「だれが？」オクサがたずねた。

「ぼくの親」

「たしかに、ちょっとびっくりするかもね！」

オクサはギュスに笑いかけた。

「感動的な瞬間になるだろうね」

「ぼくのことがわかるかな？」

「当たり前よ！」

オクサはリュックに物を詰めるのをやめた。出発しなければいけないときはいつも、オクサは持っていきたいものをそこらじゅうに広げるのだが、結局全部持っていくのは不可能だと悟《さと》るのだ。

オクサはギュスの正面にやってきて首に腕を回し、キスをした。

「だけど、ヘンなシチュエーションだよな……」ギュスはオクサの髪をなでて言った。「こんなふうになるなんて想像もしなかった……」

「何のこと?」

「たいしたことじゃないさ……おまえやうちの親の出自とか、〈逃げおおせた人〉とか、オーソンとか……二つの世界……ぼくがエデフィアに行くとかさ!」

「気に入るわよ!」

「もちろんさ!」

目をきらきら光らせ、オクサはギュスに寄り添った。

「ずっとぼくといっしょにいたい?」ギュスが問いかけた。

「あなたは?」オクサはギュスの髪の毛を引っぱりながら問い返した。

オクサはこれまでにないほど熱くキスした。

大声が聞こえてきた。興奮した生き物たちを鎮《しず》めるのが大変なのだろう。

「もう少しプライバシーが守られるといいな……」ギュスはため息をついた。「共同生活はもう十分したよな!」

「〈クリスタル宮〉の最上階の最高の部屋を約束する。〈千の目〉が全部見わたせるんだ!」

「それと、週末には緑マント地方の木の家に行こう!」

「了解!」オクサは勢いよく答えた。

オクサはギュスの腕のなかから離れられなかった。

「幸せに暮らせるわよ」オクサが言った。

ドアがノックされた。ギュスは祈るように両手を組み、天井《てんじょう》を見上げてこぼした。

「プ・ラ・イ・バ・シー……」

「はい？」と、オクサが答えた。

ドアが少しあいて、テュグデュアルが顔をのぞかせた。

「パヴェルの使者なんだ。ぼくのまちがいじゃなかったら、おまえたちは夕食に召喚《しょうかん》された」

「ちょうどよかった！」オクサが言った。「おなかがすいてきてたんだ」

ギュスは先に部屋を出ていった。こんなふうにテュグデュアルと二人きりになることが、オクサには奇妙な感じがした。デトロイトから帰ってきてから、二言、三言、たわいもない言葉を交わした以外は話していなかった。ギュスが言ったように、共同生活ではそうならざるをえない。しかし、自分からあえて話しかけなかったことは自分でもよくわかっている。テュグデュアルがあらゆる意味で〝不在〟だった、あの長い期間のことをいまさらむし返したいだろうか？

「だいじょうぶ？」オクサがたずねた。

「うん。自由だと感じるし、ものごとがはっきり見えるようになった。自分のやってることが、自分の考えややりたいことに合致《がっち》してるんだ。なんか不思議な感覚だよ」

オクサは驚いたのを悟られないようにした。テュグデュアルがこんなに長い文章をしゃべるのを聞いたのは……大昔だ！

「おまえは？」

「早く新しい生活を始めたい」

「わかるよ」

オクサはドアのほうに進んだ。

「ちっちゃなグラシューズさん」

オクサはふり向いてテュグデュアルを見つめた。この人は前に自分が知っていた人、自分が愛した人にもどった。奥には炎が燃えているくせに凍りつくような目、ミルクのような白くなめらかな肌《はだ》、スリムな体、ヒョウのようなしなやかな動き。しかし、すべてが変わった。

オクサが変わったのだ。

「おれのためにしてくれたことに礼を言うよ」テュグデュアルは小声で言った。「見かけだけにとらわれないでいてくれて、ありがとう」

オクサは不思議そうに目を細めた。前だったら、ほおが赤くなったはずだ。息が苦しくなってどきどきしたはずだ。

「どういたしまして……」オクサは優しく答えた。

「いつかこのお返しはするよ」

「そうならないといいけど！」オクサは言い返した。「だって……わかるでしょ。もう抵抗《ていこう》する戦士には絶対になりたくないもんね！」

二人はほほえみ合った。テュグデュアルは以前によくしていたように歌を口ずさみ始めた。

時は去った

永遠には続かないものもある
ぼくたちの絆《きずな》はほどけた
だけど、ぼくにとって、おまえはただ一人だ

A Little Lie/Dave Gahan（*Hourglass*）

「さあ、行こう！　みんなのところに行かないと！」オクサは顔をそらして、締めくくるように言った。

「喜んで……」

48　別れ

レミニサンスの死に心は痛んだけれど、一人一人がみんな前向きにふるまおうとしていて、まずまず成功していた。〈逃げおおせた人〉たちはいつもそうだった。むなしい幻想《げんそう》にまどわされず、あらゆることに適応する。そのおかげで、今回も新たな世界、新たな生活に向けて出発する前日まで彼らは持ちこたえることができたのだ。

夕食のおいしそうな匂《にお》いがアパートじゅうにただよってきたとき、まだ帰ってきていない人が三人いた。

「ゾエとニアルを探してくるよ」と、テュグデュアルが言った。

十五分ほどすると、エレベーターの滑車《かっしゃ》がぎしぎし動く音が聞こえた。

「ああ、帰ってきた！」派手なピンク色のエプロンをつけたパヴェルがうれしそうに叫《さけ》んだ。

アバクムとテュグデュアルとゾエが姿をあらわした。三人の表情は重く、気持ちの高ぶったような目をしていた。

「まあ、大変……」マリーがつぶやいた。

パヴェルは何も気づかなかった。

「ようこそ、妖精人間、ミス・ワンダー、勇敢《ゆうかん》な青年！　この料理のすばらしい香りのためにここまでいらっしゃったのでしょうね！」パヴェルは曲芸のようにしてキノコをフライパンでいためながら言った。

「パヴェル！」マリーは咎《とが》めるように夫の袖《そで》を引っぱった。

「オーケー、わかったよ……」パヴェルは妻にささやいた。「ちょっと雰囲気を軽くしようとしただけさ。黙《だま》るよ」

アバクムたち三人はコートを脱《ぬ》ぎながら視線を交わしたが、どういう意味なのかほかの人たちにはまったくわからなかった。それから、三人は深く息を吸って食卓《しょくたく》についた。

ゾエはオクサのとなりに座った。

「ニアルはどこへ行ったの？」オクサは心配になってたずねた。

正面では母親がにらんでいる。ポロック家の父と娘は今夜は社交術ゼロだわ、という感じで。

「ニアルは出ていったの」ゾエがうつろな声で答えた。

オクサは大げさに反応することは避《さ》けた。しかし、ギュスはそうではなかった。

「出ていったって?」ギュスは信じられないというようにゾエの言葉を繰《く》り返《かえ》した。「どういうこと?」

ゾエは袖口を引っぱり、首にかけていた厚い毛のマフラーを首に巻きつけた。

「わたしたち、話し合ったのよ。わたしが彼に恋愛感情を持てないってずっと前からわかってたみたいで、もう耐えられないって」

「ああ、ゾエ。残念だわ!」オクサが言った。

オクサはどういう態度をとったらいいのかわからなかった。

「本当に……残念だわ……」と繰り返すことしかできなかった。

「ありがとう、オクサ。でも、これでよかったのよ。わたしといっしょだと、彼は心から幸せにはなれなかったと思うし」

〈逃げおおせた人〉たちはこの知らせを心から悲しんだ。

「それに、ニアルの両親の死がわたしたちの関係に影を落とすだろうし」と、ゾエが続けた。

「ニアルにさよならと……ありがとうを言いたかったな」パヴェルが言った。「彼には本当に助けられた」

「どんなにみんなに大事にされていたか、彼はわかっていたわ。本当よ、パヴェル」ゾエは椅子に沈みこんでいくように見えた。

「ニアルはどこに行くのかしら?」マリーがたずねた。

「おじいさんとおばあさんのところ。シアトルに住んでいるから、うまくやれるだろうって。一からやり直すんでしょうね」

ゾエをどうやってなぐさめたらいいか、だれもわからなかった。ゾエのまなざしは硬く、ぼんやりしていた。そして、ゾエは急に体を起こして息を深く吸いこんでから言った。

「もうこのことは話したくないんだけど……」

〈逃げおおせた人〉たちは気まずい沈黙《ちんもく》のなかで食事を味わい始めた。意外にも最初に沈黙を破ったのはマリーだった。

「わたしたちも一からやり直しね」と、マリーは優しい声で言った。

するとアバクムは上着の内ポケットから紙の束を取り出した。

「ほら、第一段階を乗《の》り越《こ》えるためのものだ！」

「最終段階じゃない？」オクサが応じた。

「うん、おまえの言うとおりだな、グラシューズ……。日本行きの航空チケットだ。明日の正午に出発だ」

その場が少しざわめいた。どんどん具体的になってくる。アバクムは再びポケットに手を突っこんで、パスポートをいくつかふりかざした。そのうち三つを広げて、震《ふる》える声で言った。

「モーティマー・マックグローとテュグデュアル・クヌット、この二人をここにおられるバーバラ・コップの息子として、新たにモーティマー・コップとテュグデュアル・コップと名づけることをお知らせします。念のために、二人の姉妹を作りました。ゾエとクッカ・コップです。そして、よければ、仮にわたしがきみたちの祖父になります。こうしたほうがやりやすいからね」

「コップ家とポロック家だね！」オクサが声をあげた。

「そのとおり！」アバクムがうなずいた。

「それと、毛色のちがうギュス・ベランジェ……」ギュスが文句を言うふりをしてつけ加えた。

「きっとそう言うと思っていたよ、ギュス。だから、先手を打ったんだ」

「ハッハ……」オクサが軽くからかった。

アバクムは最後のパスポートを見せた。

「ギュスターヴ・ポロック。これでいいかい？」アバクムはウインクしてたずねた。

ギュスの顔がぱっと輝いた。

「苗字《みょうじ》としてはイマイチだけど、いいことにするか！」ギュスはわざと偉《えら》そうなふりをして答えた。

「よし、これでみんな法的に問題がなくなったから、ごちそうに専念することにしよう！」パヴェルがそう締《し》めくくった。

みんなは心から喜んでそれに従った。


夕食の間ずっと、オクサはゾエにちらちらと目をやった。この数時間はゾエにとってつらいことが重なったが、オクサはどうやってなぐさめたらいいかわからなかった。どんな気持ちかとだけたずねようとしたとき、ギュスがオクサの腕《うで》に手を置いた。ほとんどわからないほどかすかに首をふって、そっとしておいたほうがいいとオクサに納得させた。ギュスのいうとおりだと思い、行動する前に考えること、と心のなかでつぶやいた。

そこで、オクサは自分の手をゾエの手の中にすべりこませるだけにしておいた。ゾエの手が凍《こご》えているのがわかってオクサははっとした。

「心配しないで。だいじょうぶよ」と、ゾエはオクサにささやいた。

パヴェルをはじめ、〈逃げおおせた人〉たち全員の目が輝いていた。〝〈外界〉での最後の晩餐《ばんさん》〟の間、みんなあまりしゃべらなかった。安堵《あんど》と悲しみ、こうしていっしょにいることの幸せ、仲間を失ったことの悲しみ、〈外界〉でやり遂《と》げられなかったことへの後悔《こうかい》、エデフィアで自分たちを待ち受けているものを早く知りたい気持ち……いろんな思いで胸がいっぱいだったからだ。

エデフィアでの未来を思いえがきながら、オクサは希望に満ちて眠《ねむ》りについた。


アバクムの予想したとおりだった。オーソンが消息をたって二十四時間が過ぎると、大変な騒《さわ》ぎが始まっていた。ファーガス・アントはアメリカ大陸全体に警報を出そうとしていた。もっと気がかりなのは、二人の男がアパートの向かいの空きビルにいるのにマリーが気づいたことだ。しかも、彼らは偶然《ぐうぜん》そこにいるのではないとガナリこぼしが確認してくれた。〈逃げおおせた人〉たちは監《かん》視《し》されているのだ！

「ぼくたちは最後の最後まで逃げないといけないんだな……」パヴェルが苦々しげにつぶやいた。

正体を見破られたのかもしれないという思いは、出発の浮き立つ感情をしぼませた。あれほど姿を人目にさらしたのだから、驚くことではなかったけれど……。みんなはまるで逃げるように何組かに分かれてアパートをあとにした。つけられないように超《ちょう》能力も使った。空港までの四十キロメートルの道のりで、〈逃げおおせた人〉たちの乗ったタクシーは何十台という軍用トラックやサイレンを鳴らす車とすれちがったり、そういう車両が目の前を走るのに気づいた。空にはぶんぶんうなるヘリコプターが何台も飛んでいた。

「あたしたち、もうそろそろ姿を消さないとね……」ワシントン発東京行きのカウンターに荷物のカートを押しながらオクサが言った。

当局の疑いの対象となりそうな不穏《ふおん》な雰囲気に、十人の亡命希望者は居心地が悪かった。

「だれもあたしたちを知らないよ……」人と目を合わさないようにしてオクサは小声で言った。

「だれも、あたしたちがだれで、何をしようとしているのか知らないはずよ！」

オクサは落着かない気持ちでいっぱいだったし、仲間のだれも彼女を安心させることができないでいた。オーソンの失踪《しっそう》の責任が自分たちにあることがだれの目にも明らかなような気すらしていた。

なかでもゾエはひどい顔色をしており、空港の係員が心配するほどだった。

「孫娘は飛行機が怖《こわ》いんです」と、アバクムが説明した。

空港に着いてからというもの、アバクムはゾエにぴったりとくっついていた。

「だいじょうぶですよ！」その係員がゾエににっこりとほほえんで言った。「もしよかったら、乗務員が軽い鎮静《ちんせい》剤を差し上げますし」

〈逃げおおせた人〉たちはこうして不安をかかえながらも、ひとつずつ関門を乗り越えていった。出国審査《しんさ》も問題なく通過した――幸いにも、彼らが対象となっているらしい監視システムはまだ始まったばかりで、全国規模にはなっていなかったようだ。

手荷物の検査で、ミニチュアボックスを調べられたときには最後の冷や汗が出た。

「ありがとう、カモフラじゃくし」カモフラじゃくしによって中身を消したミニチュアボックスの検査が終わったとき、オクサはそう言った。

「もうすぐ、隠れなくてもよくなるんだ」パヴェルがつぶやいた。

「うん、そのほうがいいよね！　ちょっとうんざりしてきちゃった」

「うん、ちょっとな……」

疑われることで感じる緊張《きんちょう》感は不安ばかりをあおり立てる。しかし、飛行機の座席に座ると、危険は遠ざかっていった。

ついに飛行機が離陸すると、やっと息がつけた。そして、何か決定的な方向転換《てんかん》をするときに感じる奇妙《きみょう》な感覚に身をまかせた。

エデフィアは近い。門は開き、そして永久に閉じるのだ。

〈逃げおおせた人〉たちはもうもどってこないのだ。

49　このほうがいいのよ

ポロック家とコップ家の人たちは本州の東海岸までレンタカーで――魔法は使わなかった――行った。緊張《きんちょう》と待ちきれない思いが、ある者の場合は混ざり合い、ほかの者の場合はせめぎ合った。前もって連絡を受けていたフォルテンスキー一家も木の下に集まることになっている。全員そろって向こう側に行くときが来た。

デトロイトからの帰りと同じように、〈逃げおおせた人〉たちは二つのグループに分かれた。父親の運転する車に乗りこむ前に、オクサはゾエのところに行った。ゾエは飛行機に乗っている間じゆう気分が悪そうだったのだが、それが飛行機恐怖症《しょう》などではないことをオクサは知っていた。

「何かあたしにできることがある?」

「ううん、ありがとう、オクサ。だいじょうぶよ。疲れているだけ」

こんなに具合の悪そうなゾエは長いこと見たことがなかった。正確に言えば、孤独《こどく》と困難に打ちのめされ、ぼろぼろになってポロック家にやって来た日以来だ。マックグロー家の三人がゾエ一人を残して――まるで彼女のことを忘れたように――家を出ていったのだった。祖母レミニサンスのアドバイスを覚えていて、ゾエはポロック家に避難《ひなん》し、ドラゴミラに迎え入れられた。

いまはモーティマーとバーバラがいてくれる。オーソンとレミニサンスは数日のちがいで二人とも死んだ――すべてが正反対だったのに、まるで離れられない双子《ふたご》のように……。ドラゴミラもニアルももういない……。オクサはゾエをなぐさめたかった。しかし、ゾエはだれにも越えられないバリアに囲まれているみたいだ。言葉も仕草も視線も彼女の上をすべっていくばかり。ゾエは恐怖を感じているように見える。

「だいじょうぶよ、ホントに」ゾエはオクサに繰《く》り返《かえ》し言った。

大きく見開いた優しい目は言葉とは反対のことを語っている。しかし、オクサには気づかう以上のことはできなかった。

この最後の旅のとちゅう、アバクムは田園地帯のど真ん中で一度車を止めた。パヴェルはすぐに車をバックさせた。ゾエが車から飛び出して雑草の中にしゃがむのが目に入った。彼女はひざの間に顔をはさみ、丸めた体をけいれんさせている。テュグデュアル、モーティマー、バーバラ、アバクムも憔悴《しょうすい》しきった顔をして車から降りてきた。

った。

「どうしたの？」オクサが心配してたずねた。

「病気なのか？」ギュスも心配そうにしている。

「黄金妖精とチョウセンアサガオを混ぜた乗り物酔《よ》いの薬がまだあるけど……」と、パヴェルが言った。

オクサとギュスとパヴェルはゾエのところに行こうとした。

「だめだ！」

アバクムのきつい声に驚いて、三人ははっと立ちどまった。

「乗り物酔いじゃないんだ」アバクムは前より和らいだ声で言った。「少しの間、そってしておいてやったほうがいい……」

十分くらいすると、ゾエは立ち上がってみんなのところにもどった。顔はこわばったままだ。

「もうすぐ着くわよ……」

オクサのささやき声に、ゾエは顔を見ないでうなずいた。全員が車にもどった。オクサは何度もこの旅を頭にえがいたことがあるが、こんなに大変で長いものだとは想像もしなかった。もうそろそろ終わってくれないと……。

有名な生き残りの松の木に二台の車が着いたときは、もう暗くなっていた。フォルテンスキー一家はすでに到着していて、みんなとの再会を喜んだ。全員が木の下で祝いの言葉をかけ合った。その松の木はあまり葉が豊かでなく、枝も幹に沿ってたれ下がっていたが、木々や家などがすべてなぎ倒された場所の真ん中に立っているのはその木だけだった。数ヵ月前には、ここにはがれきやこわれた物の破片が散らばっていたのだろう。怒《いか》れる自然の容赦《ようしゃ》ない力がもたらした不幸のあとだ。

足をふらふらさせ、手に汗をにぎった〈逃げおおせた人〉たちは車から降りた。そろって心臓がどきどきしていた。

「ワーオ……」木をながめるために頭を後ろにそらせたオクサがもらした。

「おまえはきっとそういう深い意味の言葉を言うと思ってたよ」ギュスが愉快《ゆかい》そうにコメントした。

オクサはギュスにほほえみを返した。うれしくてたまらなかった。ついにやった！　何度も危険な目にあい、生死をくぐり抜け、いま、ここにいる。少し痛めつけられ、へこんでいるけれど、みんなそろっている！　そして、みんなで門を通ってエデフィアに行く。

「呪文《じゅもん》は忘れてないよな？」ギュスがつっこんだ。

「頭がおかしいんじゃないの？　忘れられるわけないじゃない！」オクサは言い返した。「ちゃんとここにきざまれているんだから！」頭を軽くたたいてつけ加えた。

「今度は通れるといいけどな」急に不安になったギュスが言った。

オクサはギュスの目をじっとのぞきこんだ。

「ギュス、よく聞いてよ。あたしは、アバクムが作った同化キャパピルを完璧《かんぺき》に信頼してるんだからね。あなたとママ、バーバラ、クッカ、アンドリュー……みんなエデフィアに入れるのよ」

オクサは愛情を持って一人一人を見つめた。

「もうすぐ、あたしたちは〈逃げおおせた人〉じゃなくなる」オクサは声を詰まらせた。「あたしたちは〈内の人〉になって、自由で幸せになるのよ」

オクサは松の木のほうに向き直り、ひざまずいて目を閉じた。心のなかで呪文を唱えると、乳白色の煙が口からもれ、木の皮に触れた。すると、少しずつ門の形が浮かび上がり、時間がたつにつれて輪郭《りんかく》がはっきりしてきた。

「門が見えてきたわ……」夫の手をぎゅっとにぎってマリーがつぶやいた。

門は小さかった。パヴェルや男の子たちは少しかがんで入らないといけないだろう。門が少し開き始め、なんともいえない色——まるで存在するすべての色を混ぜてひとつの色にしたような——の不思議な光がもれている。

「入るときが来たみたい」

オクサはため息をつくようにそう告げると、すでに大きく開いている門に入るよう〈逃げおおせた人〉をうながした。

「あたしは最後に入るから」と、つけ加えた。

みんなの胸がぎゅっと締《し》めつけられ、息づかいが荒《あら》くなっているようにオクサは感じた。みんなが踏み出そうとしている数歩はきっと人生で最も大きな変化をもたらすものだろう。

「オクサ!」

アバクムがオクサに近づいてきた。その顔は門の向こう側から差してくる光にわずかに照らされているだけだった。アバクムがミニチュアボックスを足元に置き、自分のクラッシュ・グラノックを差し出すと、オクサは何かがおかしいと気づいた。

「わたしたちはおまえといっしょに行かない……」アバクムがつぶやいた。

オクサは足元がガラガラとくずれていくような感覚に陥《おちい》った。

「なんて言ったの?」

「わたしたちはおまえといっしょに行かない」アバクムは繰り返した。

「何のこと……だれのことを言ってるの？」

オクサは頭がくらくらしたので、ギュスの腕《うで》につかまった。

「テュグデュアル、ゾエ、モーティマー、バーバラとわたしだ。わたしたちはよくよく考えたんだが、〈外界〉に残るよ……」アバクムは熱っぽいまなざしをして答えた。

「だけど、そんなことはできないでしょう！」パヴェルが口を出した。

アバクムはゆっくりとパヴェルのほうを向き、クラッシュ・グラノックをミニチュアボックスの上に置いた。すぐにテュグデュアルとゾエとモーティマーも同じようにした。

「このほうがいいんだ」

「そんなことない！」オクサが叫《さけ》んだ。

「おれはエデフィアには帰れないんだ、オクサ」テュグデュアルが言った。「帰るのはつらすぎる。ここなら、一からやり直せる。過去のこともそんなに重く感じなくてすむ」

「でも……弟のティルは？　おじいさんとおばあさんは？　みんなあなたを待ってるのよ！」

「自分がやったことを自分で受け入れられないんだ、オクサ。完全に受け入れられる日がやってくることもないだろう。おれの後悔《こうかい》や罪悪感を家族に背負わせたくないし、あの人たちがおれをどう思うか、正面から向きあうこともできない……おれは、ただ……ふつうの人間になりたいんだ」

「あの人たちは絶対にあなたを悪く思ったりしないって知ってるでしょ！」オクサは怒って言い返した。

「そうかもしれない。でも、おれにはつらすぎる」

「テュグデュアルの決心を尊重してやってくれ、グラシューズ」アバクムがたのんだ。

　オクサはうなだれて、この恐ろしい決心を飲みこもうとした。

「モーティマー、あなたはなぜ？」今度はモーティマーのほうを向いて、つっかえながらたずねた。

「おれの居場所はエデフィアじゃない。あそこじゃあ、おれは死ぬまでオーソンの息子だし、オシウスの孫だ。とてもじゃないが、耐えられないよ。仮に受け入れられたとしても、疑いとか、彼らを思い出させるものがずっとつきまとうだろうし……」

「わたしはこの子といっしょに残るわ」今度はバーバラの番だ。「エデフィアはわたしには関係ないし、家族がいちばん大事だから……」

「ゾエ」オクサが呼びかけた。

「バーバラが全部言ってくれたわ」

「あたし……わからない……」

「オクサ、あなたのことは大好きよ。またいとこ以上の存在だっていうことは、あなたも知ってるわよね。だけど、モーティマーもわたしにとっては大事な人だわ。彼とわたしには何か強いつながりがあるの。まるで……お兄さんのような……」

　ゾエは自分の言葉に感情が高まり、声が詰《つ》まった。

「もうエデフィアにはだれもいない。でも、ここに残れば家族がいるの」

「でも、あたしたちとだって家族じゃないの！」オクサは反論した。「あたしたちはみんな、つながってるじゃない！」

「オクサ、あたしたちが決めたことなのよ」

「わかってくれよ……」テュグデュアルが言った。「お願いだ、ちっちゃなグラシューズさん」

気まずい沈黙《ちんもく》に包まれた。友人たちの固い決意のまなざしに、反対してもむだだとオクサは悟《さと》った。もう負けているのだ。

「アバクムおじさんはなぜ？」

「おまえは立派なグラシューズになった。もう後見人は必要ないだろう」

「ううん、おじさんは必要よ！」

「オクサ……」パヴェルが止めに入った。

オクサは急に聞き分けのない子どもになったような気がしてうろたえた。

「わたしはここにいるほうが役に立つんだ」

アバクムは締めくくるようにそう言うと、オクサのほおを両手ではさみ、造作のひとつひとつを記憶にきざみこもうとするようにじっと見つめた。

「おまえは行かなくちゃならない。自分の宿命をまっとうし、われわれのものであり続ける世界が滅《ほろ》びないように見守るんだ。おまえをたよりにしているよ」

オクサはアバクムを抱《だ》きしめた。ミニチュアボックスの上に置かれているクラッシュ・グラノックに目が行った。まるで降伏《こうふく》の印のよう思えたが、オクサはそれを認めることができなかった。オクサはうめき声をあげてアバクムから離れた。そして、ここに残る友人たちのところに急いで近づき、目に涙をためて一人一人を順番に抱きしめた。

「こんなこと、つらいよ……」オクサはつぶやいた。

「うん、だけど、このほうがいいのよ……」ゾエはオクサの耳元にささやいた。「それに、グラシユーズだってことを忘れちゃいけないわ。すごくラッキーなことに、〈夢飛翔《ひしょう》〉できるんだから、またわたしたちに会えるわよ……」と、オクサのほおをなでてつけ加えた。

ギュスがテュグデュアルのほうに歩み出て、意外にも手を差し出した。テュグデュアルも同じようにした。

「幸運を祈るよ。心から……」と、ギュスが言った。

テュグデュアルは感動したらしく、くちびるをきゅっと結んだままうなずいた。

周りの光が弱まってきた。マリーのあわてた声が聞こえてきた。

「門が閉まり始めているわよ！」

最後の仕草、最後の熱く真摯《しんし》なまなざしは忘れないだろう。各人がそれらを心の奥深くにきざみこもうとした。

マリーとパヴェルはクッカの手をつかんで、光のあふれる門に飛びこんだ。フォルテンスキー一家もそれに続いて姿を消した。

門はもう半分しかあいていない。ギュスはミニチュアボックスとクラッシュ・グラノックをかかえ、オクサの手をしっかりとにぎった。

オクサはふり返って、〈外界〉に残ることを選んだ人たちに最後のまなざしを注いだ。五人とも最後の別れに手を上げてこたえた。

心は引《ひ》き裂《さ》かれたまま、オクサは向こう側の光に吸い取られた。

背後は闇で何も見えない。耳につくにぶい音がうなるようにひびきわたった。

いまや門は閉ざされたのだ。永遠に。

50　新しい生活

自分の居室のバルコニーにひじをついて、オクサは夜が明けるのをながめていた。プチシュキーヌたちが陽気にぴいぴい鳴きながら頭の上で宙返りをし、ジェトリックスたちはいつものようにそのへんにいる生き物みんなをからかっていた。

後ろに人の気配を感じてオクサはほほえんだ。腕《うで》が巻きついてきて、体が優しく押しつけられた。

「気分はどう？　よく眠《ねむ》れた？」オクサはささやいた。

ギュスはオクサの髪に顔をうずめた。オレンジの花の匂《にお》いがした。オクサは自分の手をギュスの手の上に置き、指をからませた。

「これまででいちばん不思議な夜だったよ」

ギュスはそう告白し、オクサのむき出しの肩《かた》と首に何度も軽いキスをした。

「新しい世界はどう？」

「おまえの言ったことは大げさじゃなかったな。すばらしいよ。サイコーだって言ってもいいな」

グラシューズの居室のある〈クリスタル宮〉の五十六階からの眺《なが》めは息をのむほどすばらしい。オクサの留守の間に〈千の目〉の再建はかなり進み、オシウスやオーソンの仲間に抵抗《ていこう》してエデフィアの民が戦った〈新カオス〉の傷跡《きずあと》はほとんど残っていない。真新しい家々が弓状の道に沿って並んでいる。四角い家、内部がガラスの壁で仕切られているゲル（モンゴルの遊牧民が住むテントの家）のような家、ドーム形の家、生活空間に利用された屋上……エデフィア独特のあらゆる建築様式があった。ただ、オクサが最初にエデフィアに来たときとの大きなちがいは、真ん中に街がある巨大な庭園の中にいるような感じを受けることだ。人間が使っていないスペースにはどんなに小さなところでも、並外れた生命力のある植物たちがあふれている。その様子は目をみはるほどだった。

「みんな、すごくがんばったよね」オクサが言った。

〈千の目〉の向こうにあった砂漠はなくなり、草原や野菜畑に少しずつ変わっていた。〈拡大泡《ほう》〉を重ねて見ると、もっと遠くにある緑マント地方の田んぼや巨木が見える。逆に、〈断崖《だんがい》山脈〉をながめるのに〈拡大泡〉はいらない。宝石でできた断崖に朝日が反射してまぶしいので、目を細めてながめなければならなかった。

「天国ってどんなのかなって想像してたのに似てる……」ギュスはオクサをさらにきつく抱きしめた。

「でも、全部がバラ色じゃないってわかってるよね？」

「わかってるよ……」

「恵《めぐ》まれてはいるけど、もろい世界にいるのよ。みんながそれを維持《いじ》させて、そういうふうに行動している。だけど……」

「……〈内の人〉も人間だから、あやまちを犯したり、誘惑《ゆうわく》に負けたりする」ギュスがさえぎって先を続けた。

オクサは前夜、まったく同じことを少なくとも十回は繰《く》り返《かえ》したのだ。

「見かけとはちがって、完璧《かんぺき》ということはありえない……」オクサも続きを引き取った。

「なんて賢《かしこ》くて道理のわかるグラシューズなんだろう！」ギュスはオクサの耳元にささやいた。

「そうよ！　からかいなさいよ！」

「ぼくはこれ以上ないほど真剣《しんけん》だけど」ギュスが言い返した。「ホントだよ」

二人は身を寄せ合いながら、過去数週間、いや何ヵ月も何年も経験してきた時間とは正反対の完璧に調和のとれたひとときを味わっていた。

「後悔《こうかい》してない？」オクサがたずねた。

「なんにも後悔してないよ。こんなふうにうまくいくなんて期待すらしてなかったよ。すっごいことを体験してさ。さすがに、あれが限界だったよな……」

マリンブルーの目が少しくもった。

「うまくいかないと思ったときもあった？」オクサがまたたずねた。

「そういうこともあったさ。おまえは？」

「うまくいかないと思ったかどうかはわからないけど、すっごく怖《こわ》いときがあった、何度も……」

「でも、おまえはちゃんとなしとげたよな」

「あなたもよ」

「失敗もしたよ」

「みんなそうよ」

「だけど、最後には両親にも再会できたし、おまえとここにいるし、ちょっと変わってるけど……この国には安心していられるし……愛する人たちはみんな生きてるし。それで十分だよ」

オクサは悲しみとうれしさが混じった奇妙《きみょう》なため息をもらした。

「あの人たちがいないから、とっても寂《さび》しくなるだろうけど……」オクサは声を詰まらせて言った。〈外界〉に残った五人の〈逃げおおせた人〉の最後の顔はけっして記憶から消えることはないだろう。アバクム、ゾエ、テュグデュアル、モーティマー、バーバラ……幸せに暮らしてくれるといいけれど。できるだけ早く、それを確かめにいかないと……。

「彼らもぼくたちがいなくて寂しくしてるよ。でも、みんな自分で決めたんだ」

「そうね……」

すっかり夜が明けていた。ところどころに紫《むらさき》と金色の厚い雲が浮かんだ空を浮遊《ふゆう》する人たちが少しずつ増えてきた。グラシューズとその家族の帰還《きかん》を祝うお祭りの準備にいそがしいのだ。〈クリスタル宮〉の前を横切る人たちはグラシューズにあいさつし、オクサのほうはそのたびにほほえみを返した。心は喜びで震《ふる》えていた。

「ウェーブボールの試合をやる予定だと思う?」ギュスがたずねた。

「絶対にやるよ!」

「ずっとそれを見たいと思ってたんだ」

二人の後ろでわざとらしい咳《せき》ばらいが聞こえた。

「グラシューズ様」

オクサがふり返ると、目の前にフォルダンゴがいた。

「グラシューズ様と〝グラシューズ様のお心に貴重な男の子〟のご親族があなたがたの同席の要求をされています」

背が高くやせたフォルダンゴットが横に並んだ。

「家族的期待は〝失われ永久に再発見された内界〟における多世代の最初の朝食のむさぼり食いを行う意思に出会っております」フォルダンゴットは赤くなりながら告げた。

「すぐに行くわ！」オクサは勢いよく言った。

「信じられない……このフォルダンゴットはおまえのフォルダンゴよりもっとややこしい言葉づかいだよな？」ギュスが小声で言った。

オクサは笑いながらギュスをひじで突いた。

「そのとおり！　でもさ、あたしの大事な召使《めしつか》いに新しいパートナーができて本当にうれしいの」

「不老妖精たちはすごいプレゼントをしたもんだな……それに、おまえのお母さんはレオミドに仕えていたフォルダンゴの家族三人にそばについてもらえてすごくうれしいと思うよ」

「すご～くほれこんでるんだから！　ママは子どものフォルダンゴが大好きなの……」

ギュスはオクサの手を取った。

「さあ、行こう！」

二人は居室を横切った。部屋を出る前にギュスはふり向いて、わざときつい目つきをして言った。

「あいまいな態度を続けるよりは、いま言っといたほうがいいと思うから言うけど、この部屋はそんなに悪くないよ。ここでおまえと暮らすという提案を受け入れるよ」

「そんなに悪くないですって？」オクサは笑いながら言った。「じょうだんでしょ？」

オクサはギュスの肩をバンとたたいた。

「こんな豪華《ごうか》な部屋は見たことないはずだけど」

「まあ、そうだな……」ギュスはしぶしぶ認めた。「ただ、ひとつお願いしたいんだけど、若く魅力的なグラシューズ様」

「何よ」

「おまえのすばらしいバスタブで入浴したいんだけどさ、周りにたくさん生き物がいなくて、お湯を出したらすぐに警報って叫《さけ》ぶ植物もいないときに……」

「できるかどうか考えてみる」オクサはにっこりして答えた。

「グラシューズ様」フォルダンゴットが片足でもう一方の足をいらいらと踏みながら不満そうに言った。「飲むことのできる液体の温度が寒さに満ちた低下を知りましたので、不快感があなた様の口と食道と腸を満たすでしょう」

「わたくしの連れは、食事的部屋まで進むことの緊急《きんきゅう》の表現をしているのです」フォルダンゴはフォルダンゴットの言葉を言い直したほうがいいと思ったようだ。

「絶対に飽《あ》きないよな！」ギュスは楽しそうに言った。

オクサはいとおしそうにギュスを見つめた。

「よかった……」


〈逃げおおせた人〉たちが、生き残った松の木のある人気《ひとけ》のない場所に着いたころ、〈内の人〉たちは門が開こうとしていることを知った。ヴェロソたちと浮遊のスピードが速い人たちが急いでこのニュースをエデフィア全土に知らせたからだ。こうして、「恩人」たち――エデフィアの民によってすぐにそう名づけられた――が〈クリスタル宮〉のふもとに姿をあらわしたとき、国民全員が出迎えた。それからの時間は盛大なお祭りの準備に費やされた。みんなの記憶に残るお祭りになりそうだ。

「オクサ！」朝食が用意されている日当たりのよいテラスにオクサがあらわれたのを見て、パヴェルが大きな声をあげた。

「ギュス！」ピエール・ベランジェも同じように大声で呼んだ。

ギュスが二つの世界をつなぐ光のトンネルから出てきたとき、まっさきに姿を見せたのは〝バイキング〟ことピエールとその妻だ。三人はうれしさのあまり、抱《だ》き合《あ》って笑い、泣きくずれた。

クッカも家族に再会し、目つきのきつさや、つっけんどんな物言いをさせる苦々しさがたちまちのうちになくなった。彼女の養父母がそこにいた。嘎順諾爾《ガシュン・ノール》の湖畔《こはん》に、絶望した〈締《し》め出《だ》された人〉を残して〈エデフィアの門〉が閉じた日からずっと、クッカに会えるのを心待ちにしていたのだ。小さなティルを抱いたブルンとナフタリはクッカを温かく抱きしめながら、テュグデュアルがあらわれるのを待っていた。オクサは涙にぬれた目で首をふることによって、探してもむだだということを伝えた。そのあと、長い時間話し合った。彼らが〈外界〉にそのまま残ることを決めた選《せん》択《たく》を、時間はかかるだろうが、それぞれがいつかは認めなければならない。

みんなはおたがいに話すことがたくさんあるし、冒険《ぼうけん》談も無数にある。涙が流れ、笑いがほとばしり、キスや温かいまなざしが交わされるだろう。しかし、今日はお祭りが優先だ……。

オクサが〈クリスタル宮〉のちょうど真ん中にある二十九階のバルコニーに姿を見せると、大変な数の群衆が歓声をあげた。何千人という人たちが帰ってきたグラシューズ、国民の〝希望の星〟に拍手喝采《かっさい》を送った。オクサは胸がいっぱいになり、ふり向いて両親にそばに来るように合図した。

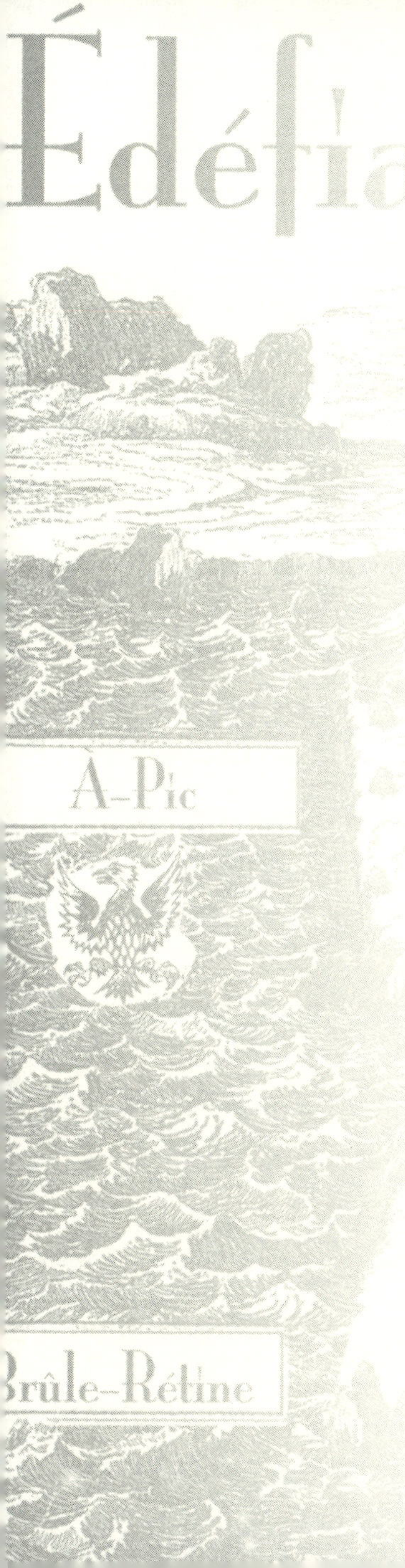

「ギュスも来て！」

ブルーのドレスを身につけたオクサはいままでいちばん美しかった。グレーの光がちりばめられたような目は月の石のように輝いていた。ギュスは差しのべられたオクサの手を取り、くちびるに当てた。オクサは触れられたところが少しちくりとしたことにはっとした。けれど、それ以上に、急に開いた花のように浮かんできた記憶に息をのんだ。

「これって、前に経験したことがある……」と、つぶやいた。

この瞬間の感覚、感情、忘れられない喜び……〈宙に浮かぶ人魚〉〈人を眠らせてその魂《たましい》を奪う人魚。第二巻『迷い人の森』参照〉がオクサを永久の眠りに導こうとして心の奥にしまってある秘密の願望に彼女を誘ったことがある。病気が治った母親……そばにいる父親……たくましくて愛情に満ちたギュス……。

あのときは、そんな願望はどうしようもなく幻《まぼろし》のように思えた。しかし、それは夢ではなかった。現実の人生だったのだ。

第四部　もうひとつの現実

現実はひとつではなく、いくつかある。わたしたちは一人一人が自分の現実を持っている。同じ出来事でも人の数だけちがう見方、感じ方、体験のしかたがある。

このちがい――わずかなニュアンスのちがいにすぎないこともある――のために何も変わらないこともあるし、深い溝《みぞ》ができることもある。とりわけ、それが耐えがたい秘密である場合は、愛し合う人たちを引き離すこともある。

オーソンを殺すことに成功し、オクサはまだ短い人生で最悪だが最も重要な任務を果たした。しかし、彼女はすべてを見たのだろうか？　もっと暗くもっと苦しいもうひとつの現実は彼女には見えていなかったのではないだろうか？

51　終章

数日前、ミシガン・セントラル駅で……。

オーソンは黒い穴が容赦《ようしゃ》なくリモコンに近づくのを見つめていた。それはリモコンを破壊《はかい》し、同時にエデフィアを保護する幕を破壊する可能性をつぶすものだった。オーソンは悪態をついた。〈逃げおおせた人〉たちは自分が考えたよりも強かったのだ。深い失望と怒りをおぼえた。アバクムを目で探した。だれよりもこの男が憎《にく》くてたまらない……。円柱状のコンクリートの壁につかまっているのが見えたので、稲妻《いなずま》を放った。当たったかどうかはわからない。黒い穴が光もふくめてあらゆるエネルギーを吸いこんだように思えたからだ。

リモコンは破壊され、すぐにカウントダウンも止まった。娘をかばって体におおいかぶさっているパヴェル・ポロックにオーソンは気づいた。理想的な父親だ……。それから、息子のモーティマーの挑発《ちょうはつ》するような視線に出合った。我慢《がまん》ならない。すぐにモーティマーが抵抗《ていこう》できないくらいものすごい力で自分に引き寄せた。ゾエが跳《と》びかかってきたが、オーソンのほうが彼女よりすばやかった。ゾエは自分の体が乱暴に揺《ゆ》さぶられ、モーティマーの体にぶつかって初めて、自分の身に起きたことに気づいた。二人は口をきけないようにされ、〈ツタ網弾《あみだん》〉で手足の自由も奪《うば》われて、浮遊《ふゆう》するオーソンに引っぱられていたのだ。壁にぶち当たったり、はねたりして、声も出せずに引きずられた。彼らの痛がる声を聞けたら、オーソンはさぞ喜んだだろう。

その奇妙《きみょう》な一行の最後にテュグデュアルがいた。こうして、四人は二人の傭兵《ようへい》――〈逃げおおせた人〉をワシントンからデトロイトに連れてきた傭兵だ――が見張っている部屋まで行った。オーソンはゾエとモーティマーを部屋の真ん中に乱暴に押した。

「レオカディア！　ポンピリウ！」恐るべき数の医療《いりょう》器具が備えてあるとなりの部屋に向けてオーソンがどなった。

二人の科学者が姿をあらわした。彼らの顔は異様に輝いていた。

「わたしの末息子と妹の孫娘を紹介《しょうかい》しよう」と、オーソンが言った。

その言い方はオーソンにしてはめずらしくあっさりしたものだったが、彼のくちびるの端《はし》に浮かんだ冷笑を見れば、オーソンが二人の若者を軽蔑《けいべつ》していることは明らかだった。ゾエとモーティマーはもがいたが、むだだった。レオカディア・ボーとポンピリウ・ネグスは〝指導者〟に目で問いかけた。

「計画を変更《へんこう》しなければいけなくなった。前に話したユニークな実験をこの裏切り者たちにほどこすんだ。手術台を二台持ってきてくれ！」

ゾエはおびえた目でモーティマーをちらりと見、それからテュグデュアルにすがりつくような視線を送った。テュグデュアルはぶるっと体を震《ふる》わせ、思わず口をゆがめた。そのことをオーソンは見逃《みのが》さなかった。

「お父さん……」テュグデュアルがつぶやいた。

「なんだね、息子よ？」オーソンはわざと音節を区切って言った。

闇《やみ》のような暗い目に対し、氷のような冷たい目。二人は重苦しい沈黙《ちんもく》のなかでにらみ合った。オーソンがつねに息子に感じていたわずかな弱点、とらえどころのない部分がぽっかりと口をあけていた。もう気づかないふりをすることはできない。

「三つ目の手術台を持ってこい！」オーソンは二人の科学者に命じた。

判断は下された。科学者たちは真ん中にいくつか穴のあいたメタルテーブルを黙々と――だが興奮して――垂直に設置した。その間、オーソンはまるでピストルをほおに突きつけるような雰囲気でテュグデュアルをにらみつけていた。オーソンの息子への支配力は健在だったが、うわべだけのものだ。

すべて用意が整うと、おびえて抵抗できない三人の若者は手術台にしばりつけられた。

「おまえが望むのだから、わたしはそれを受け入れるよ……」オーソンはベルトの固定具合を確かめながら、テュグデュアルの耳元でささやいた。

テュグデュアルは父親の目をまっすぐに見つめた。そして、まばたきが速くなった。さからいもせず、言い訳もしない態度にオーソンは動揺《どうよう》した。

「その結果を自ら受け入れるんだな」

オーソンは小声でそうつけ加えると、姿勢を正して軽く咳《せき》ばらいをし、三人の若者に向き直った。

「おまえたちは、わたしの子孫としてふさわしい人間になれたはずだった。自分の出自にふさわしい運命を知ることができたはずなのに」

かすれた声ににじみ出る失望は意外にも心から思っているもののようだった。幻想《げんそう》か？　苦々しさか？　きっと両方だろう。そして、次のように締《し》めくくった。

「だが、おまえたちは別の道を選んだ。わたしはそのばかげた不毛さを嘆《なげ》くことしかできない。しかし、どんな選択《せんたく》にも結果がともなうものだ。いまにわかるだろう……」

オーソンはグラノックを放った。三人の若者はすぐに意識を失った。

オーソンが三人にしたことは最悪を通りこしていた。影になったアバクムは少し前にやってきた機材置き場から、その様子をどうすることもできずに見ていた。

三人の若者が十字にはりつけられた手術台の裏にあるタイル張りの作業台では、レオカディア・ボーとポンピリウ・ネグスがいそがしく動いていた。

「エデフィアが空から攻撃《こうげき》できないなら、内側から攻撃してやろう……」オーソンは腰《こし》に手を当ててゾエとモーティマーとテュグデュアルの前に立って言った。

胸を張り、やや不自然に体を固くしている。

「おまえたちを時限爆弾にするのだ」オーソンはまるで三人の若者が聞いているかのように語りかけた。「おまえたちを迎え入れる――おまえたちもそれを強く望んでいるだろう――ことによってエデフィアの民と〈逃げおおせた人〉たちは羊小屋にオオカミを入れることになるのだ。大切な人たちによって長くつらい苦しみがひき起こされるというアイデアは結果的には元の計画より気に入ったぞ」

アバクムはひそかにこぶしをにぎっていた。オーソンはいつも失敗を乗《の》り越《こ》えて自分の都合のいいようにことをはこぶ才能がある。妖精人間アバクムの影は怒りで震えた。もう少しで姿をあらわしそうになった。

「あいつらにとっては大殺りく……おまえたちにとっては罰《ばつ》だ」と、オーソンはつぶやいた。

「用意ができました、指導者様！」ポンピリウ・ネグスが告げた。

ウイルス学者と遺伝学者の二人の科学者は手に注射器を持って明らかに待ちわびていた。

オーソンは息を深く吸いこみ、三人の若者のほおに指先でそっと触れ、暗い目をしてほほえんだ。

「やってくれ！　さっさと片づけてしまおう」

＊＊＊

宿敵のじゃまをするためにアバクムは何かしなければならなかったのだろうか？　何かできただろうか？　その問いは生涯《しょうがい》、アバクムを苦しめるかもしれない。だが、とっさに感情に流されて危険を冒《おか》すよりも理性のほうが勝った。アバクムは母なる星を救うためにすでに〈まっ消弾〉を使ってしまっていたから、オーソンを完全に倒すことはできない。まともに対決するのはとほうもなく危険だ。

オーソンが三人の若者に何を注入するのかはわからないが、そのあとに三人が自分を必要とすることは明らかだ。ここで死ぬよりは生きているほうが役に立つだろう。アバクムはそう考え、目に涙をため、心臓が止まりそうになりながら静かに動かないでいた。〈逃げおおせた人〉たちがやってきて、オクサがオーソンを倒すまで。

＊＊＊

意識を失ったままのゾエのまぶたを持ち上げたとき、アバクムはオーソンの実験の効果を垣間見《かいまみ》て、最悪のことを予感した。心がひどく騒《さわ》ぎ、悪夢のような光景が次々と頭に渦巻《うずま》いた。半透明《とうめい》族の飢《う》えた目つき、世界中の町に散らばる死体、オーソンの言葉、レオカディアとポンピリウの手にした注射器……。

「どうか、そんなことにはならないように……」と、アバクムは心のなかで祈った。

それから、ゾエが目を覚ました。みんなもよく知っているふつうの目だ。ところどころに緑色の混じった秋のような優しい色だ。次にモーティマーの意識がもどった。

「オーソンはあなたたちに何をしたの？」と、オクサはたずねた。

「科学者が二人、何かを混ぜているのを見ただけよ」と、ゾエが答えた。

「おれたちは眠らされてたから、何もわからないんだ」と、モーティマーは言った。

「でも、元気よ！　何でもないわよ！」ゾエが勢いよく言った。

オクサはアバクムのほうをふり返った。

「おじさんはいたのよね？　何か見たの？」

アバクムは目をそらした。もちろん、何かを見た……。何一つ見逃していない。しかし、本能なのか、虫の知らせか、どうしてその質問に答えられないのか、そのときはわからなかった。生まれて初めて嘘《うそ》をついた。

「だれも何もする時間はなかったよ」アバクムは後悔《こうかい》と恥ずかしさを飲みこんで答えた。「あの頭のいかれた科学者たちも、オーソンも」

＊＊＊

ミシガン・セントラル駅から出るために地下の通路や人気のないホールを通りながら、アバクムはゾエとモーティマーとテュグデュアルの後ろ姿を見つめながら考えていた。三人の服の背中が切り取られていることに怒りを覚え、歯ぎしりをした。オーソンの言ったことが頭のなかをぐるぐるまわっている。

時限爆弾……羊小屋にオオカミを入れる……罰……。

「二人目の運転手の役を引き受けてもいいよ！」

全員が二台の四輪駆動《くどう》の前に来たとき、アバクムは言った。

「だが、もしよかったら乗客を選ばせてもらいたいんだが……」

「よろしい！」オクサとパヴェルが声をそろえて言った。

「ゾエ、モーティマー、テュグデュアル、バーバラ！　乗ってくれ！」アバクムは無理して快活に呼んだ。

最初の十五分くらいは、だれも言葉を交わす勇気も気力もなかった。モーティマーはキャパピルケースを自分とゾエの間に置いていた。ゾエは自分の手をモーティマーの手の上に乗せた。ゾエは座席に頭をのけぞらせ、奇妙な表情を浮かべてモーティマーを見つめていた。しっかりしている反面、もろい感じもする。見かけ倒しの勇者のような……。

「アバクム？」

アバクムははっとした。オクサの質問はかわすことができたが、ゾエの場合はそうはいかないことがわかっていた。

「なんだい、ゾエ？」

アバクムはバックミラーの中のゾエをちらりと見やりながら、すべてががらがらとくずれていくような気がした。

「オーソンがわたしたちにしたことを見てたんでしょ?」ゾエは聞こえないくらい小さく落ち着いた声でたずねた。

その質問はまるで断言のようだった。アバクムは息を深く吸ったが、のどにつかえた。バーバラが急に心配になってアバクムを見つめた。

「見たんでしょ?」ゾエが繰《く》り返《かえ》した。

動揺《どうよう》したアバクムは車の速度をゆるめた。

「ああ、見た」と、答えた。

「あのう……深刻なことだと思う?」ゾエが重ねてたずねた。

アバクムはうなずいた。

「あたしたち、死ぬの?」

ゾエの今度の声はひどく不安そうだった。

「いいや、おまえたちは死なない」アバクムはつぶやいた。「だが、それより悪いかもしれない」

アバクムは彼らに真実を告げる義務があった。彼らの真実を。

テュグデュアルが両手を合わせた中に息を吐《は》き出《だ》し、バーバラが押し殺した声をあげるのが聞こえた。

「じゃあ、このくそったれが勝ったっていうわけか……」

モーティマーはドアにこぶしをたたきつけた。そして、ふとキャパピルケースに目をやった。そのとき、ちょうど車は違法《いほう》のごみ捨て場を通過しており、モーティマーは窓をあけてケースのふたを取った。父親の灰は銀色の煙となって飛び散り、ごみの中に混じった。

「ネズミがおまえを最後のひと粒《つぶ》まで食ってしまえばいいんだ！」モーティマーは別れの言葉を告げるようにどなった。

＊＊＊

アバクムは重い足どりでロフトを出て、大通りを足早に歩く人たちのなかにまぎれた。雨が降っているのも、人に押されるのも、クラクションにも気づかず、何にも注意を向けずにもくもくと歩いた。考えごとにふけり、悲しみに沈《しず》んでいたため、道をわたるときに何度も車にひかれそうになった。やっと、何日か前にオクサといっしょに来た銀行に着いた。黙《だま》って貸金庫室に案内された。一人になると、部屋の真ん中にあるテーブルの前に座り、つい最近に起きたことをよく考えてみようとした。

オーソンが息子たちやゾエに残した残酷《ざんこく》な遺産、その影響《えいきょう》、レミニサンスの死……明白なことがわかってきた。オーソンが死んだらすべてがうまくいくと信じるなんて、ひどいまちがいだったのだ。

未来は自分が想像したものとはちがっていた。

アバクムはため息をついて立ち上がった。ダイヤモンドがたくさん入ったメタルの箱を取り出してから、またしばらくの間考えこんだ。そして、金庫の奥に腕《うで》を突っこんで、そこにキャパピルケースを置いた。オーソンの遺灰を隠すのにこれ以上の場所はない。

アバクムが新しいパスポートのために、ワシントン随一《ずいいち》の偽造《ぎぞう》業者にかなりの額のお金をはらっていたころ、ゾエはひどい状態にあった。ロフトを出て、取り乱した様子で通りをさまよっていたが、往来する人が多すぎた。

〈逃げおおせた人〉たちのところにすぐにもどる気にはなれなかったが、仕方なくもと来た道を引き返した。

一人でいたかった。

ゾエはロフトのある建物の地下へ続く階段をふらふらと下り、何気なくスイッチを押した。古くてきたない電球がともり、鉄格子で区切られたいくつかの地下室を照らした。ゾエはそのうちのひとつに吸い寄せられるように進んだ。

廊下の電球の明かりが届く唯一《ゆいいつ》の部屋だからだろう。少しだけ開いているドアを押すと、この建物にまだ人がたくさん住んでいたころの共同洗濯《せんたく》場だとわかった。古い洗濯機、テーブルの上に置かれたたらい、破れたふきんなど、昔の名残りがあった。

ゾエは漆喰《しっくい》のはがれた壁によりかかってずるずると座りこんで頭をかかえた。短い人生の間につらいことをいろいろと経験したが、最悪なことには際限がないような気がした。

デトロイトでオーソンがゾエを捕まえて地下の隠れ家に乱暴に引きずっていって以来、身も心も拷問《ごうもん》のような仕打ちにずっと耐えてきた。おえつがこみ上げてきた。手術台にしばりつけられた自分、そしてテュグデュアルとモーティマーの恐怖に満ちた目を思い出した。これから実際にはどういうことが起きるのだろう？　自分たちはどうなるのだろう？

つい最近のレミニサンスの死を思ってまた動揺した。何を考えても、苦しみしか出てこない。

ゾエはうめいた。怖《こわ》くて、苦しくて、寒かった。

メタルのドアがぎしぎしと音を立て、ニアルの顔が戸口からのぞいた。ニアルはさっと周りを見回し、荒《あ》れ果《は》てた様子とかびくさい臭《にお》いに眉《まゆ》をひそめた。それから、古い乾燥《かんそう》機と壁の間に座りこんでいるゾエにはじめて気がついた。

「ここにいたんだ……」

ニアルはそうつぶやくと、駆け寄ってゾエの前にしゃがみ、彼女を抱《だ》きしめた。それから、彼女の髪に手を突っこんだ。ニアルはゾエの髪の暖かい色とやわらかさが好きだった。ゾエの全部が好きだった。見えるものも、感じるものも、知っていることも。

ゾエはニアルにもだれにも恋愛感情を抱《いだ》けなかったが、彼はゾエを愛していた。どうしようもなく。何よりも。

「うまくいくよ、絶対に」

ニアルはそう言うと、ゾエの頭を自分の首すじに引き寄せ、ほおをなでた。ゾエはされるままになっていた。ニアルに対して返さなければならない優しい仕草をしたくても、気持ちがついていかなかった。ゾエはぎゅっと目を閉じて、涙がこぼれないようにした。ゾエは恋心をけっして抱けない。仕草で感じているふりをしなければならない。本当は何も感じていないのに。愛することができないというシンプルな理由のために。

だが、ゾエは本当に人を愛したいのだ。ゾエはぼうぜんとし、恐怖で震えた。というのは、この瞬間、ニアルに抱きしめられているゾエはこれまでにないほど愛のことを考えていたからだ。

感じることもできないのに考え、あたえることもできないのに欲しかった。とつぜん、ニアルは動きをやめた。

ニアルのくちびるがゾエの顔に触れ、二人の指がからまり合った。

「ごめん。こんなことをしてる場合じゃないよね。ごめんね……」

「どうして？」ゾエはくちびるをニアルのくちびるに近づけた。「どうしてあやまるの？」

ゾエがそんなに熱っぽくキスをするなんてニアルは期待していなかった。ゾエはあまり自分からしかけるほうではない。それから、ニアルはゾエの情熱を感じ、彼女を抱きしめた。二人はしっかりと抱き合い、われを忘れた。

ゾエは体を離してニアルをまっすぐに見つめた。彼の目のなかには、無条件の受容、自分への限りない愛情が見てとれた。ニアルの自分への感情や欲望があまりに強いために目に見えるような気すらした。

ニアルの周りにオーラ——燐光《りんこう》のように青白く強い光——が見えたとき、ゾエは幻《まぼろし》を見ているのだと思った。ゾエは手を伸ばした。ニアルはゾエが自分に触《ふ》れようとしているのだと思った。だが、ゾエがしたかったことは、自分が見ているものを捕《つか》まえて……むさぼることだった！　鳥肌《とりはだ》が立ち、ゾエの体の奥底で何かがわき上がり、窒息《ちっそく》するほどふくれ上がっていった。自分は……治っているのだろうか？　〈最愛の人への無関心〉は治るのだろうか？

しかし、とつぜん、それは吸い取られたように消えた。虚無《きょむ》がやってきた。

飢えた、横暴な虚無だ。

ゾエは叫び声をあげた。これから起きることがわかったような気がした。

「あっちへ行って！」ゾエはため息をつくように言った。

ニアルはとほうにくれてゾエを見守るばかりで動けない。

「あっちへ行って！」ゾエはもう一度言った。今度はどなり声だ。

虚無は理性よりも強力だった。自分は何か恐ろしいことをしようとしている。ニアルはすぐにこの場から逃げなければならない！　だが、彼は信じられないといった様子で動かない。

ゾエは自分からニアルを遠ざけるためにノック・パンチを繰《く》り出した。ニアルは部屋の反対側にある少し開いたままの鋼鉄のドアに打ちつけられた。ドアがドア枠にぶつかって閉まる音が不気味に反響《はんきょう》した。

ゾエの強烈なノック・パンチにもかかわらず、ニアルの意識ははっきりしていた。

「ゾエ……どうして……」ニアルはつぶやいた。

「お願いだから、行って……」ゾエはニアルの言葉をさえぎった。

ニアルは壁を支えにしてなんとか起き上がり、ドアをまさぐった。ノブを見つけようとちらりとドアを見た。だが、ノブは内側からもぎとられていた。きっとあたりかまわず破壊する人にこわされたのだろう。ニアルは外に出られない。後ずさりしたかったが、それ以上は下がれない。

「ぼく……出ていけない……」ニアルはうろたえた。

ニアルが出られないことを悟《さと》ると、ゾエも動揺した。

ニアルは壁に沿って動きながらつまずいた。正面には腕をだらりと下げ、熱い目をしたゾエが立っている。

「ゾエ、怖いよ……」ニアルはしどろもどろだ。

そんな状況《じょうきょう》にもかかわらず、ニアルに差す魅力的なオーラはまだそこにあった。

「ニアル……」

ゾエの声はニアルがよく知っている大好きな声、優しくて少し悲しそうな声だ。ゾエはニアルのすぐ目の前まで近づいてきて手のひらで顔をさわった。

「いったい、どうしたんだい？」ニアルはつぶやいた。

ゾエはくちびるをニアルのそれに近づけた。ニアルは一瞬、勘《かん》ちがいをして怖がったんだ、なんでもないんだ、と思った。愛とはこういうものだ。たまにけんかしたり、わかり合えないこともあるけれど、許したり、仲直りしたり、また愛し合ったりする。ニアルはキスを受け入れたが、ゾエの目がオニキスのように真っ黒になり、乳白色の肌に黒く、どくどくと波打つ血管の網が浮き出ているのは見なかった。

命がつきるのがニアルにはわかったのだろうか？　自分の全存在がこのキスに集中し、自分がだれなのか、どこにいるのかすら忘れていた。死がすぐそこに、甘美《かんび》なくちびるの間にあることにニアルが気づくひまはほとんどなかった。堪能《たんのう》し、恐怖におののいたゾエの腕の中にニアルの体が倒れた。

＊＊＊

エレベーターから建物の一階に下りてきたとき、テュグデュアルは言いようのないせっぱ詰った感覚におそわれた。地下に下りる階段には電気がついていた。ふつうではない。用心しながら階段を下りていくと、おえつに混じったうめき声が聞こえた。

内側から閉められていた重いドアを押すと、信じられないものを発見した。床にひざまづいたゾエが入ってきたテュグデュアルを見上げた。ゾエに駆け寄った。

ゾエのそばにはうつろな目を大きく見開いたニアルが横たわっていた。

テュグデュアルはゾエを見つめながら後ろにまわり、彼女を腕に抱いた。そして、病気の子どもをあやすように、何も言わずに長い間抱いて揺《ゆ》らした。おえつがしだいにおさまり、呼吸がだんだんふつうにもどった。

「わたしが殺したの……」ゾエはうつろな声で言った。

「どうしようもなかったの……。ニアルの愛情を奪《うば》わないといけなかった……全部……死んでしまうまで」

テュグデュアルは固まった。

「彼が死んでいくのを感じたけど、もう止まらなかったのよ！」

ゾエは目を大きく見開いてそう言い、頭をがっくりと落としてテュグデュアルの胸にもたれた。

「これなんでしょ？　あの腐《くさ》ったオーソンがわたしたちにしたのは。他人の愛情を食べて生きていかないといけないのよね？　たとえその人が死んでしまっても……」

テュグデュアルは震えていた。それは耐えがたい虚無をニアルの愛で満たした瞬間にゾエが理解したことを肯定《こうてい》するものだった。

「あいつはわたしたちを怪物《かいぶつ》にしたんだわ……」

「うん……」テュグデュアルはうなずいた。

「殺人鬼《さつじんき》に、あのきたならしい半透明族にしたんだ……」

テュグデュアルもゾエと同時に理解したのだ。

「それだけじゃない……」と、ゾエがつぶやいた。

「何が言いたいんだ?」

ゾエは立ち上がり、部屋のすみに捨てられていた金属の細い棒を、手の動きだけで引き寄せた。

「見てよ! わたしたちがどうなってしまったのか見てよ!」

ゾエはテュグデュアルがここに来る前に何度か試したことを繰り返した。Tシャツをまくり上げ、テュグデュアルが止める間もなく、金属棒を腹に突き刺した。

「やめろ、気でもおかしくなったのか!」

テュグデュアルは叫びながら、ゾエに跳《と》びかかった。

ゾエは目の前で床にがっくりとひざをつき、目を大きく見開いた。痛みで息が苦しくなった。棒をひと息に抜いたときにはもっと痛かった。血がしたたり始めた。しかし、血はすぐに止まり、その傷は閉じようとしている。そして、病的な幻覚を見たかのように跡形《あとかた》もなくなった。

ゾエはその恐ろしいデモンストレーションだけでは満足しなかった。こわれたタイルの破片をつかんで腕の内側に切りつけた。その傷も数秒でふさがって消えた。テュグデュアルは荒《あら》い息をしながら迷っていたが、ガラスの破片を見つけて胸に突き刺《さ》した。口をぽかんとあけてゾエを見つめた。痛みでふらふらした。深い傷から血が流れるのを見て顔をしかめていたが、数秒後には傷がすっかり消えているのを見ていっそう顔をゆがめた。

「死ねないんだ……」

「いいや」背後でアバクムの声がした。「死ねるけれども、そういう方法ではだめだ」

アバクムは一人で〝散歩〟に出て行ってから帰ってきたところだった。戸口に立って、打ちひしがれたように目の前の光景をながめていた。

「だが、残念なことに、これがオーソンがしたかったことのすべてじゃない」

ゾエとテュグデュアルはアバクムをじっと見つめた。アバクムのこんなに絶望した目つきは見たことがない。

「だれもおれたちを愛せない、そうだろ?」テュグデュアルがつぶやいた。

「だれもおまえたちを愛してはいけない」アバクムが言い直した。「おまえたちを愛そうとする人をおまえたちは殺してしまう。それがおまえたちへのオーソンの罰なんだ」

「おれたちへの罰だって?」テュグデュアルはぼうぜんとつぶやいた。

「あいつがおまえたちに残した遺産だ……」

オーソンの言ったことの意味がはっきりしてきた。彼の子孫は不滅《ふめつ》の血の絆《きずな》を破ろうとした罰を死ぬまで受けるのだ。

＊＊＊

〈外界〉最後の夜は〈逃げおおせた人〉全員にとって平穏《へいおん》ではなかった。テュグデュアルとアバクムとゾエにとっては長い白昼の悪夢だった。きたならしい地下で死んでいるニアルを思うことはゾエにとってつらすぎた。それに、こういうことがまた起きるかもしれないと考えるだけで頭がへんになりそうだった。

「もちろん、同じようなことがまた起きるのよ……」ゾエはひざをかかえてお経を唱えるように何度も繰り返した。

ゾエが薬の棚をあさっているのをたまたま見たテュグデュアルは、ゾエを部屋に連れていき、片時も目を離さないようにしようと決心した。テュグデュアルはゾエを不安そうに見守った。しかし、薬はゾエに何の影響《えいきょう》もあたえず――バーバラの睡眠薬《すいみんやく》すら――何の効果もなかった。

ゾエは完全に参っていた。

「死にたい……ニアルをあんな目にあわせたのに、こんなふうになってまで生きていたくない」

「ゾエ、おまえは死ねないんだ」テュグデュアルは悲しそうに言った。「モーティマーも、おれも、おまえも死ねないんだ」

あらためてそう言われることは残酷だった。しかし、ほかにどうすることができるだろう？　テュグデュアルはゾエの肩《かた》に優しく腕をまわした。

「いったい、何の騒ぎだ？」

騒々《そうぞう》しい話し声に気づいたモーティマーが廊下に出た。テュグデュアルはモーティマーに黙れと合図した。

「悪いけど、バーバラとアバクムを呼んできてくれ。それから、ゾエの部屋に来てくれ」と、テュグデュアルはモーティマーの耳元にささやいた。

＊＊＊

みんなが期待していたようには物事が進まなかったということを知ったのはこれで五人になった。もうひとつの現実が五人を打ちのめし、彼らの運命を容赦なく変えた。すべてを台無しにしないために、ショックを和らげるくらいしかできなかった。

「おれたちはエデフィアに帰らないことにしよう……」テュグデュアルがアバクムに興奮したまなざしを向けて言った。

テュグデュアルはその言葉を自分の胸にきざみこむように何度か繰り返した。

「うん」沈痛《ちんつう》な面持ちでモーティマーがうなずいた。「そうすることであのクズ野郎《やろう》の計画に逆らうことになるのがいちばんうれしいよ」

ゾエは体を起こし、マフラーを口まで引き上げた。うめき声をあげたのがみんなにはっきりと聞こえた。

「エデフィアにはもどれないよ……」テュグデュアルがまた言った。

ゾエはほかのだれよりも、そう決心するのが難しかった。

「できないんだよ」テュグデュアルがさらに追い討ちをかけた。「ホントだよ、ゾエ」

このつらい結論に全員が苦しんでいた。〝失われ再発見した土地〟に帰ることが数年来の希望であり、目的であり、未来だった。エデフィアを見つけるために戦い、命を危険にさらし、そのことに全力を注いできた。それがついに可能になったいま、あきらめなければならないのだ。もう少しで達成できたのに……。

「大切な人たちをもう十分に苦しませた」テュグデュアルが続けた。「そのうえ、エデフィアを殺りくに導くようなことはできないよ！」

テュグデュアルの声には怒りがにじみ出ていた。大好きな祖父母や小さな弟のことを思った。もう永久に会えない。なんて残酷なんだろう……。この心の痛みのほうがヘビの毒よりも確実に自分を殺すだろうと感じた。

「殺りくは〈外界〉でやったほうがいいってこと?」ゾエはうつろな声でたどたどしく言った。

ゾエは四人をじっと見つめた。その瞳は燃えているかのようだ。だれも口を開かなかった。答えはだれの目にもはっきりしている。たしかに、ひどいことだが、エデフィアと彼らが大事に思っている人たちを起きるべきことから守るほうがいい。

「あれがどんなふうに作用するのかまだわからないけど……」

モーティマーは上半身を手のひらでぱんとたたきながら言った。

「でも、〈外界〉でのほうがなんとかなると思うな」

モーティマーは自分を納得させるかのように、一語一語区切ってはっきりとしゃべった。

ゾエの視線はナイトテーブルの上に置いてある写真のほうへ向いた。このアパートに引《ひ》っ越《こ》した初日に撮《と》られたものだ。時がたっても色あせないその一瞬、みんなは本当にうれしそうでのんきそうに見える。

「おれたちが行かないと知ったら、みんなはすごいショックだろうな」テュグデュアルが言った。

「オクサは参ってしまうだろう」と、震えた声でつけ加えた。

「わたしたちは最後までいっしょに行って、すべてうまくいっていると安心させるんだ。みんなには何も言わないほうがいい」アバクムが言った。

「みんなといっしょに行って、アバクム!」ゾエがたのんだ。「わたしたちのために残るなんておかしいわ。自分を犠牲《ぎせい》にしちゃいけないわ!」

アバクムはゾエの顔を両手にはさんだ。

「自分を犠牲になんかしていないよ、いとしい子。わたしはグラシューズの後見人であるだけでなく、グラシュースの血を引く人や家族の後見人でもあるんだ」

アバクムはゾエとモーティマーとテュグデュアルを順に見つめた。

「おまえたちはだれが何といっても、グラシューズの血を引く人間だ。オクサはもうわたしがいなくてもだいじょうぶだ。おまえたちとともに残るのはわたしの後見人としての、人間としての義務なんだ」

バーバラがアバクムの肩に手を置き、ぎゅっと力をこめた。

「ありがとう……」それだけ言った。

「助け合って……あれと……なんとかやっていくようにしよう」テュグデュアルがつぶやいた。

モーティマーはため息をついた。

「ほかにしようがないよな……」

＊＊＊

〈逃げおおせた人〉たちはだれも、空港のホールを進むのがこんなにつらいものだとは思っていなかった。人ごみ、兵士たち、不穏な空気……そうしたものすべてがストレスとなり、正体がばれるかもしれないという恐ろしい不安にさらに追い討ちをかけた。

ゾエはなるべく目立たないように努力した。しかし、サングラスも毛糸の帽子も分厚いマフラーも、魅入られたように彼女を見つめる人の目――男性だけの――を避《さ》けるには不十分だった。

「まるでハチミツの瓶《びん》の周りに集まってくるハエみたい……」ゾエはぶつぶつ言った。「あるいは腐った果物か……」

ほかの〈逃げおおせた人〉に気づかれないように、アバクムはゾエとほかの人たちとの間に割って入ろうとした。しかし、飛行機の中でも、どんな男の子たちもゾエに魅せられた。アバクムはゾエをなるべく人目にさらさないようにしようと、窓ぎわの自分の席を彼女に譲《ゆず》った。

少し離れたところでは、子どもを守る雌《めす》ライオンのように、バーバラがモーティマーとテュグデュアルを見守っていた。バーバラは前夜の恐ろしい話に打ちのめされていた。オーソンのことでは――死んだあとでも――何も驚かなくなってはいたけれど。

ゾエが若い男たちの注意を引くのと同じように、モーティマーとテュグデュアルの周りもざわざわと女の子たちが興奮していた。客室乗務員の仕事を邪魔《じゃま》するほど狭《せま》い通路を行ったり来たりする者もいたし、チャンスを狙《ねら》ってまちがったふりをして二人の男の子にぴったりとくっつく者もいた。

モーティマーとテュグデュアルは自分のなかにおぞましくも抑《おさ》えがたい猛烈《もうれつ》な欲望がわいてくるのを感じて身の毛がよだった。二人は不安におそわれたけれど、無理して眠ったふりをした。何が起きているのだろう？　何かが動き出しているのが体の奥で感じられるし、周りからも感じる。どうやって……これと闘《たたか》えばいいんだろう？

ときどきバーバラがふり返ってアバクムと視線を交わした。バーバラは重々しくうなずいた。状況はあやういが、なんとか抑えている。

いまのところは……。

神経がくたくたになったゾエは、旅の最後のほうはテュグデュアルにつきそわれてトイレにこもっていた。ゾエは頭をかかえた。

「オーソンなんて、呪《のろ》われればいい！」

テユグデュアルはゾエのあごを持ち上げた。彼の目のなかの氷のような冷たさはもはや溶《と》けているようだ。

「呪われているのはおれたちだ」テュグデュアルはつぶやいた。

「おれたちは呪われた子どもなんだ……」

ラストメッセージ

人間はけっして見かけどおりではない。しかし、人はみな、本当の自分をわかってほしい、本当の自分を評価されたい、愛されたい、と望んでいる。

そして、自分の内にこの矛盾《むじゅん》をかかえて一生を生きていく。いい人間でありたい。だから、自分の秘密や嘘《うそ》、さらけ出したくない弱さ、日々のささいな卑劣《ひれつ》さを隠すふりをするのだ。

だが、多くの人はそのことに気づいてすらいない。他人にも自分自身にも正直で誠実だと思いこんでいる。きっと、目をつぶっているほうがいいのだろう。そのほうが都合がいいし、心が痛まないから。


だが、おれは、人はみんな何かしら秘密をかかえているものだと知っている。

みんな。

とくに、だれよりもおれは……。それはたしかだ。


おれの名前はテュグデュアル・クヌット……いや、以前はテュグデュアル・クヌットだった。他人の目には、おれは少し暗くて、まあまあ頭はよく、かなり魅力的で、すごくミステリアスな少年に映っている。

そんなふうに思われるのを気に入っているかって？　まあ、都合がいいことはたしかだ……。というのは、もし他人がおれの正体を知ったら、それほどまでにおれに魅力を感じてくれるかどうか自信がないからだ。それどころか、おれを殺したくなるだろう。だが、そうなっても世の中はそう悪くはならない。むしろ、その反対だ。

こうしたことは全部、親父のおかげだ。親父は死んだときにおれを解放してくれたが、おれにこうあってほしいという彼の呪縛《じゅばく》は残ったままだ。残念なことに。

親父の遺産は終身刑《けい》だ。

だから、それに順応して生きるしかない。

おれはテュグデュアル・コップになった。

以前のおれはもう存在しない。

いまのおれのほうがいい。

ずっといい。

しかし、おれがなることができる人間は前より悪い。

ずっと悪い。

おれの残りの人生がいま、始まる。

訳者あとがき

オクサの宿敵オーソンはアメリカの大統領代理を味方につけ、エリートだけが生き残れる「新世界」樹立の計画を着々と進めていく。オクサと仲間たちはそれを阻止《そし》しようと、ワシントンに移住してオーソンの動向を探る。彼らは〈外界〉での大量殺りくとエデフィアの破壊《はかい》という、とんでもないオーソンの企《たくら》みを打ち砕《くだ》き、エデフィアに無事もどることができるのだろうか？　この最終巻は、〈逃げおおせた人〉とオーソンとの命をかけた最後の戦いだ。

巻の最後に明かされるオーソンの血の呪《のろ》いによって、「オクサ」シリーズは一族の大河小説という側面がますます顕著《けんちょ》になったようだ。後見人アバクムの庇護《ひご》のもと深い愛情で結びついたオクサの家族と、恨《うら》みと血縁《けつえん》に縛《しば》られたオーソンの家族。この一見正反対に見える二つの家系は、マロラーヌとオシウスの秘密の関係によって実はつながっている。宿敵同士に血のつながりがあったという西洋文学の悲劇の一典型を踏襲《とうしゅう》しており、複雑な心理小説にもなっている。

元はといえば、子ども時代に父親からつねにさげすまれ、無視されたために、オーソンはその恨みとコンプレックスからエデフィアの支配、〈外界〉の制覇《せいは》、やがて二つの世界の破壊にかき立てられたのだ。ついにオシウスを殺して父親の束縛《そくばく》から自由になったオーソンは、父に邪険《じゃけん》にされていたのはそのゆがんだ愛情からだったと知り、父殺しの後悔《こうかい》の念にもさいなまれて、ますます残虐《ざんぎゃく》になっていく。そして、この父子のゆがんだ関係はそっくりオーソンと息子たちにも引《ひ》き継《つ》がれ、血の呪いはオーソンと最も血縁関係の近い二人の息子とゾエに引き継がれる。もしオシウスがオーソンにまっすぐな愛情を注いでいたら、この物語はもっと単純なものになっていただろう。

長年フランスに住んでいるとはいえ、全六巻のシリーズを訳していくなかで、日本とフランスの文化のちがいにとまどうこともあった。たとえば、「数ヵ月前の出来事」と表現されていることが実は数年前のことだったりする。新聞などでもそういう表現をよく見かけるので、フランス人は「時間」の表現が大雑把《おおざっぱ》なのだろうかと思ったりする。また、フランスのＴＶドラマや映画でもよくあるのだが、ラテン気質の一面なのか、急に登場人物が怒り出したり、過剰《かじょう》に反応したりするのにとまどってしまうこともあった。さらに、手に汗にぎる緊迫《きんぱく》した場面で、不思議な生き物たちと〈逃げおおせた人〉たちのユーモラスなやり取りが急にはさみこまれること。ストーリーには関係ないので読者にはもどかしいかもしれないが、訳者にとってはふっと肩《かた》の力を抜けるひとときでもある。人間はプレッシャーに押しつぶされそうな厳しい状況《じょうきょう》にあってユーモアに救われることがある。その意味では不思議な生き物や植物の存在は〈逃げおおせた人〉たちを助けているし、そういう場面を作る作者二人のユーモアのセンスは、このシリーズの大きな魅力《みりょく》だとあらためて思う。

血のつながったオーソンを殺すことに良心の呵責《かしゃく》を感じてしまうオクサたちは、なかなか宿敵を倒せない。そんなスーパーヒーローではない生身の人間っぽいところに、私は共感を覚える。何度も失敗しながらも、団結の力でそれを克服していくオクサたちの姿から、日本の若い読者が何かを感じ取ってくれればと願ってやまない。

二〇一五年五月末日、パリ郊外にて

児玉しおり

アンヌとサンドリーヌより

感謝のときがあふれます！

アンヌとサンドリーヌの２人組は、感情の詰《つ》まった
感謝の配布を行うことについて、まったく何の障害も知りません。
感謝は、このシリーズの冒険の最初から最後まで、わたしたちへの
信頼、信念、洞察《どうさつ》力、努力をあたえたすべての人に贈《おく》られます。

あなたがたみなさんのおかげで、オクサは成長と開花、
涙と笑いに満ちた波乱、そしてエデフィアとの再会に出会いました。

あなたがたは、わたしたちの膨大《ぼうだい》で不滅《ふめつ》の感謝の受諾《じゅだく》を
受け入れることを懇願《こんがん》されています。

★
★ ★

このあいさつ文はフォルダン語《ゴ》
（フォルダンゴとフォルダンゴットの独特な言葉）
で書かれています。

日本の読者のみなさんへ

「オクサ」シリーズを愛読してくださった
日本のみなさんに、特別にお礼を申し上げます。
オクサの冒険の最後の舞台《ぶたい》に、わたしたちが日本を選んだことは、
ごく自然な成り行きでした。東日本大震災《だいしんさい》後の人々の苦しみと、
勇気を目のあたりにし、わたしたちは衝撃《しょうげき》を受け、感動しました。
誇《ほこ》り高く、強く、団結力のある日本のみなさんは、
まさに〈逃げおおせた人〉のお手本です。
そんなみなさんと、オクサの冒険を共有できたことを誇りに思います。
あの勇敢《ゆうかん》な「奇跡の一本松」の一部が、世界的なブランドの万年筆に
再生されたように、日本のみなさんの勇気は
新たな人生、新たな物語を紡《つむ》いでいく希望に再生されたと信じています。
（なんとすばらしいシンボルでしょう！）
わたしたちは、心からそうであることを願っています。

アンヌ・プリショタ　Anne Plichota
フランス、ディジョン生まれ。中国語・中国文明を専攻したのち、中国と韓国に数年間滞在する。中国語教師、介護士、代筆家、図書館司書などをへて、現在は執筆業に専念。英米文学と18～19世紀のゴシック小説の愛好家。一人娘とともにストラスブール在住。

サンドリーヌ・ヴォルフ　Cendrine Wolf
フランス、コルマール生まれ。スポーツを専攻し、社会的に恵まれない地域で福祉文化分野の仕事に就く。体育教師をへて、図書館司書に。独学でイラストを学び、児童書のさし絵も手がける。ファンタジー小説の愛好家。ストラスブール在住。

児玉しおり（こだま・しおり）
1959年広島県生まれ。神戸市外国語大学英米学科卒業。1989年渡仏し、パリ第3大学現代フランス文学修士課程修了。フリーライター・翻訳家。おもな訳書に『おおかみのおいしゃさん』（岩波書店）、『ぼくはここで、大きくなった』『みずたまのたび』（西村書店）など。パリ郊外在住。

オクサ・ポロック6　最後の星
2015年7月4日　初版第1刷発行

著者＊アンヌ・プリショタ／サンドリーヌ・ヴォルフ
訳者＊児玉しおり
発行者＊西村正徳
発行所＊西村書店 東京出版編集部
〒102-0071 東京都千代田区富士見2-4-6
TEL 03-3239-7671　FAX 03-3239-7622
www.nishimurashoten.co.jp
装画＊ローラ・クサジャジ
印刷・製本＊中央精版印刷株式会社
ISBN978-4-89013-710-7　C0097　NDC953

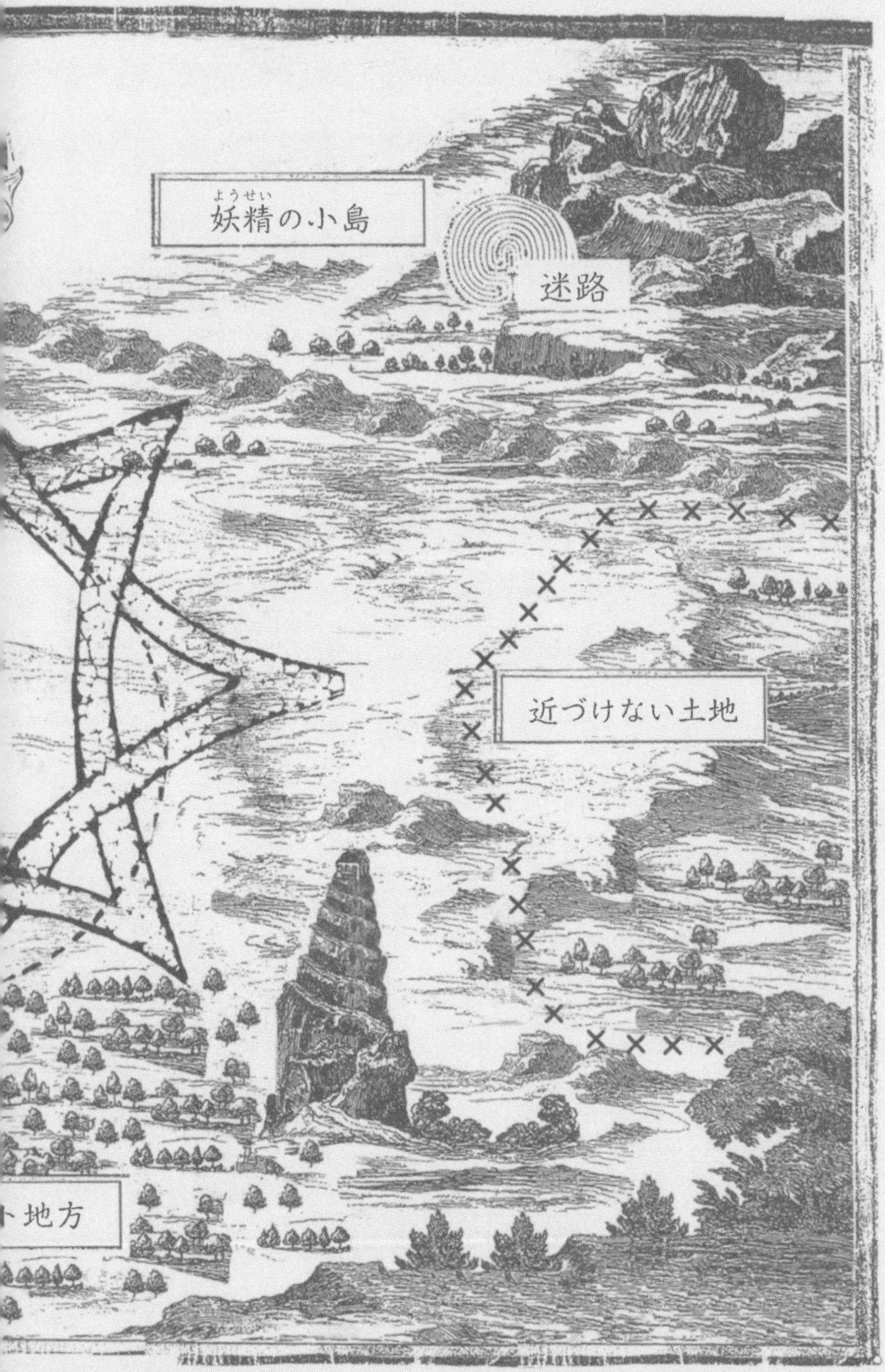
妖精《ようせい》の小島
迷路
近づけない土地
地方